tan solo un segundo

tan
solo un
segundo

Virginia S.
McKenzie

TITANIA

Argentina • Chile • Colombia • España
Estados Unidos • México • Perú • Uruguay • Venezuela

1.ª edición Abril 2017

Copyright © 2017 by Virginia S. McKenzie
Copyright imágenes by Ángel Urbina
All Rights Reserved
Copyright © 2017 *by* Ediciones Urano, S.A.U.
Aribau, 142, pral. — 08036 Barcelona
www.titania.org
atencion@titania.org

ISBN: 978-84-16327-27-0
E-ISBN: 978-84-16715-99-2
Depósito legal: B-4.362-2017

Fotocomposición: Ediciones Urano, S.A.U.

Impreso por Romanyà Valls, S.A. — Verdaguer, 1 — 08786 Capellades (Barcelona)

Impreso en España — *Printed in Spain*

Para Ángel, mi marido, por creer en mí más de lo que yo lo haré nunca.

Y para Leara, la valquiria con alma
de hada madrina, mi hada madrina.

La vida es tan incierta que la felicidad debe
aprovecharse en el momento en que se presenta.

ALEJANDRO DUMAS.

1

Hannah

Noviembre de 2011
Detroit, Michigan.

Había cosas que nunca cambiaban por mucho tiempo que pasara. Para mí, una de ellas era la sonrisa cautivadora de Nick. La vi por primera vez cuando tenía ocho años, los mismos que él. Estábamos en el hielo, cara a cara, en silencio. Pese al frío, sentía las mejillas ardiendo, por los nervios y por la timidez que me provocaba el intenso escrutinio de sus ojos azul cobalto. No entendía por qué mi entrenadora había insistido en que saliera a la pista con un niño al que ni siquiera conocía, no cuando lo único que había conseguido con eso era que tuviera ganas de marcharme o de gritarle que hablara o se moviera.

De repente, como si me hubiera leído la mente, lo hizo. Dio un tentativo paso hacia mí y yo alcé la vista.

—¿Patinamos? Juntos será más divertido. —Me tendió la mano.

Entonces la vi. Una sonrisa preciosa y cálida a la que solo podías responder de la misma forma. Casi sin ser consciente de ello, mis propios labios se curvaron y, dubitativa, enlacé mis dedos con los suyos.

De eso hacía una década. Ambos habíamos madurado y recorrido un largo camino, pero ese gesto que lo caracterizaba seguía intacto. De hecho, era su mejor arma y había aprendido demasiado bien cómo sacarle partido.

Y desde que habíamos llegado a la fiesta estaba haciendo uso de ella, aderezada con un toque travieso y seductor que muy raras veces le fallaba a la hora de ligar.

—La tiene a punto de caramelo. Mírala, estoy por llevarle un babero.
—Se burló Rose, la anfitriona y antigua compañera de patinaje. Era seis años mayor que nosotros y estábamos en su casa para celebrar su retirada y futuras nupcias, de ahí que el lugar estuviera lleno tanto de caras familiares como de gente a la que no conocía de nada.

Di un sorbo a mi refresco mientras observaba la escena. Si me lo proponía, podía adelantarme a cada frase, a cada gesto. Sí, hasta yo misma me daba miedo, pero Nick tampoco era muy creativo, todo había que decirlo, llevaba usando la misma técnica desde que empezamos el instituto. Eso y que, como mejores amigos y pareja de danza sobre hielo, pasaba más tiempo con él que con cualquier otra persona. Lo conocía mejor que su propia madre y sabía que no pararía hasta que se llevara a la chica.

Miré el reloj y casi me atraganté al ver la hora que era. Vladimir nos arrancaría la cabeza si llegábamos tarde y hechos polvo al entrenamiento. Terminé mi bebida de un trago, dejé el vaso en la encimera de la cocina, me despedí de Rose y las demás y me abrí paso por el salón, convertido en pista de baile. Ignorar el ritmo de la música y la invitación de los chicos que me salían al paso no fue fácil, me encantaba bailar y al menos uno de ellos estaba muy bueno. Pero era una joven con una misión: conseguir que Nick soltase a su presa y aceptara irse. Un objetivo tan sencillo como intentar quitarle su pelotita de goma a un pitbull.

—¡Hola! —saludé al llegar junto a ambos, acomodados en el asiento del ventanal que había a la derecha de la entrada.

Nick sonrió al verme, mientras que la despampanante morena que lo acompañaba me dedicó una mirada evaluativa.

—¿Una amiga tuya? —preguntó al tiempo que se inclinaba hacia delante, un movimiento sin duda estudiado con el que proporcionó una estupenda panorámica de sus generosos pechos.

La táctica funcionó. Hasta yo le miré el canalillo. Dios, iba a ser imposible despegarlo de la pechugona sin recurrir a la artillería pesada.

Di gracias por la relativa oscuridad que envolvía la casa, porque solo de pensar en lo que estaba a punto de decir se me encendían las mejillas.

—Algo así —respondí antes de que él tuviera la oportunidad de hacerlo. Alargué una mano hacia su pelo y me enrollé uno de sus amplios rizos rubios en el dedo índice en lo que esperaba que fuera un gesto provocativo. Me miró desconcertado, si bien no dijo nada—. Nicky, cielo, me prometiste que cuando solucionaras tu problemilla sería la primera a la que llamarías —le recriminé con coquetería, o al menos lo intenté.

Él parpadeó y frunció el ceño.

—¿De qué coño estás hablando?

—Ya sabes... —gesticulé hacia su entrepierna— tu problemilla.

Eso llamó la atención de la morena, que me miró inquisitiva. Me incliné hacia ella con aire conspiratorio y añadí en un tono más bajo:

—Ladillas. A veces no elige demasiado bien sus compañías y somos el resto las que lo pagamos, ¿comprendes? —Le guiñé un ojo y recé por que no notara que la cara estaba a punto de estallarme en llamas.

Me entendió. En menos de un minuto se había levantado casi de un salto y murmurado una excusa para irse.

Nick se puso en pie despacio. Su atractivo rostro era una máscara pétrea, mientras que su carnosa boca se había convertido en una fina línea. Durante unos instantes nos mantuvimos la mirada.

—Lo siento —musité—. Sabes que si te hubiera pedido que nos fuéramos, no habrías cedido. Ya es tarde y mañana tenemos que estar en la pista a las cinco y media. No se me ocurrió otra forma.

Sus facciones se relajaron un poco, lo suficiente para esbozar una sonrisa ladeada. Se agachó hasta que sus labios rozaron mi oreja.

—Me debes una bien gorda —dijo marcando cada palabra.

—¿Qué? Oh, no. En todo caso me la debes tú a mí, rubito.

—¿Eso crees?

—Y tanto que sí. A veces me pregunto qué harías sin mí.

Sus ojos brillaron con una chispa diabólica.

—¿Mojar?

Quince minutos después estábamos en el interior de mi viejo Chevrolet Chevelle del 64 de regreso a nuestros dormitorios en la residencia de estudiantes de la Universidad de Michigan, en Ann Arbor. La decisión de llevar una vida universitaria había sido una auténtica locura por nuestra parte. No obstante, no nos arrepentíamos, ya que habíamos querido vivir esa experiencia al menos el primer curso.

—El fin de semana que viene vendremos otra vez a Detroit a ver a tu madre y a tu abuela —comentó Nick—. Y también a mis padres y a mi hermana.

Sonreí y ladeé un poco la cabeza cuando me acarició la mejilla.

—¿Ya has olvidado que estaremos en Moscú?

—Hostia, es verdad, la Rostelecom. —Sus dedos largos me masajearon la nuca en lentas pasadas—. Todavía no me acostumbro a la idea de que vayamos a enfrentarnos a los grandes.

En realidad, ya habíamos participado en un campeonato como séniores de danza sobre hielo. La temporada anterior dimos el salto con el Four Continents, un certamen creado unos años atrás para que África, América, Asia y Oceanía tuvieran su equivalente al European Championship. Fue nuestro debut en esa categoría y podíamos estar orgullosos de habernos hecho con la medalla de bronce.

Sin embargo, esta temporada entrábamos de lleno en la alta competición. En todos los grandes eventos tendríamos que hacer frente a parejas de la talla de Meryl Davis y Charlie White, los actuales campeones del mundo, o Tessa Virtue y Scott Moir, también campeones del mundo y oro en las olimpiadas de invierno de 2010. Era sobrecogedor y a la vez excitante saber que tendríamos que vernos las caras con ellos y con muchos otros como los hermanos Shibutani, o Francine Boyd y Camden Bennett, sobre todo porque los diez entrenábamos en el Arctic Edge Ice Arena de Canton. Si bien, los seis primeros trabajaban con Marina Zueva, mientras que Francine, Camden y nosotros estábamos con Vladimir Datsik. Quizás él fuera menos afamado que la rusa, pero gracias a su apoyo constante, sus consejos y su disciplina férrea Nick y yo habíamos sido tres veces campeones nacionales y dos veces campeones del mundo en categoría júnior. Y este año, a pesar de lo difícil que se presentaba, ya habíamos ganado nuestra primera medalla de plata.

—Lo vamos a petar, ya verás. —Ahí estaba, esa enorme y preciosa sonrisa marca de la casa.

—Me conformo con hacerlo como hasta ahora —rebatí devolviéndole la sonrisa.

—Nunca hay que conformarse —dijo mientras enlazaba sus dedos con los míos—. Siempre hay que buscar la forma de avanzar, de crecer, de hacerte grande en todo lo que haces. Y nosotros vamos a serlo.

Despedía tanta seguridad en sí mismo, en nosotros, que era fácil imaginarse que de verdad sería así.

—A ver si mañana, cuando entres en la pista con solo cuatro horas de sueño, sigues pensando lo mismo.

—¿Que soy grande? —preguntó con un deje que pretendía ser inocente, pero que destilaba travesura.

—Sí, enorme —respondí con sorna.

—¿Cómo lo sabes?

Se miró primero la entrepierna y luego a mí con los ojos muy abiertos en fingida sorpresa.

Pese a que ya debería estar inmunizada, me sonrojé. Nick empezó a reírse con ganas. Intenté resistirme, pero era un sonido contagioso. Nuestras carcajadas llenaron el interior del coche durante un largo rato en el que temí salirme de la carretera. Una vez calmados, me apretó la mano y me miró con cariño.

—Te quiero, Lin.

Lin era el apodo por el que me llamaba desde que, de niño, aprendió el significado de la palabra *palíndromo* y se dio cuenta de que mi nombre, Hannah, era uno. Solo él me llamaba así y, aunque jamás lo admitiría en voz alta, me encantaba.

—Y yo a ti —respondí devolviéndole el apretón. Claro que lo quería, era mi compañero, mi mejor amigo, casi el hermano que nunca tuve.

Continuamos nuestro trayecto en un silencio cómodo que solo se veía interrumpido por el zumbido de la calefacción y por la voz de Pink, que sonaba a un volumen bajo en el reproductor MP3, lo único moderno en mi chatarra destartalada.

—¿Sabes lo que me apetece? —me preguntó mientras se desperezaba.

—¿Dormir?

—No, un chocolate caliente con tortitas en el Fleetwood Diner.

—¿Ahora?

Se encogió de hombros.

—Está abierto veinticuatro horas. Además, tengo más hambre que sueño y sé que si me acuesto no seré capaz de levantarme temprano. —Se apartó el pelo de la cara a la vez que se movía en el asiento para quedar con la espalda apoyada en la puerta del pasajero—. ¿Qué me dices? ¿Tengo posibilidades de tentarte a pecar conmigo?

Allí, medio tumbado, con su cabello rubio y rizos desordenados, sus ojos azules y su media sonrisilla parecía un guapísimo arcángel que hubiera perdido sus alas, y al que resultaba muy difícil decirle que no, por mala que fuera la idea. Abrí la boca para contestar...

Y entonces sucedió.

Vi con horror a través de su ventanilla cómo otro vehículo se nos venía encima a gran velocidad. No tuve oportunidad de reaccionar. El enorme camión nos embistió. El impacto fue brutal, ensordecedor. Aterrador. Nuestro coche derrapó y comenzó a dar vueltas sobre sí mismo una y otra vez en una cacofonía de metal y cristales rotos.

Cuando paró ya no había arriba ni abajo. No había nada excepto miedo y dolor. Luego, ni siquiera eso.

En tan solo un segundo, el mundo se tiñó de negro y ya nada volvió a ser lo mismo.

2

Hannah

Cinco meses después.
Ann Arbor, Michigan.

—¿Pero tú te has mirado a un espejo?

—Si me miro en el espejo me enamoro, pipiolo —respondió Abby, y yo tuve que morderme el labio para no soltar una carcajada que humillaría aún más al pobre chaval—. Venga, aire. —Hizo un gesto exasperado con la mano—. Recoge ya la caña porque estos dos peces son demasiado para tu anzuelo.

Dicho eso, le dedicó una última mirada fulminante que lo retaba a tener lo que había que tener para volver a abrir la boca. Acto seguido, dejó de prestarle atención y se llevó su taza de *caffè latte* a los labios.

—¿No crees que has sido demasiado dura? —pregunté una vez que el rubiales se marchó con un gruñido entre irritado y mortificado.

—Sabes que tengo muy poca mecha para los que van de sobrados. Me minan la moral —dijo dándose un golpecito en la sien con el dedo índice—. ¿Una cara bonita y ya tengo que caer rendida a sus pies? ¡Venga, hombre, por favor! Para quitarme el picor con algo sin cerebro ya tengo mi vibrador. Y él sí que sabe cómo me gusta —añadió con un guiño.

Esa vez sí que me reí. Y lo cierto era que lo necesitaba. En los últimos meses no había tenido demasiado espacio, ni ánimo, para risas. Envolví mi taza de moca blanco con ambas manos y dejé vagar la vista por nuestro alrededor con los labios todavía curvados. Estábamos sentadas en el Starbucks de Main con Liberty y a través del ventanal que tenía a mi derecha podía ver la frenética actividad de la calle. Transeúntes y coches iban y venían por la amplia avenida flanqueada por árboles y edificios bajos de ladrillo cocido, que poco o nada habían cambiado desde la fundación de la ciudad en el siglo XIX. Ese era, en gran parte, el encanto del centro de Ann Arbor, la sensación de estar en otra época.

—Aún falta un poco, pero ¿has pensado qué vas a hacer este verano? —La pregunta de Abby me sacó de mi sopor.

—Sí, ya me he apuntado a unos cuantos cursos. —Claro que antes de llegar a eso tenía que superar la última ronda de exámenes finales, que empezaría en tres días.

—¿Te quedarás por el campus?

—No, me vuelvo a Detroit con mamá y nana. Iré y vendré todos los días. Necesito pasar tiempo con ellas.

Una pausa incómoda siguió a mis palabras. No era propio de Abby callarse lo que pensaba y la conocía demasiado bien como para esperar lo contrario.

—Resulta extraño, durante el periodo estival solíais estar hasta el cuello con el entrenamiento, apenas se os veía el pelo.

Sí, para los júniors la temporada empezaba a finales de agosto, por lo que había que comenzar a trabajar duro en los nuevos programas con la suficiente antelación. Eso nos quitaba un tiempo de recreo que quedaba recompensado cuando teníamos que trasladarnos a Alemania, Francia, Turquía o Croacia para competir. Junto a nuestras madres, planeábamos cada viaje de manera que nos quedara hueco para hacer un poco de turismo. Esas eran nuestras verdaderas vacaciones.

—Ya... pero todo ha cambiado. —Casi como un acto reflejo, me llevé la mano a la mejilla izquierda y con la yema de los dedos tracé la longitud de la cicatriz que la cruzaba.

—Uh... para el carro. No te musties, porque te suelto rápido una hostia para quitarte la tontería.

Me señaló amenazante con el dedo índice. El movimiento dejó al descubierto el tatuaje que tenía en la cara interior de la muñeca izquierda: «La vida es condenadamente corta...» En la derecha tenía otro que lo complementaba: «¡Haz solo lo que te haga feliz!» En este mundo no había mejor forma de describir a Abigail Simmons. Esas frases eran su filosofía, su manera de comportarse.

Solté una carcajada y puse los ojos en blanco.

—Y ahí fueron mis ganas de hundirme en mi miseria —bromeé. Sin embargo, era cierto que no quería tomar ese camino.

—Tú lo has dicho.

Me guiñó un ojo y se recostó en la silla. Por un momento me recordó al diablillo que era cuando se mudó a la casa de al lado hacía ocho años, una preciosidad rubia de ojos color miel que, pese a sus travesuras y fuerte carácter, era adorable. Y seguía siendo así, solo que, en algún punto de nuestra adolescencia, la había poseído el espíritu de un camionero.

—¿Y tú qué? ¿El mismo plan de siempre?

—No. Este verano no hay viaje familiar. Wyatt está metido en no sé qué proyecto importante de construcción y Gabriel se ha escaqueado con excusas baratas que no engañan a nadie. Es evidente que ha conocido a alguien y que le emociona más estar con su chica que pasarse dos semanas con sus padres y sus tres hermanos pequeños donde Cristo perdió el mechero. —Abrió el bolso que tenía sobre la falda y comenzó a rebuscar dentro—. Y oye, lo entiendo, de estar en su pellejo habría hecho lo mismo. —Aun con la cabeza gacha intuí la sonrisilla en sus labios—. Así que Tris y yo estamos pensando en coger el coche y salir a la carretera sin rumbo fijo.

Tristan era el hermano mellizo de Abby, así como su mejor amigo. Desde que Nick y yo los conocimos nos habíamos convertido en un cuarteto inseparable.

—Suena bien.

—Deberías apuntarte. —Triunfante, sacó lo que había estado buscando: una gomilla para el pelo con la que se recogió la larga melena en un moño descuidado.

Negué con la cabeza a la vez que daba el último sorbo a mi café.

—Clases de verano, ¿recuerdas?

—Piénsatelo. Todavía estamos en nuestro primer año, tendrás más oportunidades de hacer cursos, pero desconectar, cambiar de aires durante unos días, es algo que necesitas ahora. Además, ¿y lo divertido que sería joderle los ligues a Tris?

—Creo que de eso te ocupas muy bien tú sola. —Reí, divertida y aliviada porque esa última pregunta me daba la oportunidad de esquivar el tema.

—Cierto, aunque me vuelvo más creativa cuando estoy contigo.

—Tienes una mente retorcida, lo sabes, ¿verdad?

Nos levantamos, nos pusimos las chaquetas y comprobamos que no nos olvidábamos nada en la mesa.

—Oh, lo sé y me encanta. —Enlazó su brazo con el mío al tiempo que cruzábamos la puerta. El día estaba soleado y había caldeado el ambiente hasta lo que seguramente sería la temperatura más alta que se podía esperar a finales de abril—. ¡Pero oye!, así tendrás a alguien con quien practicar cuando termines la carrera.

—Pretendo ser psicóloga deportiva, no psiquiatra, que es lo que a ti te haría falta.

—¿Y cuál es la diferencia? Todos hurgan en la cabeza de la gente.

—En cierto modo, sí. —Comprobé la hora cuando llegamos al paso de peatones—. Y yo tengo que ir ahora a que hurguen en la mía.

—¿Tienes cita con la doctora Allen?

—Dentro de cincuenta minutos.

—¿Quieres que te lleve?

—No hace falta, cogeré el bus.

El semáforo se puso en verde y comenzamos a cruzar en silencio, todavía agarradas del brazo. Al llegar a la esquina donde se separaban nuestros caminos me cogió por sorpresa al abrazarme.

—Tienes que superar de una vez el miedo a subir a un coche, Han. —Su voz desprendía una mezcla de preocupación y dolor que me provocó un nudo en la garganta.

—Estoy trabajando en ello —murmuré devolviéndole el abrazo.

Me senté en el sillón de la consulta de la doctora Allen como hacía cada tercer viernes del mes desde el accidente. Todo en la estancia me resultaba familiar y agradable, desde el tono rosa pastel y blanco de las paredes al mobiliario minimalista, pasando por el curioso techo, que imitaba un cielo al amanecer con desconcertante realismo.

Todavía recordaba la primera vez que entré en aquel despacho. No iba sola, Nick estaba conmigo. Junto a Vladimir y nuestras madres habíamos decidido que sería positivo para nosotros contar con el apoyo y el consejo de un psicólogo deportivo; un experto que, a nuestros catorce años, nos ayudara a entrenar habilidades mentales como la concentración, el manejo del estrés, el control de la ansiedad, el miedo al fracaso o la falta de confianza.

Estábamos de acuerdo en que sería un valioso complemento para nuestro crecimiento profesional y personal.

Cuando acudimos a la consulta esperábamos encontrarnos con un espacio sobrio y no con algo que recordaba más a una pastelería de los años cincuenta. De hecho, Nick llegó a comentar que menos mal que el título de psicología colgaba de la pared sobre la mesa, si no habría pensado que en realidad Vladimir nos había apuntado a clases de repostería. La buena doctora se había limitado a sonreírnos.

En nuestra siguiente sesión nos encontramos con una bandeja a rebosar de pastelillos encima de la mesita de café situada frente al sofá. Ahí fue cuando se ganó nuestro cariño, o más bien lo compró. Con el paso del tiempo se mereció también nuestra confianza y por eso, en el momento en el que mi madre insistió en que hablara con un profesional, dije que sería con la doctora Allen o con nadie. Puede que una psicóloga deportiva no fuera lo que necesitaba, pero ya puesta a contarle mis problemas a alguien al menos que fuera a una persona que me conocía y a la que le importaba.

—Hola, Hannah. Perdón por el retraso. —Me saludó con una expresión de disculpa a la que siguió una sonrisa cálida.

Cerró la puerta tras ella, abrió una de las carpetillas que había sobre su escritorio, sacó unos folios unidos por una pinza roja y se sentó en el butacón que había frente a mí bolígrafo en mano.

—Cuéntame, ¿cómo va tu tarro?

Sonreí. Pese a cómo pudiera sonar, no se trataba de un intento de utilizar la jerga juvenil, sino que se refería de verdad a un recipiente de cristal. El «tarro de las cosas buenas», como ella lo llamaba, fue algo que me propuso comenzar tras nuestra primera sesión. El ejercicio consistía en escribir en papelitos todo aquello que me pasara y me hiciera feliz, aunque fuera por un instante, para después doblarlos y meterlos en el frasco.

—Medio vacío —confesé. Quizás habría sido más acertado decir que daba pena verlo.

—¿Y está así porque de verdad no ha sucedido nada destacable o porque te resistes a reconocer todo lo que te hace sentir bien?

Mis labios se curvaron todavía más conforme me cruzaba de brazos y piernas. Como siempre, preguntaba sin rodeos, iba directa al grano de una forma tan certera que daba la impresión de que podía ver dentro de ti.

—A veces me intriga saber por qué se molesta en preguntar si ya sabe la respuesta.

Su expresión sosegada se volvió afable.

—Porque hay ocasiones en las que la contestación no es para mí, sino para ti, Hannah. Puede que ya la conozcas, pero verbalizarla, admitirla, es lo que la hará del todo real.

Medité sus palabras mientras la observaba. Para haber pasado el ecuador de los cuarenta tenía buen cuerpo, y su ascendencia hawaiana la dotaba de una belleza exótica. En el último mes había añadido unos reflejos caoba a su cabello negro, una elección acertada, ya que daban luz a sus penetrantes ojos oscuros, que en esos instantes me instaban a responder a su pregunta.

Con un suspiro dejé caer la cabeza sobre el respaldo de mi asiento y clavé la vista en el techo cuajado de nubes. La doctora tenía razón, podías conocer la verdad dentro de ti y aun así escoger ignorarla. Sin embargo, compartirla con alguien, en cierto modo, la hacía irrevocable, sólida.

Contemplé la posibilidad de evadir el asunto, tal y como hacía con tantos otros temas pese a que nunca había sido algo propio de mi carácter. Pero el accidente había cambiado ya demasiado de mi vida como para seguir permitiendo que afectara a esa parte de mí, al menos entre estas cuatro paredes.

—Sí, paso por alto algunas de las cosas que me hacen sentir bien. Otras que sé de antemano que lo harán directamente las evito.

—¿Como el patinaje?

Cada músculo de mi cuerpo se tensó. Si había un tema que no me gustaba tocar con nadie era ese. Todos los que me conocían creían saber lo importante que era para mí. No se hacían ni una ligera idea de hasta qué punto. El hielo era el lugar donde más había reído y llorado, donde había conocido mis mayores éxitos y fracasos. Era donde pertenecía una parte de mí; me circulaba por las venas, me llenaba los pulmones. Era mi elemento, mi lugar. Al ponerme los patines, cada fibra de mi ser cobraba vida, vibraba. Sentía un amor tan grande por lo que hacía que sabía que había nacido para ello.

Y me lo habían arrebatado. Me habían arrancado una parte esencial de lo que era.

Ni yo misma llegué a pensar nunca cuánto dolería.

—Sí —reconocí, y no me gustó el tono amargo que percibí en mi voz.

La doctora Allen se inclinó hacia delante en su silla.

—Hannah, te castigas sin motivo y lo sabes. Puedes volver a patinar. Ya tendrías que haberlo hecho.

—No. —La interrumpí—. No sin Nick.

—Lo entiendo. —Asintió despacio—. Nadie te pide que vuelvas a competir. Pero quiero que vayas allí, te pongas los patines y sientas el hielo, solo eso. —Hizo una pequeña pausa antes de añadir—: Y quiero que lo hagas hoy.

—No.

—Aunque pueda parecerlo, no es una petición. Te lo encomiendo como parte de tu tratamiento. Vas a salir por esa puerta —dijo señalando en dicha dirección—, vas a cruzar la avenida Michigan hasta el Arctic Edge Ice Arena, vas a entrar, ponerte unos patines y permitirte disfrutar, porque no hay nada malo en ello.

Podría haberla ignorado y haber vuelto directamente al campus, meterme en la habitación que compartía con Abby y estudiar para el examen que tenía dentro de tres días. Sin embargo, la obedecí, no porque me impresionara su despliegue autoritario, sino porque en el fondo era lo que había deseado hacer desde hacía casi cinco meses.

Caminar en dirección al enorme edificio blanco y crema era como dirigirse a casa, por eso prefería no pensar en lo patético y triste que resultaba que hubiera necesitado de una orden de mi psicóloga para llegar a hacerlo.

Por suerte, el recibidor estaba vacío. Crucé por delante de las vitrinas llenas de trofeos y las dos puertas de doble hoja que daban a la pista, sobre las que colgaba una medalla de plata gigante y una banderola conmemorativa de los Juegos Olímpicos de Invierno de 2010, en los que dos de las parejas que entrenaban aquí —Tessa Virtue junto a Scott Moir y Meryl Davis junto a Charlie White— habían ganado el oro y la plata respectivamente. Me interné en el pasillo que llevaba a los vestuarios y me detuve en seco al cruzar el umbral. Vladimir estaba sentado en una de las sillas situadas al lado de las taquillas, junto a él había un chico que se volvió hacia mí cuando me oyó entrar.

Tuve que parpadear varias veces para asegurarme de que lo que estaba viendo era real, para poder creerme que tenía delante a Mikhail Egorov, uno de los mejores patinadores del mundo. Muy pocos podían presumir de haber logrado ser campeón mundial en categoría sénior con solo diecisiete años y a los veinte haber sido ya cuatro veces campeón del mundo, tres veces campeón europeo, cinco veces campeón de Rusia, tres veces campeón del Grand Prix Final y bronce en los Juegos Olímpicos de 2010. Esa fue la última vez que compitió, ya que tras los juegos fue víctima de un intento de robo durante el que sufrió una lesión de rodilla que le obligó a retirarse. De eso hacía dos años.

Mikhail se puso en pie y caminó hacia mí.

—Tú debes de ser Hannah Daniels. —Me tendió la mano—. Soy Mikhail Egorov, pero puedes llamarme Misha. Encantado de conocerte.

Sonrió y los hoyuelos que se le marcaron en cada mejilla le dieron un aire de niño travieso. Sus increíbles ojos celestes estaban clavados en los míos con una mezcla de curiosidad y diversión.

Suponía que, puestos a elegir, era mejor babearle los pies y mirarlo con cara de cervatillo deslumbrado que lanzarme a su cuello y tumbarlo allí mismo. Mi yo de catorce años que pegó un póster suyo a tamaño natural junto a la cama habría estado más que encantada con eso último. Claro que lo habría hecho con intenciones mucho más inocentes que mi yo de diecinueve.

—Lo mismo digo.

Alcé la mano y él la envolvió de inmediato con la suya en un apretón suave pero firme. Un escalofrío me recorrió la columna y, sin pensarlo, avancé hacia él. Casi podía sentir el calor que desprendía su cuerpo y tenía que resistir la tentación de apartar los mechones de pelo castaño oscuro que le caían sobre la frente.

—Me alegro mucho de verte, Hannah.

Di un respingo y me aparté al oír la voz profunda de Vladimir. Su acento, pese a los años que llevaba en Estados Unidos, era mucho más marcado que el de Misha. No obstante, el tiempo había hecho que fuera capaz de entenderlo a la perfección.

—Hemos echado de menos el tenerte por aquí —me dijo al oído al abrazarme.

—Y yo venir —murmuré y tragué para deshacer el nudo que se me había formado en la garganta.

Durante los últimos meses había mantenido el contacto con los integrantes de nuestro equipo, todas esas personas que habían estado ahí en cada paso, en cada caída, en cada logro. Algunos de ellos, como Vladimir, me habían visitado en varias ocasiones. Incluso Francine y Camden, con los que nunca habíamos compartido más que una relación cordial debido a su extremo espíritu competitivo, vinieron a verme al hospital. Aun así había añorado muchísimo estar con cada uno de ellos en este entorno, en especial con aquel que desde hacía mucho era como una figura paterna para mí.

Me dio un beso en la mejilla y yo se lo devolví antes de que me soltara.

—Me alegra que la doctora Allen lograra hacerte venir al fin.

—¿A qué te refieres?

Vladimir se pasó la mano por el espeso cabello entrecano antes de cruzarse de brazos.

—En vista de que mis peticiones caían siempre en saco roto, maldita jovencita cabezota —masculló con los ojos grises entrecerrados tras sus gafas cuadradas—, la llamé para que me ayudara. Ambos estábamos de acuerdo en que necesitabas volver por tu propio bien y, por otro lado, Misha quería hablar contigo. Ha venido desde Rusia expresamente para hacerte una propuesta que yo ya he aceptado por la parte que me toca.

Los miré dividida entre las ganas de enseñarle a Vladimir de forma muy gráfica lo bien que me parecía que jugaran conmigo, y la curiosidad por saber el motivo de la visita de Mikhail Egorov.

—Quiero volver a competir.

Esas cuatro palabras bastaron para que se ganara todo mi interés.

—¿Y tu lesión? Creía que te impedía realizar saltos a nivel competitivo, que la articulación ya no podía soportar los constantes impactos y el esfuerzo que supondrían tanto los entrenamientos como los campeonatos.

—Estás bien informada —dijo sonriendo, aunque no se le marcaron los hoyuelos y su mirada se oscureció por un instante—. Retomar el patinaje artístico me destrozaría la rodilla, pero sí podría dedicarme a la danza sobre hielo. —Se metió las manos en los bolsillos traseros de los pantalones vaqueros que llevaba—. Y quiero que tú seas mi compañera.

Alcé la vista de golpe y solo entonces fui consciente de que la había desviado a su torso, donde la camiseta se le había ceñido al pecho.

En otras circunstancias, aquella propuesta habría sido como un sueño hecho realidad, porque el poder trabajar codo con codo con un patinador de su talla no podía ser descrito de otra forma.

No era tan raro que las parejas se hicieran y deshicieran. Cada año, al principio de la temporada, se anunciaban ese tipo de cambios, debidos en su mayoría a desavenencias entre la pareja por haber sido tan idiotas como para enrollarse, y una vez roto el romance no ser capaces de seguir trabajando juntos. No obstante, también había ocasiones en las que sucedía porque una de las partes se retiraba (por iniciativa propia o por lesión), o bien por cualquier otra razón.

Yo tenía uno de esos otros motivos, uno de peso que no me permitiría aceptar jamás.

—Me halaga que hayas pensado en mí. Aun así lo siento, no puedo.

—Hannah, piénsatelo —dijo Vladimir con un suspiro exasperado—. Tienes un futuro por delante. No lo tires por la borda.

—No, no hay futuro en esto para mí, no sin Nick. Y no voy a cambiar de idea. —Volví a mirar a Misha, que me observaba con reposado detenimiento. Nada en su expresión delataba lo que estaba pensando—. Lamento que hayas venido para nada, pero estoy segura de que podrás encontrar a alguien mucho mejor que yo.

Me di la vuelta para salir de allí antes de olvidar que estaba haciendo lo correcto. Cruzaba ya el umbral cuando oí la voz de Mikhail:

—No se preocupe, yo me encargaré de convencerla.

«Sí, seguro, suerte con eso», respondí para mis adentros.

3
Misha

Miré a Hannah mientras se marchaba. La lealtad que profesaba a su antiguo compañero decía mucho de ella. Y me gustaba. Era algo que valoraba porque se asemejaba a lo que yo había compartido con Benedikt.

Tenía ocho años cuando nació mi hermano, una figura sonrosada de pelo tan rubio que parecía blanco, y unos ojos demasiado despiertos para contar apenas con unas horas de vida.

Todavía hoy me hacía sonreír el pensar que a una cosita de tres kilos le bastara rodearme el dedo índice con su mano diminuta, y acurrucarse contra mi pecho mientras lo sujetaba en mis brazos por primera vez, para robarme el corazón.

Ese día me convertí en el hermano mayor del chico más dulce y cariñoso que he conocido nunca. Ese día me juré que protegería siempre al pequeño Ben.

Si tan solo pudiera haber cumplido mejor mi promesa...

—Sabía que esto pasaría. —El suspiro de Vladimir me alejó de mis recuerdos—. Pero tenía la esperanza de que no fuera así.

—No se preocupe, yo me encargaré de convencerla.

Lo haría, solo Hannah podía ser mi compañera en la pista.

Me llevé la mano al pectoral izquierdo y acaricié por encima de la camiseta las letras que tenía grabadas en la piel. Era la frase que Ben y yo habíamos repetido tantas y tantas veces a lo largo del tiempo. Yo para él y él para mí.

En mi momento más bajo, hacía dos años, me la tatué para intentar aferrarme a un atisbo de cordura y para llevar siempre conmigo un trozo de mi hermano pequeño.

La rocé de nuevo, distraído.

«MANTÉN SIEMPRE LA ESPERANZA.»

Aunque a veces fuera casi imposible aferrarse a ella.

4

Hannah

Si el centro de la ciudad era el corazón de Ann Arbor, la Universidad de Michigan era su alma y su cerebro. Con sus más de mil hectáreas constituía una urbe dentro de otra formada por tres campus entre los que se repartían edificios docentes, residencias de estudiantes, centros de investigación, salas de conciertos, museos, bibliotecas, tiendas, hoteles, bancos, restaurantes, espacios al aire libre... Sin olvidar, por supuesto, The Big House, el estadio de fútbol americano que había llegado a tener fama mundial.

Abby y yo vivíamos en el complejo Vera Baits II, una residencia mixta para los estudiantes de primero situada en el Campus Norte. El lugar era precioso, un edificio enorme de ladrillo rodeado de césped y árboles no muy lejos del cauce del río Huron. Era genial vivir allí, y lo habría sido mucho más si no hubiese tenido que usar el mismo baño que ella.

Un escalofrío me recorrió de arriba abajo cuando pisé una toalla todavía húmeda. Aj, era una sensación asquerosa. Encima de la taza del váter había unos calcetines y unas bragas y el lado izquierdo del lavabo doble estaba atestado de potingues. El huracán Abby había arrasado el lugar la noche anterior. Por suerte, era menos desastre con el resto de áreas que compartíamos.

Tras una ducha relajante, me envolví la melena en un turbante y me puse el albornoz.

—¿Qué hora es, Abs? —grité mientras recogía mi pijama y echaba la ropa interior al cesto de la ropa sucia.

—Las nueve y veinte.

—¿¡Qué!? ¡No me jodas!

Mierda, mierda, ¡mierda! El examen era a las diez y todavía tenía que vestirme, adecentarme (lo que para mí significaba ponerme una ligera capa de BB Cream, un toque de colorete, brillo de labios y alisarme el pelo), coger el autobús hasta el Campus Central y correr por la calle Church hasta el East Hall, donde estaba el departamento de psicología. ¿Cómo era posible que se me hubiera hecho tan tarde?

—¡Mierda! —masculló conforme me quitaba el albornoz, me ponía las bragas, el sujetador, unas medias negras tupidas con la cara de un gato en cada rodilla y salía del baño a toda prisa.

Casi hice un *sprint* hasta mi lado de la habitación, una suerte de cubículo de madera donde la cama estaba arriba, de manera que en el hueco que quedaba debajo cabían un escritorio a la izquierda y un pequeño armario a la derecha. Doblé el pijama y me puse de puntillas para meterlo bajo la almohada.

Fue entonces cuando me di cuenta de que no estábamos solas. Me giré despacio, justo en el momento en el que Mikhail terminaba de darme un buen repaso con aquellos ojos de un azul hipnotizante. Los apartó tan pronto se encontró con mi mirada y los clavó al frente. Allí sentado, todo de negro, con las mejillas un tanto coloreadas y la boca apretada para contener una sonrisilla, parecía un niño malo que fingía no haber roto un plato después de haber sido pillado en plena travesura.

—¡¿Qué haces tú aquí?! —La pregunta fue una mezcla entre gruñido y chillido. Sentía que se me había puesto roja la cara y la mitad del cuerpo. En la vida me había vestido más rápido.

Misha ladeó la cabeza para mirarme de reojo. La sonrisa brilló en sus ojos antes de llegarle a los labios.

—¿Aparte de empezar muy bien el día?

Abby se rio desde de su cama, donde estaba medio tumbada como una gata al sol, sin duda disfrutando del espectáculo que debía ser que su mejor amiga apareciera semidesnuda delante de un cuasi desconocido y estuviera a punto de estallar en llamas por la vergüenza.

Iba a matarla.

—He venido porque tengo algo de lo que convencerte.

—Pierdes el tiempo, ya te dije que no. —Me abroché los pantalones cortos y me quité la toalla del pelo.

—Me temo que no puedo aceptar esa respuesta.

Se puso de pie y se acercó a mí. De pronto, la habitación pareció muy pequeña.

—Pues no tendrás otra.

Me contempló unos instantes antes de apoyar una mano en la estructura sobre mi cabeza e inclinarse hacia mí, de manera que nuestras caras quedaron a la misma altura. Su olor a colonia y al cuero de su chaqueta me rodeó, al tiempo que sus ojos me atrapaban y me anclaban a él. Era físicamente imposible mirar a otro sitio.

—Haré todo lo posible porque eso cambie. Te quiero conmigo en el hielo, Hannah.

La forma en que pronunció mi nombre, con ese leve acento, hizo que se me encogieran los dedos de los pies.

—¿Por qué? ¿Por qué precisamente yo? Tienes muchas otras opciones mejores o igual de buenas.

No, no estaba siendo modesta ni me estaba infravalorando. Sabía lo que valía, pero en el deporte, como en la vida, tenías que ser consciente de que siempre habría quienes pudieran igualarte o superarte.

Una sonrisa ladeada fue todo lo que obtuve por respuesta. Acto seguido, se dio la vuelta y comenzó a caminar hacia la puerta.

—Te espero fuera.

«¿Qué?»

Si hubiera sido un dibujo animado estaba segura de que la boca me habría llegado al suelo. «Tiene que estar de broma», gemí para mis adentros.

—Y ese era el famoso Egorov —canturreó Abby—. Es muy mono, sobre todo en persona.

La fulminé con la mirada y la habría estrangulado de no ser porque tenía demasiada prisa.

—Sí —mascullé—, pero tiene las orejas pequeñas y la derecha un poco de soplillo.

Abby soltó una carcajada.

—Acabo de tener un *déjà vu* de esos. Soltaste lo mismo cuando teníamos quince años y te compraste aquella revista en la que salía en portada porque incluía un reportaje de él. Me dio por comentar que estaba bueno y saltaste a la defensiva sacándole defectos.

No sabía qué responder, así que me callé. El silencio nos rodeó durante unos instantes.

—¿Estás segura de que no quieres aceptar su propuesta? —Su tono se había vuelto serio, igual que su expresión.

Me detuve a medio camino hacia el baño.

—¿La verdad? —Sabía que con ella podía ser del todo sincera—. Quiero decirle que sí. —Desvié la vista hacia la pared que había junto a mi cubículo. Estaba llena de fotos sin marco, pegadas a la pared con *washi tape* de diversos estampados y colores. Cada una era un recuerdo de un lugar, de un momento, como aquella en la que estábamos en el podio sujetando nuestra primera plata como séniores. Ver su rostro iluminado por una sonrisa radiante mientras alzaba la medalla con una mano y me sujetaba por la cintura con la otra; cerca, muy cerca, como lo habíamos estado siempre, hizo que una punzada me atravesara el pecho—. Pero no puedo hacerle eso a Nick.

Tenía quince minutos para llegar al examen. Abrí la puerta de la habitación con Abby pisándome los talones y me detuve de forma tan brusca al salir que chocó contra mi espalda. Apoyado en la pared de enfrente estaba Misha; se había quitado la cazadora y dejado a la vista lo que llevaba debajo.

—¡La hostia! —gritó Abby tras de mí y empezó a reírse—. Tío, eres mi ídolo.

Yo era incapaz de verle la gracia. Si acaso sentía algo, era una mezcla de frío y calor por todo el cuerpo.

—¿A dónde crees que vas con eso? —Otra vez me salió el medio gruñido, medio chillido. Si seguía así tendría que inventarme una palabra para definirlo.

No podía ser. La camiseta blanca de manga corta que vestía Mikhail tenía una enorme serigrafía con letras grandes, rojas y muy legibles que decían: HAZME FELIZ, DIME QUE SÍ. Debajo de la frase había una foto mía, de mi cara en primer plano, para ser más exactos.

—No quería llegar a esto, pero ya te dije que haría todo lo posible por convencerte. —Ni siquiera se molestó en disimular su diversión.

Abby se dejó caer sobre mi hombro, doblada por la risa.

—Espera que lo adivino —intervino cuando logró recuperar un poco el aliento—. Vas a seguirla así como si fueras un jodido anuncio andante.

—Exacto. —Si hubiera sonreído solo con un poco más de amplitud, nos habría dejado ciegas.

—No vas a ir con eso por ahí. —Habría sonado menos horrorizada y más amenazante si la perspectiva no me hubiera parecido tan horrible.

—Y no lo haré si me dices que sí.

«¡Oh, por Dios! ¡Mira que era insistente!»

—No.

—Pues entonces en marcha, porque creo que ya vamos tarde.

Hizo un gesto con la mano para indicarme que pasara delante. Había apretado tanto los labios para contener la risa que no se le veían. Si eso era un indicativo de cómo tenía que ser en ese momento mi expresión, agradecía no tener un espejo cerca.

Un día cualquiera lo habría mandado a la mierda, habría vuelto a mi habitación y me habría saltado las clases, pero no podía permitirme el lujo de faltar al examen. Y él lo sabía.

—Haz lo que te dé la gana —masculló y comencé a andar todo lo rápido que me permitían las piernas.

Abby se despidió de nosotros cuando salimos del edificio y tuvo la desfachatez de lanzarme un beso junto a un:

—¡Que lo paséis bien!

Sí, lo estaba pasando de muerte intentando fundirme con el cristal durante el trayecto en bus. Al no haber sitios libres, estábamos de pie y Misha se había colocado a mi lado de tal manera que la camiseta quedaba estirada sobre su pecho, bien visible. En cualquier caso, detrás también llevaba la misma estampación.

Al principio no ocurrió nada, si bien, poco a poco, la gente empezó a mirarnos y a cuchichear. Varios estudiantes se bajaron antes que nosotros y, al pasar, le palmearon el hombro con un:

—Suerte, tío.

—Ánimo.

—Aguanta, acabará por decir que sí.

En tanto que otras...

—Si ella no acepta, yo estaré encantada. Aquí tienes mi número. —Le guiñaban el ojo, se mordían el labio y jugueteaban con el pelo.

«Oh, por favor. ¿Dónde quedó la originalidad?»

Salté del autobús tan pronto se abrieron las puertas. Cómo no, él me siguió.

—Qué agradables son todos en este campus, ¿no te parece? —Era todo hoyuelos e inocencia.

Tenía dos minutos para llegar al aula, así que en vez de gastarlos en una conversación inútil preferí invertirlos en correr.

Llegué tarde, aunque no lo suficiente como para que me dejaran fuera. Me desplomé en uno de los pupitres del final y dejé la mochila junto a mis pies. Me faltaba el aire y estaba sudando. Saqué un par de bolígrafos y levanté la cabeza al sentir movimiento a mi lado. Casi se me salieron los ojos de las órbitas al ver que era Misha. Dejó la chaqueta en el respaldo de la silla y se sentó.

—¿Qué crees que estás haciendo? —Siseé.

—Al parecer, hacer un examen de... —Miró alrededor del aula con auténtica curiosidad— ¿qué asignatura se imparte aquí?

—Psicología de la personalidad. Ahora vete. Fuera. —Señalé la puerta.

—Dime que sí.

—No.

—Entonces creo que estoy a punto de hacer uno de los peores exámenes de mi vida —comentó con una enorme sonrisa.

Cada mañana estaba esperándome en el pasillo. Incluso empezó a traerme vasos de café y donuts, que aceptaba sin darle siquiera las gracias. ¿Qué? Era él quien intentaba engatusarme usando mi debilidad por los dulces y el moca blanco (detalle que Abby se encargó de chivarle), encima no pretendería que fuera amable.

En cada ocasión llevaba una camiseta distinta y, por desgracia, todas seguían el mismo diseño y transmitían el mismo mensaje.

Los días que no estaba en mi puerta y empezaba a creer que por fin se había dado por vencido, mi burbuja de felicidad explotaba al encontrármelo en la cafetería, en el supermercado, en la biblioteca... Tarde o temprano siempre aparecía. Luego, como si seguirme a todas partes fuera poco, comenzaron los carteles en la pared de la sala de estar comunitaria, las notas en distintos lugares del campus y los mensajes al móvil (cuyo número suponía que debía haberle dado Vladimir). Los dos últimos que recibí contenían las tres mismas palabras:

—Dime que sí. —Leí con un suspiro, alcé los ojos al cielo (o más bien al techo) negando con la cabeza, metí de nuevo el teléfono en el bolso y regresé a los apuntes que ocupaban buena parte de la mesa de mi rincón favorito del Starbucks de Michigan Union, uno de los edificios más emblemáticos de la universidad situado en pleno corazón del campus central.

Todavía se me hacía raro llevar una vida estudiantil normal, ya que Nick y yo habíamos tenido que hacer malabares para compaginar la escuela y el entrenamiento desde que éramos unos críos, en especial durante nuestro último año de instituto. La perspectiva de debutar como séniores había despertado la competitividad en nosotros como no nos había ocurrido nunca antes. Durante mucho tiempo habíamos compartido el hielo del Arctic Arena con las dos mejores parejas de danza del mundo, pero esa temporada íbamos a enfrentarnos a ellos por primera vez y queríamos, no, *necesitábamos* ser unos dignos rivales. Por eso ansiábamos pasar el mayor tiempo posible entrenando.

—¿Sabes que murmuras de una forma muy graciosa cuando repites lo que has memorizado?

Alcé la cabeza de golpe y al verlo casi la bajé de nuevo para darme cabezazos contra la mesa.

—¿Y tú sabes que podría denunciarte por acoso? —Me crucé de brazos y Mikhail rio por lo bajo mientras se sentaba como si tal cosa en la silla frente a la mía—. De verdad, ¿no tienes a alguien más a quien molestar?

—Sí, hay un montón de gente a la que podría honrar con mi presencia, pero te he elegido a ti.

—Fantástico. —Resoplé—. Eso confirma que debí hacer algo horrible en otra vida.

Un lado de sus labios se curvó como si estuviera encantado con mi respuesta.

—Se me ocurre una buena forma de quemar ese mal karma.

—Déjame adivinar, ¿ofrecerte como sacrificio al dios de los cansinos que no aceptan un no por respuesta?

Su carcajada y la manera en la que su pierna rozó la mía, le hizo cosas a mi estómago y a otras partes de mi cuerpo. Me maldije al notar que el calor me subía por el cuello.

—Acabarás accediendo.

—Ya, sigue diciéndote eso.

Cogí mi vaso de café y di un largo sorbo. Misha se recostó en la silla sin perder la sonrisa y paseó la vista por el caos de papeles que rodeaban mi portátil.

—¿Qué tal van los exámenes?

Fruncí el ceño ante el repentino cambio de tema.

—Bien. —Mucho mejor que los que hice el semestre pasado. Claro que al inicio del curso pasé más tiempo fuera del campus que en mi habitación o en la biblioteca estudiando. Y luego... luego fue el accidente. Un nudo me apretó de inmediato la garganta. Tragué saliva e inspiré hondo—. ¿Y qué hay de ti? —Forcé a salir a las palabras—. ¿Cuánto te queda para terminar la carrera?

—Ya la acabé. Tienes delante a un graduado en filología al que algún día le gustaría especializarse en traducción e interpretación.

—Guau, impresionante.

—Voy a creer que lo dices en serio.

—Y así es. Me parece loable que hayas logrado graduarte en los años que se supone que dura una carrera. Sobre todo teniendo en cuenta que buena parte de ese tiempo seguramente tuviste que invertirlo en prepararte para las olimpiadas.

Su sonrisa flaqueó por un instante y su mirada se oscureció.

—Bueno, durante mi convalecencia no tenía mucho que hacer, así que aproveché para ponerme al día. Una vez me recuperé de la lesión, fue cuestión de invertir en pocas horas de sueño, muchas de estudio y otras tantas en mi nuevo trabajo como técnico especialista en saltos.

Cierto, el verse obligado a dejar de competir no lo alejó de aquello que era parte de él. Y nadie mejor que Mikhail Egorov para ayudar a otros patinadores artísticos a realizar, o mejorar, uno de los elementos en los que más había destacado en su trayectoria deportiva.

—¿Dominas otro idioma aparte del inglés?

—Sí, mi irresistible idioma materno —dijo con un exagerado acento ruso—. Además me defiendo con el francés y chapurreo algo de japonés.

Enarqué las cejas y eso hizo que la diversión volviera a iluminar sus ojos.

—¿Qué? Japón me parece un país fascinante y tras participar varios años en las giras de verano que se organizan allí, empecé a familiarizarme con su lengua y sus costumbres. —Bajó la cremallera de su chaqueta de piel—. Todavía conservo buenos contactos de aquella época —comentó mientras se la quitaba.

Sentí una extraña mezcla de alivio y decepción al ver que en la camiseta azul marino que llevaba debajo no aparecía ni la foto ni el mensaje de costumbre, sino el escudo del Capitán América.

Mi bolso, o más bien el móvil que estaba dentro, vibró y emitió el estridente sonido de aviso para los *e-mails*. Agradecida por la distracción, desvié mi atención al ordenador y antes de darme cuenta estaba enfrascada en mi correo.

—¿Hannah?

—¿Hum? —Levanté la vista y me encontré con su cara a escasos centímetros de la pantalla.

Misha alargó una mano y me sujetó tras la oreja los mechones que se habían escapado de mi moño desenfadado. El roce de sus dedos fue ligero, pero dejó tras de sí un cálido hormigueo en mi piel.

—Sé mi compañera.

—No —susurré.

Y entonces aparecieron los hoyuelos.

—Menos mal que he venido preparado para convencerte de lo contrario.

Tuve un mal presentimiento.

Sin darme tiempo a responder, se levantó, se dio la vuelta y se subió a la silla. Como si eso le pareciera poco, y pese a que las mejillas se le habían empezado a colorear, carraspeó con fuerza para hacerse notar aún más. Yo me hundí en mi asiento debatiéndome entre el deseo de hacerme invisible y el de estrangularlo.

La elección me quedó clara en cuanto abrió la boca y empezó a recitar a pleno pulmón como un bardo en mitad de un banquete medieval:

—Es primavera

»como en tus ojos

»dime ya que sí.

Madre mía... Me puse la mano a un lado de la cara a modo de pantalla como si con eso fuera a conseguir que la gente no me viera. A nuestro alrededor empezaron a oírse algunas risas y cuchicheos.

—Cierra la boca y bájate de ahí —mascullé entre dientes.

—Ya sabes lo que hace falta para que lo haga.

«Sí, que te dé un puñetazo en los huevos.»

—La respuesta sigue y seguirá siendo la misma. ¿Quieres que te lo diga en ruso a ver si así te enteras de una vez? Net. Net, net y... hum... espera, sí, net.

Sus labios esbozaron una sonrisa lenta.

—Supongo que con un *haiku* no ha sido suficiente.

—¿Un qué?

—Un haiku —repitió—. Es un tipo de poema japonés.

¿Esa cosa espantosa que había berreado había sido una poesía?

Tomó aire y...

—Oh, Hannah, Hannah.

»Acepta mi propuesta.

»No te resistas.

Un grupo de chicos sentados no muy lejos de nosotros prorrumpieron en carcajadas y vítores, que no tardaron en acompañar con fuertes golpes en la mesa a la voz de:

—¡Acepta, acepta, acepta!

Misha rio por lo bajo y clavó su mirada en la mía.

—Sabes que quieres hacerlo.

Era cierto, por eso negué sintiendo un aguijonazo en el pecho. Estaba cansada de luchar contra mí misma.

Sin decir nada, recogí lo más rápido que pude y me fui.

5
Hannah

Por suerte, tras tres semanas en las que había empezado a sufrir manía persecutoria y un fuerte instinto homicida, dejé el campus para volver a casa. Podría haber aceptado que mi madre, Abby o Tris me llevaran, pero la idea de sentirme observada por si perdía los papeles no me hacía la menor gracia. Aunque no los culpaba. La última vez que había subido a un coche con mi mejor amiga, tuvo que detenerse en la cuneta. En cuanto lo hizo abrí la puerta, caí de rodillas al suelo temblando y llorando y vomité a causa del pánico.

Desde entonces había practicado aún más a conciencia cada una de las técnicas que la doctora Allen me había enseñado para entender y controlar el problema. Era la hora de probarlas sobre el terreno y quería enfrentarme a ello sola. De manera que me armé de valor y llamé a un taxi.

Pese a que leer me ayudó a mantener a raya los recuerdos, no evitó que el corazón se me desbocara y que necesitara respirar hondo cada poco para conservar la calma. Cuando finalizó el trayecto estaba empapada en sudor y al borde de un fuerte ataque de ansiedad. Bajé del vehículo como si este estuviera a punto de estallar, tan desesperada por salir de su entorno opresivo que casi acabé de bruces en la acera.

El amable conductor obvió mi extraño comportamiento y me ayudó a llevar las dos enormes maletas y las cajas hasta el porche. Abrí la mosquitera y la puerta y lo metí todo en el recibidor.

—¿Mamá?

Tan pronto estuve dentro, el calor y el olor familiar a desinfectante y animales me envolvieron como un abrazo. Mi madre era veterinaria en el zoológico de Detroit y su amor por todo bicho viviente había hecho que casi creara en casa una minirréplica de su lugar de trabajo.

—¡En la cocina, cariño!

Antes de que pudiera dar un paso, *Gandalf*, nuestro gran danés de pelo gris, bajó las escaleras como su tocayo al descender la ladera del abismo de Helm para abalanzarse sobre mí y casi hacerme caer al suelo. A él le siguieron *Frodo*, *Sam*, *Pippin* y *Merry*, nuestros cuatro chihuahuas.

—¡Hola, chicos! Yo también me alegro de veros.

Los acaricié y palmeé con una sonrisa tonta en los labios. Cuando por fin se calmaron lo suficiente como para dejarme andar, crucé el salón. Al pasar, vi dos bolas de pelo blanco en el sofá que debían ser *Artax* y *Fuyur*, *Atreyu* estaba en el butacón de enfrente. Al notar mi presencia, entreabrió los ojos, se desperezó, bajó de un salto al suelo de parquet y vino trotando a darme el encuentro. Tan pronto lo cogí en brazos comenzó a ronronear. No me importaba llenarme la camiseta rosa de pelo negro, adoraba a todos nuestros animales, pero *Atreyu* era mi favorito y nada en este mundo lograría que no le diera mimos. De alguna manera, él lo sabía.

—¡Mi cielo! ¡Por fin estás en casa!

—¡Casa! —repitió *Zazú*, nuestro viejo papagayo desde su percha junto a la puerta trasera.

Mi madre se secó las manos, dejó el paño sobre la isleta y vino a abrazarme, gato incluido.

—Mi niña... ¿Estás bien? —Me observó y me acarició la mejilla—. Sí que lo estás. —Sonrió—. Lo has conseguido. Estoy orgullosa de ti —murmuró y me dio un beso en la frente—. ¿Lo has traído todo?

—Sí, jamás habría pensado que fuera posible acumular tantas cosas en ese cuarto.

—Pues imagínate si tuviéramos que mudarnos —comentó divertida.

Para sus cuarenta y cinco años tenía un cutis precioso y un lustroso pelo negro que contrastaba con sus ojos azules. Pero lo que me encantaba de ella eran sus sonrisas genuinas, las que le iluminaban el rostro y me confirmaban que era feliz y que hacía mucho que había dejado atrás el dolor del divorcio.

—¿Y nana? —pregunté mirando alrededor.

—Arriba, enseñándole la casa a tu amigo. ¿Cómo no me contaste que lo habías conocido? Casi se me salieron los ojos de las órbitas cuando lo vi plantado en nuestra puerta, por un momento creí que se había escapado del póster de tu habitación.

—Espera, ¿qué? ¿Me estás diciendo que Misha está aquí? —¡Anda! ¡El chillido-gruñido otra vez! Podía empezar a llamarlo *chiñido*.

—Sí. —Arrugó el entrecejo, desconcertada—. Creí que lo sabías. ¿Hice mal en invitarlo a pasar?

—No, está bien, no te preocupes. —Dejé a *Atreyu* en el suelo—. Voy a subir a ver qué tal les va.

En realidad, lo que haría sería acabar de una vez con lo que desde un principio fue un sinsentido. Una cosa era perseguirme por el campus y otra aparecer en mi casa.

Subí los escalones de dos en dos.

—¿Nana?

Mi abuela salió de la habitación del fondo, tan menuda como siempre. Lo cierto era que con su cabello corto teñido de castaño y su costumbre de vestir con vaqueros y camisetas (que a veces cogía prestadas de mi armario), pocos dirían que tenía setenta y dos años.

—¡Ratoncito! ¿Qué haces ahí parada? Ven a darme un beso.

Lo habría hecho aunque no me lo hubiera pedido. Le estampé uno bien fuerte y acaricié la cabecita de *Babe*, el pequeño cerdo vietnamita blanco y negro que llevaba en brazos.

—Estaba enseñándole a tu amigo todos los premios de patinaje y las fotos que tienes en tu dormitorio. —Había tanto orgullo y un tinte de pena en su voz que se me hizo un nudo en la garganta.

—¿Te importaría dejarnos solos?

—Claro que no, mi niña. —Me dio unas palmaditas en la mejilla—. Todo tuyo. Me cae bien y tiene un buen trasero.

—¡Nana!

—¿Qué? Estoy vieja pero no ciega. Y un buen mozo es un buen mozo. Si tuviera cuarenta años menos, dejaría que me tirara los tejos. —Me guiñó un ojo con picardía y se marchó a paso lento.

Esperé a que bajara y entré en la habitación. Misha estaba de pie frente a mi escritorio examinando la pared. Esta estaba repleta de recortes de revistas con las primeras entrevistas que nos publicaron, de fotos mías con Nick, de ambos con Vladimir y con todo el equipo, algunas con mi madre y mi abuela, muchas de mis animales y varias tiras de fotomatón con nuestros amigos. También había postales de los lugares que habíamos visitado en cada competición, entradas de cine y de conciertos.

—No hay fotografías de tu padre. —Se volvió de inmediato para mirarme—. Perdona, era más un pensamiento que algo que quisiera comentar en voz alta.

Era reacia a hablar de mi vida privada, pero lo era aún más a mentir sobre lo ocurrido. No después de ver cómo a mi madre se le partía el corazón ante mis ojos. Esa expresión era algo que nunca olvidaría.

—Las quité todas cuando mi madre y yo llegamos más temprano que de costumbre de mi entrenamiento y nos lo encontramos tirándose a otra en el sofá del salón.

Parpadeó sorprendido.

—Lo siento.

—Hace muchos años de eso. —Le quité importancia encogiéndome de hombros.

—No lo digo solo por lo de tu padre, sino también por haber aparecido aquí.

—Ya. —Respiré hondo, no esperaba que fuera él quien sacara el tema y mucho menos que se disculpara—. Esto tiene que acabar, Misha. Estoy segura de que tienes cosas mejores que hacer que seguirme a todas partes. Y pese a sentirme halagada, sigo sin entender por qué tanta insistencia en que sea yo.

Se dejó caer en el filo de la mesa, con las manos a cada lado del cuerpo, las piernas estiradas y los tobillos cruzados. Gracias a todos los dioses había vuelto a dejar las camisetas con mi cara y llevaba una camisa negra remangada hasta los codos, unos vaqueros claros y unas Converse rojas. Me observó en silencio durante unos instantes, como si sopesara qué contarme.

—Ya sabía quiénes erais cuando me enteré de la noticia de vuestro accidente. —Por algún motivo tuve la impresión de que había más detrás de aquellas palabras. Sin embargo, él continuó sin dar mayor explicación—. Me llamasteis la atención desde la primera vez que os vi, sobre todo tú, porque aunque cualquiera puede aprender a patinar, hay una cierta forma de moverse, de sentir el hielo, que solo poseen los que han nacido para ello.

Eso mismo era lo que había pensado siempre de él, que tenía un talento natural y extraordinario para lo que hacía. Por eso, al verlo deslizarse por la pista daba la impresión de que era fácil, de que bastaba con levantarse una mañana y ponerse unos patines; tal era la fluidez, la ligereza y la perfección con la que realizaba los ejercicios.

Se incorporó y caminó hasta mí, tan cerca que tuve que alzar la cabeza para mirarlo.

—Nick y tú erais buenos, muy buenos. ¿Tú y yo, Hannah? Tú y yo podríamos ser increíbles. —Sus ojos eran de un azul tan claro que parecían brillar con luz propia y estaban fijos en mí, como si buscaran algo que no sabía si iba a encontrar. Alargó la mano hacia la mía sin apartar en ningún momento la mirada. Primero me rozó los dedos para luego envolverlos con los suyos, despacio, como dándome la opción de apartarlos si era eso lo que quería—. Dime que sí —pidió con un apretón— para que juntos podamos tener una segunda oportunidad de hacer lo que tanto amamos.

Deseaba aferrarme a su proposición con tantas ganas que dolía. Deseaba poder decirle que sí sin sentirme culpable. Anhelaba volver al hielo y competir. Pero las imágenes de aquella noche acudieron a mi mente junto a los olores, los sonidos y el horror que vino con ellos.

Oh, Dios, Nick...

Se me escapó un gemido sin ser consciente de ello.

—Lo siento. —Me solté y di un paso atrás—. Mi respuesta sigue siendo no.

Misha dejó escapar un suspiro derrotado.

—De acuerdo. —Asintió despacio y me observó unos instantes con una expresión indescifrable—. Y no lo sientas —dijo al fin—, fue divertido perseguirte. —Esbozó una sonrisa cálida y un poco traviesa. Me enmarcó la cara con las manos y se inclinó hacia mí. Mi pulso se disparó y unas mariposas gigantes alzaron el vuelo en mi estómago—. Ha sido un placer conocerte, Hannah. —Venció la distancia que nos separaba, me dio un beso en la frente y me acarició los pómulos con los pulgares.

Fue entonces cuando me di cuenta.

No me gustaba la idea de perder a Mikhail.

Tras casi un mes se había convertido en parte de mi día a día y de una manera extraña había logrado que empezara a nacer una amistad entre nosotros. Lo que hacía aún más difícil dejarle ir.

Sin añadir nada más, se dio la vuelta para irse. Al llegar a la puerta se detuvo como si acabara de acordarse de algo.

—Oh, te lo he dejado firmado. —Señaló por encima de su hombro y me guiñó un ojo.

Desvié la vista en esa dirección y sentí cómo se me subían los colores al darme cuenta de que se refería al póster tamaño natural que todavía estaba junto a mi cama. Cuando me atreví a mirar de nuevo a Misha, ya se había ido.

Respiré hondo, me acerqué a su yo de papel y pasé los dedos por la dedicatoria. Tenía una letra muy bonita.

«Lucha. Lucha por lo que quieres, en cada cosa que haces y hasta el límite de tus fuerzas, para que cuando todo se desvanezca solo queden sonrisas de satisfacción y no remordimientos.
   Misha».

—¿Hannah? —La voz de mi madre me sobresaltó—. Cariño, estás llorando. ¿Va todo bien?

—Yo... —Parpadeé y noté cómo se derramaban más lágrimas por mis mejillas.

Hacer lo correcto no debería doler tanto, ¿verdad?

—¿Es por la propuesta de ese chico? —Sonrió al ver mi sorpresa—. Cuando llegó nos explicó a nana y a mí el porqué de su visita, nos dijo que había estado persiguiéndote para que aceptaras ser su pareja de patinaje. —Me apartó el pelo de la cara y me lo sujetó tras la oreja—. ¿Le has dicho que no?

Asentí y una nueva oleada de lágrimas me empañó los ojos.

—Cielo, escúchame. No puedes sentirte culpable por querer seguir adelante. Lo que ocurrió fue una tragedia y tú una de las víctimas, no la causante, por eso no deberías castigarte como lo haces. Sé el amor que sientes por Nick, os he visto crecer juntos. —Me acarició los brazos en pasadas lentas y tiernas—. Ya eres adulta y madura para tomar tus propias decisiones y cometer tus propios errores, aunque me gustaría que pensaras en algo: dentro de diez años, ¿podrás mirar atrás y no arrepentirte de la decisión que has tomado? Si la respuesta es sí, seca esas lágrimas y ven abajo a ayudarnos a tu abuela y a mí a preparar el almuerzo. Si es que no, ya puedes salir corriendo a buscar a ese muchacho. Solo te pido que seas sincera contigo misma, que te olvides de todo y de todos y te limites a escuchar a tu corazón, por difícil que sea. —Me dedicó una sonrisa triste—. Sé lo que es mirar atrás y desear haber tomado otras decisiones, no quiero que tú tengas que ansiar lo mismo.

Me abracé a mi madre.

Sabía lo que clamaba hasta la última fibra de mi ser: volver al hielo. Sin embargo, a una parte de mí le pesaba lo injusto que era que yo tuviera esa oportunidad y Nick no. Aun así, mi madre tenía razón, por mucho que aceptar la oferta de Misha me hiciera sentir que traicionaba a mi mejor amigo, estaba segura de que con el paso de los años sería incapaz de mirar atrás y no preguntarme qué podría haber sido. Y eso acabaría en resentimiento hacia Nick y hacia mí misma, lo que me dejaba una sola opción: ser egoísta.

Ya lidiaría con las consecuencias.

—Creo que voy a tener que salir corriendo.

Mi madre me soltó para mirarme con una sonrisa satisfecha que suavizó el peso que sentía en el pecho.

—No hace falta. —Me detuvo agarrándome de la muñeca—. Está en el jardín de atrás, le pedí que se quedara un rato.

Cómo no, Grace Owens estaba en todo.

—Eres la mejor, mamá.

—Yo no diría tanto. —Rio.

Salí corriendo de mi habitación, bajé los peldaños de dos en dos, crucé el salón, la cocina y salí por la puerta trasera.

Estaba sentado en los escalones de madera que daban al jardín, con una cerveza en una mano y los dedos de la otra entre las orejas de *Sam*, que estaba acostado a su lado. *Gandalf* ocupaba todo el espacio bajo sus pies. Los tres miraron en mi dirección tan pronto di un par de pasos hacia ellos. Misha dejó la lata en una esquina y se levantó despacio.

—Tu madre me pidió que me quedara —dijo metiéndose las manos en los bolsillos traseros del pantalón vaquero.

—Lo sé.

Estuve a punto de echarme a reír por lo absurdo que resultaba que, de repente, alucinara con la idea de que Mikhail Egorov estuviera en mi casa y yo fuera a aceptar convertirme en su pareja de danza sobre hielo.

—Repítelas una última vez.

No hizo falta que dijera a qué me refería.

—Dime que sí.

Inspiré y respondí a la vez que asentía:

—Sí. —Me miró exultante y luego soltó una carcajada—. ¿Qué?

Ladeó la cabeza y sonrió hasta que se le marcaron los hoyuelos.

—Que nunca he practicado bailes de salón.

6
Hannah

Tan pronto acepté, Misha quiso que fuéramos a comunicárselo en persona a Vladimir. De manera que, pese a estar cerca la hora del almuerzo, cogimos el bus hasta Canton. Poco después estábamos sentados frente al ruso y April, la segunda entrenadora, en una sala privada.

—La temporada empieza en apenas un par de meses, así que debemos ponernos a trabajar de inmediato. Hay que pensar en el programa corto, el programa libre y como mínimo en uno de exhibición —soltó Vladimir con tono apremiante.

Lo miré como si le hubiera salido una segunda cabeza.

—¿Te has vuelto loco? —¡Mira qué bien, el *chiñido* atacaba de nuevo!— No podemos presentarnos esta temporada, no hay tiempo. Que Mikhail haya estado activo trabajando como técnico especializado no significa que esté en forma a nivel competitivo. Por no contar con que primero debe hacerse a la dinámica de la danza.

—Lo sabemos —intervino April—. Vladimir y yo hemos estado barajando las posibilidades desde el momento en que llegó Misha y nos habló de sus planes. Hemos intentado estar preparados por si al final aceptabas.

—Hannah, he trabajado contigo lo suficiente para saber que puedes hacerlo —tomó el relevo el ruso—, y de Misha, dado su historial, espero grandes cosas. Confío en vuestro potencial. Además, no os pido que alcancéis podio, lo que quiero es poneros a prueba y la perspectiva de competir es vuestro mejor aliciente. No voy a teneros un año aquí dando vueltas como idiotas. —Desechó la idea agitando una mano—. Así que debutaréis en el US International Figure Skating Classic, un nuevo certamen que se inaugura esta temporada y que tendrá lugar del trece al dieciséis de septiembre en Salt Lake City. —Apoyó las manos sobre la mesa tras la que había estado de pie y se inclinó hacia delante—. Eso nos deja con casi cuatro meses de margen.

—Está bien —mascullé, aunque sabía que tenía razón. Ese objetivo nos impulsaría a entregarnos a fondo.

—Una cosa más. —Cogió la carpetilla que le tendía April y la abrió delante de nosotros. Su contenido me hizo fruncir el ceño—. Tras mucho buscar, hemos encontrado un lugar acorde a vuestras necesidades a un precio razonable. —Lo miré sin entender—. A partir de ahora esta será vuestra casa.

—¿Perdona?

—Quiero que, menos ir al baño y dormir, lo hagáis todo juntos. Ya sabes que no es imprescindible pero sí muy recomendable que entre las parejas haya complicidad y confianza, porque es algo que luego se refleja en el hielo. —Sí, lo sabía, y también que podía llegar a tener el mismo peso que el aspecto técnico—. Y tú en concreto necesitas de esa conexión emocional para trabajar a gusto y a pleno rendimiento.

Había quienes eran como compañeros de trabajo, se llevaban bien y disfrutaban de cierto grado de camaradería. Otros, ni siquiera eso. Yo era incapaz de conformarme con tan poco, con carecer del apoyo incondicional, el calor, la comprensión y el cuidado de aquel junto al que compartía una parte tan fundamental de mi vida.

El mundo del patinaje era duro y tan inclemente como una selva. Pese a estar haciendo lo que más amabas, había momentos en los que costaba, en los que te ahogabas. Debías endurecerte, fortalecer tus sentimientos y tu mente si querías seguir adelante. Estar arropado por un buen equipo ayudaba, como también lo hacía acudir a un terapeuta como la doctora Allen. Si bien dudaba que hubiera afrontado todo aquello con la misma entereza de no haber tenido conmigo a Nick, de no haber contado con sus abrazos cuando más los necesitaba, con sus miradas cargadas de significado, sus sonrisas, su amor, su amistad.

No, no imaginaba tener una pareja y no compartir todo eso.

—Con Nick tuviste desde la infancia para desarrollar ese tipo de relación —continuó Vladimir—; entre vosotros habrá que forzar el proceso.

—No puedes estar hablando en serio. —Miré a Misha en busca de apoyo.

—Por mí no hay problema. —Se encogió de hombros y me dedicó una sonrisa de disculpa que quedaba desmentida por el brillo travieso que iluminaba sus ojos.

—Estupendo, pues por mí sí lo hay.

Yo acababa de cumplir los diecinueve y él tenía veintidós, por lo tanto, éramos adultos y podíamos vivir sin problema bajo el mismo techo. Sin embargo, por mucho que yo hubiera seguido su trayectoria durante años y por mucho que empezáramos a tener un cierto grado de camaradería, solo hacía tres semanas que lo conocía. Y para mí eso lo mantenía en la categoría de prácticamente un desconocido.

—Hannah —April me puso la mano en el hombro. El color chocolate de su piel contrastó con el tono claro de mi camiseta—, la casa tiene un gimnasio en el último piso y un sótano que hemos habilitado como zona de baile, eso os brindaría la posibilidad de entrenar fuera de las horas que paséis aquí. Sé que al menos sabrás valorar la importancia y el beneficio de ese tiempo extra.

—Espera, ¿cómo podéis tener ya alquilada y preparada una casa si hace solo un par de horas que he aceptado la propuesta de Misha?

Nuestros entrenadores intercambiaron una mirada.

—Como dijo antes April, hemos intentado estar preparados por si al final aceptabas —explicó Vladimir.

—Cielo —intervino esta con delicadeza—, te conocemos y por eso estábamos bastante seguros de que, tarde o temprano, la necesidad de volver al hielo acabaría teniendo más peso. Además, Misha estaba dispuesto a insistir hasta conseguir un sí.

Ni siquiera oí lo último que dijo. Me había quedado en esa primera frase, en la forma en la que había logrado que se me retorciera el estómago.

—¿Me conocéis? —Escupí entre dientes—. ¿Por eso disteis por hecho desde el principio que terminaría traicionando a mi mejor amigo? —Porque eso era justo lo que estaba haciendo. Y pensar de nuevo en ello me desgarraba como si estuvieran intentando sacarme el corazón del pecho.

Noté cómo se me humedecían los ojos, así que me esforcé por recordar mis sesiones con la doctora Allen, y me aferré a lo que me había enseñado para canalizar ese sentimiento de culpa que se negaba a abandonarme.

Apreté los párpados y respiré hondo, consciente de que Vladimir y April me observaban en silencio, mientras Misha intentaba mantenerse en un respetuoso segundo plano. Tras unos minutos logré tranquilizarme lo suficiente como para estar segura de que no me iba a derrumbar.

—¿Y qué hay del alquiler? —pregunté al fin con suavidad—. Ahora mismo no puedo permitirme esa clase de gasto, he invertido casi todos mis ahorros en la universidad y no me va a quedar el tiempo libre suficiente como para tener un trabajo.

Muchos desconocían el enorme desembolso que suponía pertenecer al mundo del patinaje. Aunque fueras todavía un niño, una vez empezabas a competir, la inversión podía ascender a más de tres mil dólares al año, que podían convertirse en veinte mil si aspirabas a los mundiales. Era una cantidad sustancial pero necesaria para cubrir el sueldo del entrenador, el del coreógrafo, el del preparador físico, los patines, los trajes, los viajes y el alojamiento para los patinadores y sus entrenadores, las comidas durante esas estancias, las tasas de las competiciones y un largo y costoso etcétera.

Mi madre, mi padre y mi abuela habían sacrificado muchas cosas para que yo tuviera la oportunidad de seguir patinando.

—De momento no tendrás que preocuparte por eso, Misha ya ha pagado la señal y los primeros cuatro meses de alquiler.

—¿Qué? Ni hablar. —Sacudí la cabeza para enfatizar mi desacuerdo.

—Puedo permitírmelo. Aún me queda un poco del dinero que gané las veces que alcancé podio y participé en giras. Además, también tengo algo ahorrado de mi trabajo como técnico especialista en saltos.

Un patinador de su nivel podía conseguir ganarse bien la vida, aunque no siempre fue así. Antes, los que competían eran clasificados como amateurs y no percibían remuneración de ningún tipo, mientras que los profesionales eran aquellos que dejaban ese camino «oficial» y se dedicaban a hacer espectáculos que sí les reportaban beneficios.

Por suerte, eso había cambiado y la línea entre ambos era casi inexistente. Los que se convertían en profesionales seguían sin poder volver a su estatus de amateur para presentarse, por ejemplo, a unas olimpiadas, pero hacía unos años que la Unión Internacional de Patinaje sobre Hielo había establecido por fin premios en metálico para los cinco primeros puestos de sus competiciones. Además, había comenzado a permitir que los patinadores amateurs recibieran una remuneración por participar en galas y giras, por apariciones en televisión, revistas, etc.; eso, sumado a la posibilidad de conseguir patrocinadores, hacía posible no solo poder afrontar los cincuenta mil dólares anuales, como mínimo, que la élite generaba en gastos, sino también obtener jugosos beneficios con los que vivir.

Incluso Nick y yo habíamos sacado nuestro buen pellizco en el poco tiempo que pasamos como séniores.

—Aun así sigue sin gustarme la idea.

—Eres cabezota —rio Misha.

—No sabes tú cuánto —gruñó Vladimir.

—Vale, ¿qué te parece si vamos apuntando todos los gastos mes a mes y cuando consigamos patrocinadores, que los conseguiremos —añadió cuando me vio alzar una escéptica ceja—, y empecemos a ganar dinero me pagas la mitad de lo que hayamos acumulado?

Lo medité durante unos instantes.

—Está bien —acepté al fin—, pero con una condición.

La casa estaba en la Quinta Avenida Norte de Ann Arbor. Vladimir quería que nuestro traslado fuese inmediato, de manera que Misha y yo habíamos quedado en vernos en cuatro horas en la que sería nuestra nueva casa.

Informé a mamá y a nana, comí algo, cogí una de las maletas que me había traído del campus (y que no había tenido tiempo de deshacer), y me dirigí a la estación de tren después de quedar con mi madre en que ella me llevaría el resto de mis cosas al día siguiente.

—Joder con Vladi, pedazo de choza —silbó Abby, alias «mi condición».

Con ella junto a nosotros me sentiría mucho más cómoda. No hizo falta demasiado para convencerla e incluso se ofreció a pagar una parte del alquiler con su exiguo sueldo de taquillera de uno de los cines de la ciudad.

Así que ahí estábamos, de pie en la acera, rodeados de cajas y maletas mirando la edificación de tres plantas como tres idiotas. ¿Quién podía culparnos? Era preciosa, como salida de un cuento. Tenía un tejado a dos aguas, estaba pintada en color corinto, bermellón, verde agua y amarillo, y no sabía de qué material estaba revestida parte de la fachada, pero se asemejaba a unas escamas redondeadas.

—¿Soy el único que piensa que si gritamos «Rapunzel, Rapunzel, lánzame tu trenza» se abrirá la ventana de arriba y caerá una cuerda de pelo rubio? —preguntó Misha con una sonrisa juguetona.

—Si eso pasara, la chica para ti y el camaleón para mí.

—Entonces... ¿yo puedo quedarme con Flynn? —Le saqué la lengua a Abby cuando me miró con los ojos entrecerrados: nuestra rivalidad por los héroes Disney era legendaria.

Me colgué la mochila al hombro y comencé a arrastrar la maleta.

—Por tu culpa se me acaba de antojar ver *Enredados,* que lo sepas —protestó mientras caminábamos.

—Empezó él —canturreé por encima del hombro y tomé nota mental de apuntar en un papel ese pequeño y absurdo momento para mi «tarro de las cosas buenas».

Y ya serían dos en lo que llevábamos de día. Sin embargo, cuando Abby y Misha entraron en la casa yo me quedé en el porche, paralizada. De alguna manera, cruzar el umbral simbolizaba la aceptación de otro cambio importante en mi vida, el comienzo de algo completamente nuevo que me emocionaba y me daba miedo al mismo tiempo. Y también me dolía, acrecentaba esa desazón que se había negado a abandonarme desde que nos reunimos con Vladimir y April en el Arctic Arena, y le daba alas a esa voz que no había dejado de repetir a cada paso, a cada latido: «Está mal, está mal, está mal...»

—¡Eh!, ¿vienes o qué? —preguntó Abby con el ceño fruncido, tanto ella como Misha se habían detenido a pocos pasos de mí—. ¿Necesitas ayuda para entrar?, porque estaré encantada de pegarte una patada en el culo para darte impulso —dijo como si supiera lo que me estaba pasando por la mente.

Esbocé una sonrisa que estaba segura que se parecía más a una mueca, sacudí la cabeza y me obligué a andar.

La primera impresión fue de calidez. Podía llevar meses inhabitada, pero aun así la casa transmitía una agradable sensación de hogar.

Frente a la puerta principal estaban las escaleras que llevaban al primer piso; eran bastante anchas y estaban cubiertas por una moqueta color crema. A la izquierda quedaba un pequeño recibidor rectangular tras el que se abría el espacioso salón. La estancia era impresionante, sobre todo debido a la altura del techo, que no correspondía al suelo de la planta superior, sino al tejado, donde una claraboya dejaba pasar la luz. Tres ventanales se repartían a lo largo de la pared blanca que pertenecía a la fachada, mientras la contigua tenía una chimenea en el centro y, a cada lado de esta, dos enormes estanterías con una escalera que permitía llegar a las baldas de arriba.

El mobiliario era escaso y funcional: dos sofás de tres plazas en color gris claro, colocados uno frente a otro cerca de la chimenea y, entre ambos, una mesa de café cuadrada de madera de haya.

Desde el salón se accedía directamente al comedor.

—¿Abby? —La llamé cuando me di cuenta de que no nos seguía.

Se había quedado quieta tras abrir la puerta que había en una esquina del salón a la espalda de las escaleras, una ubicación que me hizo suponer que se trataba de un armario o un baño.

—Hay un dormitorio bajo el hueco de la escalera. —Hizo una pausa y se volvió con lentitud hacia nosotros; parecía que le costara apartar la mirada del interior de la habitación—. Como en *Harry Potter*. —De repente, pareció caer en la cuenta de algo y nos señaló con el dedo índice—. Si alguno intenta quitármelo, le arranco la cabeza.

Mikhail se situó a mi lado.

—Llámame raro —dijo inclinándose hacia mí con la diversión pintada en la cara—, pero jamás creí que me amenazarían de muerte por un dormitorio.

La cercanía de su cuerpo y su rostro me provocó un intenso cosquilleo en el estómago.

—Para ella hay dos cosas intocables aparte de su familia y amigos: los AC/DC y Harry Potter. Respétalos y no tendrás que temer por tu integridad física. —Empecé a andar hacia la siguiente estancia—. ¡Oh! Y no le des de comer después de las doce.

—¡Te he oído! —gritó Abby desde dentro de la habitación donde ya estaba metiendo sus cosas.

Mikhail soltó una carcajada. Tenía una risa rica y profunda que me despertó una sensación cálida y burbujeante en el pecho.

Terminamos de ver el resto de la planta baja, que consistía en un comedor con unas puertas francesas que daban al jardín trasero y una amplia cocina con barra americana. En el primer piso había dos dormitorios, un baño completo y una biblioteca. Yo me quedé con la habitación más pequeña de las dos. No me importaba, ya que era la que tenía más encanto. Estaba pintada en un precioso tono gris azulado y tenía el techo abuhardillado. Otro de los elementos que me hizo decidirme fue el pequeño recoveco que quedaba entre una pared y otra; era del tamaño justo para una ventana no muy grande y, bajo esta, habían colocado un viejo escritorio lacado en blanco.

La tercera planta era un gimnasio completamente equipado, en tanto el sótano lo habían habilitado para que fuera una sala de baile, que además contaba con un pequeño aseo.

Una vez estuvimos medio asentados, nos reunimos en el salón y nos dispusimos a repartir las tareas arrellanados en el suelo alrededor de la mesa de café.

—Solo queda la limpieza del baño —dijo Misha mirando la tabla que habíamos confeccionado mientras le daba vueltas al bolígrafo con dos dedos.

—Descarta a Abby.

Eso le hizo alzar la vista y enarcar una ceja.

—¿Otro punto en la lista acerca de cómo manejar al Gremlin?

Abs rio y yo fingí meditar mi respuesta un instante.

—Bueno, si tenemos en cuenta que su nivel de destrucción es el mismo... supongo que sí.

—Serás perra. —Intentó fingir indignación al darme un golpe en el brazo con la planta del pie—. Aunque tiene razón —admitió dirigiéndose a Misha sin el menor rastro de vergüenza—. Así que tendréis que apañároslas entre vosotros.

—Oh, no hará falta, le cedo el honor.

Mikhail se llevó el bolígrafo a la boca, inclinó la cabeza y entrecerró los ojos.

—Buen intento, *ptichka*.

No tenía ni idea de qué significaba aquella palabra, pero sonó como una caricia que me recorrió la piel. Él pareció satisfecho con su elección, porque tan pronto la pronunció sonrió de medio lado con el bolígrafo aún entre los labios.

—Podemos echarlo a suertes —sugerí.

—O podéis jugárosla a una partida de algo.

Fruncí el ceño y seguí la dirección en la que señalaba Abby. Fue entonces cuando me di cuenta de que habían instalado una videoconsola junto a la televisión.

—¿Te has traído una PlayStation 3 desde Rusia?

—No, fue más práctico comprarme una de segunda mano aquí junto a algunos juegos. ¿Qué puedo decir? —Se pasó una mano por el pelo—. Necesitaba mi kit de supervivencia. —Se dejó caer hacia atrás y se apoyó en los codos. Habría parecido un gesto del todo despreocupado de no ser por el ligero rubor que le cubrió los pómulos.

—¿Y qué juegos tienes? —se interesó Abby.

—El *Ninja Gaiden 3*, el *Metal Gear Solid*, el *Soul Calibur V*, el *Resident Evil: Operación Raccoon City* y el *Super Street Fighter IV*.

Al nombrar el último las dos nos dirigimos una mirada rápida y me dieron ganas de besarla por sugerir que jugásemos a la PlayStation.

—¿Qué tal una partida al *Street Fighter*? —propuse—. El mejor de tres *rounds*, gana.

Su expresión se tornó entre divertida y predadora.

—¿Sabes jugar?

Me encogí de hombros con desinterés.

—En los juegos de lucha, con poco que aporrees los botones, puedes conseguir un resultado decente.

—¿Eso crees? —Se incorporó despacio—. De acuerdo entonces. Se decidirá al mejor de tres y el que pierda limpiará el baño y el aseo durante todo un mes.

—Que sean dos.

Eso hizo que se detuviera a medio camino de ponerse en pie. Se inclinó hacia mí y me miró a través de las pestañas.

—¿Estás segura, *ptichka*? —Esa vez saboreó el término, lo acarició con la lengua y lo dejó salir en un tono bajo.

Tragué saliva y su sonrisa se ensanchó con lentitud.

—Totalmente —contesté.

—Que digo yo —intervino Abby—, ya que estamos pongamos toda la carne en el asador: a mes por *round*. Es decir, el perdedor se comerá tres mesecitos de limpieza.

—Hecho —dijimos a la vez. Yo enarqué una ceja y él me guiñó un ojo.

En ningún momento habíamos roto el contacto visual.

Una vez Mikhail lo preparó todo nos sentamos cada uno en un sofá y empezamos a deslizar el seleccionador sobre los círculos con la foto de cada personaje. Di una vuelta completa a los treinta y cinco como si estuviera deliberando cuál escoger. Al final dirigí el cursor hacia el que tenía en mente desde un principio.

—¿Vas a elegir a Ken? —preguntó con una mezcla de incredulidad y grata sorpresa.

Volví a encogerme de hombros.

—Prefiero los rubios.

Él seleccionó a Ryu y me miró de reojo con una sonrisilla.

—No será por mucho tiempo.

Una vez decididos los combatientes, estuvimos de acuerdo en escoger la sala de entrenamiento como escenario. Salió la imagen de Ryu *versus* Ken y la potente voz del árbitro dio la orden de: «*It's the battle of the century. Fight!*».

Tanto mis dedos como los suyos volaron por el mando, solo que yo tuve que reprimirme y hacer como si pulsara sin sentido. En nada mi barra de energía se redujo a la mitad mientras que la suya estaba casi intacta. Instantes después, resonó un grito de K.O. y mi luchador se desplomó en el suelo.

—Lo siento, pero tendría que haberte advertido de que soy bastante bueno. —Con ese brillo pícaro en los ojos parecía cualquier cosa menos arrepentido.

Apreté los labios para fingir indignación y, de paso, aguantar la risa, porque lo tenía justo donde quería.

La voz del árbitro retumbó de nuevo: «*Let's keep it up. Fight!*».

No me contuve, comencé a hacer las combinaciones más letales y que tanto me había costado aprender. En pocos segundos su barra pasó de amarilla a roja y de ahí al K.O. seguido del delicioso sonido de un «PERFECT!», ya que ni siquiera había tenido la oportunidad de tocarme.

—Lo siento, supongo que tendría que haberte advertido de que soy asquerosamente buena.

Misha soltó una carcajada y sacudió la cabeza como si fuera lo más divertido del mundo.

Ahora sabía a lo que se enfrentaba, así que cuando comenzó el último *round* me fue imposible arrinconarlo. Nos atacábamos y bloqueábamos mutuamente una y otra vez. Cada vez estaba más inclinada hacia delante, con la vista fija en la pantalla del televisor. Mis dedos volaban y las barras de energía bajaban casi a la par. La excitación de esa igualdad en el combate decisivo me produjo un subidón de adrenalina que me hizo sujetar con más fuerza el mando.

—¡Vamos, Han, dale caña! ¡Reviéntale el hígado!

Nos quedaba lo justo de vida para que el próximo ataque fuera el último para cualquiera de las partes. Me atacó, esquivé, lo ataqué, me esquivó, volví a lanzarme y... ay, Dios.

«KEN WINS.»

Me levanté del sofá de un salto con un chillido de victoria y choqué los cinco con Abby con ambas manos. Me volví hacia Misha. Su cara estaba iluminada por una sonrisa amplia y calculadora.

—Para celebrarlo, ¿os hace que pidamos unas pizzas para cenar?

Tanto Mikhail como yo aceptamos de buena gana, claro que con la nevera vacía tampoco teníamos muchas más opciones.

—¿Te acuerdas del número, Abby?

—No.

—Yo tampoco, por suerte lo guardé en la agenda del móvil la última vez que llamamos. Voy a por él.

Se le había gastado la batería poco después de la reunión con Vladimir y April, así que lo había dejado cargando en el pequeño y encantador escritorio del que ahora era mi dormitorio. Al desenchufarlo, miré mi «tarro de las cosas buenas» y sonreí, mi aplastante victoria al *Street Fighter* se merecía un lugar en él.

Tan pronto encendí el teléfono la pantalla mostró una considerable cantidad de avisos. Fruncí el ceño al ver que todos ellos eran notificaciones de Twitter y de Facebook. Busqué la primera y, al leerla, me invadió una horrible sensación de vértigo.

«¡OMG! @HanSola_Daniels y sus entrenadores se han reunido con @Misha_Onthecuttingedge ¿Regreso al hielo para ambos? ¿Como pareja?»

El texto acompañaba a una foto de los cuatro en el vestíbulo del Arctic Edge. Seguí leyendo las menciones y descubrí que había otra instantánea de Misha y mía juntos al salir del recinto. La gente nos nombraba una y otra vez en ambas redes sociales y elucubraba acerca de lo que estaba pasando. Sin embargo, lo peor no era eso.

El pánico me golpeó sin piedad. Destructivo, cruel. Se me empañaron los ojos y una mano invisible me oprimió el pecho hasta dejarme sin respiración.

Tenía que ir a verlo. Ahora. Con movimientos frenéticos me metí el móvil en un bolsillo trasero de los vaqueros, las llaves en otro, me puse la chaqueta, cogí la cartera y salí corriendo de la habitación. Bajé los escalones de dos en dos y murmuré una excusa rápida antes de salir por la puerta.

No, lo peor no eran las fotos y los rumores acerca de Misha y de mí. Lo peor era que no solo nos habían nombrado a nosotros, también habían mencionado a Nick.

7
Nick

Hubo un dubitativo golpe de nudillos antes de que se abriera la puerta. Hannah entró en la habitación sin esperar respuesta; nunca había necesitado mi permiso para pasar, ni siquiera después de haberme sorprendido medio desnudo, o desnudo por completo, en más de una ocasión.

Cualquier otro día la habría saludado como siempre desde el accidente: con una mezcla de irritación por no dejarme en paz, por insistir en mantener la relación con alguien que era poco más que una sombra del chico que fue, y alivio y contento porque lo siguiera haciendo, porque pese a todo continuara luchando por mí cuando ni siquiera yo mismo tenía fuerzas para hacerlo. En cambio, conforme la observaba adentrarse en el dormitorio, no había ni un atisbo de todo eso, sino dolor y furia.

Avanzó despacio hasta que llegó junto a la cama deshecha, apartó unos calcetines y una camiseta y se sentó. Tenía el pelo recogido en una cola alta; solo lo llevaba así cuando salía a correr por las mañanas, durante los entrenamientos o cuando estaba en casa. El resto del tiempo se lo dejaba suelto, alisado o con sus ondas naturales, una riada oscura y suave que le llegaba a media espalda. Saber aquellos detalles reflejaba hasta qué punto la conocía y estábamos unidos. Y eso me hizo estallar.

—¿Pensabas decírmelo? ¿O el pobre tullido ya no merece ni siquiera eso? —escupí, y ver cómo alzaba la cabeza de golpe con sus ojos verdes muy abiertos por el horror, colmados de pena y arrepentimiento, me produjo una oscura satisfacción.

—Claro que pensaba decírtelo, quería que te enterases por mí, no así. Es lo menos que podía...

—Ni se te ocurra terminar esa frase. —Cerró la boca de golpe y su mirada se volvió vidriosa—. ¿Es cierto entonces? ¿Mikhail Egorov va a ser tu nueva pareja?

Dos gruesas lágrimas rodaron por sus mejillas cuando asintió.

—Estarás contenta. —La afirmación sonó y supo a veneno, el mismo que me corroía las entrañas, que me recorría las venas, que me transformaba en un completo y despreciable desconocido.

—Nick, yo...

—¿Cuándo? ¿Cuándo se decidió?

—Esta mañana.

—¿Te lo pensaste al menos? ¿O aceptaste sin dudarlo tan pronto te lo propusieron?

—¡No, ni siquiera lo pensé porque no había nada que pensar! ¡La respuesta siempre fue no! ¡Rechacé la oferta una y otra vez y lo hice por...! —Se calló de golpe y su rostro, ahora mancillado por una cicatriz que le cruzaba el lado izquierdo, se contorsionó en una mueca.

—¿Por mí? ¿Es eso lo que ibas a decir? —pregunté con una risotada seca que se pareció más a un ladrido.

Verla así tendría que haberme calmado, debería haberme impulsado a envolverla entre mis brazos como en tantas y tantas ocasiones durante los últimos diez años. Pero no, su dolor alimentaba mi furia, porque, si alguien tenía derecho a sufrir, era yo, no ella. Yo, el que nunca podría volver a patinar aunque quisiera. Yo, que había perdido para siempre esa parte de mí mismo que me hacía ser quien era.

—Claro que sí. ¡Lo hiciste por el bien del pobre chico que se ha quedado postrado en una jodida silla de ruedas! ¡Tenías que proteger los frágiles sentimientos del desgraciado que no podrá volver a caminar, ni a pisar el hielo, ni a bailar, ni a follar como un hombre porque ni siquiera es capaz de controlar sus esfínteres! ¿¡Es eso, Hannah!? ¿¡Tanta lástima te doy!? —Di un puñetazo a la mesa con mi brazo sano, el otro podía moverlo, pero tenía menos fuerza.

—¡No!

Se puso en pie de un salto con los puños cerrados con firmeza a ambos lados del cuerpo. Temblaba, las lágrimas le empapaban las mejillas y su pecho subía y bajaba con tanta violencia como el mío.

¿En qué clase de desgraciado me convertía el encontrar consuelo en su sufrimiento? Hacerle daño me aliviaba, me hacía sentir menos solo. Y eso, a su vez, por contradictorio que resultara, me asqueaba, porque en el fondo la entendía. Sabía que, de haber sido a la inversa, yo tampoco habría dejado pasar la oportunidad. Y ella lo habría entendido. Al parecer, parte del antiguo Nick había sobrevivido al accidente, pero no era lo suficientemente fuerte como para abrirse paso hasta la superficie, para encontrar la luz tras la angustia, la ira y el rencor.

—Nick, escúchame...

Su tono suave y lleno de cariño, aun después de todo lo que le había dicho y de cómo la había tratado, me revolvió por dentro, me provocó una oleada candente de culpa y rabia hacia mí mismo y hacia el mundo.

—Vete, Lin —masculló pasándome la mano por el pelo.

—Cuando me dejes hablar y explicarme.

—¡He dicho que te vayas, joder! —Bramé y lancé el vaso que había junto a la pantalla del ordenador. El cristal se hizo añicos contra la pared y el agua dejó un reguero hasta el suelo—. ¡MÁRCHATE DE UNA PUTA VEZ!

Hannah dio un paso atrás con un sollozo.

«Lo siento, perdóname.» «Que te jodan, llora como hago yo cada día desde hace meses, como haré toda mi vida.» Todo eso gritó mi mente mientras la veía retroceder hasta la puerta y abrirla. Quería tenderle la mano, acurrucarla contra mi pecho, besarle el pelo y rogarle que me disculpara por haber sido un pedazo de capullo. Quería que se fuera y perderla de vista.

Antes de salir, se volvió para mirarme y dijo una de las cosas más desgarradoras que podría haberme dicho:

—Te quiero, Nick.

8
Hannah

Corrí. Salí de la casa sin despedirme de los padres y la hermana pequeña de Nick, que me miraron desde la cocina con rostros sombríos, y volé calle abajo. Los pulmones me ardían por el llanto y el esfuerzo. Eso no me detuvo, la extenuación física era mucho mejor que el dolor emocional.

Corrí. Creí que sin rumbo fijo, pero mis pies me llevaron hasta el parque donde tantas veces habíamos jugado de niños. Qué ironía.

Anduve entre los toboganes, los columpios y la piscina de arena para internarme en la arboleda. No muy lejos estaba el grueso árbol que durante años había sido nuestro escondite secreto, ya que parte de su interior estaba hueco y se podía acceder por una abertura a su espalda. Utilicé la luz del móvil para comprobar que no hubiera ningún animal o cualquier otra cosa y me metí dentro.

Solo entonces me permití derrumbarme. Caí de rodillas, me llevé las manos a la cara y grité. Grité por Nick y por mí, por nuestro pasado lleno de ilusiones rotas, por un presente que jamás creímos posible y por nuestro futuro perdido. Cada alarido me quemaba la garganta y estaba lleno de pena, de rabia, de impotencia y también de odio hacia el conductor de aquel maldito camión.

Grité hasta desgañitarme, hasta que el mundo se desdibujó a mi alrededor y solo estuve yo, rodeada de oscuridad. Por primera vez en cinco meses dejé que el peso de lo ocurrido cayera sobre mí y sentí que ya no podía más. Y dolía. Me llevé una mano al pecho y sollocé desde lo más profundo de mi ser. Fue un sonido desgarrador que retumbó en mis oídos y se hizo eco en la corteza de nuestro árbol para luego mezclarse con la huella de las risas y los secretos de otros tiempos. Días que ya no volverían.

—¿Hannah?

Di un respingo y tardé un par de segundos en reconocer la voz de Abby. Poco después, su rostro apareció en el hueco que había en el tronco.

—Va, hazme sitio. —Entró y se acomodó como pudo a mi lado, me iluminó con su teléfono e hizo una mueca—. Tienes una mala cara de cojones.

—Gracias —murmuré limpiándome las lágrimas con el dorso de la mano, pero era inútil porque el llanto no cesaba—. ¿Cómo sabías que estaba aquí? —hipé.

—Nos preocupamos cuando saliste a toda prisa de la casa, así que el ojazos y yo decidimos llamarte. Cuando cogió el móvil se dio cuenta de que tenía un porrón de menciones en Facebook y Twitter. Leyó algunas en voz alta y en cuanto nombró a Nick supe dónde habías ido. Llamé a Erin y le pedí que, si aparecías por allí, me avisara. Llegamos hace un rato y nos dijo que te habías ido corriendo.

—¿Llegamos? —La miré extrañada a través de las lágrimas.

—Sí, Misha y yo. Insistió en venir, parecía preocupado. No sé si porque le acojona la posibilidad de quedarse sin pareja ahora que por fin ha conseguido trincarte, o porque de verdad le importa lo que te pase. —Se encogió de hombros—. Supongo que todavía es pronto para saber de qué va, pero quiero darle un voto de confianza. Parece un buen tío. Y sin camiseta seguro que está bueno nivel mojar las bragas —añadió con una sonrisa desvergonzada.

Dejé escapar un sonido extraño mezcla de risilla y sollozo. Abby me pasó el brazo por encima de los hombros, apoyó su cabeza en la mía y con la otra mano entrelazó sus dedos con los míos.

—Tuve el pálpito de que te encontraría aquí. —Los cuatro habíamos usado el escondrijo en el árbol para escondernos y para compartir secretos desde que éramos unos críos—. ¿Vas a contármelo? Intenté hablar con Nick, pero el pedazo de capullo había cerrado con pestillo la puerta de su habitación.

—No le culpes, estoy segura de que de verdad necesitaba estar solo.

—A la mierda con la soledad, está sobrevalorada.

—Es posible —musité.

De repente, me encontraba muy cansada física y anímicamente. Me acurruqué contra su costado y empecé a narrarle todo lo que había pasado.

—Yo le habría dado un puñetazo en los piños si me hubiera dicho eso. Sabes que no iba en serio, ¿verdad?

—Lo sé.

De hecho, sus palabras no me habían importado, lo que me rompió el corazón fue su expresión, su mirada y lo que transmitía su voz. El querer tenderle la mano y que la rechazara, saber que le hacía falta y que aun así no me dejara llegar hasta él. Ver lo perdido que estaba, cómo quería volver a encontrarse y no podía, o más bien no sabía cómo hacerlo.

—Nos necesita, Abs.

—Y nos tiene, solo hay que conseguir que nos deje ayudarle. Y lo haremos.

—Eso espero.

Continuamos abrazadas un rato más en un silencio cómodo y reconfortante.

—¿Estás mejor? —me preguntó.

—Sí.

—Pues vámonos. Tengo el culo helado, la espalda se me está quedando como un ocho y me muero de hambre. Además, Misha debe estar harto de esperar.

—¿Dónde está?

—En el parque.

Salimos y cruzamos el escaso tramo de arboleda que nos separaba de la zona de juegos. En efecto, Mikhail nos esperaba allí.

Metido en la piscina de arena.

—Qué bien escondido tenías tu talento para hacer esculturas —comenté con un gesto de cabeza hacia el montículo que se asemejaba a un... ¿pato?

Él alzó la vista con una sonrisa traviesa.

—Deberías ver de lo que soy capaz cuando tengo un cubo, una pala y un rastrillo. —Se puso en pie, se sacudió los pantalones y se acercó a mí. Dudó un instante, como si no estuviera seguro de su siguiente movimiento. Finalmente alzó la mano y me acarició el brazo—. ¿Todo bien?

Las lentas pasadas terminaron en un roce de las yemas de sus dedos en los míos, una caricia que me produjo un agradable escalofrío y me hizo dar un irreflexivo paso hacia él.

—No —murmuré—, pero quiero creer que todo se arreglará.

Miré con recelo el Ford Thunderbird del 66 que Abby y Tris habían reconstruido pieza a pieza junto a su padre desde los catorce a los diecisiete años.

Por la mañana había superado a duras penas el trayecto en taxi; dudaba que pudiera afrontar otro paseo en coche en menos de veinticuatro horas. Estaba demasiado cansada para volver a luchar contra un ataque de ansiedad. Y la idea de dar un numerito me apetecía tanto como la de tirarme del vehículo en marcha.

—Han, sé que te encanta mi pequeño, pero deja de mirarlo y entra. —Al ver que no me movía me cogió de la mano y me dio un apretón—. Irá bien, sé que puedes hacerlo y además no voy a dejar que se te vaya la pelota. Confía en mí.

No se trataba de confianza, sino de fuerza de voluntad y ganas de avanzar, así que respiré hondo, abrí la puerta y me senté en el asiento del copiloto. Abby se acomodó tras el volante y, una vez estuvimos listos, arrancó. Cerré los ojos e hice lo posible por acompasar mi respiración, por aplicar los ejercicios de relajación que la doctora Allen nos había enseñado con el fin de realizarlos antes de los campeonatos. Si bien no hicieron falta. Los labios se me curvaron en cuanto escuché los primeros acordes que reprodujo el lector de CDs.

Abby me dirigió una mirada cómplice y me tiró un beso antes de devolver su atención a la carretera.

—No te atrevas a rajarte —me advirtió.

Un par de segundos después empezamos la canción en perfecta sincronía entre nosotras y la cantante.

—Esta es... mi pequeña aldea... un lugar... cada día igual... Con el sol... se levantan todos... Des... per... tan... do... así... *¡Bonjour! ¡Bonjour! ¡Bonjour! ¡Bonjour! ¡Bonjour!*

Rompimos a reír y desde el retrovisor vi a Misha cruzarse de brazos y esbozar una sonrisilla mientras negaba con la cabeza como si pensara: «estáis locas, pero me encanta».

Continuamos berreando el inicio de *La Bella y la Bestia* entre risas. Conforme avanzaba la melodía nos metíamos más en el papel, igual que con *Hakuna matata* de *El rey león*. Para cuando comenzó la siguiente, *No diré que es amor* de la película *Hércules*, ya lo estábamos dando todo. Además, era de nuestras favoritas. Abby interpretó las partes de las musas y yo, las de Megara. Al llegar a la parte de mi «¡Oh! En alta voz, no diré que es mi amor...» apareció la mano de Misha entre los dos asientos, me dio una pequeña flor de papel que había hecho con el envoltorio de una hamburguesa (que debía haber encontrado tirado en algún lugar del asiento de atrás) y me guiñó un ojo.

Me eché a reír porque coincidía con el momento de la película en el que las musas le devolvían a Megara la flor que le había regalado Hércules.

—¿Qué eres, mi muso o mi héroe? —pregunté divertida.

Sus increíbles ojos azules brillaron incluso en la relativa oscuridad del coche y sus labios se curvaron de medio lado. Esa fue la única respuesta que me dio antes de recostarse de nuevo en su sitio y bastó para que una sensación cálida me recorriera todo el cuerpo.

—Oh, quiero un Mushu. —Lloriqueó Abby cuando comenzó el redoble de tambores de *Voy a hacer todo un hombre de ti* de *Mulán*.

—¿Quién no querría un dragón?

En el breve silencio que siguió a nuestra mirada de «nadie diría que no a tener uno, hombre, por favor» oímos un murmullo muy bajo pero audible, que venía de la parte de atrás. Me giré y, en efecto, Misha estaba siguiendo la letra de la canción a la perfección.

—Hoy dais lástima, vais a aprender: pasión, deber, valor, virtud... pues yo ya... lo logré... ahora tú...

—¡Vamos, ojazos! ¡Dale caña, haz un hombre de mí! —Le animó Abby.

Eso le hizo soltar una carcajada y negar una vez más con la cabeza. Siguió cantando un poco más alto, aunque su expresión rozaba la timidez. Y no entendía por qué ya que tenía una voz preciosa, muy parecida a la original, lo que hizo que ambas nos limitásemos a hacerle los coros.

Los tres prorrumpimos en risas y vítores cuando terminamos de entonar la última palabra con gorgoritos exagerados.

El ambiente cálido y distendido que nos envolvía me pareció casi un milagro que había logrado que hiciera el viaje sin problemas. Durante un rato me había hecho olvidarme de mi miedo y también de las lágrimas que había derramado hacía nada. Me había sentido yo de nuevo, la Hannah que solía ser, y por un breve instante fui capaz de creer de corazón que todo iría bien.

Lo que no esperaba era que esa misma noche, por primera vez desde lo ocurrido, tendría un terror nocturno que me obligaría a revivir el accidente con escalofriante nitidez.

9
Hannah

Me levanté hecha polvo, así que decidí darme una buena ducha y disimular la mala cara con un poco de BB Cream y colorete antes de bajar a desayunar. El olor a café me dio los buenos días cuando bajé las escaleras.

—Adivina —canturreó Abby tan pronto puse un pie en la cocina. Llevaba el pelo recogido en una trenza ladeada, pantalones de pijama rosas y una camiseta negra de Metallica que, por el tamaño, debía ser de Tris—. No había nada en el frigo, así que me he acercado a la panadería de Zingerman's.

Tan pronto terminó de decirlo destapó la bandeja que estaba sobre la barra americana. Solté un chillido de éxtasis y salí corriendo hacia ella.

—Si me gustaran las tías te lo haría aquí mismo —afirmé y le estampé un rápido beso en los labios.

—¿Antes o después de comerte alguno de esos? —preguntó riendo y señaló el surtido de *cupcakes*, galletas, *brownies* y trozos de tarta.

—¿Mientras?

Una carcajada profunda y vibrante sonó a mi espalda y me hizo estremecer. Me giré despacio y vi que Misha estaba sentado en la mesa del comedor con una taza humeante en las manos. Llevaba vaqueros desgastados, Converse negras y un jersey fino del mismo color con cuello redondo, lo suficientemente amplio como para que se le vieran las clavículas y la parte superior de los bien formados pectorales. Llevaba el cabello peinado en un cuidado estilo descuidado y unas gafas negras de pasta.

—Buenos días, Hannah. Mañana haré tortitas para desayunar, así los dos empezaremos muy bien el día. —Saludó con una sonrisa deslumbrante y llena de picardía.

Los ojos se me fueron de su torso a su boca y la idea de besarlo como acababa de hacer con Abby, o más bien de una forma muy distinta, me asaltó a traición.

—¿De verdad usas gafas o es por moda? —pregunté en un patético intento de desviar la conversación a un terreno más seguro. De repente notaba la garganta demasiado seca y otras partes demasiado húmedas.

—Soy miope. —Se echó hacia atrás y apoyó un brazo en el respaldo de la silla. En esa postura el jersey de hilo dejaba poco a la imaginación—. Por lo general llevo lentillas, pero ayer me las dejé puestas más tiempo del que debía, así que hoy toca descanso.

—Menos mal que no saldremos al hielo.

—¿Crees que Vladimir tendrá ya nuestros programas?

Cogí la taza de café que me tendió Abby, un *cupcake* de chocolate con *frosting* de vainilla y me senté en una de las banquetas que había alrededor de la barra americana.

—Eso espero. —Ataqué mi desayuno e intenté no volver a pensar en lo sexy que estaba con las malditas gafas.

En efecto, nuestros entrenadores habían estado trabajando en las danzas que ejecutaríamos ese año.

—En circunstancias normales lo habríamos discutido los cuatro —comenzó a decir Vladimir. Estábamos de nuevo reunidos en el Arctic Arena, sentados alrededor de la pequeña mesa de reuniones que presidía la sala—, pero vamos justos de tiempo para eso, así que espero que confiéis en nuestro criterio y aceptéis la propuesta que os traemos.

—El *pattern dance* para los programas cortos de esta temporada 2012-2013 será la Yankee Polka y los ritmos: la Polka, la Marcha y el Waltz. —Tomó el relevo April—. Tras barajar varias opciones hemos optado por *Giselle*, de Adolphe Adam.

El programa corto era el más restrictivo de todos. Cada año, el comité técnico de danza sobre hielo seleccionaba tres ritmos, y todas las parejas debían escoger la música que usarían y montar la coreografía en base a estos. Solo se les permitía decidir si utilizar los tres, dos o uno de ellos. Por otro lado, el comité también elegía un *pattern dance* de entre los veinticuatro existentes. Este consistía en un fragmento de treinta y seis segundos de duración en el que se debían realizar los pasos y agarres propios de esa danza (como podían ser los del paso doble, el tango, la rumba... o el que tendríamos que utilizar nosotros: la yankee polka, inventada por una pareja de danza americana en 1969 y que requería de un buen empuje, inclinaciones profundas de las cuchillas y agarres ligeros, todo ejecutado con extrema precisión y alegría). Por tanto, durante ese corto espacio de tiempo todas las parejas realizaban exactamente los mismos movimientos, que debían estar integrados a la perfección en cualquier parte del programa corto.

Como si eso fuera poco, había que contar con otras directrices como añadir una secuencia de pasos, un conjunto de giros y una elevación. El resto, que no era mucho, podía ser de elección libre, pero acorde a los ritmos preestablecidos.

—En cuanto al programa libre —continuó—, haremos un mix con *Hip hip chin chin* de Club des Belugas, *Temptation* de Diana Krall y *Mujer latina* de Thalia. Creemos que algo con fuerza y con un toque seductor os irá como anillo al dedo.

El programa libre era con el que los patinadores podíamos darlo todo. A excepción de unos pocos elementos obligatorios, teníamos la oportunidad de dejar volar nuestra creatividad. Podíamos elegir el ritmo, el tema sobre el que giraría la coreografía y, por tanto, la música. La originalidad tenía un gran peso, por lo que los equipos (los patinadores junto a sus entrenadores y coreógrafos) se esforzaban en incluir piezas y posiciones difíciles e inusuales para ganar puntos en dificultad. Para conseguirlo, teníamos la opción de introducir varios cortes musicales con distintos tempos que ayudaran a dar variedad a la coreografía.

—Tanto el libre como el corto son nuestra prioridad. —Intervino Vladimir quitándose las gafas para masajearse el puente de la nariz—. Sin embargo, también necesitaremos como mínimo un programa de exhibición.

Esa era mi parte favorita con diferencia. La competición significaba un subidón de adrenalina, nervios a flor de piel y tensión contenida, el momento en el que te ponías a prueba y te esforzabas para que todo saliera bien y así poder recoger el merecido fruto del trabajo duro. Lo adoraba, pero nada podía compararse con las exhibiciones. En ellas no había jueces, no había presión, no había pautas a seguir, ni prohibiciones de ningún tipo. Solo estábamos nosotros, el hielo y una audiencia entregada.

—Y quiero que lo hagáis vosotros —concluyó el entrenador con los ojos clavados en mí y en Misha—. Elegir la música y elaborar la coreografía os ayudará a conoceros mejor y a aprender a trabajar como el equipo que ahora sois. ¿Alguna pregunta?

—Solo una. —Mikhail sonrió inclinándose hacia delante para apoyar los antebrazos en las rodillas—. ¿Cuándo empezamos?

Vladimir soltó una carcajada y se puso de nuevo las gafas.

—Esa es la actitud, muchacho. ¿Y qué hay de ti, Hannah?

Yo sentía un revoloteo expectante en el estómago, si bien eso no evitaba que albergara dudas.

—Tengo ganas de empezar a trabajar, pero me guardaré el entusiasmo hasta ver cómo nos desenvolvemos.

—Tan cauta como siempre —comentó April, que se echó sobre el hombro la espesa mata de cabello negro.

—Y hasta ahora me ha funcionado bastante bien. —Saber a lo que te enfrentabas te evitaba muchos problemas—. Por cierto, ¿qué hay de los trajes?

—Ya hemos llamado a Magda para que empiece con los diseños, en cuanto los tenga les echaremos un vistazo y, si os parecen bien, iremos a que os tome las medidas.

—También os gustará saber que ya está todo el papeleo en regla, lo que significa que podemos anunciar que sois pareja de manera oficial. Es posible que la prensa especializada se interese por vosotros; al fin y al cabo, no todos los días un medallista olímpico y varias veces campeón del mundo regresa de su retiro.

Conforme el patinaje se convertía en un deporte más global aumentaba el número de parejas de distinta nacionalidad. Eso solo suponía un problema de cara a clasificarse para las olimpiadas de invierno, ya que el Comité Olímpico exigía que cada deportista tuviera la nacionalidad del lugar al que iba a representar. En cambio, la Unión Internacional de Patinaje sobre Hielo no era tan estricta y permitía que los patinadores compitieran por un país como residentes, siempre y cuando reunieran dos requisitos: cumplir con las condiciones de residencia y que hubiera pasado un periodo de dos años entre la participación por un país y otro, en este caso Rusia y Estados Unidos. Misha satisfacía ambos.

Me puse tensa y Vladimir debió notarlo porque añadió:

—Tranquila, si se diera el caso, dejaríamos claro que no deben sacar a relucir a Nick, sino centrarse en vosotros y en vuestros planes para esta temporada.

Le agradecía el intento, pero todos sabíamos que para hablar de nuestra nueva situación tendríamos que tocar el tema de Nick. Era inevitable y también doloroso, sobre todo después de lo que había ocurrido el día anterior. Cada vez que cerraba los ojos podía ver con nitidez su expresión desesperada y desgarrada mientras me gritaba. No iba a darle la razón y sentir pena por él. Nuestra relación, el amor que sabía que sentíamos el uno por el otro, no sobreviviría a eso y yo no estaba dispuesta a permitir que muriera.

Un suave golpe en la puerta nos hizo girarnos en esa dirección. La hoja se abrió despacio y una cabeza de pelo negro muy corto se asomó por la rendija.

—¿Se puede?

El entrenador le hizo un gesto con la mano para que entrara.

—Claire, pasa, te estábamos esperando.

Claire Adams era nuestra nutricionista y preparadora física. Nadie me había hecho sudar tanto como ella.

—¡Hola, preciosa! —Me saludó con una enorme sonrisa en su hermoso pero peculiar rostro, porque si había una palabra para describirla era andrógina.

—Hola, Claire.

Me levanté para que pudiera darme un abrazo.

—Y esta debe ser mi otra víctima —dijo dirigiéndose a Misha, que también se puso en pie—. Como ya te habrás dado cuenta, me llamo Claire y soy la que hará que estéis en inmejorable forma física.

—Yo soy Mikhail. —Esbozó una sonrisa encantadora y estrechó la mano que ella le había tendido—. Un placer.

—Lo mismo digo. —Le devolvió el apretón y le indicó que tomara asiento de nuevo—. Además de a saludar, he venido porque quería hablar contigo sobre los pormenores de tu lesión de rodilla. —Se sentó de un salto en la mesa frente a él y sacó una pequeña libreta y un bolígrafo del bolsillo delantero de la sudadera—. Necesito conocer todos los detalles para poder elaborar una tabla de ejercicios acorde a tus necesidades.

Mientras ellos hablaban, Vladimir me hizo un gesto para que me uniera a él en la esquina más alejada de la sala.

—¿Hablaste con Nick? —Su tono destilaba preocupación.

—Sí.

—Y no fue bien.

—No —admití.

Dejó escapar un suspiro largo y pesado.

—¿Qué vamos a hacer con ese chico? —Miró a April cuando esta se situó a su lado y le posó una mano en el hombro—. Se ha saltado las dos últimas sesiones con la doctora Allen. Según nos han dicho Trevor y Erin, se niega a ir.

Nick había tomado la misma decisión que yo. Si alguien tenía que hurgar en nuestra cabeza, al menos que fuera una persona en la que confiábamos. Sin embargo, daba la impresión de que para él no estaba funcionando igual de bien que para mí.

—Al parecer sus ataques de cólera han empeorado. Nos tiene preocupados, a nosotros y sobre todo a sus padres.

Y a Abby, a Tris y a mí.

—Es difícil ayudar a quien no quiere ser ayudado, pero eso no hará que dejemos de intentarlo. —Para mí era un hecho.

—¡Bueno!, ya hemos acabado. —La voz de Claire resonó a nuestra espalda. Miró su reloj de pulsera y se bajó de la mesa de un salto—. Tengo que irme. —Con unas pocas zancadas, llegó a la puerta—. Si no necesitáis nada más de mí, nos vemos en un par de días.

Juraría que vi un brillo diabólico en sus ojos marrones.

—Espera, Claire —la llamó Misha. Se levantó y sacó su teléfono del bolsillo trasero de los vaqueros—. ¿Puedes hacernos una foto?

—¿Un recuerdo de vuestra primera reunión como equipo? —preguntó con afabilidad.

—Supongo que sí. —Sonrió y las mejillas se le tiñeron con un punto de color.

—Venga, poneos juntos. —Cogió el móvil y nos indicó que nos agrupáramos.

Nos miramos unos a otros como idiotas mientras nos situábamos delante de la mesa, Vladimir a mi izquierda y April a mi derecha. Antes de que pudiera darme cuenta, Misha se colocó detrás de mí, me abrazó por encima del pecho y apoyó la barbilla en mi hombro. El estómago me dio un vuelco y se llenó de esa sensación de revoloteo, de manera que esa vez fui yo quien se sonrojó.

—¿Preparados?

Intenté sonreír como una persona normal y no con cara de fan perturbada a punto de gritar: «¡Oh Dios mío, Mikhail Egorov me está abrazando!»

—A la de tres: uno, dos, tres... ¡patata!

En vez de eso, él decidió decir:

—¡*Ptichka!*

Lo hizo junto a mi oído y estaba segura de que, aunque la maldita palabra hubiera significado *salchicha*, me habría producido el mismo escalofrío.

—Listo. —Aprobó Claire al comprobar cómo había quedado.

Le devolvió el móvil a Misha, cuya sonrisa se amplió al mirar la pantalla, agitó la mano a modo de despedida y cerró la puerta tras ella. Pocos minutos después, sonó mi tono para las menciones en redes sociales, @Misha_Onthecuttingedge me había nombrado en Twitter al subir una foto, nuestra foto, en la que él me abrazaba y yo me agarraba a sus antebrazos con expresión de flipada:

«Con la preciosa @HanSola_Daniels y nuestros entrenadores.
¡¡Dad la bienvenida a la nueva pareja de danza!!»

10
Nick

Mi madre me obligaba a pasar buena parte de la tarde en el porche de atrás desde que las temperaturas empezaron a subir. Según ella, un poco de aire fresco y de sol me vendrían bien. Ya, como si mis jodidas piernas tuvieran paneles solares y solo necesitaran de una recarga para volver a funcionar, cuando la realidad era que podía dejarme ahí todo el día o permitir que me quedara en mi habitación hasta parecer albino, que seguiría tullido de por vida.

Me pasé la mano por el pelo e intenté concentrarme en la serie que estaba viendo en el portátil. Desde la visita de Hannah la noche anterior estaba más irritado de lo normal. No dejaba de darle vueltas a lo sucedido, así como no paraba de preguntarme si mi mejor amiga habría pisado ya el hielo de la mano de otro mientras yo me pudría en una puta silla. Y todos esos pensamientos daban lugar a una espiral de arrepentimiento y vergüenza por cómo la había tratado, y de cólera y rencor hacia ella y hacia el mundo.

—No se preocupe, señora Benson, ya lo llevo yo. —Su voz llegó desde la cocina instantes antes de que cruzara la puerta trasera, abierta para dejar entrar la suave brisa y para facilitarme el paso.

—¿No deberías estar apuñalándome un poco más por la espalda planificando la temporada con tu nuevo compañero y el resto del equipo? —solté sin pensar, con la boca llena del veneno que me carcomía.

Hannah se detuvo en seco, y por un momento pensé que los trozos de tarta, los vasos y la jarra llena de limonada se caerían de la bandeja que llevaba.

Apretó los labios, tragó saliva y sus ojos se volvieron vidriosos. Sin embargo, no derramó ni una lágrima, sino que alzó la barbilla, cuadró los hombros y empezó a caminar hacia mí.

—Ya tuvimos una reunión esta mañana. —Pese a sus esfuerzos, su voz sonó constreñida.

—No hace falta que me des detalles, no me interesan, ni ahora ni nunca.

—¿Y qué te interesa entonces, Nick? —Dejó las cosas sobre la mesa con un golpe sordo.

—No sé —me encogí de hombros con desidia—, el cultivo de la calabaza, las costumbres reproductoras de los castores, la pesca con mosca, las próximas elecciones o si de verdad merecerá la pena que *Fringe* tenga una quinta temporada en vez de acabar en la cuarta. Por cierto, es muy buena serie, deberías verla.

—¿Es esa de ciencia ficción de la que me hablaste hace un par de semanas? —preguntó con cautela.

—Sí, la de J. J. Abrams, el de la peli *Super 8*.

—Ya sabes que me encanta esa película, así que venga, ponme el primer capítulo de *Fringe*. —Esbozó una sonrisa forzada y se sentó en el banco de madera que había a mi derecha.

No, no, no... Tenía que estar de broma. Esa parte insidiosa que había crecido dentro de mí desde el accidente se removió como una bestia hambrienta.

—¿De qué vas? ¿En serio pretendes arrellanarte entre los cojines como si nada, como si lo de anoche no hubiera ocurrido, como si no me hubieras traicionado?

Lin dio un respingo y la expresión de dolor que ensombreció su rostro me provocó una retorcida mezcla de culpa y satisfacción igual que ocurrió durante nuestra última discusión.

—No pretendo nada —musitó—, solo quería ver cómo estabas y pasar tiempo contigo.

—Oh, sí, tu buena obra del día, santa Hannah. Seguro que eso hace que te sientas mucho mejor contigo misma. Pues déjame decirte algo: puedes meterte tu caridad por donde te quepa.

—Basta. —Su voz se quebró—. Basta, Nick, por favor. No sigas con esto.

¿Que no siguiera? Abrí la boca para despedazarla con cada recriminación que se me agolpaba en el pecho y me subía por la garganta, aunque me contuve al ver su mirada. Sus ojos verdes me suplicaban sin palabras que no nos hiciera más daño, que pusiera freno a la rabia. Estaba a punto de ignorarla cuando me abrazó. Me rodeó el cuello con los brazos y se pegó a mí pecho.

—Nick... —Más que mi nombre fue un ruego. Intenté apartarla, pero se resistió con una terquedad que me removió todo por dentro y logró despertar una pequeña oleada de calidez, porque ya se había comportado así antes. Fue durante mis primeros días tras despertar del coma en el hospital. Noche tras noche, Hannah dejaba su habitación, venía a la mía y batallaba conmigo hasta tumbarse a mi lado. Entonces se abrazaba a mi cintura y allí se quedaba, como testigo silencioso de mi desesperación, como compañera de lágrimas. Me sujetaba con fuerza durante horas como si temiera que pudiera desaparecer si me soltaba.

Recordar aquello consiguió disipar lo suficiente la cólera para dejarme ver y pensar más allá de esta. Y admitir que, bajo todo ese fuego que me consumía las entrañas, era muy consciente de que desahogarme me proporcionaría apenas unos segundos de satisfacción. Luego solo quedarían remordimientos y angustia. Y estaba tan cansado de sentirme así, de vivir en una lucha y una aflicción constante...

—Está bien —mascullé.

—Gracias —susurró. Y yo respondí con un asentimiento seco.

Volvió a sentarse mientras yo quitaba lo que había estado viendo y ponía *Fringe*.

Tardé tanto en relajarme que creí que no lo conseguiría. Pero a mitad del segundo capítulo, después de haber acabado con la tarta y la limonada, estaba del todo sumergido en la trama. Tal era así, que me sobresalté cuando Hannah me abrazó por el antebrazo y apoyó la cabeza en mi hombro.

La miré de reojo y apreté los labios. Todavía estaba muy cabreado y dolido. Sin embargo, no hice amago de moverme porque, pese a todo, estar tan cerca de mi mejor amiga y pasar la tarde con ella tal y como lo habíamos hecho durante los últimos meses: jugando a la videoconsola, leyendo o viendo películas y series; era como un bálsamo.

—¿Todo bien por aquí? —La aparición de mi madre interrumpió mi línea de pensamiento—. Cielo, te quedas a cenar, ¿verdad? —le preguntó a Hannah al tiempo que recogía los restos de la merienda y los colocaba en la bandeja.

—Me encantaría, pero tengo que coger el tren de vuelta a Ann Arbor.

—Oh, no te preocupes por eso, Trevor te llevará encantado.

—No hace falta que se moleste.

—No seas tonta, no es ninguna molestia. Además, mañana tiene el día libre.

—Agradezco mucho la oferta, señora B, pero intento limitar mis viajes en coche, más aún si... —la noté removerse inquieta, aún sujeta a mi brazo— es ese trayecto.

Nuestras miradas se cruzaron y supe que ambos habíamos revivido aquel mismo instante marcado por el sonido ensordecedor del impacto del metal contra el metal. Fue Hannah quien apartó la vista primero.

Mamá frunció el ceño, desconcertada, para segundos después llevarse la mano al pecho, por fin consciente de su metedura de pata.

—Oh, cariño, lo siento, creí que estabas mejor. ¿No sigues viendo a la doctora Allen?

—Sí, y gracias a eso he hecho progresos, pero todavía tengo mucho en lo que trabajar.

—Claro que sí. —Sonrió con calidez—. Haces bien en esforzarte y no rendirte con el tratamiento. Ojalá Nick hubiera hecho lo mismo. Quizá podrías convencerle.

—¡Ja! —Solté una risotada carente de humor—. ¿Convencerme de qué? —Su sugerencia fue como una cerilla lanzada a un bidón de gasolina—. ¿De que vuelva a la consulta de alguien que seguro que la ha animado a traicionarme?

—Hannah no ha hecho tal cosa, Nicholas —su gesto se volvió severo—, solo está continuando con su vida y eso no tiene nada de malo.

—Claro que no, es estupendo que se haya librado del lastre para seguir adelante, como te gustaría hacer a ti. —Me arrepentí de esas palabras llenas de ponzoña en cuanto abandonaron mi boca.

No fui capaz de ver la expresión de su rostro. Bajé la cabeza, le quité los frenos a las ruedas y me encaminé hacia el interior de la casa.

—Cariño... —Aparté su brazo de un manotazo. Me sentía tan asqueado, tan avergonzado...

—Nick, espera. —No lo hice, continué sin parar hasta llegar a mi habitación. Intenté cerrar la puerta, pero Hannah estaba justo detrás de mí—. Por favor, habla conmigo.

—¿Para qué? Ya has visto lo que ocurre cuando hablo. —Me pasé las manos por el pelo—. ¿Qué me está pasando, Lin? ¡¿Qué me está pasando?! —repetí. Dios, el pecho me dolía tanto que me costaba respirar—. Nunca fui una mala persona, jamás busqué destrozar a los demás como lo hago ahora.

—Ni encontraba la más mínima complacencia en hacer daño, mucho menos a la gente a la que quería, como acababa de hacer con mi madre, como hice tanto anoche, como hacía un rato con Hannah.

Ella se acercó despacio y se sentó en la cama.

—No eres una mala persona, ninguno lo pensamos —afirmó con convicción—. Y lo que te pasa no es más que el duelo, Nick. Solo te has estancado entre dos puntos del camino.

—¿Y qué hago para salir de ahí, para seguir, para terminar con esta pesadilla? —pregunté con el llanto atascado en la garganta y desvié la vista hacia la ventana.

—Luchar y dejar que te ayudemos.

Extendí la mano en su dirección, ella entrelazó sus dedos con los míos y lloró conmigo en silencio.

11
Hannah

Antes del accidente solía salir a correr un rato por la mañana los fines de semana; era una buena manera de mantener el cuerpo activo y, además, me despejaba la mente. Una costumbre que decidí convertir en diaria hasta que recuperara mi antigua condición física, ya que en los últimos cinco meses mi único ejercicio había sido andar de un lado a otro del campus. Y me quedó claro que eso me había pasado factura cuando regresé sin aliento de mi primera salida, como si en vez de unos cuantos kilómetros hubiera recorrido cientos.

Entré en el baño, me quité la ropa sudada y me metí en la ducha. Cada uno de mis músculos agradeció la caricia del agua caliente. Cerré los ojos y me relajé. La pasada noche había vuelto a tener la misma pesadilla, y había despertado sobresaltada y empapada de sudor y lágrimas. Sospechaba lo que me pasaba, de hecho estaba casi segura, pero quería esperar a que la doctora Allen lo confirmara.

Acababa de empezar a depilarme cuando oí un ruido, luego otro. Con el agua no era capaz de identificar el sonido, así que asomé la cabeza por un lado de la cortina. No sé si se me abrieron más los ojos o la boca cuando vi que Misha estaba dentro del baño. Iba descalzo y sin camiseta que cubriera su torso fibrado, en el que además de su musculatura destacaba un impresionante tatuaje de un cuervo en pleno vuelo mientras se disolvía en volutas de humo tan negro como él. El dibujo le rodeaba el tronco desde debajo del pectoral izquierdo hasta la espalda.

De la cinturilla del pantalón de chándal le colgaban un paño y dos espráis de limpieza, uno a cada lado como si fueran las pistolas de un vaquero, y cuyo peso hacía que la prenda se le bajara hasta dejar aún más a la vista esa parte de la anatomía masculina que Abby denominaba como la «uve orgásmica». En cuanto a sus manos, estaban cubiertas por unos guantes azules de látex que le llegaban hasta los codos.

—¿¡Qué demonios crees que haces!? —pregunté en cuanto pude pensar con algo de claridad.

—Limpiar el baño —dijo con una sonrisilla que pretendía ser inocente.

—¿A esta hora? ¿Eres una abuela con insomnio o qué? Y por si no te has dado cuenta, me estoy duchando. —Por lo visto solo él era capaz de hacer aparecer el *chiñido*—. Si tanto te apetece limpiar de buena mañana, vete a darle un repaso al aseo de abajo y vuelve cuando yo haya terminado.

Se sacó un estropajo del bolsillo y descolgó uno de los botes de su cinturilla. Armado con ellos se acercó al váter, que estaba a muy poca distancia de la bañera, se puso en cuclillas y comenzó a rociarlo. Olía muy fuerte.

—El aseo ya está como una patena y, si espero para hacer lo mismo con este, se me hará tarde para ir al entrenamiento.

—Pues déjalo para esta noche, que es lo que haría cualquier persona normal.

Alzó la cabeza para mirarme con diversión muy mal disimulada.

—Me gusta hacerlo por la mañana. —Su sonrisa se volvió traviesa—. Y en el trato se especificó quién limpiaría, no cuándo. Eso lo decido yo y ahora mismo no encuentro ningún motivo de peso para dejarlo para más tarde. —Fue entonces cuando aparecieron los hoyuelos—. Al contrario.

Maldije con fuerza entre dientes y, a continuación, ocurrió una desastrosa reacción en cadena: al cerrar la cortina con demasiado ímpetu, tiré la cuchilla de afeitar junto al bote de espuma que había dejado en la esquina de la bañera, me agaché a recogerlos y cometí el error de incorporarme demasiado rápido (la falta de sueño y el no haber desayunado aún después de la carrera matutina eran una mala combinación para hacer eso). Perdí el equilibrio, me agarré a la cortina para intentar recuperarlo, pero la barra que la sujetaba aguantaba de todo menos peso y se descolgó por un lado. Antes de poder evitarlo, caí de boca al suelo.

O debería de haberlo hecho, porque en su lugar me encontré sobre otro cuerpo, con las manos abiertas encima de un pecho cálido y suave, encajada entre otras piernas y muy cerca de unos labios que ya había imaginado besar. Mi corazón dio un vuelco y la respiración se me atascó en la garganta.

Su brazo derecho se movió para rodearme la espalda y al notar el tacto frío y húmedo supe que lo que buscaba era taparme como podía con la cortina. De repente, fui muy consciente de la situación, el pulso se me disparó, tragué saliva y en vez de intentar levantarme a toda prisa como era mi intención, parpadeé despacio. Luego sonreí. No pude evitarlo, no cuando comprobé que Misha tenía las mejillas tan encendidas como las mías y que su mirada, en vez de vagar por mi cuerpo desnudo, estaba clavada en el techo con forzado interés.

—¿No crees que vas un poco rápido? Pensaba que al menos iríamos al cine o a cenar antes de llegar a esto. —Una de las comisuras de sus labios se curvó hacia arriba tras el comentario hecho con tono juguetón, aunque algo ronco.

Apenas si me miró de reojo.

—Siento desinflar tu ego, pero ha sido por culpa de tu ataque químico.

Eso le hizo reír por lo bajo y yo sentí la vibración en las palmas de las manos y en mis pechos, solo separados de su torso por una delgada capa de plástico. Se me erizó el vello de la nuca y un estremecimiento me recorrió la columna.

—¿Así que los vapores te marearon?

—Exacto.

—Me hieres. —Se tapó los ojos con el brazo que tenía libre—. Si acabo con problemas de autoestima, tendrás que hacerte responsable, *ptichka*.

Esa vez fui yo la que dejó escapar una risilla, negué con la cabeza y me moví para intentar levantarme con un mínimo de dignidad y sin enseñar más de la cuenta. Si es que eso era posible.

—¡*Chyort voz'mi!*[1] —gruñó Misha, levantó el torso de golpe y apretó la palma de la mano contra la parte baja de mi espalda como si intentara evitar que me moviera.

Tardé un par de segundos en comprender su reacción, justo hasta que...

Oh.

¡Oh!

Pude sentirlo duro contra mi estómago a través de su pantalón y la fina cortina que me cubría. Un intenso hormigueo me recorrió los muslos, los pómulos se me prendieron en llamas, igual que el resto del cuerpo. Estaba

---

1. ¡Maldita sea!

segura de que ni en el infierno habría tenido más calor. Misha cerró los ojos con una profunda inspiración al mismo tiempo que yo volvía a hacer amago de levantarme.

—Si te revuelves otra vez empezaré a pensar que quieres abusar de mí —dijo con un párpado entreabierto y una sonrisilla que, no sé cómo, le dio al mismo tiempo un aire pícaro y adorable.

—Pues ya me dirás cómo lo hacemos. —La sonrisa se amplió—. Oh, por favor, no quería decir eso. —Puse los ojos en blanco y al darle una palmada en el pecho, dejó escapar una risotada—. Ayúdame a ponerme de pie, no podemos quedarnos aquí todo el día. —Y menos con su erección tan cerca de una parte de mí que estaba cada vez más húmeda y no por la ducha.

—Eso es discutible.

—Ya, discútelo con Vladimir, seguro que le encantará que lleguemos tarde nuestro primer día. Además, te recuerdo que tienes que terminar de limpiar y yo de...

Cerré la boca de golpe en cuanto recordé lo que había estado haciendo antes de que él entrara: depilarme las piernas. Un hábito que muchas evitábamos durante el invierno. ¿Si no vas a enseñarlo, para qué vas a depilarlo? Ese era mi lema, claro que en el pasado solo podía seguirlo en las épocas en las que no competíamos. Sin embargo, en los últimos cinco meses no había tenido motivo para seguir con esa rutina. En consecuencia, y como si no tuviera ya bastante, estaba tirada encima de Mikhail Egorov con unas piernas que eran la Bella y la Bestia.

Oh. Dios. Mío.

Toda la situación era surrealista.

Dejé caer la frente sobre su hombro y una carcajada escapó de entre mis labios; luego otra, y otra... hasta que se me saltaron las lágrimas y Misha se contagió de mis risotadas.

Habíamos recuperado un poco el aliento cuando Abby apareció en la puerta. La miramos, allí de pie con una ceja enarcada y cara de estar pensando qué le parecía la escena que tenía delante; nos miramos él y yo de nuevo y estallamos en carcajadas una vez más.

Con la ayuda de los dos logré ponerme de pie sin causarle demasiadas molestias a Mikhail y sin enseñar más de la cuenta. Él accedió a dejar la limpieza para la noche y se marchó. Abby me ayudó a colocar la cortina para que pudiera terminar de prepararme.

Para cuando dejamos la casa para ir al Arctic Arena, mi «tarro de las cosas buenas» ya estaba un papel más lleno.

Dolor reconfortante, eso fue justo lo que sentí al ponerme los patines después de tanto tiempo. Mis pies iban a acabar hechos polvo hasta que volvieran a recordar la dureza e inflexibilidad de los botines. No me importaba, no cuando el corazón empezaba a golpearme con fuerza el pecho solo con pensar en volver a pisar el hielo.

Me levanté y estiré de nuevo los brazos sin poder borrar a Nick de mi mente. Eran tantos los recuerdos que tenía de ambos en el vestuario, en la pista y en otros muchos rincones del Arctic Arena, que casi podía verlo a mi lado y escuchar su voz y su risa. Un sonido apenas existente desde el accidente y que quizá desaparecería del todo por mi culpa. Parpadeé con rapidez al notar un fuerte escozor en los ojos y presión en la garganta. No, no debía seguir esa línea de pensamiento porque entonces me flaquearían las fuerzas y abandonaría el edificio para siempre sin mirar atrás. Era mejor centrarse en otra cosa, como en que Misha había terminado de calentar hacía un rato y ya estaba en la pista, así que me di prisa en finalizar mis ejercicios. Me quité la sudadera y me quedé con la camiseta negra de manga corta y mis mallas de deporte favoritas, las de color vino con la frase «*Trained to be wild*[2]» serigrafiada en blanco en el lateral de la pierna izquierda.

—Me alegro de verte de nuevo por aquí. —Me giré y vi a Francine apoyada en el marco de la puerta, con su pelo castaño recogido en dos trenzas y sus ojos marrones clavados en mí de esa forma tan directa que a veces resultaba enervante.

—¿Estás segura? —Enarqué las cejas y esbocé media sonrisa.

—Si Egorov es la mitad de bueno en danza de lo que era en artístico y encima congeniáis bien, entonces es muy probable que me arrepienta de mis palabras y desee que nunca hubieras vuelto. Bastante tenemos Camden y yo con enfrentarnos a los chicos de Zueva. —Se encogió de hombros como si se tratara de un comentario sin importancia—. Pero de momento, sí, me alegro.

---

2. Entrenada para ser salvaje.

—Gracias, supongo. —Reí sacudiendo la cabeza.

Francine entró en el vestuario, cogió una botella de agua y una toalla de su taquilla y se volvió para mirarme.

—¿Y cómo llevas el cambio de pareja?

Pese a que hacía cinco años que éramos compañeras en el Arctic Arena y trabajábamos con el mismo entrenador, nuestra relación se limitaba a un trato cordial. No siempre fue así, hubo un tiempo en el que los cuatro fuimos amigos, pero duró tanto como tardamos en superarles en el podio. Tras aquella primera vez Fran y su primo Camden estuvieron dos semanas sin hablarnos. Una situación que se repitió hasta dejarnos claro que eran incapaces de separar lo profesional de lo personal, y que acabó tensando tanto nuestra relación que la rompió.

Por eso, sincerarme con Francine no se me habría pasado por la cabeza de no ser porque era una de las pocas personas que podía imaginarse de verdad por lo que estaba pasando.

—Lo llevo regular —admití—. Es... una especie de lucha constante conmigo misma. Y eso que aún no hemos patinado juntos.

Asintió como si entendiera perfectamente a lo que me refería.

—¿Y cómo lo lleva Nick?

Apreté los labios antes de contestar:

—Muy mal.

—Una pena. —Negó con la cabeza y echó a andar hacia la puerta. Justo antes de salir me miró de nuevo—. Por si te sirve de algo, yo habría tomado la misma decisión que tú.

Era absurdo que estuviera nerviosa, pero lo estaba. Sentía como si tuviera una bandada de mariposas puestas de *crack* dentro del estómago. Respiré hondo, quité las protecciones de las cuchillas e hice lo que había anhelado durante demasiado tiempo: me deslicé por el hielo.

Fue como si volviera a respirar de verdad, con los pulmones bien llenos; como si todos y cada uno de mis sentidos hubieran permanecido adormecidos y acabaran de despertarse uno por uno. Reí, incapaz de contener la increíble emoción que me producía estar de vuelta; también empujé a un lado la fuerte punzada de culpabilidad y la sensación de vacío que me provocaba su ausencia. Una parte de mí esperaba verlo aparecer a mi lado con esa sonrisa tan suya, lleno de energía, pero otra era muy consciente de que eso jamás volvería a pasar. Me limpié el par de lágrimas que había derramado mientras me preguntaba si algún día me acostumbraría a no compartir la pista con él.

Eran las ocho y media, por lo que ya había gente entrenando, entre ellos la nueva pareja júnior que había empezado a prepararse con Vladimir haría unos cuatro meses. Para mi sorpresa, muchos estaban quietos, con la vista fija en el otro extremo de la pista. Miré hacia allí y fue como si todo lo demás, excepto Misha, desapareciera. Iba entero de negro, desde los patines hasta la camiseta térmica de manga larga. Sus pies volaban por el hielo en una rápida, precisa y fluida secuencia de pasos mientras sus brazos imitaban los movimientos de una lucha con espada. Reconocí la coreografía de inmediato, era *El hombre de la máscara de hierro*, uno de sus mejores programas. Contuve el aliento cuando finalizó esa parte y se preparó para un salto. Su cuerpo se movía con tal seguridad y naturalidad que era como si nunca hubiera abandonado la competición.

Todos estábamos ensimismados; ese era el efecto que producía ver patinar a Mikhail Egorov. Irradiaba un aura y un magnetismo que se adueñaba de ti y te hacía imposible apartar los ojos de él hasta que finalizaba. Y eso era algo que no se aprendía, lo tenías o no lo tenías y, en cierto modo, te hacía único. Como él.

Me guiñó un ojo al verme y yo sonreí como una idiota. Si bien la expresión desapareció de mi rostro en cuanto me di cuenta de que se preparaba para saltar de nuevo, porque sabía cuál era la combinación que iba a intentar.

El primer salto fue magnífico. Despegó con fuerza y clavó el aterrizaje, que enlazó con el siguiente movimiento sin dudar un instante, sin ralentizar el ritmo lo más mínimo. Lo ejecutó sin problemas y salió con la potencia justa para impulsarlo hacia el último, sin embargo, había inclinado demasiado el cuerpo y cayó en cuanto el primer patín tocó el hielo. Resbaló de costado y cuando frenó se tumbó boca arriba. Antes de darme cuenta estaba junto a él.

—¿Estás bien?

Se sentó y alzó la cabeza para mirarme.

—Sí, no te preocupes, con lo que me ha costado convencerte para ser mi pareja no se me ocurriría hacer ninguna tontería que lo estropeara. —Me guiñó un ojo y se apartó los mechones que le habían caído sobre la frente—.

Es solo que me he dejado llevar, y he pagado los casi dos años y medio que hace que no realizo este programa ni ningún otro, en realidad —dijo con una sonrisa que no llegó a sus ojos. De hecho, era la segunda vez que los veía tan oscurecidos, como sin vida.

—Eso o que solo a ti se te ocurre ponerte a saltar con unos patines de danza —comenté negando con la cabeza. La diferencia entre estos y los de patinaje artístico radicaba en la cuchilla. Las de los primeros eran alrededor de dos centímetros y medio más cortas por atrás. Por otro lado, la parte dentada del frontal de la cuchilla, que era la que ayudaba a los patinadores de artístico a conseguir tracción para los saltos y otros movimientos, en danza era más pequeña—. Venga. —Le hice un gesto con la mano para que se levantara—. Caer está permitido, ¡levantarse es obligatorio! —Cité lo que tantas veces nos había repetido Vladimir a Nick y a mí.

Me observó con una mezcla de curiosidad y sorpresa antes de dejar escapar una risa suave y ponerse de pie.

—¿Sabes proverbios rusos?

—*Da*.[3] —Intenté imitar el acento lo mejor que pude—. Sé algunos, además de un puñado de palabras. Échale la culpa a nuestro entrenador.

—Seguro que yo podría enseñarte un vocabulario mucho más interesante.

—¿Como lo que significa *ptich*...? —El término se me atascó en la boca y estuve a punto de escupirle.

—¿*Ptichka*?

¿Cómo hacía para que sonara así, como si acariciara la maldita palabra?

—Sí.

Su sonrisa se extendió y le devolvió el brillo a su mirada. Se inclinó hacia mí y casi susurró:

—Tendrás que ganarte la traducción. —Sonó tierno y provocador al mismo tiempo.

Entonces envolvió mi mano con la suya y tiró de mí para que le siguiera hasta el otro extremo de la pista, donde nos esperaban Vladimir y April.

—Eres consciente de que puedo preguntarle al entrenador o buscarlo en Google, ¿no?

Se limitó a mirarme por encima del hombro con expresión divertida.

---

3. Sí.

—Antes de empezar con los programas quiero ver cómo os desenvolvéis solos, comprobar hasta dónde llega la química entre ambos. Eso nos ayudará a ir perfilando las coreografías.

La petición no me cogió desprevenida, era parte del método de trabajo de April, nuestra segunda entrenadora y coreógrafa. Cada temporada había creado ejercicios a nuestra medida, ideados para que Nick y yo fuéramos un paso más allá, para que creciéramos otro poco y diéramos el máximo. Lo hacía siempre con nuestros puntos fuertes y débiles en mente y vernos realizar un impromptu en cada ocasión era su manera de perfeccionar lo que ya tuviera trazado, como si esperara a que nuestros cuerpos le dijeran la última palabra.

—Hannah, marca tú el ritmo con cosas sencillas. Misha, intenta seguirla y acoplarte a lo que ella haga, pero no lo fuerces; no estás acostumbrado ni a la danza ni a patinar en pareja, así que si no sabes qué hacer, déjalo correr.

Ambos asentimos y él volvió a cogerme de la mano.

Lo primero que hice fue pensar en una canción. Sonreí cuando me vino una a la cabeza y empecé a tararearla: *Russian Roulette* de Rihanna.

—¿En serio? —Mikhail enarcó una ceja y yo le respondí encogiendo un hombro.

Imaginé que estábamos solos en la pista y que la música resonaba a nuestro alrededor. Me dejé envolver, solté su mano y empecé a bailar. Me quedé quieta en un mismo punto, solo ondulé el tronco y los brazos mientras él trazaba despacio un círculo a mi alrededor. Entonces se acercó hasta quedar pegado a mi costado y me acarició la cabeza con extrema suavidad. Reaccioné de inmediato, como si ese ligero toque hubiera hecho despertar mi cuerpo. Me eché hacia delante y él me sujetó colocando el antebrazo izquierdo en mi estómago. Acto seguido, me incliné hacia atrás y su brazo derecho aguantó mi peso por la parte baja de la espalda. Me incorporé, giré y quedamos pecho contra pecho, con su brazo todavía en mi cintura y mis manos en sus hombros.

Nuestras miradas se perdieron la una en la otra y fue como si pudiéramos entendernos. Sujetos como estábamos, flexionamos ligeramente la rodilla izquierda, echamos hacia atrás la pierna derecha y giramos sobre nosotros mismos.

Nos separamos, yo patiné hacia atrás y él me siguió. Di una vuelta con los brazos hacia arriba y cuando la completé, lo tenía frente a mí. Deslizó la mano por mi cadera, yo me incliné de lado hasta quedar sobre un pie y con el tronco y la pierna libre paralelos al hielo. Él hizo lo mismo conmigo, con su pecho pegado por completo a mi espalda y su pierna a la mía. Giramos varias veces y cuando paramos me situé a su lado, fascinada por la naturalidad con la que reaccionábamos el uno al otro pese a ser la primera vez que patinábamos juntos. Misha me pasó un brazo por detrás y yo a él por encima del hombro.

—Debes tocarme sin miedo.

El no sujetarme bien podría ser peligroso en las elevaciones.

—No me da miedo tocarte. —Su voz vibró junto a mi oído con aquel leve acento que se derramaba por mi piel y me hacía apretar los muslos—. Lo que me asusta es hacerlo y que después no quieras que pare.

Aprovechó nuestra postura para impulsarme hacia él. Quedé pegada a su cuerpo, rodeada por sus brazos con firmeza mientras que los míos le envolvían el cuello. Me había alzado lo suficiente como para que mis pies no tocaran el hielo y fuera él quien nos deslizaba a ambos. Cara a cara, tan cerca que podía apreciar el levísimo rubor que cubría sus pómulos. Mi nariz rozaba la suya y sus labios casi acariciaban los míos, lo que hizo que las mariposas en mi estómago aletearan como si hubieran mezclado el *crack* con grandes dosis de alcohol. Permanecimos así durante varios segundos en los que me pregunté cómo sería vencer la escasa distancia que nos separaba y fundir mi boca con la suya, probar su sabor, comprobar qué despertaría el roce de nuestras lenguas. Mi mente volvió al presente y creí que el corazón se me saldría del pecho cuando aflojó un poco su agarre para dejar que resbalara por su torso hasta la fría superficie; el roce fue como si una corriente eléctrica cruzara entre ambos. Él dibujó la más ínfima de las sonrisas.

—Idiota. —Logré medio mascullar en respuesta a su comentario anterior.

Su sonrisa se amplió con lentitud y dio paso a los hoyuelos.

—Tajante.

—Temperamental.

—Talibán.

Abrí tanto los ojos que debía parecerme a un búho asustado o, en mi caso, indignado.

—Banal. —Contraataqué. Y entonces caí, ¿por qué oscura razón estábamos encadenando palabras?

La respuesta dejó de tener importancia en cuanto Misha agachó la cabeza hasta casi rozarme la oreja con la boca. Su pelo me acarició la mejilla, le olía a champú y su piel desprendía un agradable aroma a colonia mezcla de cítrico y algún tipo de madera como el cedro o el sándalo. Por un instante, sentí el impulso de ladear la cara para hundir la nariz en su cuello.

—Aliento—susurró y una ola de calor me barrió por entero para terminar en mis mejillas.

Comenzó a incorporarse, pero antes de hacerlo del todo sus labios aletearon sobre mi sien.

—Tocapelotas —masculló al mirarlo de reojo y ver el brillo triunfal en sus ojos.

Tras la improvisación, nos trasladamos al gimnasio. Allí April se sentó en uno de los bancos y empezó a tomar notas como una loca, entusiasmada con nuestra innegable química (esas fueron sus palabras textuales y no sería yo quien se las rebatiera, no cuando mi cuerpo reaccionaba al de Misha como si hubiera nacido para ello). En cuanto a Vladimir, nos hizo realizar y repetir una y otra vez el patrón básico de cada *pattern dance*. Quizás a Misha le resultaran familiares después de tantos años en el mundo del patinaje, del mismo modo que para mí podían serlo los saltos de artístico, pero conocer la ejecución no hacía que dominaras la práctica. De modo que nuestro entrenador nos hizo empezar a trabajar por ahí para que mi nuevo compañero se fuera familiarizando con las bases.

Volvimos a casa para comer. April se había apiadado de nosotros por ser nuestro primer día y nos había dado la tarde libre.

Nada más abrir la puerta nos llegó el delicioso olor a pasta. Me rugió el estómago y me faltó poco para ponerme a babear cuando vi que Abby había hecho espaguetis con albóndigas.

—Eres la mejor. Lo sabes, ¿verdad?

—Lo sé, en especial soy única dándote orgasmos culinarios.

Misha rio entre dientes mientras nos ayudaba a poner la mesa.

—Me apunto a un almuerzo con espectáculo.

Abby soltó una carcajada y yo la fulminé con la mirada. No se calmó hasta que nos sentamos a la mesa, entonces su semblante se volvió serio.

—¿Tienes algún plan o compromiso para esta tarde?

—Bueno... sí y no. Misha y yo deberíamos practicar y empezar a pensar en el programa de exhibición, pero si me necesitas para algo...

—Hace un rato he hablado con Tris. Nick tiene sesión de rehabilitación esta tarde y hemos pensado en ir a recogerlo para pasar un rato con él.

Inspiré hondo, porque los recuerdos de nuestros últimos encuentros me asaltaron de golpe.

—¿Él lo sabe? —Logré preguntar.

—No.

Asentí, si lo supiera seguro que se negaría en rotundo a que fuéramos. Era lo que había hecho desde el accidente.

—¿Te apuntas o qué?

—Abs, sabes que no te hace falta preguntarlo.

12
Nick

El cuerpo humano es algo extraordinario y aterrador al mismo tiempo, una máquina perfecta en su imperfección. Y yo llevaba meses luchando por aceptar que la mía estaba rota, del todo inservible para tantas cosas esenciales que me costaba respirar cada vez que me centraba demasiado en ello.

La rehabilitación era parte de esa batalla. Odiaba aquel lugar lleno de desgraciados tan patéticos o más que yo, y de fisioterapeutas con sonrisas plastificadas que no paraban de repetirte lo bien que estabas progresando, como si fueras un retrasado que se siente feliz por el simple hecho de recibir un caramelo.

Sí, la movilidad y la fuerza de mi brazo izquierdo habían mejorado y eso me permitía mayor independencia. ¡Ja! Mayor independencia... Tenían la desfachatez de llamar así al hecho de que pudiera cortar un filete o atarme los cordones sin necesitar la ayuda de nadie. Pretendían que me sintiera orgulloso por ser capaz de lograr lo mismo que un niño. Solo de pensarlo se me subía la bilis a la boca.

Después de la sesión de dos horas estaba cansado y sudado; lo único que me apetecía era llegar a casa, asearme y tirarme en la cama. Me extrañó no encontrar a mi padre en la sala de espera, pero tampoco era la primera vez que se retrasaba, así que no le di mayor importancia. No tenía ganas de esperar dentro, de modo que decidí hacerlo fuera.

—Joder. —Me di cuenta de la encerrona nada más verlos en el aparcamiento. Envolví los agarradores de las ruedas de la silla con tanta fuerza que las manos se me agarrotaron—. ¿Qué cojones hacéis aquí?

—Hola a ti también, tío —me dijo Tris dándome un puñetazo en el hombro sin perder el buen humor.

—Hemos venido a recogerte porque no hay quien te vea el careto fuera de ese cuchitril que llamas habitación —puntualizó Abby—. A este paso vas a convertirte en un *hikiko*-no-sé-qué de esos japoneses.

—Pensamos que estaría bien ir a dar una vuelta y luego a cenar.

«Como hacíamos antes», esas fueron las palabras que Hannah dejó en el aire. Estaba escrito en su cara, igual que en la de todos. No sabían que para mí «antes» se había convertido en un término extraño, utópico, tan escurridizo como querer atrapar el tiempo con las manos. Era el premio inalcanzable que me esperaba fuera del laberinto oscuro en el que estaba perdido, incapaz de encontrar la salida.

—Paso.

Hice amago de mover la silla para volver a la sala de espera y llamar desde allí a mi padre. Sin embargo, Abby me sorprendió al poner el pie sobre el asiento, justo entre mis piernas, para detener mi avance.

—Creo que nos has entendido mal. No te lo estamos pidiendo, vas a venir con nosotros sí o sí.

—Apártate, Abby.

—¿O qué? —Flexionó la rodilla al inclinarse hacia delante—. ¿Vas a atropellarme con tu sillita? —Estiró la pierna y aunque lo intenté, no pude evitar que el impulso me echara un poco hacia atrás—. Lo dudo.

—Abs, ya basta. —Le ordenó Tris poniéndole una mano en el hombro.

—¿Qué pasa? Es la verdad. ¿O es que vamos a seguir tratándolo como si viviéramos en el país de la piruleta? Espera, que traigo los algodones. —Dejó escapar un bufido despectivo—. Está inválido, Tris, esa es la realidad. —Entonces volvió a clavar en mí sus preciosos ojos color miel—. No siento pena por ti, Nick. ¿Rabia, odio por lo que te ha pasado? Sí, no sabes cuánto, pero te quiero y respeto demasiado como para tenerte lástima. Si no te gusta, te jodes.

Nos mantuvimos la mirada y no encontré ni rastro de compasión. Por una vez alguien reflejaba la misma ira que me carcomía, solo que ella era capaz de transformarla en una voluntad inquebrantable que me hizo preguntarme si yo podría hacer lo mismo algún día.

—De acuerdo. —Claudiqué y Abby esbozó una de las sonrisas más hermosas que le había visto desde que la conocía—. ¿A dónde queréis ir?

—Podríamos dar una vuelta por el centro y luego acercarnos al Sindbad's para cenar —propuso Hannah, que me observó con tanta ternura que dolía.

Todos estuvimos de acuerdo con la idea, así que nos dirigimos al coche.

A diferencia de mi mejor amiga, yo no tenía problema en subir a uno. Mis únicos recuerdos del accidente eran estar hablando con ella, ver cómo el horror demudaba su rostro, oír el choque y luego despertar en la cama de un hospital. No obstante, algunas noches mis sueños traían el eco del crujido del metal, el chirriar de los cristales contra el asfalto, el olor férreo de la sangre y los gritos desesperados de Hannah, que no dejaba de repetir mi nombre.

Que no dudaran a la hora de proceder no lo hizo más fácil para mí. Apreté con fuerza los dientes cuando Abby abrió la puerta del pasajero y Tris me cogió en brazos para sentarme en el enorme todoterreno de sus padres.

Dejé caer la cabeza en el asiento y me pasé la mano por la cara mientras guardaban la silla y se subían. Por patético que fuera, me sentía al borde de las lágrimas a causa de la impotencia y la vergüenza.

Cuando te ocurría lo que a mí, la gente que te rodeaba no paraba de repetirte que te acostumbrarías, que todo pasaría. No entendían lo difícil y desgarrador que era.

¿Cómo aprendías a vivir de nuevo cuando gran parte de ti había muerto?

Ya no me reconocía, mis piernas no me pertenecían, mis sentimientos tampoco. Era como si la oscuridad de aquella noche me hubiera absorbido. Podía percibir los sonidos, los colores, los sabores que me rodeaban como flashes que desaparecían nada más llegar, sin darme la oportunidad de disfrutarlos. El dolor y la cólera eran lo único que permanecía: constantes, estables, inacabables...

Y no quería seguir sintiéndome así, ni podía soportar el continuar haciendo tanto daño a la gente que amaba. Dios, necesitaba dejar de sentirme humillado y traicionado por mi propio cuerpo. Deseaba parar de esconderme de todo y de todos, y de odiarme a mí mismo.

Estábamos sentados junto al ventanal con vistas al río Detroit a punto de reventar después de las monstruosas hamburguesas que nos habíamos comido, claro que eso no evitó que pidiéramos postre. Habría sido un sacrilegio ir al Sindbad's y no hacerlo.

—Pues estábamos en el sofá metiéndonos mano —continuó Tris con la historia que había empezado a contarnos justo antes de que apareciera la camarera—. Para cuando quise darme cuenta, solo nos quedaba la ropa interior. Le quité el sujetador y ella se ocupó de mis calzoncillos. —Me dirigió una mirada cómplice que hizo que las chicas pusieran los ojos en blanco—. Y entonces oímos que se abría la puerta principal.

—¡No! —rio Hannah y, como siempre desde que éramos niños, ese sonido me caldeó por dentro.

—Sí, y te puedes imaginar lo que pasó: me entró el pánico. Reaccioné sin pensar, algo comprensible si se tiene en cuenta que tenía casi toda la sangre en otra parte.

—Oh, por favor, ahórrame esa imagen. No quiero vomitar la cena —gimió Abby, pero solo consiguió que la sonrisa de su mellizo se ampliara.

—En fin, que gilipollas de mí, me levanté y salí corriendo para esconderme en el baño... sin llevarme conmigo la ropa.

—Hay que ser idiota —dije tirándole una patata que había caído en la mesa.

—Es verdad, pero espera que hay más. No me había dado tiempo a coger una toalla, o cualquier otra cosa con lo que taparme, cuando la puerta se abrió y me dejó cara a cara con un niño de no más de tres años. El que supuse que era el hermano pequeño de la chica se me quedó mirando con los ojos muy abiertos y luego dijo: «Mami, papi, hay un nene grande en el baño y está enseñando la pilila».

El estruendo de nuestras carcajadas resonó por todo el local e hizo que la gente nos mirase como si nos hubiéramos vuelto locos, pero nos daba igual. Estábamos medio echados sobre la mesa, con las lágrimas saltadas de tanto reír. Y yo deseé poder congelar ese momento, justo ese precioso instante, porque era perfecto.

Me había hecho recordar lo que era ser yo.

13
Misha

Tras hacerme un sándwich para cenar, me recosté en uno de los sofás del salón, encendí la televisión y le di al *play* del reproductor de DVD. Agradecí de inmediato la fría compañía, lo cierto era que la casa estaba demasiado silenciosa y vacía sin las chicas.

Podría haber puesto una película, pero preferí ver el tutorial que me había prestado Vladimir. Con el bocadillo en una mano, un lápiz en la otra y una libreta apoyada en la pierna fui tomando notas a la vez que comía. Necesitaba progresar lo más rápido posible, sobre todo después de comprobar que los dos años fuera de la competición no habían hecho desaparecer los viejos hábitos, la forma en la que mi cuerpo, y en especial mi mente, reaccionaban al fracaso. Era algo con lo que había tenido que lidiar durante el entrenamiento, en el que a duras penas logré disimular el estado de pánico y ansiedad que me provocaba cada error que cometía. Y fueron muchos, más de los que podría haber soportado de no ser por Hannah.

Se me dibujó una sonrisa tonta al pensar en ella. Era distinta a como la había imaginado, o más bien provocaba en mí algo con lo que no había contado. Me atraía más de lo conveniente, tenía algo que me hacía querer estar cerca de ella, tocarla, besarla y conocerla a todos los niveles. Sin embargo, para eso tendría que sobrepasar una línea que no estaba dispuesto a cruzar. No lo había hecho nunca con nadie y no lo haría jamás.

Por extraño que pudiera parecer, ese pensamiento trajo consigo uno de mis recuerdos más queridos. Mi sonrisa se amplió. Ya no estaba en el salón, ni atento a la televisión, me encontraba en San Petersburgo, en la casa donde me crié. El salón estaba lleno de globos y una enorme pancarta con un gran «FELIZ CUMPLEAÑOS» colgaba de pared a pared. Estaba solo en medio de la estancia, nervioso y entusiasmado como un niño. Apagué la luz tan pronto oí la llave en la cerradura y esperé.

—¡Felicidades! —grité cuando se encendieron de nuevo las luces.

El *flash* saltó y capturó la cara de estupefacción de Ben.

—¿Esto es para mí? —preguntó con los ojos muy abiertos y brillantes.

Crucé los dedos para que no se pusiera a llorar, porque si no yo acabaría igual.

—Pensé que quizá te habrías olvidado —murmuró.

—¿Pero qué clase de hermano mayor crees que soy?

—¿El mejor del mundo? —Esbozó una sonrisa radiante que le marcó los hoyuelos.

—No hace falta que me hagas la pelota, ya he comprado tu regalo. —Sus labios se curvaron aún más si es que eso era posible—. Está justo ahí.

Señalé el enorme bulto no demasiado bien envuelto que había en la esquina a su derecha. Se giró en esa dirección y alternó su atención entre este y yo.

—Vamos. —Le alenté con una risotada.

Esa vez no dudó, se abalanzó sobre los regalos y los abrió en tiempo récord ante la atenta mirada mía y de mi madre, quien se había mantenido en un silencioso segundo plano.

—¡Una bici! ¡Mamá, Misha me ha comprado una bici! ¡Y una PlayStation 2 y juegos!

Quizás era demasiado, pero había empezado a ganar dinero con el patinaje, podía permitírmelo y él se lo merecía, eso y mucho más. Además, se trataba de un día especial no solo por ser su cumpleaños, sino porque al fin le habían dado el alta en el hospital.

Corrió hacia mí y yo me agaché para recibirlo.

—Gracias.

—De nada. —Lo apreté contra mi pecho—. No todos los días se cumplen siete años. —Sobre todo en su caso—. Oye. —Me aparté un poco para mirarlo—. He comprado tu tarta favorita, ¿qué te parece si comemos un poco y luego probamos la consola?

—¿No tienes que entrenar esta tarde?

—No, hoy es sábado, ¿recuerdas?, así que soy todo tuyo.

—¿De verdad? —La ilusión brilló en sus ojos celestes.

—De verdad de la buena. —Le alboroté la suave mata de pelo rubio—. ¿Entonces, qué? ¿Te apetece el plan?

—¡Claro!

Salió corriendo del salón en dirección a la cocina. Lo seguí, pero mi madre me detuvo cuando pasé por su lado. La miré con una ceja enarcada y los dientes apretados.

—Gracias por haberle preparado todo esto —dijo en un tono tan bajo que apenas logré oírla.

Una retahíla de respuestas a cada cual más hiriente me ardió en la lengua. No obstante, logré mantener la boca cerrada y me limité a hacer un seco asentimiento tras el que me zafé de su agarre.

Ben y yo bebimos zumo y comimos tarta hasta hartarnos. Luego, instalé la videoconsola en la televisión que le había regalado por Navidad. Nos tiramos en el suelo y empezamos a jugar sin descanso al *Street Fighter*.

—¿Pasa algo? —le pregunté después de un rato en el que no paraba de mirarme de reojo, morderse el labio e hinchar los carrillos.

—¿Puedo contarte un secreto?

—Claro, desembucha. —Le di al *pause* y me giré hacia él. Se le veía tan nervioso que tuve que combatir una sonrisa e intentar poner mi cara más solemne.

—Tengo novia —musitó y las mejillas se le pusieron rojas.

Tenía que tomármelo en serio porque para él lo era, aunque estaba tan adorable que resultaba difícil no tomarle el pelo.

—¡Felicidades! Choca esos cinco. —Alcé la mano hacia Ben y él me devolvió el gesto con una risita—. ¿Cómo se llama?

—Edith.

—¿Y cómo es? ¿Dónde la conociste?

—Es guapa y divertida para ser una niña. —Se encogió de hombros como si ni siquiera él mismo comprendiera cómo era eso posible—. La conocí en el hospital el año pasado y nos hemos encontrado algunas veces, pero esta última es cuando quiso ser mi novia —afirmó con satisfacción.

Me tumbé de espaldas en el suelo y me cubrí los ojos con el antebrazo para que no pudiera ver en ellos el dolor que me había cruzado el pecho.

—¿Misha?

—Déjame, estoy sopesando si llorar en silencio o idolatrarte por que hayas tenido novia antes que yo.

Me quitó el brazo de la cara y me miró con los ojos muy abiertos, llenos de sorpresa y orgullo infantil.

—¿Nunca has tenido una?

—No.

—¡Pero si tienes quince años! —Tal y como lo dijo sonó como si yo fuera un abuelo de noventa.

—¿Qué puedo decir? Soy un adolescente casto y puro.

—Yo he besado a Edith, podría enseñarte.

—¿A besar? —Alcé las cejas y en esa ocasión no pude reprimir ni el tono ni la sonrisilla de diversión.

—¡No! —Me dio un puñetazo en el hombro—. A tener novia.

—Menos mal, no querría haber tenido que tirarme de los pelos con tu chica.

Ahí fue cuando no pude más y estallé en carcajadas. Benedikt me llamó idiota, claro que su enfado resultó poco convincente, porque también se estaba riendo. Antes de que pudiera darme cuenta nos encontrábamos los dos en el suelo de su habitación, enzarzados en una cruenta batalla de cosquillas.

Lo que le dije aquel día era cierto, había tenido algunos rollos pasajeros, pero no tuve nunca nada que pudiera siquiera medio acercarse a una relación. Yo vivía dos realidades: la profesional, en la que debía dejar entrar a los que me rodeaban e incluso compartirla con el mundo, y la personal, a la que jamás permitiría que nadie se acercara.

Eso era algo que no había cambiado.

14

Hannah

El cansancio tras la vuelta al entrenamiento y el no haber dormido bien una noche más, no ayudaban a tener fuerzas para levantarme a las seis de la mañana.

Terminé de calentar, cerré hasta arriba la cremallera de la sudadera, me envolví bien el cuello con el fular y salí de casa.

—Por fin.

Di un salto como un gato al que le han pisado la cola. Por un momento creí que se me salía el corazón por la boca.

—¡Joder, Misha, me has dado un susto de muerte! —siseé con mi patentado *chiñido*—. ¿Qué haces en el porche tan temprano? —Hacía apenas unos minutos que había amanecido.

—¿Ser el sol que ilumine tu mañana? —Probó con una sonrisa ladeada que, junto al hoyuelo, le dio un adorable aspecto de pillo.

Metió las manos en el bolsillo frontal de la sudadera que llevaba; el tono azul de la prenda resaltaba el ya de por sí impresionante color de sus ojos. De repente, me asaltó el recuerdo de cómo era su torso desnudo, cómo se sentía mi cuerpo contra el suyo. Apreté los muslos y aparté la mirada con un carraspeo.

—Para eso tendrías que haberme traído un café —borboté al tiempo que bajaba los escalones hasta el sendero que llevaba a la calle.

Me puse los auriculares de diadema, encendí el iPod y comencé a correr al son de *Fall out boy*. Al llegar a la estrecha acera doblé a la izquierda en dirección al parque Wheeler. Podía sentirlo detrás de mí, acomodado a mi paso, una presencia que me envolvía y me provocaba un hormigueo constante en la piel. El camino era recto y liso, aun así estuve a punto de tropezar en un par de ocasiones. Maldito ruso y su incitante magnetismo. Si acababa por romperme los dientes contra el suelo, él tendría que pagarme el arreglo.

Recorrimos a buen paso la larga avenida flanqueada de árboles y casas unifamiliares. Me gustaba correr a esa hora porque todo estaba en calma.

Dejamos atrás la antigua fábrica de cerveza, un precioso edificio de ladrillo cuya fachada estaba en gran parte cubierta de enredaderas, y doblamos de nuevo a la izquierda para entrar en el parque. El lugar era enorme, lleno de césped bien cuidado y senderos de arena por los que circular. Había una cancha de baloncesto en el lado por el que llegamos y en el extremo opuesto se podían ver los columpios, toboganes y demás distracciones infantiles. Continué hasta allí, me quité los auriculares, detuve la música y me senté en la rueda que colgaba de dos cadenas; Misha ocupó la otra.

—¿Quieres? —Le ofrecí mi botellín de Aquarius después de haber dado dos buenos tragos.

—Gracias. —Aceptó secándose el sudor de la frente con el puño de la sudadera.

Los ojos se me fueron a su boca cuando rodeó la boquilla de la botella. El hecho de que su perfil mientras bebía con la cabeza echada hacia atrás me pareciera tremendamente sexy se escapaba a mi comprensión. Pero ahí estaba, muy tentada a lamer la gota que había abandonado sus labios y se deslizaba hacia su cuello.

—Anoche encontré una canción que me gustaría utilizar para el programa de exhibición —comentó tan pronto terminó.

Limpió la boquilla y me devolvió el Aquarius.

—¿Cuál?

—La versión lenta de *Billie Jean* de Michael Jackson que hizo un tal David Cook. Creo que fue para *American Idol* o algo así. —Se encogió de hombros—. El caso es que me gusta, es una balada con mucha fuerza. Después de escucharla varias veces y de ver unos cuantos vídeos de bailes de salón, se me han ocurrido un par de movimientos. —Se puso de pie de un salto y me tendió la mano—. Ven, quiero enseñártelos.

—¿Ahora? —Reí incrédula.

—¿Por qué no? —preguntó con una sonrisa juguetona. Sin darme tiempo a reaccionar, se inclinó, me agarró de la muñeca y tiró de mí con demasiada fuerza.

Choqué contra su pecho y ambos contuvimos el aliento al mismo tiempo. Fue como si el mundo se desdibujara a nuestro alrededor y lo único que tuviera forma y sentido fuésemos nosotros y la corriente electrizante que nos envolvió. La mano que me había colocado en la parte baja de la espalda pasó de sujetarme con firmeza a ascender en una pasada lenta y sinuosa que prendió el calor entre mis piernas. Al llegar a la nuca la acarició con los dedos y sus ojos descendieron a mi boca con lentitud. La intensidad con la que la observó, como si quisiera devorarla, conocer su sabor, me hizo lamerme los labios en un gesto nervioso y expectante. Él inspiró hondo y sin saber cómo el leve movimiento nos acercó todavía más. Un estremecimiento me recorrió la columna, cada una de mis terminaciones nerviosas eran dolorosamente conscientes de mi cuerpo contra el suyo.

Las alarmas que saltaron en mi cabeza, para advertirme de lo estúpido que sería entrar en ese juego, chocaban con el deseo de asirlo por la parte delantera de la sudadera y empujarlo hacia mí. Hacerle vencer el único espacio que nos separaba y fundirnos en un beso que estaba segura que me prendería en llamas.

Sin embargo, no llegué a tener la oportunidad de descubrir si habría sido tan idiota como para hacerlo, ya que Misha se echó hacia atrás y rompió el contacto. Respiraba con pesadez, en cortas y profundas inspiraciones. Se le enturbió la mirada con una mezcla de emociones que no logré entender, solo sabía que le habían hecho tensarse.

—Será mejor que regresemos —dije con toda la normalidad de la que fui capaz.

—Sí, será lo mejor —asintió él de inmediato. Su voz tenía un matiz ronco y era la primera vez que hablaba con un acento tan marcado.

Sin añadir nada más, se puso la capucha hasta que casi le tapó los ojos y comenzó a correr de regreso a casa. Tan pronto llegamos, subió a su habitación sin decir palabra y luego se perdió escaleras abajo para usar la pequeña ducha del aseo del sótano.

Vladimir quiso que practicásemos los patrones básicos una vez más, solo que nos hizo llevarlos a cabo en el hielo. Misha demostró ser un alumno aventajado, aunque la rapidez con la que captaba los pasos no solventaba la falta de fluidez y sincronía milimétrica que debía tener con los míos de cara a la competición. Una cosa era que respondiéramos el uno al otro con cierta simultaneidad durante una improvisación, y otra muy distinta convertirnos uno en el espejo del otro al realizar ciertos movimientos juntos y, sobre todo, por separado; para eso todavía serían necesarias muchas horas de práctica. En circunstancias normales el entrenador nos las habría dedicado, pero debíamos ponernos con los programas, por lo que nos encomendó que continuásemos con ello en casa.

Tras varias horas en la pista fuimos al gimnasio para comenzar otra parte de la que debía ser nuestra rutina: el entrenamiento físico. Pulir la resistencia, el equilibrio, fortalecer el cuerpo, afinar la agilidad... eran elementos fundamentales que también teníamos que dominar.

—¡Hola, chicos! ¿Preparados para la diversión? —nos saludó Claire nada más entrar—. ¡Oh! Antes que nada... —Fue hasta uno de los bancos y cogió un par de folios de la carpetilla que había encima— aquí están vuestras dietas. No son estrictas porque ninguno de los dos necesita perder peso. —Nos tendió las hojas con un guiño—. Lo que no quita que tengáis que llevar unas costumbres alimenticias sanas que complementen y aporten todo lo necesario para vuestro fuerte desgaste diario.

Eso se traducía en consumir proteínas, hidratos de carbono y grasas insaturadas. Casi se me cayeron dos lagrimones al pensar en despedirme de los dulces, claro que eso haría que darme un capricho de vez en cuando redoblara el gustazo.

—¿Qué os parece?

—Lo de siempre —respondí.

—Podría ser peor y no sé si habría sido capaz de soportarlo. —Ambas dejamos escapar una risilla porque Misha lo hizo sonar como si fuera el Monstruo de las Galletas y lo hubieran amenazado con dejarlo sin ellas—. ¿Qué puedo decir? Me gusta disfrutar de una buena comida —añadió en su defensa.

El significado que mi mente dio a aquellas palabras me hizo sonrojar hasta el nacimiento del pelo. Madre mía, empezaba a darme miedo a mí misma, tenía la mente mucho más sucia de lo que creía; no, la tenía corrompida. Abby estaría muy orgullosa.

Mi cara debió de reflejar lo que me había pasado por la cabeza, porque cuando Misha me miró, parpadeó y enarcó una ceja. Luego, mientras un ligero rubor le cubría las mejillas, sonrió hasta que se le marcó el hoyuelo izquierdo.

—¿En qué tipo de dieta estás pensando, *ptichka*? —Rio por lo bajo—. Sea cual sea, si te hace poner esa cara, creo que me apunto.

Oh, Dios. Una imagen muy gráfica me asaltó y si creía que no podía enrojecer más, me equivocaba. No me hizo falta ver mi reflejo en uno de los muchos espejos que cubrían las paredes de la habitación para saber que debía tener el mismo tono que una boca de incendios.

Claire debió de apiadarse de mí, porque dio una palmada apremiante acompañada por un:

—¡Bueno, hora de ponerse a trabajar!

Le agradecí el intento, pero no evitó que Mikhail soltara una carcajada. Sin previo aviso, con los ojos brillantes de maliciosa diversión, me rodeó la cintura con los brazos para levantarme del suelo. Mi gritito entre sorprendido e indignado le hizo reír aún con más fuerza mientras me cargaba hasta el centro del gimnasio.

—¡Tarugo!

—Gorila. —Su sonrisa se hizo infinita.

Lo fulminé con la mirada.

—Lacio.

Vale, seguro que había mejores alternativas, pero era decir eso o cosas relacionadas con labios, lamer... y prefería no seguir por ahí.

—Obscena. —Justo así sonó él cuando me lo susurró al oído: obsceno y guasón.

Casi hice justicia a lo que acababa de llamarme, porque me faltó poco para soltar lo primero que me vino a la mente: «nabo».

La madre que me... ¿Qué demonios pasaba conmigo?

Entonces se me ocurrió algo mucho mejor que estaba segura de que lo dejaría en jaque.

—Narval —dije a la vez que me dejaba en el suelo. Tan pronto estuve de pie me giré y le apunté con el índice—. ¡Ja!

Raras veces podía sacar provecho de que mi madre intentara inculcarme su pasión por los animales desde que era una niña a base de hacerme ver más documentales que dibujos.

Misha enarcó una ceja y se cruzó de brazos sin perder por un segundo la sonrisa.

—¿Qué se supone que es eso?

—Es un pez enorme, de unos seis metros de largo, con cabeza grande, hocico chato, boca pequeña, sin más dientes que dos incisivos superiores, uno corto y otro que se alarga horizontalmente hasta rozar los tres metros. Creo que es primo tuyo.

Abrió mucho los ojos y, acto seguido, estalló en carcajadas. Hasta Claire se tapó la boca con la mano para disimular la risa. Suponía que eso podía contar como un punto para mí, ¿no?

Error.

Cuando se calmó lo suficiente se acercó tanto que podía verme reflejada en sus ojos.

—Valquiria.

Aquellos labios carnosos y bien dibujados se curvaron por la comisura izquierda antes de rozar la punta de mi nariz en un beso efímero, que hizo que las mariposas dopadas de mi estómago revolotearan frenéticas. Luego se dio la vuelta y se acercó a Claire para que le dijera qué ejercicio debía realizar primero.

La semana tocaba a su fin y a mí se me había pasado volando. Volví a levantarme con el sol para salir a correr. Misha me estaba esperando abajo de nuevo. La diferencia radicaba en que tenía un vaso de café en la mano, detalle que me hizo sonreír como una idiota. Era casero; de hecho, el aire estaba impregnado con su agradable olor y tuve que admitir que sabía muy bien y me sentó aún mejor.

En esa ocasión corrimos codo con codo y no nos detuvimos en el parque, sino que lo rodeamos para volver por la avenida paralela a la nuestra. Nos duchamos, desayunamos, cogimos el bus a Canton y a las ocho estábamos listos para comenzar con el entrenamiento. Era increíble cómo habíamos establecido una rutina en menos de una semana. Me gustaba y, al mismo tiempo, todavía me costaba asimilar hasta qué punto había cambiado todo en cuestión de días.

En los meses que siguieron al accidente tuve que aprender a llevar una nueva vida lejos del hielo. Me convencí de que el patinaje era solo una parte de mí, no lo que me definía. Puede que fuera cierto, sabía que lo era, pero aun así continuaba siendo lo que más amaba y lo echaba muchísimo de menos.

Aprendí a dejar de llorar cada vez que veía a mi mejor amigo lleno de tubos en la cama del hospital durante el tiempo que estuvo en coma. Luego, cada vez que lo veía postrado en una silla y lo que eso había provocado en él. El Nick que creció conmigo, el chico vital, bromista y seductor ya no estaba. Los brazos que me habían acogido más veces de las que podía recordar dentro y fuera de la pista me mantenían alejada. Los ojos que casi siempre desprendían un brillo pícaro y risueño rebosaban dolor, cólera y desesperanza. Los silencios antes cálidos se volvieron incómodos; las conversaciones distendidas y despreocupadas sobre cualquier tema se hicieron tensas y esquivas, porque ninguno quería hablar de un tema que se había convertido en tabú. Y era muy difícil obviar aquello que estaba presente en la gran mayoría de los recuerdos que compartías con otra persona.

Mis huesos sanaron, mientras otras heridas invisibles quedaron abiertas, como piezas perdidas que no lograba encajar en el puzle al que había quedado reducido mi mundo. Hasta que apareció Mikhail. Él cogió uno de los fragmentos más importantes y lo acopló a otro rompecabezas diferente: el suyo. Y fue como si todo cobrara sentido de nuevo, o incluso más de lo que jamás había tenido.

—Hay muchísimo que mejorar y él tiene mucho que aprender, pero cuando trabajamos juntos es... —Luché por encontrar las palabras adecuadas para algo que estaba a punto de admitir por primera vez en voz alta.

No solo acababa una semana plagada de cambios, sino que también era el tercer viernes del mes, así que había aprovechado las horas de descanso en el entrenamiento para acudir a mi cita con la doctora Allen, otra parte de mi rutina. Y lo cierto era que lo necesitaba: para desahogarme, para dejar salir todo lo que no me veía capaz de reconocer ni siquiera ante mí misma.

—... como si no hubiera tenido nunca otro compañero —continué tras tragar saliva, cerré los ojos con fuerza y las lágrimas se deslizaron por mis mejillas—. Dios, suena horrible. ¡Y lo es! ¿Cómo puedo pensar y sentirme así, cómo puedo hacerle eso a Nick? —Se me quebró la voz y puede que también un poco más el corazón—. Aun así entrenar con Misha... —Inspiré hondo para intentar deshacer la presión que me oprimía el pecho y me cerraba la garganta—, me provoca una sensación extraña e increíble que me cuesta explicar por lo absurda que resulta. No tiene sentido que sienta como si fuera lo que estaba destinado a ser: él y yo, juntos en el hielo. —Bajé la vista hasta mis manos, entrelazadas sobre mi falda—. A veces hasta pienso que, en cierto modo, nuestro accidente y el atraco que ocasionó la lesión de rodilla de Mikhail sucedieron para llevarnos a este momento. —Levanté la cabeza de golpe para mirarla con ojos vidriosos—. ¿En qué clase de persona me convierte eso?

—Te convierte en humana —respondió con calma y una sonrisa cálida—. No puedes culparte por ser feliz, Hannah. Es cierto que, en ocasiones, de las peores experiencias a las que nos enfrentamos en la vida surgen nuevos horizontes, pero en nuestra mano está elegir el camino.

—Y yo he tomado el mejor para mí.

—Créeme, no hay nada malo en ello. —Lo dijo sin rastro de censura, con una sinceridad absoluta.

—¿No? Si es así… —Limpié de un manotazo las lágrimas que habían rodado por mis mejillas—, ¿por qué me siento tan culpable?

No respondió. Se limitó a observarme, era su forma de hacer que verbalizara la respuesta que yo ya sabía.

—Porque Nick está en esa silla por mi culpa y yo no merezco seguir haciendo lo que más amo cuando a él se le ha negado eso y muchas otras cosas —sollocé y me limpié la nariz con el puño de la camiseta.

—Tú no hiciste que aquel conductor bebiera y se quedara dormido al volante. —Su voz era suave, mas sus ojos contenían una intensidad arrolladora—. Hannah, antes tu recelo a subir a un coche no me preocupaba porque era una reacción lógica y no había otros síntomas asociados. En cambio, si le sumamos las pesadillas de las que me has hablado y esa sensación extrema e injustificada de culpabilidad, el resultado es un evidente estrés postraumático. —Era una posibilidad en la que había pensado, al menos en lo referente a la aparición de los malos sueños.

—¿Por qué ahora?

—El tipo agudo se manifiesta desde el primer al tercer mes después del trauma. Sin embargo, el latente puede aparecer más tarde. En algunos casos llega a producirse décadas después. Quizá la llegada de Mikhail, y lo que eso ha conllevado, haya actuado de detonante.

—¿Y qué puedo hacer?

¿Cómo podía dejar de sentirme tan mal por sentirme bien?

—Primero, veré cómo puedo conseguirte unos ansiolíticos, porque soy psicóloga, no psiquiatra. Y segundo, debes hablar con Nick, sin miedo. Tienes que sincerarte sobre cómo te ha afectado lo ocurrido. Tú necesitas sacarlo y él necesita oírlo para que así los dos tengáis una oportunidad de aceptarlo y seguir adelante.

15
Hannah

Los fines de semana no teníamos entrenamiento en el Arctic Arena, de manera que Abby y yo decidimos aprovechar la mañana del sábado para visitar uno de nuestros lugares favoritos de Ann Arbor: la encantadora Red Shoes. Era una casita de tres pisos en la calle Ashley que había sido reconvertida en tienda de artículos para el hogar estilo *vintage*, folk y de campo, aunque solo la primera planta se usaba para ese fin. Estaba pintaba de un alegre color turquesa, con el marco de las ventanas en blanco y la puerta principal de un rojo vivo. Además, casi a la altura del escalón que daba a esta, había una réplica en miniatura. Era una de las muchas puertas para las hadas que podían encontrarse por la ciudad, de hecho, habíamos dado con una incluso el interior de la biblioteca municipal. Sin duda, era un establecimiento llamativo e irradiaba encanto, por eso Abby y yo nos fijamos en él durante un paseo sin rumbo poco después de mudarnos al dormitorio de estudiantes.

Por dentro, la casa era una explosión de calidez y color, desde los tonos lima y rojo de las paredes a la variedad de productos que se exhibían en el salón-sala de exposiciones y venta. Miraras donde miraras había preciosidades, todas hechas a mano. Cuando vivíamos en el campus solo pudimos hacernos con alguna colcha para la cama y un par de cojines. Ahora teníamos oportunidad de decorar una casa a nuestro gusto, lo que suponía todo un peligro para nuestros bolsillos.

—Bueno, ¿y qué tal va con el ojazos? —preguntó Abby mientras cogía una taza con el dibujo de un gatito lamiéndose una pata, la examinaba, sonreía y la metía en la cesta que le colgaba del brazo.

—Bien, ayer empezamos con el programa corto, el *Giselle* de Adolphe

Adam. —Me llamó la atención un cobertor hecho a base de aplicaciones de crochet. Me encantó el colorido y la esponjosidad de la flor que sobresalía de cada cuadrado blanco unido con hilo azul—. Me gusta.

—¿El programa, la música, la colcha o Mikhail?

—Los tres primeros. —Añadí el cobertor a mis compras. No era barato, pero estaba dispuesta a permitirme algún que otro capricho—. Y Misha me cae bien.

—¿Que te cae bien? ¡Y una polla como una olla! No me hace falta haber estado delante para saber que cuando te lo encontraste en el Arctic Arena por primera vez se te cayó la vagina al suelo y le reptó por la pierna.

—¡Abs! —siseé cuando la mujer que estaba detrás de nosotras con su hijo de cuatro o cinco años nos lanzó dardos envenenados con la mirada.

—Te gusta y te pone cachonda como una perra. ¿Qué mira, señora? ¿Es que se quedó usted preñada por ósmosis? Y si no quiere que su hijo aprenda más de la cuenta, deje de pegar la oreja.

La aludida nos miró de arriba abajo con desdén, cogió la mano del pequeño y resopló antes de darse la vuelta y dirigirse al otro extremo de la habitación.

—Te has pasado. —Notaba las mejillas y las orejas ardiendo.

—Ella se lo ha buscado. —Le restó importancia con un movimiento airado de la mano—. Y no cambies de tema. Misha te gusta, tanto que te saltaste la primera base y pasaste directamente a la segunda.

—¡Eh! Lo del baño fue un accidente y no pasó nada. —El recuerdo me caldeó de pies a cabeza y me provocó un cosquilleo en la parte baja del estómago.

—¿No? Pues me vas a perdonar, pero por mucho que lo intentara era imposible disimular que estaba muy palote. —Sí. Sí que lo estaba. Cómo no, me puse más roja aún—. Y, madre mía, menuda uve orgásmica tenía, hasta a mí, que no lo considero mi tipo, me dieron ganas de lamérsela. —Se calló una fracción de segundo y, acto seguido, dijo con una sonrisilla obscena—: Uy, qué mal ha sonado eso, ¿no? —Las dos rompimos a reír—. Una pena lo de su problemilla.

—¿Qué? —pregunté todavía medio riendo.

—¿No me digas que no has abierto ningún mueble de la cocina o la nevera? Está todo colocado al milímetro, de menor a mayor y en filas perfectas diferenciadas por tipo de producto.

—¡Es verdad! —Solté una carcajada—. ¿Y has probado a mover algo de sitio?

—¡Si! Y cuando volví más tarde estaba otra vez bien colocado. Es como tener nuestro propio elfo doméstico.

—Ya te digo, podríamos llamarle Dobbyrov.

Ahora fue a ella a quien le dio un ataque de risa y yo no pude evitar que se me contagiara.

—Me parece perfecto —dijo sin resuello—, pero voto por que el trocito de tela que es el uniforme oficial lo lleve alrededor de las caderas, bien bajito. —La idea era muy tentadora—. Uf, menuda cara de pervertida acabas de poner, me encanta. Va. —Me golpeó el hombro con el suyo en plan juguetón—. Admite que te gusta incluso con su obsesión por el orden.

—De acuerdo, sí, me gusta. —Yo misma me sorprendí al aceptarlo en voz alta—. Mucho. —La última palabra dejó mis labios en un murmullo desconcertado, como si acabara de darme cuenta de ese detalle—. Aunque eso no cambia nada, ya sabes lo que pienso acerca de las relaciones sentimentales entre compañeros.

—No siempre sale mal.

—Lo sé, pero para averiguarlo tendría que asumir el riesgo y no estoy dispuesta a hacerlo.

—El miedo es un freno, Han. Es mejor lanzarse y perder que nunca haberlo intentado.

—No me gusta la filosofía del todo o nada.

Abby se encogió de hombros, cogió un collar de cuentas que había sobre la mesa a nuestra derecha, me lo puso junto al cuello, asintió con aprobación y lo metió en mi cesta.

—Y yo creo que el que no arriesga, no gana. Además, es un desperdicio vivir la vida a medias.

—¿Tengo que recordarte que pese a estar colgada del mismo tío desde hace años dejaste pasar un par de oportunidades de estar con él por no arriesgarte? —La miré con una ceja alzada. ¿Cuántas veces habíamos tenido la misma conversación?

—No era el momento, no si quería que fuera algo serio.

Ahí llevaba parte de razón.

—Ya dudo que llegue a serlo nunca —respondí con suavidad y una punzada de pena que no fui capaz de disimular.

Para mi sorpresa, Abby esbozó una sonrisa que iluminó sus bellas facciones.

—Al contrario, Han. Justo ahora es cuando me toca batear un *home run*.

Llegamos a casa a las cuatro, después de haber almorzado en el Shalimar, nuestro restaurante indio favorito, y hecho la visita obligada al Starbucks. La idea era dejar todo lo que habíamos comprado y prepararnos para el concierto al que planeábamos asistir en tres horas. Rectifico: al que mi mejor amiga me coaccionaba a ir.

—¿Hola? ¿Misha? —llamamos al unísono nada más entrar.

—¡En la cocina!

Metimos las bolsas en la habitación de Abby y fuimos a buscarlo.

Lo encontramos sentado en el suelo entre la cocina y el comedor, con un barreño lleno de agua entre las piernas y obnubilado con el bulto negro que flotaba dentro. Hubo unos segundos de silencio, los justos para procesar lo que estábamos viendo.

—¿Eso es... lo que creo que es? —preguntó Abby. Me cogió de la manga de la camiseta y retorció la tela con un murmullo ininteligible.

Mikhail alzó la vista con una sonrisa radiante. Llevaba puestas las gafas, siempre se las ponía para estar en casa.

—Nuestro nuevo compañero de piso. —Alargó las manos, sujetó con cuidado la pequeña bola de plumas y se levantó—. Os presento a *Atila*. —Se acercó a nosotras para dejarnos ver al piante y esponjoso patito negro.

Las dos dejamos escapar el «ooooh» que para la mayoría de las chicas era sinónimo de «es tan mono que me dan ganas de espachurrarlo».

—¿De dónde lo has sacado?

Sin poder evitarlo le acaricié la cabecita; era suave y la manera en la que cerraba los ojillos con cada pasada de mis dedos resultaba demasiado adorable. Abby se colocó a mi espalda, apoyó la barbilla en mi hombro y alargó el brazo por debajo del mío para tocarle el pecho.

—Lo ha traído tu madre.

—¿Qué? —Levanté la cabeza de golpe para mirarlo, la respuesta me había cogido por sorpresa—. ¿Cuándo? ¿Por qué?

Misha dejó escapar una risilla baja que me acarició la piel.

—Vino esta mañana, no sabía que tú no estarías. Se le olvidó avisarte.

—Típico de mi madre—. Lo ha traído para mí —admitió, y el más ligero rubor le coloreó las mejillas—. Cuando estuve en tu casa y vi todos vuestros animales comenté que mi hermano siempre deseó tener un pato. No me preguntéis por qué. —Rio con suavidad y una ternura no carente de tristeza—. Insistió tanto que hasta yo acabé por querer uno. Nunca llegamos a salirnos con la nuestra. —El pensamiento o el recuerdo que pasó en ese momento por su mente oscureció su semblante por un instante—. Hasta ahora.

Se acercó a *Atila* a la cara y le dio un beso en el pico a la vez que le rascaba el cuello, con lo que le arrancó un pío suave y continuo parecido a un ronroneo.

—¿Te limpio la baba? —me susurró Abby al oído y yo le di un codazo en las costillas.

Los labios de Misha se curvaron en una sonrisa maliciosa que evidenciaba que la había oído.

—Dime que le pondrás un cascabel o algo. —Solté con tanta rapidez que casi me trabé, aunque no me importó si con eso conseguía desviar el asunto y así no morir de vergüenza.

—Sí, estaría bien poder ir tranquila al baño por la noche sin miedo a cometer un *patocidio*.

La diversión iluminó los ojos de Mikhail.

—Tranquilas, dormirá conmigo y dejaré la puerta cerrada. Durante el día no creo que haya problema.

Se agachó para dejar al pequeñín en el suelo, luego retrocedió hasta donde estaba el barreño, lo cogió, nos dedicó un guiño y empezó a caminar. Tan pronto abandonó el comedor, *Atila* empezó a correr tras él piando como si le fuera la vida en ello, con las diminutas alas un poco separadas del cuerpo y la casi inexistente cola bandeando de un lado a otro. Sus patitas palmeadas resonaban en el suelo de parquet a cada paso frenético que daba.

—¡Corre, Forrest, corre! —Se burló Abby, que de repente puso la cara que ponía siempre cuando se le ocurría alguna idea retorcida—. ¡Por cierto, Mik! —Misha se detuvo y se giró para mirarnos, eso le dio a *Atila* la oportunidad de llegar hasta él y subirse a su pie descalzo—. Si tus obligaciones como mamá pato te lo permiten, ¿te apetece venir con nosotras a un concierto esta tarde?

Madre mía. Negué con la cabeza de forma sutil, aunque por su bien esperaba que lo pillara.

—¿Qué grupo toca?

«No, no muestres interés, eso alimentará a la bestia».

—No son muy conocidos, pero se salen. —«Ya, claro, yo no diría tanto»—. Si te gusta el rock, deberías apuntarte.

—De acuerdo, contad conmigo. —Aceptó antes de que pudiera hacer nada para evitarlo.

Vale, tampoco es que hubiera puesto mucho empeño en hacerlo. Al menos podría haber abierto la boca, pero mi compasión quedó sepultada bajo la perspectiva de poder compartir mi sufrimiento.

El concierto era en la planta baja del Neutral Zone, un edificio para la juventud situado en el centro de la ciudad, a solo quince minutos de nuestra casa. Fuimos andando y, aunque quedaba aún una hora para que empezara, ya estaba bastante lleno. Cruzamos la primera sala donde había varios ordenadores con los que conectarse a Internet, un sofá, una amplia mesa y una cocina con una barra y banquetas estilo bar, todo ocupado por chavales de nuestra edad o poco mayores o menores.

El estrecho pasillo del final daba a la segunda estancia, lugar destinado al ocio y las actuaciones. Quienes no estaban cerca del escenario situado al fondo a la izquierda mataban el tiempo en las mesas de billar, futbolines o recreativas condensadas en el lado por el que habíamos entrado. El ambiente era distendido, alegre y... especial, algo que Misha no tardó en notar.

—Empiezo a pensar que hay algo que no me habéis contado. —Nos miró con suspicacia—. ¿Quiénes decíais que tocaban?

—No lo dijimos —respondió Abby con una sonrisa ladina justo antes de desviar su atención hacia una chica que la saludaba con efusividad a un par de metros de donde nos encontrábamos—. ¡Mel! ¡Al final has venido! —Agitó el brazo en respuesta—. Enseguida vuelvo —dijo dirigiéndose a nosotros y se marchó.

—¿Y bien? —Mikhail se cruzó de brazos—. ¿Por qué hay gente que lleva uniforme y varita?

—Porque hoy tocan Harry and the Potters. —Tuve que apretar los labios para contener la risa cuando lo vi parpadear un par de veces y luego fruncir el ceño.

—¿Harry and the Potters, por el mago de las gafas y la cicatriz? —En su voz había parte de incredulidad, parte de diversión.

—Exacto. Y tocan *wizard rock*, o *wrock* para abreviar.

—¿Qué? —Rio.

—Música rock cuyas canciones tienen letras humorísticas basadas en Harry Potter, como por ejemplo: *Soy un mago, Plataforma 9 y ¾, Mi profesor es un hombre lobo* o *Cornelius Fudge es un idiota*.

La sonrisa se extendió en su rostro hasta marcar los hoyuelos.

—Te veo muy puesta en el tema.

—Si tu mejor amiga fuera Abby, tú también habrías aprendido unas cuantas cosas.

—¿Tanto le gusta?

¿¡Que si le gustaba!?

—Con diecisiete años quiso tatuarse una *snitch* dorada en la nalga derecha, colocada de manera que se viera cuando llevara bañador o bikini, y acompañarla con el lema: «CÓGELA SI TE ATREVES». —Eso hizo que Misha echara la cabeza hacia atrás y soltara una risotada—. Sus padres se lo prohibieron, pero cuando cumplió los dieciocho ya nada ni nadie pudo impedírselo...

—¿Y tú? ¿Tienes algún tatuaje?

—No, todavía no. Quería esperar a poder hacerme algo que tuviera un significado especial. Nick y yo solíamos decir que nos haríamos uno cuando lográsemos alcanzar el podio en las olimpiadas de invierno. —Nos gustaba soñar a lo grande.

Y aún mayor fue la caída.

Una punzada indeseada de dolor y culpa me aguijoneó el pecho. ¿Cuándo lograría hablar de esas cosas sin sentirme así? ¿Cuándo podría recuperar esos recuerdos con una sonrisa? No fui consciente de haber bajado la vista hasta que los dedos de Misha me cubrieron la mejilla y la presionaron con suavidad para obligarme a levantar la cabeza.

—Hannah... —Su voz estaba llena de calidez y su expresión de dulzura y comprensión, como si supiera y entendiera lo que estaba pasando por mi cabeza.

Me acarició el pómulo con el pulgar en lentos círculos, allí donde estaba la profunda cicatriz que siempre me recordaría lo sucedido. El roce me hizo cerrar los ojos e inclinar la cabeza hacia el calor de su piel. Tragué saliva cuando noté el llanto en la garganta. Decir cosas así tampoco era justo para él, porque sonaban como si lo desmereciera. Sin embargo, era todo lo contrario. Tal y como le había dicho a la doctora Allen, la importancia que él tenía para mí dentro y fuera de la pista crecía cada día y amenazaba con eclipsar lo demás, con dejar el recuerdo de lo vivido con mi mejor amigo en un insignificante segundo plano. Y todavía era incapaz de conciliarme con ese hecho.

—... siempre puedes tatuarte la fecha en la que por fin aceptaste mi increíble oferta y conseguiste mi póster firmado.

Una risita constreñida por las lágrimas no derramadas escapó de mis labios.

—Querrás decir el día en el que cedí a tu acoso —respondí con los párpados entreabiertos.

—¿Eso es lo que vas a decir si nos preguntan en alguna entrevista?

—Es posible.

Misha dio un paso hacia mí y sus pupilas adquirieron un brillo travieso.

—¿Estás segura, *ptichka*? —Como siempre, aquella palabra se extendió por dentro y por fuera de mi cuerpo como miel caldeada por el sol—. Entonces puede que yo hable de la encerrona de esta noche. Ni siquiera me habéis dado la oportunidad de venir vestido para la ocasión. —Yo no tenía nada en contra de la camiseta blanca, los vaqueros negros y las deportivas rojas y blancas que llevaba—. Por suerte, tengo una varita y te aseguro que está llena de magia.

Abrí mucho los ojos de golpe y me llevé una mano a la boca para sofocar una carcajada.

—No me puedo creer que acabes de decir eso.

Y Misha tampoco si tenía que basarme en el sonrojo que le cubrió los pómulos. Se pasó los dedos por el pelo con una sonrisa sesgada y apoyó la espalda en la columna que tenía detrás. Me giré hacia él mientras me limpiaba las lágrimas. Al final había llorado, pero no a causa del dolor y la culpa que habían oscurecido mi ánimo, sino de la risa. Fue entonces cuando vi la satisfacción y el alivio con los que me observaba y comprendí que ese había sido su objetivo, que había buscado la forma de alejar mi atención de lo malo. Ser consciente de ello hizo que un nudo muy diferente se me formara en el pecho.

16
Hannah

Abby quiso que nos uniéramos a ella y su grupo de conocidos en las filas más cercanas al escenario, pero tanto Misha como yo preferimos quedarnos donde estábamos; una decisión de la que nos alegramos a la media hora de empezar el concierto.

Los hermanos DeGeorge no tocaban mal. De hecho, se curraban bastante las actuaciones. Sin embargo, pese a haber visto las películas y leído los libros, mis conocimientos sobre el mundo creado por J. K. Rowling no eran suficientes como para disfrutar con plenitud del espectáculo. Ver cómo todo el mundo se reía y no entender por qué me hacía sentirme como en mitad de una conferencia sobre física cuántica. Mikhail no lo llevaba mucho mejor, por lo que cuando sugirió que nos escapáramos y fuéramos a cenar a algún sitio acepté sin dudarlo. Le envié un mensaje a Abby para avisarla de nuestra deserción y decirle que nos avisara si quería que la recogiéramos cuando acabara el concierto.

El Fleetwood Diner tenía buena comida a buenos precios y estaba a escasos diez minutos del Neutral Zone, así que decidimos ir allí. El local era pequeño, no mucho más largo y ancho que un autobús y metálico como uno. Bastaba con poner un pie dentro para sentirse transportado a principios de los cincuenta, época en la que fue inaugurado y en la que parecía haberse quedado atrapado.

Nos sentamos junto a las ventanas opuestas a la entrada, en la misma mesa que elegía siempre, si estaba disponible. No era una habitual del establecimiento, pero había ido lo suficiente como para que la camarera, una chica morena no mucho mayor que nosotros, se acordara de mí y me dijera que se alegraba de volver a verme. «En muy buena compañía, como de costumbre», añadió con un guiño que hizo que Misha esbozara una sonrisilla.

Tras traernos un par de aguas con gas, tomó nota de nuestro pedido. Tuve la tentación de pecar con unas alitas de pollo acompañadas de patatas fritas, pero debía ser fiel a la dieta, así que me decanté por una ensalada del chef, mientras que Mikhail se decidió por un sándwich *reuben*.

—Curiosa decoración. —Sus ojos recorrieron las muchísimas pegatinas que cubrían de suelo a techo la pared junto a nosotros.

—Esa es nuestra. —Señalé un punto sobre su cabeza—. La trajo Abby la segunda vez que vinimos todos. En cuanto la pegó y vimos lo que ponía, Nick y Tris se echaron a reír y añadieron sus números de teléfono.

Misha alzó la vista y dejó escapar una carcajada igual que hicieron aquel día los chicos.

—Profesor de sexo, primera clase gratis. —Leyó en voz alta—. ¿Les llamó alguien?

Asentí sin poder contener una sonrisa nostálgica. No hacía ni un año desde aquel día y, en cambio, daba la impresión de que había ocurrido hacía mucho, como en otra vida. En cierto modo, así era.

—La camarera, que no les quitaba ojo cada vez que veníamos, y una de sus compañeras. Y no, no sé si llegaron a dar la clase gratis.

Eso le arrancó otra risotada.

—Cuéntame más —pidió después de que nos trajeran la comida y darle un buen bocado a su sándwich.

—¿Sobre qué?

—Sobre ti.

—¿Qué quieres saber?

Pareció sopesarlo durante unos segundos.

—Vale. —Se limpió la boca con la servilleta y tomó un sorbo de agua—. ¿Qué te parece si cada uno plantea una pregunta y ambos la contestamos?

—De acuerdo, dispara.

—Empecemos por algo fácil y típico, ¿cuál es tu película favorita?

—No tengo una película favorita. —Misha enarcó una ceja—. No me mires así. Hay demasiadas historias geniales como para quedarme solo con una, así que, para mí, entran dentro de esa categoría todas las que, sea el día que sea, sea la hora que sea, si me preguntan si me apetece verla, la respuesta siempre será sí. Da igual que me la haya tragado un centenar de veces y me sepa los diálogos casi de memoria. —Fue mi turno para alzar las cejas—. ¿Por qué pareces sorprendido?

—Porque creí que simplemente responderías *Orgullo y prejuicio* o *El diario de Noah*.

Puse los ojos en blanco ante la mención de dos de las películas que se suponía que hacían suspirar a todas las chicas del planeta.

—Te has olvidado de *Titanic* —dije sin ocultar el tono irónico—. Y antes que con *Orgullo y prejuicio* me quedo con *Jane Eyre*, pero la que protagonizan Mia Wasikowska y Michael Fassbender. —Saboreé de nuevo mi ensalada; estaba deliciosa—. En cualquier caso, todas esas me gustan, pero ninguna es de mis favoritas.

—¿Y cuales entrarían en esa categoría entonces? —preguntó reclinándose en la silla.

—Por poner algunos ejemplos, te diré que la trilogía de *El señor de los anillos*, en especial *El retorno del rey*; *Danny the dog*, Jet Li y Morgan Freeman juntos, ¿qué más se puede pedir?; *La historia interminable*; *Amélie*, cuya banda sonora me encantaría utilizar en un futuro para algún programa libre; muchas de animación... ¡Oh! Y *Dirty Dancing*... —Sabía que se me había iluminado la cara ante el recuerdo que acudió a mi mente—. ¿Ves este diente? —Me incliné hacia delante con el dedo sobre el colmillo derecho—. Me lo rompí con trece años cuando intentamos imitar el baile del final. Vladimir y April estaban barajando la posibilidad de utilizar la banda sonora de la película para uno de los nuevos programas, así que Tris, Abby, Nick y yo decidimos verla un día que mi madre y mi abuela no estaban en casa. En aquel entonces Nick y yo ya llevábamos cinco años como pareja de danza y acabábamos de ganar la plata en la categoría *novice* del campeonato de EE. UU. La euforia de la victoria todavía nos duraba y se unía al subidón de conocer todos los estilos de baile que practicaba Johnny o que este le enseñaba a Baby. El aprendizaje de ella era como vernos a nosotros mismos cuando empezamos.

—O a ti y a mí ahora. —Se acodó en la mesa de manera que nuestras caras quedaron a escasos palmos.

—Sí. —La diferencia estaba en que con él sí querría bailar *Cry to me* con la misma intensidad y falta de ropa que en la película—. Pero en este caso yo sería el experimentado Johnny y tú la dulce e inexperta Baby.

Se rio con tanta fuerza que todos los presentes se giraron para mirarnos.

—¿También me darás clase con el torso al aire? —Me observó a través de sus gruesas pestañas, lo que no evitó que distinguiera el brillo pícaro en sus ojos—. Que conste que me parecería una espléndida motivación.

—Baboso —protesté sin mucho ímpetu.

—Sobrecogedora.

—Rancio.

—Obstinada.

Con cada palabra nos habíamos ido inclinando hacia delante y cuando fui consciente de ello me callé de golpe, con la vista fija en sus labios.

—¿Hannah?

—¿Sí?

Aparecieron los hoyuelos.

—¿No vas a contarme el final de la historia?

—¿Qué historia?

Su sonrisa se amplió todavía más.

—La de cómo te partiste el colmillo.

¡Oh! El color me cubrió las mejillas. Mierda, maldito ruso y su boca hipnótica.

—Sí, cierto. —Bebí un trago de agua e intenté recordar por dónde lo había dejado—. Como iba diciendo, terminamos de ver *Dirty Dancing* y estábamos tan flipados que los cuatro empezamos a hacer el tonto. Nos pusimos a bailar en mi habitación imitando las fiestas clandestinas que hacían los empleados en la película, una cosa llevó a la otra y acabamos en el pasillo conmigo corriendo hacia Nick toda decidida. Ninguno se paró a pensar en que ni yo tenía la habilidad necesaria para mantener el equilibrio en una elevación de ese nivel, ni él la fuerza suficiente en el torso y los brazos para sostenerme. —Negué con la cabeza ante nuestra propia estupidez adolescente—. Lo intentó. De hecho, creo que me sostuvo un par de segundos, cosa que se podía considerar todo un logro, pero al final nos caímos los dos y yo me dejé el diente contra la mesita que había en mitad del corredor.

Misha contrajo la cara en una mueca de dolor.

—Vale, después de mi batallita, te toca. —Lo señalé—. ¿Cuál es tu peli favorita?

—*El quinto elemento* —respondió sin dudarlo recostándose de nuevo en la silla—. ¿Te acuerdas de tu primer beso?

—Sí, como para no hacerlo. —Suspiré con fingida resignación—. Tenía once años y fue con Abby.

—Interesante. —Alzó ambas cejas y yo puse los ojos en blanco.

—No dejes volar tu imaginación. Fue algo inocente fruto de la impetuosidad desmedida de mi mejor amiga. Estábamos en su casa, bajó a la cocina no recuerdo para qué y pilló a Wyatt, uno de sus dos hermanos mayores, dándose el lote en el salón con una chica. Volvió a su habitación con el ceño fruncido. Me contó lo que había visto y refunfuñó acerca de que no entendía por qué a los chicos les gustaba tanto besar a las chicas, que desde que Wyatt había empezado el último año de instituto no hablaba o hacía otra cosa. Entonces, sin previo aviso, me enmarcó la cara con las manos y estampó sus labios contra los míos. Luego, me miró muy seria y me dijo: «¿Ves? No es para tanto».

Mikhail se echó a reír.

—El tuyo fue robado y el mío un trueque. Acababa de volver de un campeonato y tenía que ponerme al día con las lecciones y los deberes. Los profesores solían prestarme toda la ayuda que podían, pero en esa ocasión tenía que hacer un trabajo y debía currármelo junto a la compañera que me habían asignado: Natasha Karpova. Era la representante de la clase, la que sacaba las mejores notas y apenas si había cruzado dos palabras con ella, por eso me sorprendió que se negara a compartir la parte que le tocaba. Insistí hasta que me dijo que de acuerdo, solo si le daba un beso.

—Buena jugada —aprobé asintiendo—. Apuesto a que esa chica estaba loquita por ti y aprovechó su oportunidad de oro.

—Es posible. —Ladeó la cabeza y cruzó los brazos sobre el pecho con una sonrisilla satisfecha y una pizca tímida—. Claro que a mis trece años era bastante obtuso con respecto a ese tema y lo único que pensé fue que menuda petición rara, pero que si era eso lo que quería, por mí bien con tal de que me pasara sus apuntes.

—Ooooh... —Exageré un puchero—. Dulce e inexperto Baby, lo que yo decía.

Hizo un gesto de negación sin perder la sonrisa, cogió una miga de pan de centeno que había caído en su plato y cuando me la tiró no pude tragarme una sonora carcajada.

—Venga. —Alcé las manos en son de paz—. Responde a esta conmigo. Los domingos son para...

—Sofá y manta —dijimos al unísono y chocamos los cinco con tal naturalidad que hizo que nos mirásemos sorprendidos.

—Pero siento informarte de que durante unos meses habrá poco tiempo para eso —puntualicé—, tenemos mucho en lo que trabajar.

—Lo sé. Y el sacrificio ya está mereciendo la pena. —Sus ojos se clavaron en mí con una intensidad cegadora—. ¿Qué le dirías a alguien y no te atreves? —preguntó antes de que pudiera decir nada.

De inmediato aparecieron flashes del cuerpo de Nick, inmóvil y ensangrentado entre un amasijo de hierros y cristales.

—Lo siento —murmuré con la lengua saturada por el sabor amargo de la culpa y el dolor—. Le diría que lo siento mucho. —Tragué saliva y parpadeé con rapidez.

—Yo querría hacer lo mismo. —Su tono era muy suave, contenido, como si luchara por mantener a raya lo que estaba sintiendo—. Aunque, a diferencia de ti, la persona a la que me gustaría decírselo ya nunca podrá escuchar mis disculpas. —Se llevó la mano al pecho y de forma distraída deslizó los dedos sobre el pectoral izquierdo.

El silencio se extendió entre los dos durante varios minutos en los que deseé haber cerrado la boca, pero sobre todo quise hacer desaparecer el eco de las imágenes que habían acudido a mi mente y la opacidad que se había adueñado de los ojos de Misha.

Lo miré desconcertada cuando se levantó de golpe, rodeó la mesa y se acuclilló al lado de mi silla.

—Sonríe —canturreó. Sin dejarme tiempo para reaccionar me colocó la palma de la mano bajo la barbilla, me apretó las mejillas con los dedos hasta conseguir que pusiera «boca de pez», pegó su cara a la mía, extendió el brazo que tenía libre y... clic.

—¿Acabas de hacernos una foto?

—Eso parece —respondió con una sonrisa maliciosa que reflejó sus intenciones.

—Ah, no, ni se te ocurra subirla a ningún sitio.

Mi amenaza le dio risa. Esquivó mi intento de agarrarlo para arrebatarle el móvil sin dejar de trastear con él. Se sentó e instantes después me llegó un aviso.

«Loco y genial sábado noche con @HanSola_Daniels».

Cuando vi la foto adjunta del mensaje de Twitter no supe si reír o llorar. Yo tenía el aspecto de un híbrido de pez fuera del agua y ciervo deslumbrado o puesto de psicotrópicos, mientras que Misha parecía una modelo de pasarela poniendo morritos.

—¿Es una sonrisa eso que veo?

—No —contesté apretando los labios para contenerla.

—Oh, sí que lo es.

—Eres...

—¿Encantador?

La diversión burbujeó en mi pecho.

—Orco. —Esa vez fui yo la que le tiró un trozo de pan—. Eso es lo que eres, y un pedazo de trol.

Su carcajada reverberó por todo el local.

—Te has reído. Me gusta verte reír. —Su forma de mirarme me hizo estremecer.

—Gracias —susurré.

—Creo que me he ganado otra pregunta.

—Está bien —concedí.

Sus pupilas desprendieron un brillo que no auguraba nada bueno.

—¿Te gusta el número 69?

Casi me ahogué con mi propia saliva y Misha estalló de nuevo en carcajadas pese a que se había sonrojado, aunque muchísimo menos que yo.

Llegamos a casa a las dos de la madrugada. Las horas posteriores a la cena habían volado mientras compartíamos aún más risas y confidencias entre sorbos de café, y un bloc de notas donde empezamos a planificar y detallar el programa de exhibición que me había propuesto Misha días atrás. Podríamos haber saludado al amanecer allí sentados de no ser porque necesitábamos descansar para poder aprovechar bien el domingo.

—*Atila* está dormido en mi cama —comentó tras asomarse a su habitación y regresar a mi lado—. ¿Abby ha vuelto ya?

—No, sus llaves no estaban en el cuenco de la entrada. Ya me avisó de que no la esperásemos despiertos.

—Hazme un favor, recuérdame que no vuelva a fiarme de sus recomendaciones musicales —dijo cruzándose de brazos y apoyando el hombro en el escaso trozo de pared que separaba las puertas de nuestros dormitorios.

—Lo haré. —Reí—. Siento que tuvieras que sufrir el concierto, pero aun así me alegro de que vinieras. —Di un inconsciente paso en su dirección—. Lo he pasado muy bien esta noche —admití. De hecho, no quería que acabara.

Mikhail se incorporó y avanzó hacia mí hasta que su pecho quedó a solo centímetros del mío. Agachó la cabeza para poder mirarme a los ojos.

—Yo también lo he pasado realmente bien, tanto que me gustaría que la noche no terminara. —Verbalizó lo que yo no me había atrevido a decir—. Pero mañana tenemos que entrenar todo lo que podamos aquí en casa.

Estaba muy cerca, tanto que cada vez que respiraba podía olerlo, emborracharme de su aroma natural junto a la colonia que siempre usaba.

—Sí.

—Lo que no quiere decir que no podamos repetirlo otro día.

—Cierto.

Inclinó todavía más la cabeza y sus labios me rozaron la mejilla.

—Buenas noches, Hannah.

El aire se me atascó en la garganta y el corazón me latió con fuerza. Tuve que cerrar los ojos por un instante para recuperar un poco la compostura. Me resultaba difícil concentrarme.

—Buenas noches.

Inspiramos al unísono. Alcé la vista y me perdí en su mirada. Sus labios estaban tan cerca que podía sentir lo cálidos que eran.

—Besarnos sería una mala idea.

—Ajá. —No podía hablar, respirar o pensar.

—Muy mala. —Su boca rozó la mía y un estremecimiento me recorrió de pies a cabeza—. Por eso esto no es un beso.

—¿No? —jadeé.

—No... —Sus manos ascendieron en una caricia lenta por mis brazos, mi cuello y mentón hasta detenerse sobre mis mejillas. Se me disparó el pulso—. Es un Abby.

Se me escapó una risa suave y temblorosa. Quise preguntarle a qué se refería, pero entonces su boca estuvo en la mía. Una oleada de calor se deslizó por mi cuello para extenderse a través de mi pecho y más abajo, entre mis muslos. Me besó con dulzura, trazó la forma de mis labios con los suyos en una pasada lenta que duró demasiado poco.

—¿Ves? —Su respiración se había vuelto tan pesada como la mía y sus pupilas eran de un azul intenso y ardiente—. No es para tanto. —Deslizó el pulgar por mi labio inferior y luego se inclinó de nuevo—. No, no es un beso. —Su boca volvió a estar sobre la mía de la forma más prometedora y tentadora. La anticipación me provocó un hormigueo en la parte baja del estómago e hizo que aplanara las manos sobre su pecho—. Como he dicho, *ptichka*, es un Abby.

Entonces, antes de que pudiera volver a besarme, nos sobresaltó una melodía estridente que ganaba fuerza con cada segundo que pasaba. Misha masculló algo en ruso y se sacó el móvil del bolsillo de atrás de los pantalones. El cambio en su expresión fue tan brusco y radical que no pude evitar bajar la vista para ver el nombre que se mostraba en la pantalla.

Rechazó la llamada e hizo amago de volver a guardarlo cuando comenzó a sonar de nuevo. Apretó la mandíbula hasta un punto en el que pensé que se haría daño y miró el aparato como si fuera una serpiente de cascabel.

—¿No vas a cogerlo?

—No.

—Puede que sea importante —insistí con suavidad. Al fin y al cabo, las llamadas que se recibían de madrugada no solían traer nada bueno. Por otro lado, también era posible que no hubieran tenido en cuenta la diferencia horaria que teníamos con Rusia.

—Dudo que nada de lo que pueda decirme esta persona tenga importancia para mí.

La rabia, casi odio, que destilaron sus palabras fueron como una bofetada verbal que, aunque no fuera dirigida a mí, me hicieron abrir mucho los ojos.

—Pero... —Me lamí los labios y miré de nuevo quién llamaba—. Ekaterina Vasina... ¿no es tu madre?

Misha se tensó en cuanto pronuncié ese nombre.

—Lo era —masculló entre dientes—, porque en lo que a mí respecta mi madre murió dando a luz a mi hermano. —Su mirada se convirtió en hielo cuando abrí la boca de nuevo, no sabía para decir exactamente qué—. No, Hannah. No sigas por ahí. —Me cortó con aspereza—. Y si quieres que esto funcione, no vuelvas a tocar el tema.

Acto seguido, sin añadir nada más, se dio la vuelta, entró en su habitación y cerró la puerta. Fue en ese momento cuando me di cuenta de lo poco que sabía de él. Había pasado años leyendo reportajes y entrevistas sobre Mikhail Egorov, pero la gran mayoría de ellas giraban en torno a su vida profesional. Era a ese, al patinador, al que conocía, del que podía recitar fallos y logros como si fueran propios. Sin embargo, no ocurría lo mismo con el Misha de fuera del hielo, el de verdad, ese era un enigma a excepción de un puñado de datos básicos e inocuos, incluidos los que había compartido conmigo esta noche y los que se habían ido desprendiendo de la convivencia.

Pasé a mi dormitorio y me senté en la cama. Hacía un mes que nos conocíamos y en todo ese tiempo solo había pensado en mí. Yo y mi sentimiento de culpa por el accidente y por volver a la danza sin Nick; yo y mi dolor; yo y mis pesadillas...

Puse una mano en la pared que compartíamos. ¿Qué podía haber llevado a Misha a repudiar de esa manera a su propia madre? ¿Era aquel el motivo por el que siempre había mantenido un férreo hermetismo acerca de su vida privada? Porque poco se sabía más allá de los colegios donde estudió, que quedó huérfano de padre a los dos años, que su madre volvió a casarse y que el hijo que tuvo con su nuevo marido nació con una enfermedad degenerativa que se lo llevó cuando el pequeño tenía doce años.

Y que el día del entierro fue el mismo que del incidente que ocasionó la lesión de Mikhail.

17
Misha

Llevaba ocho meses sin intentar contactar conmigo, lo que me hizo pensar que por fin se había dado por vencida. Sin mi hermano ya no tenía familia, y así se lo hice saber cuando apareció en el hospital cuatro días después del suceso que acabó con mi carrera. La cólera que sentí entonces no fue provocada por que hubiera tardado tanto en ir a verme, sino por tener la desfachatez de hacerlo. Ekaterina Vasina podía llamarse de todo menos madre. No lo había sido para Ben y jamás volvería a serlo para mí.

Por suerte, Hannah no tocó de nuevo el tema de la llamada. Cuando nos encontramos a la mañana siguiente para desayunar, fue como si la última parte de la noche nunca hubiera ocurrido. Agradecí que no me preguntara, porque lo único que podía ofrecerle eran patrañas. Ocultar ciertos detalles de mi vida era casi una segunda naturaleza para mí, y hacía mucho que había dejado de importarme mentir al respecto. Pero con ella era diferente.

Creía en la amistad entre un chico y una chica sin que tuviera que entrar en juego nada más; por eso, al dejar Rusia, estaba convencido de que formar equipo con Hannah podía funcionar. Era algo que me veía capaz de manejar sin necesidad de entrar en terreno pantanoso. Sin embargo, en ningún momento conté con el efecto que tendría sobre mí. Me desarmaba, lo hacía un poco más cada día que pasaba.

Joder, ojalá fuera solo eso; también me gustaba más y más cada segundo que estaba con ella. Era adorable y preciosa, divertida, cabezota, fiel a aquellos a los que quería, trabajadora y además poseía un gran talento. Parecía estar hecha para mí tanto por dentro como por fuera. Y por eso tendría que haber pulsado el botón de «ABORTAR MISIÓN» en cuanto la línea supuestamente infranqueable que había trazado en un principio empezó a desdibujarse. Tan pronto me di cuenta de que verla, provocarla, hacerla sonrojarse, lograr que refunfuñara y riera contra su voluntad, o escucharla hacer ese ruidito medio gruñido medio chillido cuando se exaltaba, se había convertido en una verdadera adicción. Cuando tocarla me disparaba el pulso y despertaba el famoso revoloteo en el estómago, mientras que ver el dolor en sus ojos me abría el pecho en dos y me hacía desear acunarla entre mis brazos y no soltarla nunca.

La atracción que sentía hacia ella empezaba a acercarse a algo que no podía permitirme sentir. Y ese era un motivo más que suficiente para marcharme, ya que contravenía mi máxima desde que era un jovencito: «No dejes que nadie te importe lo bastante como para que te duela no desvelar los secretos que ocultas en tu corazón».

Pese a todo, seguía jugando con fuego porque por primera vez en años había dejado de ser una sombra de mí mismo. Hannah y Abby me habían devuelto la risa, la diversión, la complicidad y el calor de un hogar. Después de mucho tiempo, recordé por qué amaba el hielo. Tener a Hannah a mi lado espantaba los fantasmas que acudían a mi memoria cada vez que lo pisaba. Ella llenaba un vacío en el que no había reparado en todos los años en los que el patinaje fue mi vida.

La razón me gritaba una y otra vez que no fuera un imbécil y un iluso, en especial después de la llamada. Pero la esperanza era tentadora y seductora, sobre todo cuando te has llevado tanto tiempo perdido y por fin encuentras un lugar al que sientes que perteneces.

Un sitio que Ben me había regalado sin saberlo.

Acababa de llegar de Japón, donde había participado en el Trofeo NHK. Estaba hecho polvo por culpa del inevitable *jet lag* y el no parar del propio viaje, pero eso no impidió que dibujara una amplia sonrisa cuando encontré a mi hermano en mi dormitorio, sentado frente al ordenador.

—¿No deberías estar haciendo los deberes?

—¡Misha! —Saltó de la silla y se abalanzó sobre mí para darme un abrazo de oso—. ¡Ya has vuelto!

—Eso parece. —Le revolví el pelo y no pude contener una carcajada cuando me apartó la mano de un manotazo.

—¡Enséñamela! —me exigió con el mismo entusiasmo del primer día, pese a que ya hubieran pasado cinco años desde entonces. Incluso eso era parte de la tradición que ambos habíamos creado.

Tumbé la maleta en el suelo, la abrí, cogí la pequeña bolsa de tela que había dejado a buen recaudo en un lateral y saqué el contenido.

—Toda tuya —dije pasándole por la cabeza la cinta de mi medalla de oro.

—Mola. —La acarició con los dedos—. Es la número veinte, el trece oro.

—Se dice decimotercer. —Le corregí—. Y no me puedo creer que lleves la cuenta.

—Alguien tiene que hacerlo.

—Sería más práctico que te ocuparas de los deberes.

Ben resopló y puso los ojos en blanco.

—Ya los he hecho, listo. —Señaló hacia un montículo de libros y cuadernos en la esquina del escritorio.

—Así me gusta. —Me quité la chaqueta y la tiré sobre la cama—. ¿Has hecho también tus ejercicios?

—Todavía no, estaba esperando a que mamá volviera de hacer la compra para que me ayudara —admitió con un suspiro resignado. Sabía que no le gustaba, si bien a sus once años entendía la importancia que tenía para él la fisioterapia respiratoria diaria.

Benedikt había nacido con fibrosis quística, una enfermedad crónica y degenerativa que afectaba principalmente al sistema digestivo y a los pulmones. Era causada por un gen defectuoso que llevaba al cuerpo a producir un líquido anormalmente espeso. Ese moco se acumulaba en el páncreas y las vías respiratorias, y esa acumulación podía provocar serios problemas digestivos e infecciones pulmonares potencialmente mortales, de ahí la necesidad de una limpieza bronquial constante.

—Venga, túmbate. —Saqué una toalla del cajón superior de la cómoda, le di mi almohada y me arrodillé a su lado en el suelo—. Respira. Inhala despacio por la nariz y exhala todavía más lento por la boca. —Le indiqué más por la fuerza de la costumbre que por necesidad de que supiera lo que tenía que hacer. Fue diagnosticado con un año y desde entonces los ejercicios se habían convertido en parte de su vida y de la mía.

Le acaricié la cabeza cuando le vino el primer acceso de tos, la parte menos agradable del drenaje. Tras cinco minutos de respiraciones cambió al siguiente ejercicio, para el que sí necesitaba mi ayuda.

—Misha, ¿puedes darle al *play* antes de seguir? —pidió señalando el ordenador. Solo entonces me di cuenta de que había un vídeo de YouTube pausado en pantalla completa.

—¿Desde cuándo te gusta la danza sobre hielo? —pregunté divertido al regresar junto a él.

Suponía que era mi influencia la que le hizo aficionarse el patinaje, pero nunca había mostrado demasiado interés por ninguna de las dos modalidades de parejas.

—No sé. —Se encogió de hombros al tiempo que las mejillas se le encendían.

Tuve que apretar los labios para reprimir una sonrisa.

—Menos mal. —Suspiré con exagerado alivio—. Por un momento pensé que me estabas poniendo los cuernos.

Ben se había autoproclamado mi fan número uno desde que tuvo uso de razón para entender lo que era eso. A partir de entonces aprendió todos los entresijos del deporte, vio cada vídeo de mis competiciones y se convirtió en mi mayor crítico y consejero.

—Idiota. —Me dio un puñetazo en el brazo, pero no pudo disimular la diversión en sus ojos celestes, idénticos a los míos.

Los dos miramos hacia el ordenador cuando la comentarista anunció a la pareja:

«Representando a Estados Unidos,
Hannah Daniels y Nicholas Benson».

Nada más verlos resultaba evidente que habían escogido *Grease* para su programa libre. Aunque él era rubio y ella morena, ambos llevaban el estilismo exacto del final de la película y tan pronto empezaron a moverse quedó claro que los papeles les iban que ni pintados. El chico exudaba la seguridad en sí mismo de quien está a gusto en su propia piel, sabe lo que vale y no duda un momento en sacarle provecho. Ella era tan bonita como Olivia Newton John en sus mejores tiempos, incluso compartía esa aura dulce y delicada. Se movía con una fluidez y una elegancia hipnóticas, parecía flotar sobre el hielo y fundirse en los brazos de su compañero cuando este la atraía hacia él.

La complicidad que compartían me hizo pensar que debían llevar años juntos, seguramente desde que empezaron en la danza; mientras que la naturalidad y sincronía con la que ejecutaban cada paso hablaba de talento innato y muchas horas de trabajo.

—¿Es su primer año en el Grand Prix Júnior?

Ben asintió y me hizo una seña para que supiera que quería decirme algo más una vez terminara de golpearle la espalda. La percusión era parte de los ejercicios que ayudaban a disolver los fluidos espesos alojados en los pulmones. Consistía en dar palmadas con la mano ahuecada por cada área del pecho durante cinco o siete minutos. Luego se debía hacer una inspiración muy profunda y toser. Se sentó y se llevó la toalla a la boca para hacerlo, para entonces el vídeo ya había finalizado.

—El año pasado ganaron el oro en el Campeonato de Estados Unidos en la categoría júnior. Esta temporada es la primera vez que participan en el Grand Prix y van muy bien, han quedado entre los seis mejores, así que están dentro de la final.

En ese caso, seguro que ya se hablaba de ellos desde hacía un tiempo, pero yo nunca había prestado demasiada atención a las jóvenes promesas de las demás disciplinas. En cualquier caso, desde la temporada anterior la final júnior se celebraba junto a la de los séniores, por lo que estaba seguro de que me los encontraría en algún momento y, debido al interés de Ben, no podría evitar fijarme en ellos.

—Son muy buenos. ¿Qué edad tienen?

—Nick acaba de cumplir los diecisiete y Hannah tiene dieciséis. —Al hablar de ella volvió a sonrojarse.

No pude ni quise contenerme, así que lo envolví entre mis brazos para achucharlo como al pequeño osito de peluche adorable que era.

Ben se revolvió y me apartó de un empujón en el pecho.

—¡Aparta, sobón! —protestó, pero sabía que en el fondo mis continuas muestras de afecto significaban mucho para él. Al fin y al cabo, hacía bastante que me había convertido en su figura paterna.

—Venga, echa la toalla en el cesto de la ropa sucia y ve pensando en qué quieres que hagamos hasta la hora de la cena —le dije entre risas.

—¿No estás cansado?

—Sí, pero puedo aguantar. Soy un hombre fuerte, ¿recuerdas?

Eso le hizo poner los ojos en blanco y a mí reír con más fuerza.

Lo cierto era que, si me acostaba, no iba a ser capaz de levantarme hasta la mañana siguiente, y aún tenía que terminar el trabajo para la universidad que había dejado a medias antes de irme.

—¿Podemos ver más vídeos de Nick y Hannah?

—Claro.

Cogí la otra silla que había en la habitación y me senté a su lado.

—Algún día los veré en persona, les pediré un autógrafo y a Hannah una foto.

—¿Y una cita?

—Puede —respondió sacándome la lengua.

Habría dado lo que fuera por poder decirle que, si tanto deseaba conocerlos, lo llevaría conmigo a Tokio el mes siguiente para la final del Grand Prix. Sin embargo, me callé, porque el viaje significaría un riesgo para su salud. Igual que con cualquier otra enfermedad, la fibrosis quística afectaba con distinta virulencia a quienes la padecían. Existían personas que no descubrían que la sufrían hasta la mayoría de edad. En el caso de Ben, le había afectado de tal manera que unos meses atrás había entrado en la lista para recibir un trasplante de pulmón.

Tragué saliva al recordar que mientras otros llegaban a la treintena, los médicos dudaban que mi hermano alcanzara el final de la adolescencia.

Vi a Nick y a Hannah en Japón. Primero los distinguí entre el público cuando salí al hielo. La final de danza júnior había tenido lugar dos horas antes que la masculina sénior y, al parecer, habían decidido quedarse para disfrutar del espectáculo. La siguiente vez fue durante el banquete de clausura. Desvié la vista mientras mantenía una aburrida charla con un posible patrocinador y me encontré con la mirada de Hannah al otro lado del salón. Dio un respingo e incluso desde la distancia que nos separaba pude notar que se sonrojaba. La había pillado observándome y su reacción me pareció tan dulce que me hizo sonreír. Tras unos segundos le guiñé un ojo, lo que provocó que el color que ya le cubría las mejillas se le extendiera hasta el nacimiento del pelo. Nunca había sido de los que flirteaban, pero había algo en ella que me incitaba a hacerlo.

Después de aquel día no volvimos a encontrarnos. Ben jamás llegó a conocerlos. Mi vida siguió, cambió, se oscureció y no pensé más en la joven pareja. Entonces me enteré del accidente, sus nombres trajeron consigo los recuerdos y por primera vez abrí la caja donde guardaba todo lo que perteneció a mi hermano.

Dolía y, de alguna forma extraña, reconfortaba sumergirse entre fotos de ambos, trozos de papel de regalo donde le había dejado una dedicatoria o un dibujo, entradas de cine medio borradas, libros, las medallas que le cedía al regreso de cada campeonato... Y algo que no esperaba: diarios. Eran pequeñas libretas llenas de letra infantil que abarcaban casi desde que aprendió a escribir hasta poco antes de su muerte.

De repente, no había suficiente aire en la habitación. Dios, no podía respirar. Me levanté y me alejé de aquellos cuadernos como si su interior contuviera todos los males del mundo, o peor aún, mis peores pesadillas. Me pasé las manos por el pelo, no quería abrirlos, comprobar si en ellos narraba sus miedos. No podría soportar saber cómo le afectó, cómo le hizo sentir todo lo que no pude evitar que le ocurriera.

Tardé días en reunir el coraje necesario para leerlos. Las manos me temblaban y el sudor me perlaba la frente. El primero fue el peor, pero todos me desgarraron poco a poco por dentro con cada lágrima que sabía que había derramado mientras escribía a escondidas, con cada ilusión rota, con cada sueño que ya no podría ayudarle a cumplir.

O quizá todavía pudiera regalarle uno.

«Veo las competiciones del nivel *novice* y júnior porque puedo imaginar que soy uno de esos chicos. Si no estuviera enfermo, no tendría que preocuparme por coger frío y jugaría al hockey y patinaría. Creo que elegiría danza porque, aunque a veces las chicas sean un rollo, parece divertido.

No se lo digo, pero sé que Misha lleva mucho tiempo sin divertirse.

Me gustaría que volviera a hacerlo, y creo que, si conociera a Hannah y a Nick y se hicieran amigos, sonreiría de nuevo y disfrutaría tanto en la pista como ellos. Además, si alguna vez vinieran a Rusia para algún certamen, me los presentaría y yo podría pedirles un autógrafo.»

En la siguiente página había una foto de Hannah y Nick. Acababan de terminar uno de sus programas y estaban uno frente a otro cogidos de la mano, ambos con una sonrisa cómplice y radiante.

Una instantánea que ya no volvería a repetirse porque ella había perdido a la mitad que la complementaba en el hielo.

18
Misha

El lunes amaneció lloviendo, de manera que, en vez de salir a correr, desayunamos con tranquilidad y jugamos un rato con *Atila*. En el fondo, agradecíamos la tregua que nos había brindado el mal tiempo. Tras la sesión maratoniana del domingo, la perspectiva de hacer ejercicio era de todo menos tentadora, si bien sabíamos que el esfuerzo era necesario y que el trabajo duro siempre terminaba por dar sus frutos. De hecho, ya los estaba dando: teníamos casi montada la coreografía de exhibición y Hannah había logrado que dominara bastante bien los pasos del *pattern dance* para el programa corto, además de los agarres y otros movimientos básicos que necesitaríamos para el programa libre.

Fue una especie de círculo vicioso. Cuantas más horas pasaban, más cansados estábamos y a la vez el notar que avanzábamos nos hacía querer seguir otro poco. Era una mezcla de satisfacción y tortura, eso último sobre todo, porque jamás había tenido que poner tan a prueba mi autocontrol. Tan pronto la tuve en mis brazos clavé los ojos en sus labios y se me desbocó el corazón, del mismo modo en que lo hizo la noche del sábado ante la expectativa de besarla. Ni al dar mi primer beso, ni ninguno de los que vinieron después, me había sentido tan nervioso ni tan preocupado porque se notara cuánto me temblaban las manos. Lo mismo había sucedido en un buen puñado de ocasiones a lo largo del domingo, junto a algo peor: una parte mucho más al sur de mi anatomía se despertaba curiosa en cada ocasión que deslizaba a Hannah por mi pecho o la alzaba para que apoyara los muslos a ambos lados de mis caderas como parte de algún giro.

Para cuando acabó el día, empezaba a hacerme a la idea de que iba a morir a base de duchas frías y con una tendinitis en el brazo.

Claire ya nos estaba esperando en los vestuarios cuando llegamos al Arctic Arena tras nuestro descanso del mediodía.

—¡Buenas y lluviosas tardes, chicos! —Los dos murmuramos un «buenas tardes» y nos desplomamos en uno de los bancos. Ella nos echó una mirada evaluativa antes de preguntar—: ¿Qué habéis hecho? ¿Correr la maratón de Nueva York?

—Casi —suspiró Hannah—. Ayer estuvimos practicando y montando el programa de exhibición durante más horas de las que puedo recordar, y esta mañana hemos estado cuatro horas entrenando con Vladimir dentro y fuera del hielo.

—Me parece estupendo que aprovechéis el tiempo, pero intentad no quemaros porque, como habréis notado, ni Vladimir, ni April, ni yo vamos a ser más blandos ni a bajar el ritmo por eso. —Dio una palmada y nos señaló, primero a uno y luego al otro—. Ahora arriba, jovencitos. Calentad aquí si queréis y luego reuníos conmigo en el gimnasio.

Quince minutos después estábamos allí listos para lo que nos tuviera preparado la teniente O'Neil.

—Hoy quiero que trabajéis el equilibrio, con algunos ejercicios de estabilización y de fortaleza de la parte superior del tronco. Sobre todo me interesa ver cómo respondes tú, Misha, porque Hannah ya sé cómo «funciona». —Entrecomilló la palabra con los dedos.

—De acuerdo, ¿por dónde quieres que empiece?

—Vais a hacer unos ejercicios a intervalos de veinte segundos cada uno con un descanso de un minuto y vuelta a empezar. Primero os pondréis con los juegos de pies, luego con la cuerda y por último las flexiones con los antebrazos.

Ninguna de esas pruebas me resultaba desconocida. De hecho, eran de mis favoritas, sobre todo la escalera de agilidad o coordinación. Como su propio nombre indicaba, era una escala de cuerda, tela, o incluso dibujada, que se colocaba en el suelo. La idea era recorrerla realizando distintos juegos de pies que, una vez se dominaban, debían ganar en velocidad y agilidad. Eso preparaba a los atletas para reaccionar con prontitud, y sin necesidad de pensar, ante cambios repentinos de dirección, así como les ayudaba a dominar el equilibrio durante movimientos rápidos.

Claire ejemplificó lo que quería que hiciéramos y nos indicó que nos preparásemos para empezar.

—¡A sudar! —canturreó un instante antes de tocar el silbato que llevaba al cuello.

Para mi cuerpo, esa rutina era como montar en bicicleta. Podía hacer mucho que no la realizaba, pero mis piernas la recordaban. Se movieron de inmediato con celeridad y precisión de un extremo al otro de la escalera. Hannah me seguía de cerca y no tenía nada que envidiarme. Tras veinte segundos en los que habíamos ido apretando el paso, Claire dio el aviso para que cambiásemos de ejercicio. Nos movimos entonces hacia las cuerdas para coger los extremos que no estaban anclados a la pared, uno en cada mano. Empezamos a batirlas, a formar olas con ellas, con la pierna izquierda flexionada hacia delante, la derecha estirada hacia atrás y el tronco recto. No era nada fácil porque las cuerdas rondaban los dos metros de largo, tenían el ancho de mi brazo y debían pesar al menos seis kilos cada una. El silbato volvió a sonar, así que paramos, nos dirigimos al centro del gimnasio y nos echamos en las colchonetas para hacer las flexiones con los antebrazos.

—¡Un minuto de descanso y volvemos a empezar desde el principio! —Anunció Claire una vez concluyeron los veinte segundos de esa última serie.

Tras el pequeño respiro volvimos a repetirlo todo y a continuación otra vez más. Para cuando llegamos al descanso de sesenta segundos de la tercera vuelta estábamos sin aliento.

—¿Hannah? —Estaba sentada, con las rodillas flexionadas y la frente apoyada en estas—. Eh, ¿te encuentras bien? —le pregunté acariciándole la espalda. Cuando levantó la cabeza para mirarme, me asusté al ver lo blanca que estaba y lo desenfocados que tenía los ojos—. Joder, *ptichka* —masculló y le toqué la cara. Estaba helada—. Vamos, túmbate. —La empujé con suavidad y se dejó caer sin oponer resistencia.

—Me encuentro un poco mal.

—¿En serio? No me había dado cuenta.

Entrecerró los párpados y me dio un puñetazo sin fuerza en el muslo.

—Listillo.

—Llorica.

—Capullo.

Sonreí porque si tenía fuerzas para insultarme significaba que no debía encontrarse tan mal como parecía.

—Claire. —Llamé a nuestra preparadora, que estaba de espaldas a nosotros, distraída mirando algo en la *tablet* que tenía sobre la mesa. Estuvo junto a nosotros en un abrir y cerrar de ojos en cuanto se dio la vuelta y vio la situación—. Creo que es un principio de lipotimia.

Asintió, se acuclilló al lado de Hannah y le envolvió la mano con la suya antes de cogerla de la muñeca.

—Tienes el pulso débil. —Se puso en pie para levantarle las piernas—. ¿Has almorzado?

—Sí.

—¿Estás con el periodo?

Hannah me miró de reojo de inmediato. Dios, era demasiado adorable, parecía una damita del siglo XIX medio desfallecida y mortificada por tener que hablar de temas tan mundanos delante de un caballero. Tuve que hacer un enorme esfuerzo por poner cara de póker y no dejar aflorar la risa que burbujeaba en mi pecho.

—Me vino anoche —murmuró tan bajo que me sorprendió que hubiéramos logrado entenderla.

—Entonces puede que haya sido por eso. Se te pasará en un rato —aseguró con un guiño junto a una palmadita en la pierna.

En efecto, poco después se encontraba bastante mejor. Al menos no seguía tan blanca. Claire le tendió un botellín de agua y la instó a que bebiera un poco. En cuanto se aseguró de que no volvía a recaer fue a buscar a Vladimir.

—¿Cuánto llevas sin dormir bien? —pregunté con suavidad, aunque sin rodeos, tan pronto nos quedamos solos.

—¿Qué? —Me miró tan sorprendida como si acabara de decirle que conocía su secreto mejor guardado.

—Hannah, vivo contigo y te veo sin maquillaje. Es difícil no fijarse en que cada día que pasa se te marcan más las ojeras.

Mierda, tendría que haber intervenido en cuanto empecé a notarlo, porque no me cabía duda de que lo que acababa de pasar era en realidad culpa de un continuo ejercicio físico al que estaba volviendo a acostumbrarse, sumado a la falta de descanso. Y que el estar en esos días del mes había terminado de debilitarla.

Hannah apretó los labios y clavó la vista en la botella que tenía entre las manos. Su renuencia me hizo sospechar la respuesta, pero quería que fuera ella quien me lo dijera. Me senté a su lado, tan cerca que nuestros hombros se rozaban y esperé.

—Una semana —admitió al fin tras un largo silencio—. No duermo una noche entera, con suerte dos o tres horas, desde hace una semana.

—Desde que aceptaste ser mi compañera. —Di voz a la verdad que ella había dejado oculta bajo sus palabras.

Giró la cabeza hacia mí de golpe, con sus preciosos ojos verdes muy abiertos.

—No. Sí. Joder. —Se apartó de la cara los pocos mechones que escapaban de la cola alta en la que llevaba recogido el pelo, respiró hondo y luego suspiró—. No me arrepiento de mi decisión si es eso lo que estás pensando. No lo he hecho en ningún momento. Yo... —Se me encogió el corazón cuando su mirada se volvió vidriosa—. Sé que no hay nada malo en que siga con mi vida. —Tragó saliva y sacudió la cabeza—. Pero eso no evita que una parte irracional de mí se sienta muy culpable al hacerlo. Supongo que por eso tengo pesadillas que me persiguen cada noche para recordarme lo que ocurrió con todo lujo de detalles. Y no sé qué hacer para que paren. —Sollozó y yo no pude contenerme por más tiempo. Le envolví el rostro con las manos y le limpié las lágrimas con besos lentos, suaves. Me apropié de cada una de ellas como si así fuera capaz de beberme su sufrimiento.

Deseé poder hacerlo.

—Estoy tan cansada —susurró y reconocí en su mirada el instante en el que se rompían las barreras que había erigido alrededor de lo sucedido para poder sobrellevarlo día a día, mes tras mes.

La emoción me apretó la garganta cuando la envolví entre mis brazos con fuerza. Ella no opuso resistencia, al contrario, se acurrucó contra mi pecho, agarrada a mi camiseta.

La alcé, la senté sobre mis piernas y dejé que llorara, porque sabía que lo que necesitaba era sacárselo de dentro. Le acaricié el brazo con las yemas de los dedos, dejé que mis labios vagaran por su sien, su pómulo, su nariz, su frente... hasta que noté que se calmaba.

—Las pesadillas también me acosaron tras la muerte de mi hermano y el incidente que ocasionó la lesión de mi rodilla —confesé antes de poder evitarlo. Y ese pequeño detalle era más de lo que le había contado nunca a nadie—. Por eso sé que pasarán, llevará tiempo, pero se irán.

Eso no era del todo cierto. Los malos sueños todavía acudían a mí de vez en cuando.

—Lo sé. —Asintió como para reafirmar sus palabras—. Y aun así tengo miedo de que tarden demasiado en desaparecer. —Alzó la cabeza para mirarme—. No quiero que eso me haga perder mi segunda oportunidad. —Sus ojos vagaron por mi rostro llenos de temor y duda. El silencio se alargó tanto que creí que no iba a decir nada más—. No quiero perderte a ti —musitó.

Por un instante me olvidé de respirar y mi corazón de latir. Cerré los ojos y apoyé la frente en la de ella, invadido por una sensación cálida que se expandía por mi pecho.

—No vas a perderme, *milaya*.

Agradecí que Hannah no supiera más que dos o tres palabras y frases sueltas en ruso, porque jamás me había dirigido a una chica con un apelativo cariñoso. No me había dado cuenta de ese detalle. Me asusté, me dio un miedo atroz ser consciente de cómo se me estaba metiendo bajo la piel. Me había faltado poco para añadir que no me perdería porque ya me tenía, si era lo que quería, me tenía. Y no estaba preparado para asumir lo que eso significaba.

Permanecimos así durante varios minutos, o quizá fueron horas congeladas en la burbuja que habíamos creado para nosotros. Fuera quedaba el resto del mundo. Solo estábamos ella y yo, con los ojos aún cerrados, mi frente en la suya mientras nuestras narices se rozaban con lentas pasadas, y nuestros alientos se entrelazaban como en el preludio de un beso que no llegaba. Sus manos abandonaron mi camiseta para acariciarme las mejillas, en tanto las mías vagaron una por su cintura y la otra por su muslo. El pulso se me disparaba cada vez que nuestros labios se encontraban y tanteaban, pero sin llegar a tocarse de verdad.

—¿Vas a hacerle el boca a boca?

La voz de Claire retumbó en la estancia y nos sobresaltó.

—Estaba contemplando la opción —respondí con lo que esperaba que fuera un tono distendido que disimulara que el corazón me iba a mil. Ayudé a Hannah a ponerse de pie, tenía los ojos muy abiertos y las mejillas encendidas. Parecía que en vez de haberla sorprendido a punto de besarme, la habían pillado ahogando a un gatito—. A veces esta chica me preocupa. —Señalé a mi compañera con una inclinación de cabeza—. Tiende a perder el aliento cuando me tiene cerca. Creo que el jamacuco de antes se debió en realidad a eso. —La mandíbula de Hannah llegó hasta el suelo—. ¿Ves? Se le abre hasta la boca, no puede evitarlo.

—Serás mendrugo.

Y ahí estaba el medio chillido medio gruñido y el cambio de expresión que había estado buscando. Era mejor que la vieran indignada que con cara de querer abrir un boquete en el suelo y esconderse dentro. Decidí entonces darle el toque final. Me incliné hacia ella y le susurré al oído:

—Se me olvidó decirte que me llames la próxima vez que no puedas dormir. Soy muy bueno con los juegos de dormitorio. —Supe el momento exacto en el que su mente le jugó una mala pasada e hizo que el rubor se le extendiera hasta el cuello. Yo mismo me sonrojé, lo que resultaba muy triste, pero no era de los que flirteaban y hacían insinuaciones sexuales. Me sentía torpe y ridículo al hacerlo. Sin embargo, sus reacciones a ese tipo de cosas eran demasiado encantadoras como para resistirme—. Sé contar cuentos, incluso pongo distintas voces. Domino la pelea de almohadas y la lucha a muerte por cosquillas, todo ello avalado por una larga experiencia adquirida gracias a un hermano ocho años menor. —Me aparté lo justo para mirarla con una sonrisa torcida—. ¿O es que tenías otra cosa en mente, *ptichka*?

Vladimir apareció un par de minutos después seguido por April.

—¿Por qué no me sorprende que en vez de admitir que hoy no te encuentras en la mejor forma te calles y te exprimas hasta casi desmayarte? —le preguntó a Hannah cruzándose de brazos—. Vuestra salud es lo primero, ya lo sabes. —La asió por la barbilla con un apretón cariñoso—. Y tú no estás en condiciones de seguir con el entrenamiento. Marchaos a casa, descansad y ya mañana os haremos sudar.

—Pero antes tenemos que daros una buena noticia —intervino April con una enorme sonrisa.

Hannah y yo los miramos intrigados.

—No me andaré por las ramas —continuó nuestro entrenador—. Acaba de salir la lista inicial de participantes del Grand Prix. —Hizo una breve pausa dramática antes de añadir—: Y vosotros estáis en ella.

—¿Qué? —rio Hannah, incrédula.

—Que la organización os ha invitado a competir. —April rebosaba entusiasmo.

El Grand Prix era la competición internacional más importante junto al Mundial (sin tener en cuenta las olimpiadas de invierno). Los participantes se elegían por su ránking en la clasificación de la Unión Internacional de Patinaje sobre Hielo, así como por su resultado en el campeonato mundial de la temporada anterior. Sin embargo, las federaciones de cada uno de los seis países organizadores podían invitar hasta tres patinadores de cada disciplina (patinaje artístico de parejas, masculino, femenino y danza sobre hielo).

El seis era el número del Grand Prix. Seis eran los lugares donde se llevaba a cabo: Estados Unidos, Canadá, China, Rusia, Francia y Japón. Seis las competiciones, si bien cada patinador o pareja solo podía participar en dos de ellas, y los seis primeros eran los puestos entre los que tenías que quedar para poder pasar a la final, cuya ubicación rotaba cada año entre los países organizadores.

—Eso es... genial. —Los ojos de Hannah se clavaron en mí, brillaban con tanta ilusión que tuve que contener las ganas de abrazarla. No obstante, le tendí la mano y ella la aceptó de inmediato con una sonrisa radiante—. Y es gracias a ti. —Enarqué una ceja—. No pongas esa cara, sabes que la federación americana se habrá frotado las manos ante la posibilidad de tener a un campeón olímpico entre sus filas de cara a un campeonato internacional.

—No compito solo, Hannah, ahora somos un equipo. —Y desde que sabía lo que era compartir el hielo con ella, no quería volver a hacerlo solo nunca más, aunque pudiera.

—Lo sé —respondió con un apretón y su expresión se llenó de dulzura, al menos durante un instante porque, acto seguido, dio un respingo y abrió mucho los ojos como si acabara de caer en algo—. Si optamos a participar en el Grand Prix quiere decir...

—Que tendréis que asistir al Champs Camp y conseguir el visto bueno para vuestros programas —continuó Vladimir.

Si no recordaba mal, el Champs Camp era un seminario organizado por la Federación Americana de Patinaje Artístico. Su finalidad era preparar y valorar a sus atletas. El evento duraba una semana y a él debían asistir tanto los patinadores asignados para participar en el Grand Prix, como sus primeros y segundos entrenadores. Tenía lugar en el Olympic Training Center de Colorado Springs y, durante el mismo, los asistentes mostraban sus programas cortos y libres en un simulacro de competición, donde un panel de especialistas estarían observándolos para luego ofrecer sus valoraciones y consejos técnicos a cada uno de ellos. Además, durante su estancia, los atletas participaban en exámenes físicos, recibían sesiones de entrenamiento psicológico, de tratamiento con los medios, conocimientos de medicina deportiva y nutrición, así como realizaban ejercicios para fomentar el sentimiento de unidad y equipo.

—¿Estaremos listos para una puesta en escena en el Champs? Quiero decir, solo es medio mes antes del plazo que teníamos previsto, pero incluso un día menos de entrenamiento puede marcar la diferencia.

—Tranquila, jovencita, de aquí a finales de agosto tengo tiempo de sobra para puliros. Y ahora, marchaos a casa. —Nos señaló la puerta—. Si no estás al cien por cien, no te quiero por aquí.

—Pero...

—Nada de peros. Misha, la dejo en tus manos. —Me dio una palmada en el hombro—. Haz que descanse, porque a partir de mañana tenemos toda la intención de haceros trabajar hasta que duela.

Tanto April como Claire asintieron ante su afirmación. Hannah y yo sonreímos. Estábamos más que dispuestos a aceptar el reto.

19
Nick

A veces creía que toda la oscuridad que había ido creciendo en mi interior acabaría por explotar a través de todos y cada uno de mis poros. Y no estaba seguro de si llorar; gritar o reír de pura histeria resolvería nada. Lo que sí sabía era que, desde la noche en la que cenamos en el Sindbad's, estaba desesperado por volver a sentirme como en ese momento, como el Nick que era antes, no como el bastardo capaz de ser cruel con su mejor amiga e incluso con su propia familia. Y la sola idea de seguir ansiando el causarle dolor a Hannah cada vez que la veía para así aliviar mi sufrimiento, o para que probara solo una pizca del mismo, me horrorizaba y me asustaba. Sin embargo, por más que intentaba aferrarme a ese deseo de sacar a flote a mi antiguo yo, no lo conseguía.

Estaba más perdido que nunca y, en el fondo, sabía que no podía luchar solo contra la impotencia y todo lo que esta despertaba. Me había costado admitirlo, tragarme el orgullo que se había intensificado a lo largo de los meses a causa de la necesidad de hacer las cosas por mí mismo. Pero lo había logrado, por eso me encontraba de nuevo cruzando la puerta de la consulta de la doctora Allen.

—Buenas tardes, Nicholas. Me alegra volver a verte. —Me saludó con una sonrisa cálida desde el butacón que siempre ocupaba durante las sesiones.

—¿No cree que a estas alturas ya debería llamarme Nick?

Inclinó la cabeza sin dejar de observarme.

—El tiempo que hace que nos conocemos no cambia el hecho de que, entre estas cuatro paredes, seas mi paciente. Claro que si llamarte así hace que te sientas mejor...

—No especialmente —respondí encogiéndome de hombros antes de ponerle los frenos a la silla y pasar a sentarme en el sofá con la mayor dignidad posible, ya que todavía no había recuperado el cien por cien de la movilidad y fortaleza de mi brazo izquierdo.

—¿Y qué haría que te sintieras mejor?

—Andar —espeté con acidez.

Su expresión afable no se alteró lo más mínimo.

—¿Qué tal una meta que sí puedas alcanzar? ¿Quizás aquello que te ha traído de vuelta a nuestras entretenidas charlas?

Implacable como siempre, por eso me gustó desde el primer día. Y no la culpaba por el golpe directo que acababa de darme. De hecho, lo había esperado tan pronto las palabras salieron de mi boca, porque desde que empecé a verla tras el accidente, gran parte de la terapia se había centrado en que aprendiera a aceptar que mis piernas no me sostendrían nunca más. Por eso había dejado de asistir a sus sesiones, porque no quería ni podía admitirlo.

—Puede que el motivo por el que he venido tampoco sea realista. —Dejé caer la cabeza hacia atrás con un suspiro y clavé la vista en el peculiar techo cuajado de nubes—. Yo... —Me humedecí los labios y me aparté el pelo de la frente, dos gestos nerviosos que me hicieron apretar los dientes. Joder, ¿por qué era tan difícil reconocerlo? Respiré hondo y me obligué a soltarlo de una vez—. Quiero volver a ser el de antes.

El silencio se alargó tanto que erguí la cabeza para mirarla. Fruncí el ceño al ver la satisfacción que reflejaba su rostro.

—Creo que no te haces una idea de lo importante que es el solo hecho de que desees cambiar —dijo al fin.

—Desearlo no es suficiente. —Si lo fuera no habría vuelto a su consulta con el rabo entre las piernas.

—No —admitió con un cabeceo—, pero es algo con lo que empezar a trabajar.

—Ya, y ese es el puto problema, que no sé cómo hacerlo. —De repente, una oleada de ira me quemó por dentro. Chasqueé la lengua y me pasé las manos por la cara en un intento de mantenerla a raya.

—Para eso estás aquí. —Pareció pensar durante unos instantes. Entonces se puso en pie, fue hasta su escritorio y cogió una de las carpetillas del montón que descansaba junto al ordenador. La abrió y volvió a su asiento mientras la ojeaba—. ¿Has oído hablar alguna vez de los palacios de la memoria?

El desconcierto que me provocó la pregunta aplacó gran parte de la rabia.

—¿Eso no era algo que se inventó Sherlock Holmes?

La diversión brilló en sus ojos.

—Bueno, sí que era una técnica que usaba el famoso detective, aunque no se la debemos a él. De hecho, se trata de un método mnemotécnico muy antiguo.

—Mis problemas no son precisamente de memoria.

—Puede que no de la cognitiva, pero sí de la emocional. —Se cruzó de piernas y apoyó el dossier abierto en la rodilla—. Dime, Nicholas, ¿cómo eras antes del accidente?

Dejé escapar una risa que se pareció más a un resoplido. Le encantaba cogerte desprevenido y aún más hacerte hablar pese a saber ya la respuesta. Claro que con los años había aprendido que hacerlo siempre te llevaba a alguna parte, solo por eso me forcé a darle lo que quería.

—Era... alegre, optimista —empecé a enumerar sintiendo un peso que aumentaba en mi pecho con cada adjetivo—, seguro de mí mismo, amable, divertido, carismático, seductor —una sonrisa triste curvó apenas mis labios—, bromista, provocador... —Tragué saliva y apreté los párpados—. Fuerte. Un luchador.

Nada que ver con la piltrafa que se había adueñado de mi piel, de mi alma, y a la que aborrecía más y más cada día que pasaba.

—Bien, pues dentro de tu palacio colocarás objetos que asocies con todo eso. Es decir, en vez de conceptos o ideas quiero que intentes vincular emociones, de manera que cuando aparezcan el pesimismo, la cólera, la frustración, la impotencia... acudas a ese lugar de tu mente para que te ayude a recordar la alegría, el optimismo y la fortaleza que quieres recuperar y que todavía están dentro de ti.

Estuve a punto de poner en duda lo último. En cambio, mostré mi escepticismo de otra forma:

—¿De verdad cree que servirá para algo?

—No te voy a mentir, al principio costará que funcione, pero te has olvidado de un par de atributos en tu descripción: cabezonería y perseverancia. Dos rasgos que te han definido desde que te sentaste en ese sillón por primera vez, por eso sé que, si te lo propones y me dejas ayudarte, lo conseguirás. —Descruzó las piernas y se inclinó hacia delante hasta apoyar los antebrazos en los muslos—. Y ahora dime, ¿estás dispuesto a intentarlo y dedicar el resto de la sesión a crear tu palacio de la memoria?

Estaba tan distraído dándole vueltas a todo lo ocurrido y hablado en la consulta de la doctora Allen, que ni siquiera me fijé en el coche que estaba aparcado en la acera frente a mi casa. Por eso, encontrarme a Abby en el recibidor cuando mi padre y yo entramos me cogió totalmente desprevenido e hizo que reaccionara con más brusquedad de la que me habría gustado.

—¿Para qué has venido?

La rubia enarcó una ceja y se cruzó de brazos.

—¿Lo de saludar como un gilipollas se va a convertir en costumbre?

—Abigail, ese lenguaje. —La voz de mi madre llegó cargada de censura desde el salón. Ella y la abuela de Hannah eran las únicas que todavía intentaban que cuidara sus modales.

—¡Lo siento, señora B! —se disculpó sin desviar su atención de mí.

—Deberías haberme avisado de que pensabas pasarte. —Aunque lo intenté, fui incapaz de suavizar mi tono.

No debería importarme que estuviera aquí. No debería provocar que me pusiera a la defensiva. No debería hacer que se me formara un nudo en el estómago. Por desgracia, ser consciente de ello no aliviaba la absurda necesidad de que se marchara, de que no estuviera al otro lado de la puerta mientras seguía con la que se había convertido en mi rutina diaria.

Ya en el hospital, me acostumbré a una nueva dieta para evitar el peligroso sobrepeso y para intentar contrarrestar dentro de lo posible lo peor de todo: la ausencia de dominio de los esfínteres. Tener que ponerme unos pañales y mearme y cagarme encima sin siquiera ser consciente de ello ni importar cuándo ni dónde, bastaba para dejarme lívido de humillación y dolor. Luego, consumido por la cólera. Por eso me había obsesionado con cumplir al milímetro con el hábito que haría que pudiera controlarlo en un alto porcentaje: comer bien, beber mucha agua, realizar algo de actividad física... e ir todos los días al baño más o menos a la misma hora.

Y no era el hecho de tener que ocuparme de mis necesidades básicas lo que me había hecho estallar, sino la forma en la que tenía que llevar a cabo un acto tan cotidiano. Una pauta que no era más que otra muestra de las cosas sobre las que ya no tenía control.

—Oh, usted perdone, ¿es que tiene muy apretada la agenda? —se mofó—. Nunca he necesitado preguntar antes de venir y lo llevas claro si piensas que eso va a cambiar.

—Muchas cosas han cambiado, ¿o es que a estas alturas todavía no te has dado cuenta?

—Sí, lo he notado. Y por desgracia hay algo que ha cambiado más que nada estos últimos meses: tú. Eres una copia patética de ti mismo.

Sus palabras, y la indiscutible verdad que contenían, me abrasaron por dentro como el más corrosivo de los venenos.

—Todo es muy fácil cuando se ve desde fuera. —Contraataqué con un murmullo hastiado.

—No, no lo es. Es jodidamente difícil mirarte, escucharte y no reconocerte.

Si resultaba duro para mis padres y mis mejores amigos, mucho más lo era para mí. Pero se suponía que iba a intentar cambiar y que con el regreso a mis sesiones había dado el primer paso.

«Ya», me reí con sequedad para mis adentros, menuda forma de joderla a la primera de cambio...

Respiré hondo y me pasé la mano por la nuca.

—Tengo cosas que hacer, Abs. ¿No podrías pasarte luego?

—No Nick, no voy a moverme de aquí. Ya te hemos dado suficiente tiempo y espacio. Se acabó el dejarnos fuera. Tenía un sitio en tu vida y, te guste o no, voy a recuperarlo.

Su mirada, fija en la mía, rebosaba tanta seguridad y tal desafío que, sin esperarlo, me arrancó una pequeña sonrisa. Si la buena doctora hubiera estado para verla, habría entendido mejor el porqué Abby ocupaba varios de los rincones de mi palacio de la memoria.

Ese pensamiento fue el que me llevó a aquel lugar recién inaugurado de mi mente, una habitación pequeña y sencilla, manejable para un principiante. Era completamente blanca, tenía una puerta y, frente a esta, una ventana. Repartidos entre sus cuatro paredes, había un total de ocho objetos. Cada uno me traía un recuerdo rebosante de aquellos sentimientos a los que estaba tan desesperado por aferrarme. La miniatura de la casita del árbol que mi hermana y yo habíamos tenido de pequeños se encontraba entre estos. Y el momento que evocaba era de mis más preciados por extraño que fuera.

Tenía once años y hacía tres semanas que conocía a los mellizos Tristan y Abigail, los nuevos vecinos de Hannah. A Tris y a mí nos habían bastado apenas un par de días para convertirnos en mejores amigos, por eso le había invitado a pasar la tarde del sábado en la casa del árbol. Estábamos cruzando el jardín trasero cuando aparecieron las chicas, lo que me sentó tan bien como recibir una patada en la entrepierna. No porque no me gustara estar con ellas, sino porque ya pasaba a diario un buen puñado de horas con Hannah y en casa tenía a Candace, que me seguía a todas partes como un pollito. Por tanto, no creía que querer disfrutar de un tiempo a solas con mi colega fuera mucho pedir.

—Hoy solo están permitidos los chicos —aseveré cruzándome de brazos.

Hannah frunció el ceño, extrañada.

—¿Por qué?

—Porque yo lo digo.

—Ya, bueno, di lo que quieras, la casita también es de Candy y ella sí nos deja subir —desestimó Abby encogiéndose de hombros. Acto seguido, echó a andar hacia el árbol y puso un pie en el primer peldaño de la escalerilla.

—¡Eh! ¿A dónde crees que vas?

Salí corriendo y, al llegar a su lado, la así por la cintura.

—Suéltame —me dijo mirándome por encima del hombro.

—Lo haré si bajas ese pie.

—Ni lo sueñes.

Por primera vez vi aquella mirada cargada de firmeza y desafío que tanto contrastaba con la dulzura de sus rasgos. Solo que entonces todavía no conocía el peligro que podía representar.

—Ya, bueno —emulé sus palabras—, si no lo haces tú, te ayudaré yo. —Entorné los ojos y me dispuse a apartarla del tronco con un movimiento suave pero seguro.

Tris ni siquiera tuvo tiempo de terminar la frase con la que intentó advertirme:

—Nick, yo que tú no lo ha...

Ni a mí me quedó margen para reaccionar antes de sentir cómo el puño de Abby se estrellaba contra mi nariz.

No sabría decir si me descolocó más el golpe o lo inesperado de su reacción. El caso era que caí de culo al suelo, mareado, dolorido y con un regusto metálico en los labios. Hannah dejó escapar un grito ahogado y al ver la sangre salió corriendo a buscar a mi madre.

—¡Abs! ¿¡Pero qué pasa contigo!? ¿¡Te crees que estás en casa peleándote con Wyatt y Gabriel!? —la increpó Tristan mientras se agachaba a mi lado y me ponía una mano en el hombro.

Con el paso de los meses supe que a los dos hermanos mayores de los mellizos les encantaba chinchar a la pequeña de la familia Simmons y, en consecuencia, esta había aprendido a defenderse con la ferocidad de una guerrera vikinga.

—Me ha salido solo.

—No me digas —bufó Tris—. Al menos podrías disculparte, ¿no?

Abby se arrodilló tan cerca de mí que su torso casi rozaba mi hombro.

—Lo siento —murmuró y, para mi sorpresa, apartó los dedos con los que yo intentaba contener la hemorragia y colocó el puño de su camiseta.

Incliné la cabeza para mirarla de reojo y lo que vi le hizo algo a mi pecho. Estaba al borde de las lágrimas a causa de una extraña mezcla de arrepentimiento, preocupación, orgullo y enfado.

—Pero te advertí que me soltaras —continuó—, así que te ha pasado por idiota.

No lo pude evitar, solté una carcajada seguida de un gruñido de dolor y una palabrota que agradecí que no hubiera llegado a oídos de mi madre.

—Vale —resollé—, aunque la próxima vez no me des en la cara, ¿vale? Todos dicen que soy muy guapo.

Primero parpadeó, luego se echó a reír con un brillo encantado y malicioso en sus ojos. A día de hoy estaba seguro de que, pese a ser aún un niño, ese fue el momento exacto en el que me conquistó.

Desde entonces se convirtió en la única a la que provocaba. Me gustaba llamar su atención y, además, no quería tratarla como al resto, porque para mí ella siempre fue diferente a cualquier otra.

Rememorar ese suceso trajo una oleada de calidez y alegría que barrió todo lo negativo. Sin embargo, duró tanto como una gota de agua en mitad del desierto. El peso del presente y el porqué me había alterado tanto volvió con inquina. Apreté los labios. Eso, justo eso era lo que me hacía sentirme enfermo.

—¡Eh! Tierra llamando a Benson. —El toque de atención de Abby me sacó de mi autoflagelación. Se había inclinado hacia delante y su rostro estaba a escasos centímetros del mío—. ¿Vas a quedarte ahí con cara de que acabaran de atropellar a tu perro? ¿O vas a ir a hacer lo que tengas que hacer para que podamos disfrutar de un rato juntos?

¿De verdad tenía opción?

Intenté ignorar que me estaba esperando en el salón y me centré en mi palacio de la memoria. Repasé cada objeto e hice lo posible por perderme en lo que estos debían transmitirme, como la ilusión y la profunda ternura cuando a Candace se le cayó su primer diente, me arrastró a su dormitorio en plena noche y me metió junto a ella bajo las sábanas, sigilosa y conspiradora, porque planeaba coger *in fraganti* al hada que vendría a por el pequeño tesoro. O los veranos en Montana cuando el abuelo Connor, el padre de mi padre, nos llevaba a este y a mí a pescar con mosca al río Yellowstone. Jamás olvidaría la emoción que sentí al atrapar mi primera trucha, ni lo mucho que me llegó la mirada rebosante de orgullo que me dedicó el viejo.

Para cuando salí del baño, casi una hora después, estaba más calmado. No había sido fácil, si bien lo importante era que lo había logrado. Me aferré a eso y mientras iba a reunirme con Abby no dejé de repetirme que debía significar algo, que con suerte serían los pasos iniciales, torpes y titubeantes, hacia el cambio.

Se puso de pie tan pronto me vio aparecer, cogió una bolsa que colgaba de una silla cercana y casi me arrastró hasta la cocina.

—YouTube es un pozo de sabiduría popular. —Dejó el paquete sobre la isleta, cogió dos de las tazas que colgaban sobre el fregadero y abrió la nevera.

—¿Qué?

—Hay una chica que sube vídeos de su día a día y suelen ser bastante interesantes porque viaja mucho. —Sacó el cartón de leche, llenó las tazas y las metió en el microondas. Yo seguía con la mirada cada uno de sus pasos intentando encontrarle algún sentido a lo que estaba haciendo y diciendo—. Pues bien, estuvo en Australia y enseñó un pastelito muy común allí, aunque lo curioso no era el dulce en sí, sino la forma que tienen de comerlo. Oh, Dios, Nick —gimió y a mí se me erizó el vello de la nuca—. Llené el teclado de babas solo de pensar en lo bueno que tenía que estar, así que...

Abrió la bolsa y sacó algo llamado Tim Tam Original, que por la foto del envoltorio eran unos bizcochitos rectangulares de chocolate también relleno y cubiertos de cacao.

—En cuanto terminé de ver el vídeo los compré en Amazon. Llegaron esta mañana y vas a tener el honor y el placer de probarlos conmigo.

La diversión, tan poco presente en mi vida desde el accidente, burbujeó en mi pecho y me curvó los labios. Cálida, pura, curativa. E igual que aquella noche en el Sindbad's, deseé poder congelar el tiempo. Quedarme suspendido en un momento que no quería que pasara porque no sabía cuándo volvería a repetirse.

—Vamos, rubia. —Logré articular a través del nudo que se había empezado a formar en mi garganta—. Enséñame cómo comérmelo.

Abby enarcó una ceja y su expresión se tiñó de picardía y travesura.

—Será un placer. Y para cuando termine los dos habremos disfrutado.

Mi sonrisa se ensanchó y ladeó en un amago de aquella que me había caracterizado desde que era un niño, esa que perfeccioné para desarmar, para jugar, para provocar. Y que hacía meses que no había acariciado mi boca.

Tanto Abby como yo nos quedamos muy quietos, estupefactos, hasta que su rostro se iluminó de tal manera que fue como si amaneciera por segunda vez en un mismo día. Mi corazón se disparó, no estaba seguro de si por ella o por lo que acababa de ocurrir. Casi prefería pensar que se debía a lo primero porque me daba demasiado miedo crearme falsas esperanzas con lo segundo, con estar recuperando aunque fuera pequeños retazos de mi antiguo yo.

—Toma. —Me tendió una de las tazas humeantes y se sentó frente a mí en la mesita baja que estaba junto a la isleta. Mis padres ya la habían comprado cuando volví a casa después de diez semanas en el hospital—. El invento es sencillo. —Abrió el envoltorio, sacó la bandeja de plástico y cogió un bizcochito—. Muerdes una de las esquinas, le das vuelta y haces lo mismo, pero con la contraria. —Conforme hablaba llevaba a cabo cada paso—. Luego metes el Tim Tam hasta la mitad en la leche, té, café o cacao, sorbes por uno de los bordes que te has comido como si fuera una pajita... Y a la boca entero. —Tan pronto lo hizo cerró los ojos, se agarró al borde de la mesa y dejó escapar un «mmmm» cercano al éxtasis—. La hostia puta, que viva Australia. Creo que voy a correrme.

Mi carcajada resonó con tanta fuerza que debía haberme oído hasta el vecino.

—Si vas a hacerlo avisa, porque eso sí sería digno de subir a YouTube.

Sus pestañas aletearon.

—Soy digna de ver en todo momento, Benson —afirmó con un guiño.

Estaba seguro de que en alguna parte eso debía constar como una verdad universal.

—Vamos, dame uno. ¿O pretendes quedarte todo el placer para ti?

—No me tientes, rubito. Aunque tú disfrutarías tanto como yo de mi onanismo culinario.

Sacudí la cabeza sin dejar de sonreír, cogí un Tim Tam y repetí lo que ella había hecho sin apartar la mirada de la suya. Al menos hasta que me lo metí en la boca.

JODER.

El líquido caliente ablandaba el bizcocho, que se deshacía en la lengua en una explosión de chocolate.

—Que viva Australia —corroboré.

Y los dos nos echamos a reír.

Dios, era una sensación maravillosa. ¿Cuánto tendría que pasar y cuánto más tendría que luchar para que fuera algo permanente? Porque podía notar cada sentimiento negativo acechando tras las risas, asegurándose de recordarme que no sería tan fácil deshacerse de ellos.

Envolví la taza con ambas manos y clavé la vista en mis dedos.

—Hoy regresé a la consulta de la doctora Allen.

—Lo sé. —Se recostó en la silla y se cruzó de brazos—. Y me toca mucho los ovarios haber tenido que enterarme por la madre de cierto imbécil que ya no nos cuenta nada —añadió ante mi cara de desconcierto.

Tenía razón y ambos lo sabíamos. Sin embargo, esa parte de mí que había quedado momentáneamente relegada serpenteó por mis venas y me incitó a hacer lo que ya se había convertido en costumbre: atacar y morder con palabras. Porque no tenía que darle explicaciones a nadie, ni aguantar reproches, ni humillarme admitiendo que todos tenían razón y no podía enfrentarme solo a lo que me estaba pasando.

Me mordí el labio y apreté con tanta fuerza la taza que temí romperla. No iba a dejar que el veneno hablara por mí. Tragué, respiré y esperé hasta que pude decir lo que en realidad quería.

—Soy un gilipollas, ¿verdad?

—Peor. Eres como un gigantesco grano en el culo.

Eso me arrancó una pequeña carcajada no exenta de tristeza.

—Y aun así seguís aquí, aguantando mis mierdas. —¿Cómo era posible cuando ni yo mismo me soportaba?

—¿Qué puedo decir? Se ve que tanto Tris como Hannah y yo nos hemos vuelto masoquistas. —Se encogió de hombros en un gesto despreocupado, pero sus ojos se habían llenado de afecto.

De repente, fui consciente de una verdad tan simple como cargada de ironía. Las mismas personas que había intentado alejar desde el día que me desperté en la cama del hospital eran las que me estaban dando fuerza sin saberlo. Ya que mi recién creado palacio de la memoria no tendría ningún recuerdo al que acudir si no fuera por todos ellos.

Y de no haber sido por la insistencia, lealtad y cabezonería de mis mejores amigos no habría acabado en el Sindbad's, rememorado lo que era ser yo y eso, junto al hecho de que Hannah estuviera siguiendo con su vida mientras yo me quedaba estancado en mi miseria, me había dado el empujón definitivo para intentar cambiar las cosas.

Extendí mi mano en su dirección con la palma hacia arriba y ella no dudó ni un instante en colocar la suya encima.

—Gracias, Abs. —Nuestros dedos se acariciaron.

—¿Por qué?

—Por no rendirte conmigo.

20
Misha

Vladimir, April y Claire cumplieron con creces su promesa a lo largo del mes y medio siguiente. Antes de poder darnos cuenta estábamos inmersos en una rutina que nos engullía de tal manera que daba la impresión de que los días tenían la mitad de horas. Vladimir y April nos machacaban con las coreografías, Claire con la preparación física. Además de ellos, se habían sumado otros profesionales que nos daban clases de danza clásica y moderna, bailes de salón, yoga, pilates... o masajes terapéuticos todas las semanas. Llevábamos un ritmo exhaustivo, pero lo disfrutábamos, sobre todo desde que empezamos a ver resultados. Y no fue de inmediato.

Mi antigua y mi nueva disciplina tenían movimientos en común, por lo que en esa área solo tuvimos que concentrarnos en pulir, practicar, practicar y practicar tanto en el Arctic Arena como en casa hasta lograr sincronizarnos al milímetro cuando los realizábamos. En cuanto a los pasos básicos de las danzas obligatorias, no tardé demasiado en dominarlos por completo, en especial los que necesitaríamos para nuestros programas. Tampoco tuve mayor problema para acostumbrarme a los distintos tipos de agarres con los que el chico sostenía casi en todo momento a la chica, no cuando suponía tocar a Hannah o tenerla entre mis brazos. Sin embargo, las elevaciones fueron una historia muy distinta.

Me preocupaba sujetarla mal, que se me resbalara una mano o perder la fuerza en un momento crucial. Hannah notaba mi inseguridad y, en consecuencia, se tensaba cada vez que la cogía, lo que hacía que el conjunto quedara forzado y torpe. Por suerte, ambos éramos perfeccionistas y obstinados y no parábamos hasta dominar aquello que se nos resistía. Eso se tradujo en horas y horas en el sótano de casa, día tras día, fallo tras fallo y pequeña victoria tras pequeña victoria, hasta que yo dejé de temer y ella confió en mí plenamente.

Por lo general llegábamos a la pista a las siete y media de la mañana y entrenábamos dentro y fuera del hielo hasta las once y media. Hannah seguía sin descansar bien por la noche, de manera que, los días que almorzábamos en casa, la obligaba a echarse una pequeña siesta antes de retomar nuestra rutina de por la tarde. Se acostaba en un sofá del salón con *Atila* pegado a su barriga. Yo me sentaba en el otro a ver la tele o a leer, unas veces acompañado por Abby y otras solo. Era en esas ocasiones en las que me sorprendía a mí mismo observando a Hannah mientras dormía. Por lo general, lo hacía en paz, pero algunos días se removía inquieta. Cuando eso ocurría, me acomodaba junto a ella, ponía su cabeza en mis piernas y le acariciaba el pelo, la cara y los brazos a la vez que le hablaba de cualquier cosa en un tono bajo cercano a un susurro. Tras un rato, se acurrucaba en mi regazo con un suspiro, ya calmada. Estaba adorable, sobre todo cuando abría la boca durante el sueño profundo y se le caía la baba.

La convivencia era mejor de lo que pudiera haber imaginado, aunque teníamos nuestros roces. Llamaban obsesión a mi gusto por el orden lógico y eficaz de las cosas y, cada vez que intentaba explicarles sus múltiples beneficios, hacían una pedorreta seguida de un: «A tus labores, Dobbyrov, haz felices a tus amas». Por otro lado, había ocasiones en las que el cansancio tras horas de entrenamiento nos volvía irritables y eso provocaba que Hannah y yo acabáramos teniendo pequeñas discusiones. Tampoco ayudaba que siguiera recibiendo llamadas y mensajes de mi madre. Las rechazaba de inmediato y los borraba sin haberlos abierto, pero bastaban para oscurecer mi ánimo.

Aun así, todo ello se quedaba en nada comparado con lo bueno.

Me gustaba bajar por la mañana los fines de semana y encontrarme a las chicas inmersas en las tareas que les tocaban de la casa. Ponían la música a todo volumen y siempre acababan cantando y bailando a su son mientras limpiaban el polvo o pasaban la aspiradora. Era todo un espectáculo, en especial por lo dispar de sus gustos. Tan pronto sonaban Queen, Abba o Michael Jackson como AC/DC, Metallica, Europe o Aerosmith, bandas sonoras de musicales y de películas Disney, también Lady Gaga, Katy Perry y Rihanna, e incluso grupos japoneses y coreanos como el que parecía gustarles más, una formación femenina llamada 2NE1. Lo gracioso era que siempre conseguían que acabara uniéndome a ellas en su locura. Y me encantaba, pocas veces me había reído tanto como cuando hicimos nuestra propia versión del *Good Morning* de *Cantando bajo la lluvia* (casi se ahogaron a causa de las carcajadas que les provocó mi bailecito hawaiano).

Esos pequeños momentos se habían convertido en una tradición de los fines de semana junto a los maratones nocturnos de películas y series, a los que poco a poco se unió Tristan. El mellizo de Abby empezó a venir por casa para visitarla a ella y a Hannah. Al principio fue de vez en cuando, pero con el paso de las semanas sus apariciones se hicieron tan frecuentes que a veces me preguntaba si se había mudado con nosotros sin que yo me hubiera enterado.

Julio llegó sin avisar y con él el pistoletazo de salida para la temporada 2012-2013. La modista nos hizo las últimas pruebas para los cuatro trajes que luciríamos a lo largo de la misma, y algunos medios especializados se pusieron en contacto con nosotros.

El primer periodista que vino a vernos al Arctic Arena empezó bien. Logró crear un ambiente distendido con preguntas orientadas a cómo era nuestro día a día, qué esperábamos de nuestra primera temporada juntos, qué pensábamos de haber sido invitados a participar en el Grand Prix, e intentó sonsacarnos información acerca de cómo era nuestro programa libre, algo que por ahora se mantenía bajo el sello de *top secret*. Sin embargo, todo se torció en cuanto le preguntó a Hannah por Nick, si seguía en contacto con él, si había sido fácil su decisión de cambiar de pareja, qué le había parecido a él que retomara su carrera y cómo llevaba su nueva situación... Quise arrancarle la piel a tiras a aquel cretino, pero Hannah me puso una mano en el brazo y negó con la cabeza.

—Si va a hacerme ese tipo de preguntas, usted y yo no tenemos nada más de qué hablar. —Lo fulminó con la mirada, se puso en pie y abandonó la sala.

Sabía que lo ocurrido la había afectado más de lo que dejaba ver, por eso intenté hablar con ella mientras ultimábamos los preparativos para la pequeña fiesta que íbamos a dar al día siguiente con motivo del Cuatro de Julio. Sirvió de poco, le restó importancia al asunto e insistió en que no tenía nada de qué preocuparme.

Qué gran mentira.

Si hubiera estado bien, sus gritos no me habrían despertado de madrugada.

Era la primera vez que oía esos lamentos desgarrados. Me levanté de la cama de un salto y corrí a su dormitorio. Estaba destapada y aun así sudaba. Sus preciosas facciones estaban contraídas en una mueca de dolor y tenía la respiración agitada, presa del pánico.

—Hannah. —Me senté en la cama, le aparté el pelo que se le pegaba a la frente y le enmarqué la cara con las manos—. Vamos, *milaya*.

—¿Qué es lo que pasa? —Abby apareció en la puerta con los ojos muy abiertos, todavía desorientada por el brusco despertar.

—Está teniendo una pesadilla.

—Joder, menudo susto. —Suspiró entrando en la habitación con una mano en el pecho. Se acuclilló a mi lado y le sacudió el hombro con suavidad—. Han...

Esta abrió los ojos de golpe.

—¡¡No!! —chilló mirando alrededor sin ver—. ¡Nick, Nick! —Estiró el brazo como si quisiera alcanzarlo y empezó a hiperventilar—. No se mueve, no se mueve —farfulló con tal terror en su voz que se me encogió el corazón.

—Shhhh... Tranquila, Nick está bien. Nick está bien. —La calmó Abby.

Hannah parpadeó con rapidez y se sobresaltó al reparar en nosotros, dos bultos cernidos sobre ella.

—Somos nosotros, te hemos despertado porque estabas gritando —le expliqué.

Alternó la mirada de uno a otro con la respiración todavía desbocada y asintió tras unos instantes.

—Gracias —dijo incorporándose una vez estuvo más calmada—. Siento haberos desvelado.

—Has soñado con el accidente, ¿verdad? —le preguntó Abby sin ocultar su preocupación.

—No lo sé. No me acuerdo —mintió.

Yo había sufrido ese tipo de episodios y conocía el regusto amargo que te llenaba la boca, así como las imágenes que se quedaban impresas en tu cabeza durante horas aunque permanecieras despierto. Tras ese tipo de pesadilla lo recordabas todo y lo vivías con mayor detalle que el día que ocurrió.

—Ya. Y voy yo y me lo creo —resopló su mejor amiga—. No es la primera que tienes, ¿me equivoco? —No hizo falta que Hannah contestara, el hecho de que bajara la mirada lo dijo todo—. Si no quieres contármelo, vale. Pero al menos dime que sí se lo has comentado a la doctora Allen.

Hannah apretó los labios y se pasó unos dedos temblorosos por el pelo.

—Sí —admitió.

—Bien. —La abrazó, le dio un beso en la mejilla y le apoyó la barbilla en el hombro sin soltarla—. ¿Seguro que no quieres hablar de ello?

Su amiga dejó escapar un resoplido.

—Créeme, es lo último que me apetece.

—Está bien. —Claudicó—. ¿Me quedo por lo menos hasta que te duermas otra vez?

—No es necesario. Volved a la cama. —Se secó las mejillas con el dorso de la mano.

—¿Estás segura?

Hannah puso los ojos en blanco.

—Abs, no tengo cinco años.

Esta le sacó la lengua y se puso de pie después de darle otro beso. La seguí y una vez en la puerta me volví para mirar a Hannah.

—Buenas noches —nos deseó con una sombra de sonrisa.

—¿De verdad que no quieres que me quede? —insistió Abby.

—De verdad, segurísima.

—Pues buenas noches, cabezota.

—Buenas noches, *ptichka*.

Cerré la puerta tras de mí con el deseo, casi necesidad, de permanecer junto a ella oprimiéndome sin piedad el pecho.

—Hasta mañana, que descanses, Mik —se despidió Abby dándome un pequeño codazo en el brazo.

Me quedé allí solo, de pie en mitad del pasillo. Miré la puerta, avancé un paso y me detuve con la mano suspendida en el aire, a punto de tocar el pomo. ¿Qué cojones creía que estaba haciendo? Apreté los dedos en un puño, masculló una maldición, volví a mi dormitorio y me desplomé en la cama.

Tras la enésima vuelta me tumbé bocarriba. Lo que clamaba hasta la última fibra de mi ser era regresar junto a Hannah. Joder, joder, ¡joder! Me pasé las manos por la cara con una inspiración profunda que no sirvió para calmarme. Había sido un completo imbécil al autoengañarme, al creer que estaba jugando con fuego cuando, en realidad, ya me estaba quemando. Ardía por ella, por su cercanía, por su voz, por su risa y también por su dolor, porque anhelaba borrarlo, consumirlo.

¿Cómo había podido permitirme llegar a eso? ¿Cómo cuándo dejar que se me metiera tan adentro significaría perderla? Sin embargo, por mucho que la razón me repitiera esas preguntas una y otra vez, tenía que oírla, tocarla, sentirla contra mí. No quería que estuviera sola, ahora no. Mi cuerpo tomó la decisión ignorando a mi mente.

Estaba acostada de lado, de cara a la pared, solo cubierta por unos pantaloncitos muy cortos y una camiseta de tirantes. Me acerqué despacio y mi atención recayó en el tarro de cristal que había sobre la mesilla de noche. Era redondo, de los de cierre hermético para guardar galletas o mermeladas, y estaba lleno hasta la mitad de papeles doblados. Los recordaba, en multitud de ocasiones había visto a Hannah sacar el taco de pósits de colores que siempre llevaba en el bolso, escribir algo rápido, arrancar la hojita, doblarla y volver a guardarlo todo. La curiosidad me pudo y un día le pregunté por ello; se limitó a encogerse de hombros y decir que se trataba de una recomendación de su terapeuta. Al parecer, conservarlos era parte del proyecto. Esperaba que el que hubiera tantos significara algo bueno.

Se llevó la mano a la boca para ahogar un sollozo cuando me tumbé tras ella.

—Déjame dormir contigo —le susurré al oído, pegué mi pecho desnudo a su espalda y le acaricié la cintura con toda la ternura de la que fui capaz. Quería envolverla en mi calor, acunarla entre mis brazos hasta hacer desaparecer la angustia que traían consigo los recuerdos convertidos en pesadillas.

No me lo negó. De todas formas, dudaba que fuera capaz de marcharme de nuevo aunque me lo pidiera. Me acerqué todavía más a ella, deslicé un brazo bajo su almohada y la rodeé con el otro en busca de la mano con la que se cubría la cara. Enlacé mis dedos con los suyos para luego enterrar mi rostro en su cuello. Besé la piel cálida y sentí su agitado pulso en los labios. Le acaricié con ellos el hombro y el lateral de la cabeza en un baile lento y continuo hasta que los sollozos remitieron y dieron paso a suspiros estremecidos.

Durante esos minutos que pasé perdido en el tiempo, en su tacto, en el latido de su corazón, no hice otra cosa que pensar en que llevaba semanas luchando por mantener a raya mis sentimientos. Y en que, por muy estúpido que fuera, ya no tenía fuerzas para seguir haciéndolo. Entendí que por mucho miedo que nos diera, y me daba auténtico terror, arriesgar el corazón era lo que nos daba vida. Y esta no esperaba a nadie, seguía su camino, de nosotros dependía saber aferrarnos a las oportunidades que nos brindaba, para que así, en la última estación, no tuviéramos que preguntarnos «¿y si...?».

Conocía demasiado bien los remordimientos que acarreaba aquel interrogante. Durante años, había mirado atrás con esas dos palabras resonando como un eco constante en mi mente. No podía dejar que me ocurriera lo mismo con Hannah.

No iba a pensar en el pasado, tampoco en el futuro. Solo iba a alargar la mano y aferrarme al presente.

—¿Misha? —llamó en un murmullo entrecortado y se giró lo suficiente entre mis brazos para poder mirarme—. Gracias.

—¿Por qué?

—Por volver. —Pareció dudar unos instantes. Incluso con el rostro bañado por la semioscuridad supe que se había sonrojado—. Por quedarte.

Entonces sus ojos dejaron los míos y se posaron en mi boca. Estaba seguro de que ni ella misma fue consciente de haberse mojado los labios para luego dejarlos entreabiertos. La clara muestra de lo que deseaba me hizo tragarme un gruñido.

—No voy a besarte esta noche, *ptichka*. —Cumplir mi propia afirmación casi me producía dolor físico, así que rocé la comisura derecha de su boca y ella contuvo el aliento—. Porque la primera vez que te bese de verdad —y lo haría—, no será para que pruebes tus propias lágrimas. —Le mordisqueé la comisura izquierda—. Cuando te bese como he deseado hacerlo desde hace mucho, será para que te ahogues en mi sabor y yo en el tuyo, para que te estremezcas por mis caricias y el roce de mi lengua, no por las imágenes que pueblan tus pesadillas.

Eso es lo que hizo: temblar. Se mordió el labio y movió las piernas de manera que sus muslos se rozaron.

—Fantasma —masculló con la voz enronquecida.

—Maciza.

—Zafio.

Sonreí. ¿Eso no era sinónimo de patán? Tendría que comprobarlo más tarde en el diccionario.

—Odorífica. —De acuerdo, ni siquiera sabía cómo conocía ese adjetivo y dudaba de si se podía aplicar a una persona. Pero era cierto que Hannah olía muy bien, desprendía un aroma natural suave y agradable que resultaba adictivo.

Su risa llenó la habitación y todo mi cuerpo se caldeó. El brillo había vuelto a sus ojos verdes, que vagaron desde mi cara a mi pecho desnudo.

—Cachas. —Cerró la boca tan de golpe que resultó evidente que no había sido su intención decirlo. Al menos no en voz alta. Me encantaba la manera en la que su mente la traicionaba a veces cuando estaba conmigo.

—No voy a rebatírtelo. —Me aseguré de que un leve tono de suficiencia acompañara a mi sonrisa ladeada.

—Oh, por favor. —Sacudió la cabeza con un resoplido que no pudo ocultar su diversión—. ¿Ves cómo eres un fantasma?

—Solo contigo. —Era cierto. Ella lograba que por sus sonrisas, sus sonrojos, sus refunfuños y gruñiditos afloraran comportamientos atípicos en mí.

Hannah frunció el ceño.

—No sé si eso es bueno o malo.

—¿Te hace falta preguntar? Bueno, siempre estoy bueno. —Me dio un manotazo en el hombro y solté una carcajada, pero di gracias porque estuviera oscuro ya que me había ruborizado como un idiota—. Y ahora a dormir, mañana nos espera un día movidito y no creo que quieras que tu madre y tu abuela te vean con cara de zombi.

Ellas eran parte de nuestra pequeña fiesta junto a los padres y hermanos de Abby, además de los padres y la hermana de Nick. Él también asistiría, y era evidente que Hannah estaba preocupada por cómo afectaría a su antiguo compañero el conocerme por fin. Intuía que eso, sumado a lo ocurrido en la entrevista, era lo que había hecho que tuviera una de las peores noches desde que comenzaron sus pesadillas.

—No sé si podré.

—Inténtalo.

Me miró dubitativa. Sin embargo, volvió a colocarse de lado y se acurrucó contra mí de tal manera que quedamos pegados de pies a cabeza haciendo la cuchara. Esperaba que no amaneciéramos así o iba a comprobar de primerísima mano lo contento que me despertaba por las mañanas.

—Buenas noches, Misha. —Buscó mi brazo y se rodeó con él.

—Buenas noches, *ptichka*.

Apoyé la mejilla en su cabeza. Cerré los ojos, embriagado por su olor, y la pegué todavía más a mí, como si así pudiera arroparla no solo con la calidez de mi cuerpo, sino también con la que ella misma despertaba en mi interior y que había ido creciendo cada día, cada semana que pasábamos bajo el mismo techo. Era una increíble mezcla de ilusión, pertenencia, sensación de hogar, esperanza, diversión... felicidad.

—¿Me dirás algún día lo que significa?

Sonreí contra su pelo.

—Lo haré después de robarte el aliento en nuestro verdadero primer beso.

21
Nick

«No estoy preparado.»

En realidad, sí lo estaba. Era el miedo el que hablaba. Miedo a derrumbarme al entrar en aquella casa y volver a encontrarme con personas a las que no veía desde hacía meses, algunas desde antes del accidente. Miedo a no saber cuál sería mi reacción cuando conociera a Mikhail Egorov y presenciara cómo interactuaba con Hannah.

«Puedes hacerlo. Puedes hacerlo. Puedes hacerlo.»

Ese se había convertido en mi mantra en el último mes y medio. Me ayudaba a concentrarme, a alejar los malos pensamientos y el pesimismo, al menos la mayoría de las veces, lo que ya era un gran avance. La doctora Allen solía hacer hincapié en ello.

No era fácil, mis emociones seguían siendo un caleidoscopio que giraba una vez tras otra sin control, y hacía que todo en mí se encendiera y se apagara con cada vuelta. Era luz y oscuridad, debilidad y fortaleza, cobardía y valentía, ilusión y desesperanza, amor y odio, pasado y futuro.

Mi padre dejó la silla junto a la puerta del copiloto y esperó a que saliera. Había tardado, pero al fin logré recobrar el noventa por ciento de la movilidad y fuerza del brazo, lo que me daba un poco más de autonomía. Y ganas de ejercitar la parte superior del cuerpo como no lo había hecho nunca. Quería recuperar y mejorar la tonificación de la que había gozado antes del accidente, decidido a compensar el lastre que suponían mis piernas. Si no podía andar, mis brazos y mi tronco serían mi soporte. No iba a seguir anclado a una cama ni a una silla de ruedas en espera de que los demás me ayudaran. Estaba aprendiendo a convertir mi ira en determinación y me gustaba.

Hannah me había mandado un mensaje para decirme que fuéramos directamente al jardín trasero. Ya estaban preparando la barbacoa y, de todas formas, la entrada principal tenía un porche con escaleras, a diferencia de la puerta de atrás, que sí contaba con una rampa de acceso.

Candace me apoyó la mano en el hombro instantes antes de que saliéramos al jardín trasero. Alcé la vista para mirarla y me encontré con una sonrisa tan dulce y afectuosa que habría derretido a cualquiera. Se la devolví porque no había otra respuesta posible al silencioso gesto de apoyo de mi hermana pequeña. A sus dieciséis años debería ser ella quien sufriera cambios de humor y se revelara contra nuestros padres, no yo. Debería ser la adolescente rebelde y no la roca inamovible que desde un principio se negó a ceder ante mis mierdas.

Angela, la abuela de Hannah, fue la primera en verme. Dejó sobre la mesa el taco de servilletas de papel que tenía en la mano y vino hacia mí sin dudarlo. Llevaba pantalones cortos, sandalias y una camiseta negra de tirantes anchos que rezaba en letras mayúsculas:

TODAY WE

CELEBRATE

OUR

INDEPENDENCE

DAY[4]

La letra A era en realidad como una uve invertida, y de su centro salía un rayo azul idéntico al que la nave extraterrestre de la película homónima lanzaba sobre la Casa Blanca.

—Nicholas Benson. —Se detuvo frente a mí señalándome con el dedo índice—. No sé si darte un buen abrazo o un señor mamporro por no habernos dejado verte desde que saliste del hospital.

Me merecía lo segundo después de haberle dado la espalda durante meses no solo a ella, sino también a la madre de Hannah y los padres y hermanos mayores de Abby. Habría hecho lo mismo con mis amigos si me hubieran dejado, pero ellos eran como Candace: inmunes a mis reiterados intentos por alejarlos.

---

4. Hoy celebramos nuestro Día de la Independencia.

—Preferiría el abrazo —murmuré.

Me rodeó al cuello antes de que terminara de decirlo y me estrujó contra su pecho como solo lo hacían las abuelas. Tras un instante de duda alcé los brazos para envolverle la espalda. Su olor me era tan conocido, tan querido, y evocaba tantos recuerdos, que se me hizo un nudo en la garganta. Tragué saliva y respiré hondo.

—Te he echado mucho de menos, jovencito. —Me dio un beso en una mejilla y unos golpecitos con la mano en la otra.

—Lo sé, es difícil pasar mucho tiempo sin ver mi preciosa cara, crea adicción.

Los comentarios propios del antiguo Nick se habían hecho cada vez más frecuentes desde que retomé mis sesiones con la doctora Allen. Aun así seguían siendo una increíble rareza que no dejaba de sorprender a mis padres, a mi hermana y a mí mismo.

Angela se echó a reír.

—La verdad es que eres demasiado guapo para el bien de todos, pero sería una idiota si a mi edad me quejara por tener a mano a un caramelito. —Me guiñó un ojo y no pude más que soltar una carcajada. Joder, yo también la había echado de menos.

—No lo adules tanto o acabará por creérselo. —Bromeó mi padre. Hacía tiempo que no lo veía tan animado, algo que sabía que era en gran parte culpa mía.

—No te me pongas celoso, Trevor, aún tengo un poco de flirteo reservado para ti.

—¿Debería preocuparme? —intervino mi madre con una sonrisa divertida. Ella tampoco sonreía tanto como solía.

—Claro que no, Erin, todos sabemos que tus dos hombres te adoran.

Mi madre me miró y me acarició el pelo rubio y de rizos abiertos como el suyo. Candace era morena y de cabello lacio como mi padre, pero tanto ella como yo habíamos heredado los ojos cobalto característicos de nuestra rama materna.

—Bueno, vamos a dejar toda esa comida en la mesa —dijo Angela dirigiéndose a mis padres, que llevaban dos fuentes, una a rebosar de lasaña y otra de tiramisú para el postre—. Tenemos tanta que vamos a estar comiendo sobras durante una semana.

La siguieron hasta las dos mesas de pícnic que habían juntado en el lateral izquierdo del jardín, bajo la sombra de las largas ramas que asomaban del patio del vecino. Mi hermana y yo nos internamos en el espacio cubierto de césped bien cortado. Era lo suficientemente amplio como para jugar un partido de béisbol sin tardar dos segundos en completar una carrera y estaba rodeado de árboles que le proporcionaban intimidad. Pegada a la fachada trasera de la casa había una estructura alta de madera maciza a la que se accedía por los dos extremos, uno tenía escaleras y el otro una rampa. Desde arriba llegaban risas masculinas. Alcé la vista y entreví a los cuatro varones Simmons apiñados alrededor de una pequeña mesa. Estaban tan absortos y hacían tanto ruido que ni siquiera se habían enterado de nuestra llegada.

Avancé con la intención de subir a saludarlos. Sin embargo, mis dedos se quedaron paralizados sobre las ruedas al doblar para acceder a la rampa. En la esquina, refugiados de cualquier brisa y ocultos a la vista desde donde habíamos entrado, se encontraban Hannah y Mikhail. Estaban de espaldas a nosotros, ocupados con la barbacoa.

Apenas fui consciente de la mano de Candace sobre mi hombro, solo tenía ojos para ellos, para la realidad a la que tanto había temido enfrentarme, en la que había evitado pensar desde la noche en la que mi mejor amiga apareció en mi habitación, y me confesó con lágrimas en los ojos que tenía un nuevo compañero.

Tenía delante a mi sustituto, el chico que había ocupado mi lugar en el hielo junto a Hannah porque yo ya nunca podría. Y eso me hizo sentir un latigazo de dolor que dio paso a una opresión asfixiante en el pecho. Deseé apartar la mirada, darme la vuelta y dejar que la negatividad tomara las riendas. Quise vaciar mi alma con un grito agónico y desgarrador. Preguntarle por enésima vez al destino, a Dios o cualquiera que fuera la identidad superior que jugara con nosotros: «¿Por qué yo?»

«No, joder, no tomes ese camino», me recriminé rechinando los dientes.

Cerré los ojos, coloqué mi mano sobre la de mi hermana, la apreté con fuerza y ella me devolvió el gesto.

Mi mente acudió de inmediato al lugar que poco a poco se había convertido en su refugio: mi palacio de la memoria. De allí extrajo con urgencia, casi desesperación, todas las risas, las miradas cómplices, los besos y abrazos, las bromas, las confesiones... Diez años repletos de vida junto a Hannah. Más allá del patinaje, porque nuestro vínculo nació en el hielo, pero no moría ahí.

«Puedes hacerlo, Nick.»

«Puedes y debes.»

Tras unos segundos en los que creí que el corazón me estallaría a causa del torbellino de emociones que lo llenaban, me atreví a mirarlos de nuevo.

Un vistazo era más que suficiente para comprobar que tenían química. No del tipo que existía entre ella y yo, sino de la que surgía entre dos personas que se atraían. Y habría que estar ciego para no darse cuenta de que se gustaban, aunque todavía no habían cruzado la línea que los convertiría en más que amigos.

Mikhail colocó varios filetes sobre la rejilla y Hannah empezó a untarlos de un preparado especial con un pincel. Un poco de salsa debió caer en las llamas porque la barbacoa chisporroteó con fuerza y Lin dio un respingo. El movimiento hizo que los restos de la brochita acabaran en la camiseta blanca del ruso.

—¡Mierda! —Hannah soltó lo que tenía en las manos para coger un trozo de papel de cocina con el que empezó a frotar la prenda.

Por mucho que lo intentara no iba a quitar esas manchas con una servilleta. Pensé que ella había llegado por fin a la misma conclusión cuando vi que frenaba el ritmo. En cambio, no paró, sus dedos y su ojos descendieron muy despacio desde debajo del pecho hasta la cintura de Mikhail, donde reposaron unos instantes. Entonces los apartó de golpe como si acabara de ser consciente de lo que estaba haciendo. Él sonrió de tal manera que se le marcó un hoyuelo en cada mejilla.

—¿Estabas contando mis abdominales, *ptichka*?

Hannah abrió la boca como un pez fuera del agua y se puso tan roja que creí que le iba a estallar la cabeza. Una carcajada sonora y del todo inesperada se abrió paso entre mis labios y los dos miraron en mi dirección.

—Nick, Candace, ¿cuánto lleváis ahí?

—Lo suficiente para comprobar hasta qué punto te vuelve loca el chocolate. —Si Lin hubiera podido fingir ser un árbol, lo habría hecho. Eso o esconderse. Dios, era demasiado divertido—. Dime, ¿de cuántas porciones era la tableta?

Me fulminó con la mirada y, acto seguido, observó de reojo a Mikhail, que parecía tan encantado con la situación como yo.

—De no demasiadas.

El ruso enarcó una ceja.

—¿Pero tú has oído eso? —protestó en nuestra dirección— ¡Seis le parecen pocas a la señorita! ¿Siempre ha sido tan golosa y tan exigente? —preguntó mirándome en busca de ayuda para pinchar a Hannah. No pude evitar otra risotada mientas asentía.

—Oh, no sabes tú cuánto. Y, además, es insaciable cuando algo le gusta.

Esa vez fue él quien se echó a reír. Luego se inclinó hacia ella y le soltó:

—Entonces quizás el problema está en que has olvidado que esas... onzas no se acaban nunca por más que las saborees. —Le guiñó un ojo. El gesto habría causado un efecto devastador si él no se hubiera sonrojado. No obstante, Hannah parecía a punto de atragantarse con su propia saliva.

La conocía desde que éramos niños y había pasado con ella más tiempo que con cualquier otra persona, por eso podía afirmar que jamás la había visto reaccionar así con un chico. Ni siquiera Cooper, su novio del instituto, logró que se ruborizara con tanta intensidad, o dejarla sin habla, en el año y medio que estuvieron juntos.

Mientras me reía a carcajadas me di cuenta de que para saber que Hannah sentía algo especial y distinto por Mikhail había tenido que presenciarlo. Y solo yo tenía la culpa de que mi mejor amiga fuera incapaz de hablarme abiertamente sobre ello como habría hecho tiempo atrás. Joder, si yo fui el primero al que le contó que había perdido la virginidad. Claro que no le había puesto fácil que me confiara nada concerniente a Mikhail. Sabía que en el último mes y medio solo había venido a verme algún que otro fin de semana junto a Abby y Tris porque el entrenamiento apenas le dejaba tiempo libre. Sin embargo, ni durante sus visitas ni cuando hablábamos por teléfono a diario, le había preguntado al respecto. En ningún momento me interesé por cómo le iba con el ruso dentro y fuera del hielo, y no lo hice porque todavía era incapaz de articular esas palabras o de escuchar la respuesta, así que me limité a esquivar el asunto, a reconducir la conversación cada vez que salía a relucir el tema aunque fuera lo más mínimo. Sin duda ella había notado mi reticencia, así que calló y se obligó, o más bien lo hice yo, a mantenerme al margen.

Ser consciente de la brecha que había creado entre los dos me golpeó como un mazazo, y me abrió los ojos ante el error que estaba cometiendo. Evadir el asunto no haría que pudiera levantarme de la silla, ponerme unos patines y salir a la pista. En cambio, sí estaba consiguiendo que perdiera todavía más aspectos de una vida que ya me había robado demasiado.

Era yo quien se negaba a pasar los fines de semana con ellos viendo series y películas. Era yo quien no había querido pisar esa casa para no tener que enfrentarme a lo que significaba: un nuevo comienzo para Hannah, uno que ya no estaría ligado a mí, sino a otro. Era yo quien había minado la relación que siempre habíamos tenido, una en la que podíamos hablar de todo y en la que jamás nos ocultábamos nada.

Podía lamentarme por lo sucedido aquella noche, tenía derecho a hacerlo sin que nadie me culpara por ello. Lo que no iba a seguir tolerando era que la nefasta consecuencia de la equivocación de otro se llevara todavía más de mí. Avancé con determinación hasta quedar frente al ruso.

—Nicholas Benson —dije tendiéndole la mano.

Él la tomó sin titubear.

—Mikhail Egorov. —Su apretón fue firme y enérgico—. Pero puedes llamarme Misha.

We No Speak Americano, el disco favorito de electro swing de Hannah, sonaba desde el jardín, donde los habíamos dejado a todos charlando y bailando mientras los dos recogíamos la cocina. El almuerzo había sido variado y copioso, lleno de conversaciones cruzadas y risas (muchas de ellas producidas por los filetes calcinados de Hannah y Misha), un ambiente cálido y familiar del que me alegraba volver a formar parte.

—Me cae bien, parece un buen tío. —Saqué otro plato del lavavajillas y se lo tendí para que lo guardara en el mueble correspondiente.

Se tensó en cuanto lo nombré, igual que había hecho cuando me acerqué a él para presentarme y, sobre todo, en el momento en el que la conversación rozó el tema del patinaje.

—Lo es. —Fue su escueta respuesta.

Odiaba que reaccionara así, que midiera las palabras conmigo. Esos no éramos nosotros, la Hannah y el Nick a los que les bastaba una mirada para entenderse, que se pedían consejo, que discutían, se sacaban de quicio, bromeaban, reían y no tenían miedo a decirse lo que fuera.

—¿Vas a atreverte? —pregunté sin rodeos, porque era lo que habría hecho antes y necesitaba recuperar esa normalidad.

Dejó los vasos que tenía en las manos en la estantería sobre el fregadero y se volvió para mirarme con el ceño fruncido.

—¿Atreverme a qué?

—A dar el paso con Misha.

Abrió mucho los ojos, sorprendida. Pero se repuso con rapidez, adoptó una expresión de indiferencia y cogió las dos fuentes que yo acababa de dejar en la encimera.

—No sé de qué me hablas.

—Ay, madre. —Palmeé a mi alrededor—. ¿Me he quedado ciego sin darme cuenta? —Me toqué los ojos con teatralidad—. Porque tendría que estarlo para no ver que os folláis con la mirada.

—¡Nick!

—No sé cómo Abby soporta vivir bajo vuestro mismo techo.

—Porque su habitación está en el hueco de la escalera.

—Cierto.

Nos miramos durante un segundo. Acto seguido, rompimos a reír.

—¿Y bien? —insistí, no iba a dejar que escurriera el bulto—. ¿Ha pasado ya algo entre vosotros?

—Sí. No. —Se corrigió de inmediato.

—Cuenta.

Asintió con un suspiro pese a que sus ojos estaban llenos de reticencia.

—Nos hemos casi besado en un par de ocasiones... —Dejó las palabras en el aire y desvió la vista hacia la ventana a su derecha, desde donde se podía ver el jardín.

—Y no vas a dejar que vaya a más.

—No. —Devolvió su atención hacia mí—. No voy a cruzar la línea, Nick. Quiero hacerlo, más de lo que me atrevo a reconocer, pero no puedo. Si nos enrollamos y la cosa sale mal, la relación se rompería en todos los sentidos. Tú mejor que nadie sabes que apenas existen parejas de danza o artístico que hayan sobrevivido a una ruptura sentimental.

Lo sabía, eso y que parte del miedo de Hannah se debía a lo ocurrido con su padre y con Cooper. Encontrar al primero tirándose a una joven universitaria en el sofá de su casa la marcó. Enterarse la última de que su novio le había estado metiendo la lengua hasta la campanilla a otras cuando nosotros estábamos fuera compitiendo, terminó de volverla recelosa en cuanto a las relaciones.

Si cerraba los ojos todavía podía ver la expresión de su cara cuando encontró el collage de fotos que habían dejado pegado en la puerta de su taquilla. El problema con los móviles de última generación era que podían hacerte fotos en los momentos menos oportunos, y al aparecer alguien se había dedicado a recopilar las distintas instantáneas incriminatorias para luego imprimirlas en una bonita oda a los cuernos. Nunca supimos quién lo dejó ahí para que todos lo vieran, pero, por suerte, Cooper no podía ampararse en ese anonimato. Abby casi le tatuó el zapato en la entrepierna en cuanto se lo cruzó, yo me ocupé de hacerle una cara nueva y Tris, como capitán del equipo de fútbol del instituto, de ponerle las cosas muy difíciles en lo que quedaba de temporada.

—Lo entiendo. —Nunca había tenido una relación seria. No obstante, no me hacía falta para saber que las cosas podían torcerse con o sin ayuda de terceros, sobre todo en nuestro entorno, donde era fácil sucumbir al estrés y la presión. Muchas parejas profesionales se habían roto por no ser capaces de equilibrarse y complementarse el uno al otro—. Pero si algo he aprendido es que hay que vivir el ahora. Es bueno pensar en el futuro, tener sueños, objetivos, aunque no hay que perder de vista el presente. Debemos aprovechar cada día al máximo de nuestras posibilidades, porque puede que mañana ya no podamos hacerlo. —Acaricié las ruedas de mi silla—. Había muchas cosas que deseaba hacer y nos las hice porque tenía todo el tiempo del mundo, las dejé para más adelante, para un momento más oportuno...

»Y ahora ya no son ni siquiera una opción.

Tragué saliva con fuerza para suavizar el nudo que me empezó a apretar la garganta.

Hannah se habría encogido menos si le hubiera dado una bofetada. Clavó la vista en el suelo, con la cabeza hundida entre los hombros y apretó los puños a ambos lados del cuerpo.

—Lo siento —murmuró—. Lo siento mucho —repitió. Y esa vez se le quebró la voz.

—¿Por qué te estás disculpando? —No respondió. Se llevó una mano a la boca e hizo un gesto de negación—. Lin...

—Porque fue culpa mía. —Lo dijo tan bajo que estaba seguro de que no la había entendido bien.

—¿Qué?

—¡Que fue culpa mía! —gimió.

El dolor que contenían esas cuatro palabras me desgarró por dentro y el significado tras ellas me hizo estremecer.

—No puedes estar hablando del accidente... —Cerré la puerta del lava-vajillas para poder acercarme a ella—. Hannah, mírame, por favor. —Le aparté la mano de la cara y la envolví entre las mías—. No fue culpa tuya.

Me miró y al ver sus ojos deseé que no lo hubiera hecho. Estaban brillantes por las lágrimas a punto de ser derramadas, pero lo peor no era eso, sino la profunda angustia que se reflejaba en ellos.

—Esto lo sabe —se llevó el índice a la sien—, pero esto —aplanó la palma sobre el pecho, a la altura del corazón— me recuerda con cada latido que fui yo la que insistió en que nos fuéramos. —Apretó los párpados con fuerza y las primeras lágrimas rodaron por sus mejillas—. Si por una vez hubiera decidido divertirme en vez de ser responsable y anteponer el entrenamiento, nuestro camino no se habría cruzado con el de aquel camión.

Sentía como si un puño de hierro me oprimiera el pecho sin piedad conforme la escuchaba hablar. ¿Era posible que Hannah hubiera estado castigándose de esa manera durante los últimos ocho meses? Solo pensarlo me provocaba náuseas y me llenaba la boca de un sabor amargo y repulsivo. Tras despertar del coma, me dejé envolver de tal forma por la negrura que durante demasiado tiempo había sido incapaz de ver nada más, ni siquiera que no era el único que estaba sufriendo.

El dolor nos convertía en seres egoístas y, muchas veces, crueles. Me vinieron a la mente todas las ocasiones en las que Hannah me había mirado con una expresión que yo quise entender como lástima, cuando en realidad era culpa. Y yo le había gritado, desquiciado al creer que se compadecía de mí.

Me tragué la bola de bilis que me colmaba el paladar, asqueado conmigo mismo. ¿En qué clase de cabrón me había convertido?

En uno que no quería seguir siendo.

Fue en ese momento cuando supe que tenía que empezar a sacarme la silla de la cabeza y ponérmela de una vez debajo del culo.

—Tú pudiste elegir quedarte más rato en la fiesta, igual que yo pude ignorarte y subir a una de las habitaciones para tirarme a aquella chica. Entonces habrías tenido que esperarme. —El volumen de mi discurso aumentó poco a poco conforme se volvía más vehemente—. Y el tipo que nos arrolló pudo haber hecho lo correcto y no conducir bajo los efectos del alcohol y el sueño.

Hannah dejó escapar un sollozo quebrado. Tiré de la mano que sostenía todavía entre las mías para obligarla a sentarse en mis rodillas. Lo hizo, tensa por un instante, pero al siguiente apoyó la cabeza en mi hombro y se acurrucó en mi regazo. La abracé, la estreché contra mí todo lo que pude y apoyé mi mejilla en la de ella. Sus lágrimas mojaron mi piel y las mías la suya.

—Jamás, ni en mis momentos más bajos, te he culpado por lo que pasó —susurré. Luego, la aparté lo suficiente para mirarla a los ojos porque necesitaba que viera la verdad que contenían los míos—. Y no quiero que tú lo hagas. Prométemelo.

—Yo...

—Hazlo —rogué.

Algo se quebró y volvió a tomar forma, brillante, vivo, en lo más profundo de sus pupilas.

—Te lo prometo.

—Gracias. —Le aparté un mechón de pelo de la cara—. Quiero cambiar, Hannah, superarlo, aunque no sé si algún día mi nueva realidad se hará más sencilla de vivir.

—No se hace más fácil, Nick, no desaparece, eres tú quien mejora, quien se fortalece.

—¿Lo haremos juntos?

Asintió con una sonrisa tierna, esperanzada.

—Como siempre.

Acaricié la cicatriz que el accidente le había dejado en la mejilla.

—Te quiero, Lin.

Su sonrisa se amplió y fue como si el mismo sol me caldeara el corazón e iluminara hasta el último rincón lleno de negrura.

—Y yo a ti.

Me incliné hacia ella y rocé mis labios con los suyos en un beso que nada tenía que ver con el deseo, sino con el solo hecho de que, a veces, las palabras no eran suficientes para expresar lo que sentías.

Ella volvió a apoyar la cabeza en mi hombro con un suspiro y yo la rodeé con los brazos. Esos sí éramos nosotros, sí era el calor de la amistad que durante años había llenado de color mi vida.

Permanecimos así, en un cómodo silencio, hasta que un ruido a mi derecha llamó mi atención. Me giré para ver de qué se trataba.

—¿Lin?

—¿Sí?

—¿Por qué hay un pato en el comedor?

22
Nick

Noté un peso en el pecho, pero a diferencia de otros sueños no se trataba de una opresión sofocante, sino agradable, como de otro cuerpo, uno femenino. Hacía mucho que no tenía a una mujer encima, o debajo, ni mientras dormía ni mucho menos estando despierto. Era un cambio agradable para mi mente el evocar otra cosa que no fueran pesadillas donde los hierros y cristales de un coche destrozaban mi cuerpo, así que decidí disfrutarlo.

Alargué la mano hasta su cintura y deslicé los dedos bajo la fina camiseta que llevaba. Su piel era suave, deliciosamente tentadora. La acaricié, dibujé su contorno en lentas pasadas siguiendo el límite que marcaba la cinturilla baja de sus pantalones vaqueros. Ella se estremeció y ladeó la cabeza cuando hundí la nariz en su cuello. Mis labios y mi lengua probaron su pulso acelerado, mi gusto se llenó de su sabor y mi olfato de su increíble olor, un aroma que me era conocido y que ya me había vuelto loco antes. Le mordisqueé el lóbulo de la oreja, en tanto que mis manos dejaron su cintura para recorrer las perfectas elevaciones que eran sus nalgas.

—Nick...

La voz pertenecía a ella y me resultaba conocida. Eran varias las veces que había dicho mi nombre. Me gustaba que lo hiciera.

—Nick... —repitió, en esa ocasión con un tono más urgente—. Creo que es hora de que te despiertes.

¿Por qué iba a querer hacerlo? No, ni hablar, antes tenía toda la intención de recordar lo que era que el deseo recorriera mis venas.

—Si vas a seguir sobándome al menos que no sea medio dormido, capullo.

Esa manera de hablar se parecía demasiado a la de...

Abrí los ojos de golpe y ahí estaba, el sueño hecho carne.

Encontrarme a Abby tendida sobre mí, en la postura íntima en la que yo mismo la había dispuesto, tendría que haberme enfriado. Estaba sorprendido, desconcertado, sí, pero mi libido seguía intacta.

—¿Abs? ¿Qué haces aquí, cómo has entrado?

—Has dejado tu ventana entreabierta. Y he venido a recogerte, hoy te vienes conmigo de paseo.

—¿A las... —miré el despertador que tenía en la mesilla y fruncí el ceño— seis de la mañana de un sábado?

Abby se encogió de hombros y luego se incorporó hasta quedar sentada a horcajadas sobre mí.

—¿Importa? Si tengo que basarme en cómo me has sobado el culo, me queda bastante claro que al menos a tus manazas no les molesta despertarse temprano un fin de semana. —Su sonrisa fue perversa y sumamente sexy.

Me alcé para poder mirarla frente a frente, tan cerca que incluso con la escasa luz de la habitación podía distinguir las pequeñas pecas que le salpicaban la nariz. Era preciosa.

—¿Y de quién crees que es la culpa?

Su expresión se volvió todavía más diabólica.

—¿De tu mente sucia?

La carcajada brotó de mi pecho con tanta fuerza que temí haber despertado a media casa. Su sonrisa se amplió y sentí ganas de besarla, un impulso que no era nuevo para mí. Tener contacto con Hannah era como tocar a Candace, algo inocuo y platónico. Sin embargo, con Abby compartía ese tipo de amistad que juega en el límite con algo más. Había sido así desde que entendimos lo que era sentirse atraído por otra persona. Desde entonces, flirtear y provocarnos se convirtió en parte de nuestra dinámica. Todos creían, incluidos nuestros padres, que acabaríamos siendo pareja. Y quizá lo habríamos sido si hubiera estado dispuesto a atarme. Había demasiados peces en el mar y yo pretendía pescar cuantos pudiera durante una larga temporada. Era joven, empezaba a cosechar éxito como patinador y con ello fans dispuestas a pasar un buen rato. Viajaba, acudía a eventos, conocía a mucha gente...

Todo aquello había desaparecido, incluida mi oportunidad con Abby.

Respiré hondo, no iba a dejar que ese pensamiento oscureciera mi ánimo. Me había prometido a mí mismo, y a Hannah, que iba a cambiar, a superar lo ocurrido, y para eso debía centrarme en lo que todavía tenía y no en lo que había perdido. Gracias a lo sucedido el Día de la Independencia, recuperé la relación que siempre tuve con mi mejor amiga. Eso era lo importante, tenía que serlo.

Le enmarqué la cintura con las manos y la empujé hacia mí sin pensar. Tan pronto lo hice, me di cuenta de que ya no había nada entre mis piernas con lo que pudiera excitarla. Ni yo mismo notaba nada y, de todas formas, los pañales estaban de por medio. Un aguijonazo de dolor y vergüenza me atravesó el pecho. Sabía que no debería ser así, pero me resultaba casi imposible impedir que eso me hiciera sentir humillado y menos hombre.

—¿Qué pasa, Benson? —Enarcó una ceja—. ¿Te quedas sin el recurso fácil y ya no sabes cómo poner nerviosa a una chica?

Su pregunta fue como recibir un puñetazo. Uno que ardió tanto como la sal en una herida abierta. Mis dedos se crisparon y apretaron sus caderas. Respiré hondo y le dirigí una mirada furibunda cuando se resistió a que la apartara de mí.

—¿Escuece, rubito?

No había burla ni malicia en su voz, sino vehemencia y desafío. Fue entonces cuando lo entendí: Abby me estaba retando. Me lanzaba la verdad a la cara como siempre hacía, me abofeteaba con ella para que espabilara y dejara de autocompadecerme. Para que le demostrara que se equivocaba.

A mi pesar, sonreí.

Y una oleada de orgullo primitivo se superpuso a lo demás.

¿Quería guerra? Pues la tendría, por masoquista que resultara.

La sujeté por la nuca, la acerqué, atrapé el lóbulo de su oreja derecha entre los dientes y chupé.

—¿Y ese paseo del que hablabas...? —Lamí y mordisqueé el pequeño brote, mientras que con la otra mano le acariciaba el costado hasta llegar a la parte baja de su pecho izquierdo—. ¿A dónde sería? —Lo acaricié con el dedo gordo por encima del sujetador.

—Es una sorpresa. —Solté una risilla baja y satisfecha cuando dejó escapar un suspiro entrecortado. Se agarró a mis hombros y los apretó con fuerza.

Mi propia sangre estaba bullendo de una manera extraña porque no confluía donde lo habría hecho antes del accidente, pero aun así era la primera vez que me sentía tan bien desde ese día.

Le dejé un rastro de besos por la mandíbula y me aparté para mirarla.

—Has despertado mi curiosidad, rubia.

Sus ojos color miel destellaron con tanto entusiasmo que bastó para tentarme a dejarme llevar y comprobar qué había tramado.

—Entonces, ¿estás dentro?

—Si cualquier parte de mí, llamémoslo lengua o dedos, estuviera dentro de ti, créeme, lo sabrías.

Abby curvó los labios con expresión desvergonzada, sin el menor atisbo de pudor. Estaba seguro de que era consciente de que eso la hacía jodidamente irresistible, al menos para mí.

—No me refería a eso, aunque lo tendré en cuenta. —Ladeó la cabeza con coquetería y deslizó las manos hasta mi nuca para enredar sus largos dedos en mi pelo—. Contesta, ¿estás dentro o no?

—Sí, me apunto.

—De puta madre, así no tendré que llevarte por la fuerza. —De improviso, me empujó con ímpetu y caí de espaldas sobre el colchón—. Has aceptado, recuérdalo. —Me señaló con el índice—. No voy a tragarme tus gilipolleces, así que como se te ocurra echarte atrás cuando lleguemos, te arranco las pelotas. ¿Me oyes?

Ya no me servían de mucho, pero preferí seguirle el juego.

—Alto y claro —respondí—. Solo una pregunta... —Coloqué las manos tras la nuca en una postura relajada, casi indolente—. ¿Me las arrancarías antes o después de probarlas?

Su risa se mezcló con el suave repiqueteo de unos nudillos en la puerta. Abby se levantó de la cama con un movimiento fluido, justo a tiempo para que mi hermana no la viera encima de mí cuando asomó la cabeza por la puerta.

—Hola, Abby, ¿me arreglo?

—Hola, Candy. Sí, vístete, el plan sigue en marcha.

—Guay, estoy lista en quince minutos. —Desapareció para volver a entrar un segundo después—. Por cierto, buenos días, Nick. —Esa vez sí, salió y cerró tras ella.

—Espera, ¿Candace también viene?

—Sí.

—¿Y alguien más?

—Puede.

Eso era un sí, lo que me dejó por completo descolocado y mucho más intrigado que antes. ¿Qué demonios se traían entre manos? Esperaba no tener que arrepentirme de averiguarlo.

Pasé de la cama a la silla, cogí todo lo que necesitaba del armario y me metí en el baño. Por suerte, mis padres lo habían adaptado a mis nuevas necesidades hacía meses, de manera que podía ducharme sin ayuda de nadie, otra pequeña victoria que me hacía sentir un poco mejor conmigo mismo.

Eran casi las siete cuando Abby se sentó tras el volante de su coche y arrancó. Ninguna de las dos quiso decirme cuál era nuestro destino, así que esperé a ver qué rumbo tomábamos tras la corta parada en Starbucks para comprar algo de desayuno.

Salimos de Detroit y tomamos la I-96 Norte, de manera que intuí que nos dirigíamos a Ann Arbor. Supe que me equivocaba cuando nos desviamos poco antes de alcanzar el municipio de Plymouth.

Un sudor frío me bajó por la espalda y me erizó hasta el último vello del cuerpo. Conocía ese camino, sería capaz de recorrerlo con los ojos cerrados porque había pasado por él más veces de las que podía contar en los últimos años.

Era la carretera que llevaba al Arctic Arena.

Intenté mantener la calma, impedir que el pánico tomara el control y me hiciera estallar en un ataque de cólera. No era fácil, la sola idea de volver allí dentro bastaba para echar abajo mi resolución, para reducir mis avances a un montón de cenizas.

La parte irracional de mí quería gritarles a Candace y a Abby que qué coño pretendían, y ordenarles que me llevaran de vuelta a casa de inmediato. Pero mi yo racional, ese que había permanecido sepultado durante tanto tiempo por todo lo negativo y que por fin empezaba a salir a la superficie, entendía que ni mi hermana ni ninguno de mis amigos planearían nada que supieran que me haría daño. Cerré los ojos, apoyé la cabeza en la ventanilla y me agarré a eso, a mi confianza en ellos.

«Puedes hacerlo.»

Michigan estaba demasiado cerca de Canadá y de cuatro de los cinco Grandes Lagos como para tener veranos calurosos; por eso, el entrar en el Arctic Arena no suponía un cambio muy pronunciado y menos aún a una hora tan temprana.

Tan pronto cruzamos la puerta, fue como si me hubieran colocado un bloque de hormigón en el torso y atado un nudo en la boca del estómago. Agradecí tener las manos ocupadas en hacer girar las ruedas de mi silla porque me permitía ocultar el temblor que las sacudía desde que bajamos del coche. Ese sitio significaba tanto y evocaba tantos recuerdos, que estaba a punto de provocarme un ataque de ansiedad.

—¿Eso que huelo es miedo, Benson? —preguntó Abby con sorna.

—No, es mi irresistible aroma natural —respondí con un guiño.

Habría añadido mi sonrisa patentada, la que las desarmaba, pero dudaba que pudiera lograr algo medio convincente. Era bueno fingiendo, aunque no tanto. Y además estaba desentrenado.

—Me alegro por ti, no me gustaría tener que cumplir mi promesa.

—Y yo que siempre creí que te encantaba tocar los huevos.

—Prefiero comérmelos. —Candace casi se ahogó con el trago de agua que estaba tomando. Abby se echó a reír y le dio unas palmadas en la espalda—. Joder, luego la que piensa mal soy yo. Creo que pasas demasiado tiempo con nosotros. —Le propinó un último golpe antes de volverse hacia mí—. Vamos, Vladimir habló con la dirección y consiguió que esto fuera para nosotros durante hora y media.

—¿Estamos solos?

—Bueno, si no contamos al tipo que ha venido a abrir, sí.

—¿Por qué?

—Ya lo verás. Ahora venga, en marcha, conduzco yo. —Se sentó en mis piernas, me apartó las manos de un manotazo, aferró los agarradores de las ruedas y las puso en movimiento.

Una carcajada profunda brotó de mi pecho, y fue entonces cuando me di cuenta de que la angustia había quedado en un segundo plano. Seguía ahí porque no podía ser de otra manera; sin embargo, no me dominaba, no me asfixiaba.

Y era gracias a Abby.

La ayudé a empujar la silla porque el peso de ambos era demasiado para ella sola y apoyé la barbilla en su hombro.

—Estás loca —reí encantado.

—Y buena que te cagas, aunque ya sabemos que nadie es perfecto.

Habíamos ganado velocidad e íbamos derechos hacia las puertas que daban al corazón del recinto, donde se encontraba la pista de hielo. Estiró las piernas instantes antes de que las alcanzáramos y gritó:

—¡*Alohomora*! —O lo que era lo mismo: «Ábrete, Sésamo», en la jerga de Harry Potter.

Sus pies impactaron primero y las hojas se abrieron de par en par para dejarnos paso. Candace entró corriendo tras nosotros.

Frenamos a un par de palmos del muro bajo que delimitaba la zona de patinaje. Mis ojos se clavaron de inmediato en la superficie que nuestras cuchillas habían cortado incontables veces y donde nos habíamos dejado el sudor y construido nuestros sueños. Apoyé la mano en el cristal de seguridad con el corazón latiéndome con fuerza, anhelante por volver a disfrutar del elemento que lo hacía sentir vivo más que cualquier otra cosa en el mundo.

—¿Por qué estamos aquí? —Mis palabras sonaron roncas, constreñidas por el nudo que precedía al llanto.

—Porque ya es hora de que regreses ahí dentro. —Sonó la voz de Hannah desde las gradas.

Me giré con Abby todavía en mi regazo y los vi a los tres sentados a varios pasos de nosotros. Tanto Hannah como Tris y Misha vestían el uniforme completo para jugar al hockey sobre hielo, pero ninguno de ellos llevaba puestos los patines. Tristan se puso en pie, cogió una de las mochilas que había a sus pies y vino hacia mí.

—El hielo te espera, colega. —Abby se apartó y la gran bolsa de deporte ocupó su lugar.

Los miré a todos como si estuvieran locos y luego abrí la cremallera. Dentro había otro uniforme azul y negro como el que llevaban ellos, incluidos el peto, las protecciones para los hombros, codos, cuello, rodillas y piernas, los guantes y un casco.

—¿¡Es una puta broma!? —grité.

—¿De verdad crees que cualquiera de ellos o yo seríamos capaces de hacer algo así, Nick? —preguntó Candace. La pena y la frustración que reflejaba su expresión me hicieron sentirme como un auténtico gilipollas.

—Lo siento, es que no logro entender el significado de esto.

Abby soltó un suspiro exasperado.

—¿Los médicos comprobaron que el accidente no le hubiera dejado también tonto?, porque empiezo a pensar que lo pasaron por alto. A ver, lento de mollera, hemos montado esto para ti porque sabemos que echas jodidamente de menos el hielo. —De unas pocas zancadas llegó al acceso a la pista y se agachó para coger algo que estaba al otro lado del muro—. Ya no puedes patinar, de acuerdo, pero hay alternativas que ni siquiera te has parado a considerar porque tenías la cabeza demasiado metida en tu culo. Esperamos que esto haga que la saques de una vez —añadió mientras se incorporaba—. Bienvenido al apasionante y adrenalínico mundo del hockey sobre trineo.

Justo eso era lo que había sacado de la pista, un trineo pequeño, a falta de una manera mejor de describirlo, porque no se parecía en nada a los que la gente usaba para deslizarse por la nieve. La estructura de ese era estrecha, de aluminio, tenía forma de horquilla y rondaba el metro de largo, por lo que al ocupar el asiento negro con forma de huevo que tenía sobre el extremo abierto, las piernas debían quedar un poco flexionadas para que los pies no colgaran por fuera. Suponía que por eso había un reposapiés semicircular en el lado opuesto y redondeado, para ayudar a que eso no ocurriera. Bajo la silla, no apta para traseros voluminosos, nacía un pie vertical de unos ocho centímetros de largo que terminaba en dos cuchillas horizontales, paralelas entre sí. Eran cortas, de la misma longitud que el asiento bajo el que se encontraban, lo que, junto al tope de plástico que había debajo del reposapiés, dejaba el trineo lo suficientemente separado del hielo como para que el disco pasara por debajo.

La facultad para hablar parecía haberme abandonado. Solo era capaz de mirar aquel seudotrineo como si fuera una fuente de agua fresca en mitad de un desierto donde llevara perdido una eternidad. El hockey había sido siempre mi segunda pasión, mi amante, ya que durante algunos años le robé horas a la danza para jugar en un equipo que llegó a ser campeón estatal. Tuve que dejarlo cuando el patinaje y los estudios se volvieron más exigentes. Sin embargo, siempre que pude seguí acudiendo a los partidos amistosos que organizaban mis antiguos compañeros.

Creía que también había perdido esa parte de mi vida.

—¿Bueno, qué? ¿Vas a dejar de ser el avestruz que en vez de meter la cabeza en la tierra la mete en su propia mierda, o no?

¿Hacía falta preguntar?

Hannah, Misha y Tris salieron mientras Abby, Candace y yo nos poníamos los uniformes completos sobre la ropa que llevábamos. Las fulminé con la mirada cuando intentaron ayudarme a ponerme los pantalones. Cierto era que, hasta que recuperé casi el cien por cien de la movilidad y fuerza de mi brazo, no pude empezar a vestirme solo en la silla, por lo que todavía lo llevaba a cabo con torpeza, pero podía hacerlo, joder. Era perfectamente capaz de lograrlo por mí mismo sin necesidad de que mi hermana pequeña, o la chica que me volvía loco me pusieran la ropa como si fuera su muñeco gigante.

Los demás regresaron antes de que termináramos y no venían con las manos vacías. Para mi sorpresa, Tris y Misha cargaban con dos trineos cada uno y Hannah con otro.

—Estoy bastante seguro de que con uno me basta, gracias —dije con burla cuando estuvieron lo suficientemente cerca como para oírme.

—Estos son para nosotros, listo —respondió Hannah.

—¿Por qué?

—Porque queremos vivir la experiencia contigo, en todos los sentidos. —Me acarició el pelo y guiñó un ojo al pasar por mi lado.

—Vamos a compartir tu primera vez —agregó Tris moviendo las cejas.

—Esa ya te la entregué hace mucho tiempo. —Le tiré un beso con la mano y él abrió la boca, sacó la lengua y empezó a moverla de forma lasciva.

Nuestras carcajadas resonaron por todo el recinto, y siguieron haciéndolo mientras intentábamos acomodarnos en los trineos con un mínimo de dignidad. Pero no era sencillo mantener el equilibrio en aquella cosa. La base, al ser de aluminio, pesaba poco, por lo que al sentarte creabas un contrapeso que, si te despistabas lo más mínimo, hacía que quedaras patas arriba. Menos mal que las correas que había en la silla y en la parte de los tobillos te mantenían sujeto al armatoste.

Las chicas ya estaban en el hielo y lloraban de la risa después de varios intentos fallidos en los que habían caído de espaldas o de lado. Sonreí. Era agradable vernos a todos así porque por una vez no me sentía inútil o avergonzado por mis carencias; por una vez estábamos en igualdad de condiciones. Fue entonces cuando comprendí de verdad que esa había sido la finalidad de mi hermana y mis amigos. Tragué con fuerza porque se me había formado un nudo en la garganta.

—Creo que al final deberíamos haber cogido el modelo para principiantes, que tenía tirador, y no el de competición —comentó Tris.

—¿Para qué? ¿Para llevarnos unos a otros como si fuéramos la vieja de *Paseando a Miss Daisy*? —se burló Mikhail—. En realidad no es tan complicado. Solo hay que encontrar la postura adecuada para hacer balance y darle un buen uso a estos. —Agitó los sticks que llevaba en las manos.

En el hockey sobre trineo no se usaba uno, sino dos sticks. Seguían siendo de madera o plástico y mantenían su forma similar a una jota. En cambio, medían mucho menos, no llegaban al metro de largo, y en el lado contrario al curvado tenían una pieza de metal dentada. La idea era poder usarlos para golpear el disco y también para desplazarse usando los dientes metálicos, que se clavaban en el hielo para conseguir tracción.

—Hablando de los trineos, ¿de dónde habéis sacado todo el material?

—Nos lo han prestado. No necesitas saber más —puntualizó Tristan cuando enarqué una ceja—. Limítate a disfrutarlo. Y dudo que lo consigas si no sales de una maldita vez a la pista.

Era el único que faltaba y no podía demorarlo más, pero solo pensar en volver a tocar el hielo me creaba una profunda sensación de vértigo, de irrealidad. ¿Y si todo no era más que un sueño? Quizá nunca llegué a despertar de aquella fantasía en la que tenía a Abby entre mis brazos. Si era así, esperaba no despertar aún.

Me coloqué en la entrada, clavé los sticks y me impulsé con todas mis fuerzas hacia delante. El frío me golpeó de inmediato la cara y el crujir del hielo al ser hendido por las cuchillas llegó a mis oídos. Me quité uno de los guantes y lo toqué mientras me deslizaba.

La euforia burbujeó en mi interior y tuve que reír. Lo hice como no lo había hecho en mucho tiempo, desde el alma, desde lo más profundo del corazón, desde las horas perdidas y los sueños rotos que hallaban de nuevo esperanza; desde el dolor que desgarraba, desde la felicidad que creía olvidada. Reí hasta quedar sin aliento. Reí hasta que las lágrimas velaron mis ojos y mi pecho se llenó con un grito liberador que rompió las cadenas que me tenían preso.

Dejé caer los sticks y me llevé las manos a la cara. Caí de lado. No me importó porque estaba llorando de alegría.

Una mano me acarició la espalda y unos labios rozaron mi cabeza con dulzura. Sabía que era Hannah sin necesidad de verla. Levanté la cabeza, todos estaban a mi alrededor, sonrientes y con los ojos brillantes.

Era el momento perfecto para empezar a vomitar arcoíris.

—Por tu culpa parecemos un puto grupo de plañideras —se quejó Abby, aunque su mirada cálida y vidriosa restaba credibilidad a su protesta.

—¿Y quién se supone que es el muerto? —pregunté con una media sonrisa al tiempo que me secaba las mejillas con el puño de la camiseta.

—Vosotros cuando os demos una paliza jugando al hockey. —Nos señaló a Tris, a Misha y a mí.

—¿Perdona? —se carcajeó su mellizo.

—Lo que has oído, chaval. Apuesto a que os pateamos el culo.

—¿Ah, sí? ¿Qué os parece, chicos? ¿Aceptamos el desafío? —nos preguntó a Mikhail y a mí.

—Un caballero debe defender su gallardía cuando esta es puesta en entredicho —teatralizó el ruso.

Solté una carcajada y arrojé delante de Abby el guante que me había quitado antes. Lo recogió con una floritura sin pensárselo dos veces.

—Aceptamos el duelo, señores. —Inclinó la cabeza con ademán cortés—. Los perdedores invitarán a cenar esta noche a los vencedores. —Todos asentimos en acuerdo.

—No a una hamburguesa o a una pizza —concretó Hannah. Intercambió una mirada con Abby y ambas esbozaron una sonrisa ladina. A veces me daba la impresión de que eran capaces de comunicarse mentalmente—. Iremos al Pacific Rim.

El Pacific Rim era un restaurante asiático que había en Ann Arbor, donde la carta ofrecía desde entrantes que rondaban los diez dólares a platos que rozaban los treinta. Y algo me decía que si ganaban tenían toda la intención de degustar las exquisiteces más caras, aquellas que no pudimos probar la vez que fuimos los cuatro al poco de mudarnos a la ciudad.

—Hecho. —Alargué la mano hacia Hannah, que me la estrechó con decisión.

De reojo vi que mi mejor amigo me miraba con cara de «eso, acepta, que ya verás qué homenaje nos vamos a dar». Fue nuestro turno para compartir una sonrisa taimada.

Candace y Tristan ocuparon sendas porterías improvisadas, mientras que Hannah y Misha se quedaron a media pista y Abby y yo nos acercamos al centro.

—Espartanaaaaas... —vociferó de repente la rubia—. ¿Cuál es vuestro oficio?

—¡Au, au, au! —corearon las tres haciendo chocar uno de sus sticks contra la estructura metálica de sus trineos.

Y a falta de un árbitro que pusiera el disco en juego, fue ella quien lo lanzó al hielo entre los dos.

En cierto modo se podía decir que era Esparta, una venida a menos. Me alegraba que no hubiera nadie que pudiera ser testigo de nuestro espectáculo dantesco, porque era digno de ser grabado y subido a YouTube. No obstante, lo cierto era que la diversión parecía ser inversamente proporcional a lo mal que jugábamos. Los insultos y las burlas iban y venían de un equipo a otro. Los ataques de risa nos mermaban la fuerza, por lo que teníamos que parar hasta calmarnos lo suficiente como para poder impulsarnos con los sticks.

Maniobrar con el trineo no era fácil. Todo iba bien mientras avanzáramos en línea recta, pero a la hora de hacer quiebros, cambios de sentido, o choques para luchar a muerte por la pastilla, aparecían los problemas. Pese a todo, el partido avanzaba a buen ritmo y las chicas se defendían mucho mejor de lo que esperábamos.

Me lo estaba pasando tan bien, y la sensación que me producía el poder deslizarme de nuevo por el hielo era tan maravillosa, que por momentos me costaba creer que fuera real. Durante un instante, me detuve a un lado de la pista y los observé jugar. Ninguno de ellos podría hacerse jamás una idea de lo que habían hecho de verdad por mí.

—¡Mueve el culo, Benson! —me gritó Misha al pasar por mi lado camino de nuestra portería. Hannah y Abby tenían el disco e iban directas hacia ella.

—Mierda.

Me puse en movimiento y logré llegar a tiempo para ayudarlo a interceptarlas. Los cuatro nos amontonamos cerca de la meta, donde Tris no quitaba ojo a ninguno de nuestros movimientos. Estaba a punto de hacer que Hannah perdiera el control de la pastilla cuando Candace salió de la nada. Había abandonado su portería en una jugada arriesgada cuyo factor sorpresa supieron aprovechar. Lin no dudó en forzar un pase que mi hermana convirtió en el gol de la victoria.

—¿Somos la hostia o qué? —proclamó Abby exultante y chocó los cinco con sus compañeras—. Venga. —Nos miró a los tres—. Aunque hayáis perdido, admitid que os lo habéis pasado de puta madre.

—Ha estado genial. —Era una forma muy pobre de describirlo, pero me resultaba imposible expresar con palabras lo que me había hecho sentir todo lo vivido desde que me desperté.

—Sabíamos que te gustaría —dijo Candace con una sonrisa tan radiante y preciosa que, de no haber sido su hermano, me habría enamorado de ella.

—Sí, por eso quizá te interesaría saber, así como dato curioso —comentó Hannah como si nada—, que a solo treinta minutos de Detroit, en Fraser, hay un equipo de hockey sobre trineo. Se hacen llamar los Sled Dogs de Michigan.

—Puede que también te guste saber que están abiertos a recibir a nuevos miembros —añadió Misha.

—Y ya que tienes el equipo... —dejó caer Tris señalándome de arriba abajo con la mano—. Porque tu trineo y sticks son lo único que no nos han prestado.

Parpadeé, en un principio sorprendido, luego embargado por una sensación cálida tan potente que me apretó la garganta y me hinchó el corazón.

Aparté la vista para que no vieran que mis ojos volvían a estar llenos de lágrimas.

23
Nick

—¡Buenos días! —saludó Hannah al entrar en mi habitación con una bandeja portavasos de cartón en una mano y una bolsa de papel en la otra—. Espero que no hayas desayunado todavía, porque traigo café y un pequeño capricho de fin de semana: muffins de arándanos, yogurt y miel.

Di un respingo al escucharla y bajé de golpe la tapa del portátil como si lo que aparecía en pantalla fuera un secreto de estado.

—¿No me digas que te he pillado viendo porno? —preguntó divertida—. Aunque bueno, no sería la primera vez. —Arrugó la nariz y fingió un escalofrío.

—Sí, la diferencia es que este era de dinosaurios.

—No me digas que eso existe —rio, dejó las cosas sobre el escritorio y me dio un beso en la mejilla antes de sentarse en mi cama con las piernas cruzadas estilo indio.

—En película de imagen real creo que no, pero sé que en Amazon se pueden encontrar novelas eróticas con dinosaurios, unicornios, centauros... Podríamos probar a leer alguna —sugerí con la sonrisa traviesa que cada vez me costaba menos esbozar.

Cuando teníamos dieciséis años creamos un miniclub de lectura, tan pequeño que solo estaba formado por nosotros dos. Cada mes escogíamos un libro, leíamos el mismo número de páginas antes de dormir (o eso se suponía, porque más de una vez hacíamos trampa) y al día siguiente las comentábamos durante el trayecto de ida al Arctic Arena, o en cuanto pudiéramos si estábamos muy entusiasmados con la historia. Una costumbre que habría muerto tras el accidente de no ser por Hannah, quien casi convirtió mi habitación del hospital en una biblioteca, como si supiera que necesitaba aferrarme a cualquier cosa que me evadiera de la realidad. Luego me presionaba hasta que lograba que habláramos y habláramos, hasta que olvidábamos y nos metíamos en un mundo que no era el nuestro.

—No, gracias —respondió—. Si quieres que leamos una novela erótica me parece bien, pero busca algo que no me dé dentera —me advirtió señalándome con el dedo índice y no lo bajó hasta que le tendí su café y un muffin—. Y ya tendría que ser para septiembre, porque en agosto sale *Trono de cristal*, de Sarah J. Maas, y me muero por leerlo. Lo que me recuerda que tienes que prometerme que no avanzarás mientras yo esté en el Champs Camp. —Su mirada prometía venganza si me atrevía a hacer lo contrario.

Escuchar el nombre del seminario al que solo había tenido la oportunidad de asistir una vez, y al que jamás volvería a ir, fue como recibir un puñetazo en el pecho. Sin embargo, fui capaz de encajarlo. Nuestra charla durante el Día de la Independencia sumada a lo vivido en el Arctic Arena gracias a ella y a los demás, había logrado que esa parte de mí que se negaba a oír hablar sobre patinaje, o cualquier cosa que tuviera que ver con este, hubiera empezado por fin a sanar.

—¿Y perderme la diversión de fastidiarte porque yo sigo leyendo y tú no? —Le dediqué una sonrisa ladina.

—Serás... —Miró de reojo la camiseta que había sobre la cama, sin duda con intención de tirármela a la cara. El problema era que tenía las manos ocupadas, por lo que acercó el culo al borde del colchón e intentó darle una patada a la rueda de mi silla. La detuve, estiré el brazo y la agarré por la pernera a la altura de la rodilla, hice lo mismo cuando lo intentó con la otra pierna y me eché a reír. Entonces jalé hacia mí con todas mis fuerzas y Hannah dejó escapar un chillido constreñido que se parecía mucho a mi nombre. Con el vaso de café en una mano y el muffin en la otra le resultó imposible agarrarse a ningún sitio y se escurrió hasta quedar boca arriba en el suelo con los gemelos sobre mis muslos.

Mis carcajadas resonaron en la habitación y estaba seguro de que también en el resto de la casa. Dios, éramos un par de tontos, igual que lo habían sido la Hannah y el Nick de antes del accidente. Y sentaba tan bien y me parecía tan increíble que volviéramos a comportarnos así que sentía a la vez ganas de llorar y de reír aún con más fuerza. Esos instantes de verdadera felicidad me daban paz y, sobre todo, algo a lo que aferrarme en los días malos, esos que sabía que nunca desaparecerían del todo.

«Pero estás mejor y, como prometiste, sigues luchando para superarlo.» Sí, así era, por eso dije:

—Hablando del Champs... —me incliné hacia delante con los antebrazos apoyados en sus pantorrillas—, ¿cómo va el entrenamiento?

—Muy bien si tenemos en cuenta que no hace ni dos meses y medio que empezamos a trabajar juntos y que Misha venía de otra disciplina. —Quitó las piernas de mi regazo al tiempo que me sacaba la lengua y se quedó en el suelo sentada igual que lo había estado en la cama.

—Pero... —Sabía que su tono escondía uno.

Le dio un largo sorbo a su café antes de contestar y yo aproveché para hacer lo mismo.

—Pero ya me conoces, cuando competimos necesito sentir que estamos —se calló de golpe, consciente de que la fuerza de la costumbre la había llevado a hablar de nosotros, no de ellos.

—¿Dando el máximo de nuestras posibilidades? —suplí pese al repentino aguijonazo de dolor que casi me hizo dibujar una mueca.

—Sí, y hacerlo simplemente bien se me quedó corto hace mucho tiempo. Sé que tanto él como yo podemos hacerlo muchísimo mejor que eso. —Su voz sonó suave, cauta.

—Lo sé. —Me obligué a esbozar una sonrisa ladeada. «Puedes con esto», me recordé. No obstante, era como rascar una herida que acababa de empezar a cicatrizar—. Compadezco al pobre ruso.

—Oh, no lo hagas. Él es igual o peor que yo. —Nos reímos por lo bajo, aunque el ambiente que se había creado hacía un rato había decaído—. En fin, ¿vas a decirme ya por qué me has pedido que venga tan temprano un sábado por la mañana?

Estaba seguro de que ambos agradecíamos el cambio de conversación.

—Porque me gustaría que me acompañaras a un sitio.

—¿A dónde?

Fue entonces cuando levanté la tapa del portátil, y dejé a la vista la web que había visitado una y otra vez desde que me deslicé de nuevo por el hielo hacía tres semanas.

—Al Grate Lakes Sports City Ice Arena, hogar de los Sled Dogs.

—¿Vas a unirte al equipo de hockey sobre trineo? —preguntó con el rostro iluminado por una mezcla de ilusión y afecto que volvió a caldear la habitación y mi pecho.

—No. Sí. —Me froté las manos en los muslos—. No lo sé —suspiré—, por eso quiero ir, para ver cómo es aquello. ¿Vendrás conmigo?

—Claro —dejó en el suelo el vaso de café y el bocado de muffin que le faltaba por comerse, se puso de rodillas, acortó la escasa distancia que nos separaba, me abrazó por la cintura y apoyó la cabeza en mi regazo—, por supuesto que te acompañaré.

—Gracias. —Le acaricié la mejilla y el pelo—. Por cierto, no me hago responsable de lo que piensen mis padres si entran y te ven en esta postura.

—Oh, cierra el pico, estás estropeando el momento. —Compuso un mohín y yo me eché a reír.

Lo primero que oí al cruzar las puertas que daban a la pista fue el chasquido de los sticks al golpear el disco, luego el de los trineos hendiendo el hielo y la algarabía de los jugadores.

—¡O'Brien!, ¿¡a eso llamas tú driblar!? —vociferó el que debía ser el entrenador.

Avanzamos hasta alcanzar las gradas, Hannah se sentó y yo me coloqué a su lado. Todavía tenía el rostro un poco pálido a causa del viaje en coche.

—¿Tanto te ha mareado el incesante parloteo de mi padre? —pregunté dándole un golpecito en el hombro con el mío.

—No, el señor B es un encanto, a diferencia de otro Benson que conozco.

—Es verdad —admití—, Candace puede llegar a ser de lo más desagradable.

Hannah sacudió la cabeza y puso los ojos en blanco, pero una sonrisa le curvó los labios. Luego posó la mano en mi antebrazo y la deslizó hasta que nuestros dedos se encontraron y entrelazaron. Permanecimos así mientras observábamos el entrenamiento.

Había visto en YouTube multitud de vídeos de hockey sobre trineo. Sin embargo, presenciarlo era algo muy distinto incluso tratándose solo de un entrenamiento. Los jugadores volaban por el hielo mientras zigzagueaban entre una hilera de conos naranja, tiraban a portería y daban una vuelta a la pista. La energía que desprendían y la libertad con la que se movían hacían que mi sangre bullera y me pidiera a gritos que me uniera a ellos.

—Esa es la cara que ponemos todos antes de solicitar unirnos al equipo.

—¿Perdón? —Miré con el ceño fruncido al desconocido que se había acercado a nosotros. Debía tener más o menos nuestra edad y vestía el uniforme de los Sled Dogs.

—Decía que esa es la expresión de anhelo que se nos pone a todos. —Alzó la pernera izquierda del pantalón hasta dejar a la vista lo que sin duda era una pierna protésica—. Me la amputaron para evitar que el cáncer de huesos se extendiera, tuve que decirle adiós a la NHL. —Giró un poco el cuerpo y señaló hacia la pista—. Carl perdió las dos piernas en Afganistán, Chris jugaba al fútbol y había logrado una beca de deportes para la universidad antes de sufrir una lesión medular, Ellie tiene espina bífida y en su día a día no puede moverse con tanta libertad. —Se volvió de nuevo hacia nosotros—. Y tú debes de ser el patinador que se quedó en una silla por culpa de un accidente de coche. —Sonrió ante mi desconcierto—. La he reconocido del otro día. —Señaló a Hannah con un movimiento de cabeza—. Hola, por cierto. —Cabeceó de nuevo a modo de saludo y ella le devolvió el gesto—. Estuviste aquí con otras dos chicas, dos chicos y un tipo llamado ¿Víctor?

—Vladimir —corrigió Lin.

—Cierto. —Chasqueó los dedos—. Al parecer es un conocido de nuestro entrenador, por eso les prestamos el equipamiento —me explicó—. Querían darle una sorpresa a un buen amigo y, de paso, demostrarle que no necesitaba las piernas para volver al hielo.

—¡Kane! ¿Qué haces ahí de cháchara? ¡Se supone que habías ido un momento al baño!, ¡así que arrastra tu penoso culo hasta aquí de una vez si no quieres que te deje en el banquillo durante el próximo partido!

—¡Sí, señor! —gritó a pleno pulmón con un saludo militar—. Lo siento, chicos, tengo que dejaros ya si no quiero cabrear aún más al viejo. —Empezó a caminar de espaldas con la vista clavada en mí—. Aquí todos tenemos nuestros fantasmas y una historia que contar, pero ahí fuera —señaló con el dedo gordo por encima del hombro— somos iguales, un equipo. Cuando estamos ahí nos olvidamos de todo lo demás, somos libres. —Me guiñó un ojo, se dio la vuelta y continuó avanzando por el pasillo, pero a los pocos pasos se giró para mirarnos—. Algunos de los chicos y yo solemos ir a tomar algo después del entrenamiento. Igual conocernos te ayudaría a decidirte, así que podríais venir. Si queréis, claro.

Dicho eso se despidió con la mano, llegó hasta el borde de la pista, se puso el casco, se sentó y colocó en el trineo y se unió al resto del equipo.

Hannah me apretó la mano en una pregunta silenciosa. Clavé mis ojos en los de ella y asentí. Sí, quería que fuéramos luego con ellos. Sí, quería formar parte de ese grupo de supervivientes, de luchadores. Y, más que nada, necesitaba sentirme vivo como solo lo hacía cuando estaba en el hielo.

24
Hannah

Me costaba creer que el veinte de agosto hubiera llegado y ya estuviéramos desembarcando en el aeropuerto de Colorado Springs. Viajábamos junto a Jeremy Abbott, Alissa Czisny, Meryl Davis, Charlie White, los hermanos Shibutani, Madison Chock, Evan Bates, Francine y Camden, todos acompañados por nuestros respectivos entrenadores. Excepto Jeremy y Alissa, que eran patinadores artísticos masculino y femenino, todos formábamos parejas de danza que además compartían lugar de entrenamiento; aunque hacía un año que Madison y Evan habían dejado el Arctic Arena para unirse al Novi Ice Arena.

Madison y yo nos habíamos puesto al día en el avión. Siempre era agradable poder charlar con alguien que entendía tu situación, ya que ella había cambiado de pareja la temporada anterior después de cinco años de relación. Sus circunstancias fueron distintas a las mías, menos trágicas. Su excompañero simplemente decidió retirarse. No obstante, eso no cambiaba el hecho de que supiera lo que era empezar de cero con alguien nuevo, las dificultades que eso entrañaba, el trabajo extra, el estrés y, a veces, las dudas. Agradecí sus ánimos y saber que Evan y ella lograron quedar entre los cinco primeros puestos tanto en el Grand Prix como en el campeonato nacional en su primera temporada juntos. Aquello me hacía ser más optimista con respecto a nuestras posibilidades, y no porque no confiara en Misha y en mí. Sabía que teníamos aún muchas cosas que pulir y mejorar, pero éramos buenos, nos habíamos dejado la piel los últimos tres meses y funcionábamos muy bien como pareja.

Como pareja...

Mi cuerpo y mi corazón le daban a esa palabra un significado muy diferente al que le otorgaba mi mente, sobre todo después de la noche en la que dormimos juntos. Desde entonces, me había convertido en una contradicción andante. Una parte de mí esperaba y deseaba cada día que cumpliera su promesa de besarme, que me dejara descubrir si sería dulce o salvaje, exigente o entregado; si sus labios y su lengua me encenderían aún más de lo que ya lo hacían sus manos cada vez que me acariciaban durante los entrenamientos. La otra parte, la sensata, seguía siendo una cobarde y agradecía que Misha no hubiera intentado dar el paso. Maldita vocecita de Pepito Grillo. La aborrecía y, sin embargo, no era capaz de mandarla callar.

El centro de entrenamiento olímpico estaba en el corazón de Colorado Springs. El complejo era enorme y estaba preparado para cubrir todas las necesidades de los deportistas que allí se alojaban, ya fuera por unos pocos días o durante periodos mucho más largos. Los visitantes de estancia corta como nosotros se hospedaban en tres de las cinco residencias con las que contaba el lugar, todas ellas situadas en el extremo opuesto a la entrada.

Dejamos atrás el acceso y nos dirigimos a la calle central, conocida como camino olímpico de Irwin Belk. Misha era el único que no había estado antes en el recinto, por lo que no dejaba de admirar cada detalle a su alrededor. Desde el suelo gris cruzado por las franjas color albero y blancas típicas de los circuitos de atletismo, hasta las incontables figuras a tamaño real que representaban los distintos deportes olímpicos y paralímpicos repartidas por todas partes en los cinco tonos de los anillos de los juegos.

—Precioso, ¿verdad?

Misha apartó la vista del panel informativo que estaba leyendo (cada escultura iba acompañada de uno) y la clavó en mí.

—¿Comparado contigo? —Alargó la mano para meterme tras la oreja el mechón de pelo que había escapado de mi cola alta. Lo hizo despacio, para que el dorso de sus dedos acariciara mi piel milímetro a milímetro—. No tanto.

Cada vez se le daba mejor decir y hacer ese tipo de cosas sin ruborizarse. Por el contrario, yo seguía reaccionando como una virgen que se acababa de escapar del convento. Una sonrisa lenta le curvó los labios cuando se fijó en mis brazos. Se me había erizado el vello y, estando a una media de treinta grados al sol, resultaba evidente que no se debía precisamente al frío.

—¿Qué son todos esos edificios? —preguntó sin perder la sonrisilla.

Contuve las ganas de borrársela de la cara, más que nada porque no terminaba de decidirme con el método, si con un buen sopapo o un buen morreo. Maldito ruso.

—Si no me equivoco ese es el de medicina deportiva, ciencias del deporte y laboratorio de rendimiento deportivo. —Lo recordaba por interés personal. Si contaban con psicólogos deportivos, podría ser un posible lugar de trabajo al que optar en un futuro—. Creo que detrás está la piscina del equipo de natación.

Nos habíamos quedado un poco rezagados, así que apretamos el paso conforme le indicaba a qué estaba dedicado cada bloque.

Éramos treinta y nueve patinadores más nuestros respectivos entrenadores, de manera que nos repartieron entre las residencias F. Don Miller, William E. Simon y Oslo.

Cada planta de la residencia contaba con varios dormitorios, así como con una sala de estar y un baño comunitario, motivo por el que nos separaban por género. Era costumbre que los patinadores compartieran habitación, tanto en los eventos como el Champs Camp como durante las competiciones. Sin embargo, tanto Misha como yo habíamos preferido no hacerlo, en mi caso porque la que solía ser mi compañera, Rose, se había retirado y en el de él porque no quería a nadie en su espacio personal.

De momento, la segunda planta la ocupábamos Maia, en el mismo dormitorio que Gracie Gold, Francine junto a Sophia Waller y yo. El seminario no daría comienzo hasta el día siguiente, de modo que hasta entonces se irían sucediendo las llegadas de todos los asistentes.

Una vez instalados, dejamos la residencia para atrincherarnos en la sala de recreo, también conocida como edificio ochenta y uno.

—No me lo puedo creer, ¡pero si es Egorov en carne y hueso! —Fue lo primero que oímos al entrar.

Dos chicos altos, de cabello castaño claro, corto y despeinado como si se hubieran pasado los dedos por él una y otra vez, se levantaron de uno de los sofás situados al fondo y vinieron hacia nosotros.

—Mitch, Max —saludó Misha con una mezcla de sorpresa y alegría.

Los gemelos Towner, más conocidos como los M&M, se turnaron para darle un abrazo efusivo.

—¿Cuánto hace, tío? —preguntó Max.

—Demasiado —respondió su hermano cruzándose de brazos.

—Desde septiembre del año pasado, cuando me pasé por Nueva York para ayudaros a hacer cuádruples en condiciones.

—Uf, es verdad. No me lo recuerdes. —Mitch fingió un escalofrío—. Todavía tengo terrores nocturnos, despierto en mitad de la noche con tu nombre pendido de mis labios en un grito de agonía. —Gesticuló con dramatismo.

Misha se echó a reír.

—Quéjate lo que quieras, pero logré que lo dominarais. Aunque sigo sin entender cómo pudo costaros tanto.

—Oh, ¿cómo lo vas a entender si eres el único después de Evgeni Plushenko en conseguir hacer una combinación de cuádruple-triple-triple como quien salta un charco un día de lluvia? Y uno de los primeros, y los pocos, en incorporar cuatro cuádruples en su programa largo —replicó Max, pero tanto él como su hermano y yo sabíamos que aquellos logros no eran solo fruto del talento, sino de un durísimo y riguroso entrenamiento—. Dios, dabas puto asco, te prefiero medio tullido, sinceramente —bufó, aunque en su tono no había más que camaradería.

La rivalidad y admiración sinceras no eran fáciles de encontrar en nuestro entorno. En realidad, resultaba difícil hallarlas en cualquier mundillo, ya que todos tenían un factor en común: la caída de unos significaba el ascenso de otros. Siempre habría alguien a la espera de que cometieras un error, que se alegrara por tus fracasos en vez de por tus victorias, o que no dudara en aprovechar la más mínima oportunidad de pisarte para coger impulso hacia su objetivo. Por duro que fuera, era algo que debías aprender a aceptar en cuanto tomabas la decisión de convertir el patinaje en algo más que un hobby.

Nick y yo nos habíamos tenido el uno al otro para afrontar los tropiezos, para protegernos las espaldas de las puñaladas y defendernos ante los ataques tanto de los que estaban arriba y nos veían como una amenaza como de nuestros iguales que temían que les hiciésemos sombra. En cambio, Misha había estado solo, por eso me alegraba ver que en algún punto encontró el apoyo y la amistad sincera de al menos dos compañeros. No me cabía duda de que así era. Pese a que los tres tenían casi la misma edad, los gemelos lo observaban como lo harían un par de niños al hermano mayor que idolatran.

—Todavía no me hago a la idea de que te hayas pasado a la danza. No te imagino, tío —comentó Mitch. Acto seguido, desvió sus alegres ojos castaños hacia mí. Conforme me recorría de arriba abajo una sonrisa apareció en su rostro—. Aunque empiezo a entender el motivo... —Se pasó la mano por el pelo y luego me la tendió—. Mitch Towner.

—Hannah Daniels. —Mi intención fue darle un apretón rápido, pero él se ocupó de alargarlo un poco más de lo necesario.

—¡Oh, sí! —intervino Max—. Tú eres la que estaba con el rubito aquel que formó tanto revuelo en el Champs Camp del año pasado. —Devolvió entonces su atención a Misha—. Se acostó con unas cuantas y luego un par estuvieron a punto de llegar a las manos por él —explicó—. Me caía bien. Una pena que haya acabado en una silla. —Me miró de nuevo—. Tú ibas con él, ¿no?

—Joder, Max, tú y tu bocaza —masculló su gemelo.

—No pasa nada. —Era una verdad a medias.

La charla que mantuvimos Nick y yo durante el Día de la Independencia marcó un antes y un después para los dos. Fue como si hubiéramos eliminado un gran obstáculo que nos impedía avanzar. Pensar en el accidente todavía me producía una punzada de dolor, si bien la culpa estaba cada vez menos presente, diluida gracias a la aceptación y a saber que mi mejor amigo volvía a ser feliz poco a poco.

—Era yo quien conducía.

En ese momento Misha me colocó una mano en la parte baja de la espalda y empezó a trazar lentos círculos con el pulgar en un gesto tranquilizador, de apoyo silencioso.

—Pues tuviste suerte.

—Sí. —Busqué los ojos de mi compañero, tan azulísimos, tan tiernos, tan intensos. Y sonreí—. Tuve mucha suerte.

Habría dado lo que fuera por hacer una foto justo en el instante en el que Alex y Maia nos hicieron partícipes de su brillante idea. Éramos ya un grupo de quince y estábamos sentados alrededor de una de las mesas largas de la cafetería, con las bandejas llenas con los restos del almuerzo.

—A ver si lo he entendido —dijo Camden apartándose el ondulado pelo negro de la cara—. ¿Queréis que grabemos un videoclip casero?

—Exacto. —Lo señaló Alex con una enorme sonrisa que achicaba aún más sus rasgados ojos marrones—. Ya montamos uno en los ratos libres que nos dejaba el The Ice del mes pasado. —The Ice era el espectáculo organizado en Japón que los había llevado de gira a él, su hermana, Charlie, Meryl, Jeremy y un puñado más de patinadores (sobre todo japoneses) por Nagoya, Nikko y Osaka—. El vídeo fue un éxito entre los fans cuando lo subimos al canal de YouTube que Maia y yo acabábamos de inaugurar.

Yo era una de las que había visitado el canal bautizado como ShibSibs, donde hasta ahora solo habían colgado una coreografía de un minuto y medio hecha durante un trayecto en coche y la que Alex acababa de mencionar. Lo cierto era que me divertí mucho con el vídeo, sobre todo porque Nick, Tris, Abby y yo ya habíamos grabado chorradas por el estilo. Claro que nosotros no las compartíamos con el mundo.

—Nos apuntamos —anuncié sin dudarlo.

Misha enarcó una ceja.

—¿Nos?

—Sí. ¿Algún problema? —pregunté resuelta.

Los hoyuelos hicieron su aparición.

—No, ninguno. —Apoyó el codo en la mesa y la barbilla en el puño—. Siempre que hagamos un trato.

Iba a decirle que por qué tenía que hacer uno, pero el brillo calculador y un tanto provocativo que iluminó sus ojos despertó mi curiosidad.

—¿Cuál?

A nuestro alrededor se sucedían los comentarios y las risas en una cacofonía que ocultaba nuestra conversación a oídos de los demás.

—Que tendrás que decir que sí a una cosa que te pida.

—Eso es muy poco específico. ¿Que diga que sí a una cosa como qué? —Quise saber, suspicaz.

—Como que cubras mis turnos de limpieza, incluidas las cacas de *Atila*, que me hagas el desayuno... o quizá que tengamos una cita o que me dejes besarte.

Me miró los labios y yo no pude evitar humedecérmelos en un gesto nervioso. Comprendí que Misha no había olvidado ni pasado por alto el beso prometido aquella noche, solo se limitó a postergarlo, como el gato que espera paciente a que el pequeño y asustado pajarillo le brinde la más mínima oportunidad de cazarlo.

«No. Di que no.»

—De acuerdo. —Me sorprendí a mí misma aceptando.

Y eso me demostró hasta qué punto ansiaba tener una excusa que me empujara hacia el camino que deseaba, pero que tanto temía.

25
Hannah

Poco después del almuerzo tuvimos una sesión de orientación donde nos hablaron tanto de lo que ofrecían las instalaciones como de las actividades programadas para el seminario. Todas comenzarían al día siguiente, de manera que nos dieron la tarde libre. Unos echaron unas canastas en el patio de la residencia, otros se repantingaron en la sala de recreo frente a la tele o el ordenador, y otros nos pusimos a planificar el vídeo junto a Alex y Maia. Antes de darnos cuenta, llegó la hora de la cena, de darnos una buena ducha e irnos a la cama.

El Champs Camp se inauguró con una primera foto de familia de casi todos los patinadores (ya que un par aún no habían llegado debido a un retraso en sus vuelos) bajo el gran globo terráqueo de bronce que dominaba la entrada al recinto. Íbamos todos con la misma camiseta azul marino de manga corta con el lema «CHAMPIONS ARE NOT ONLY MADE IN THE RINK»[5] bien visible en letras blancas a la altura del pecho. El evento estaba cerrado al público, así que la página icenetwork.com se encargaba de hacer fluir la información a través de vídeos, fotos y entradas de blog junto a la Asociación Americana de Patinaje Artístico y sus cuentas oficiales de Twitter y Facebook.

La revista *Skating* aprovechaba el Champs Camp para hacer una sesión fotográfica de los atletas seleccionados para aparecer en las portadas del año siguiente. Serían los seis campeones nacionales de la temporada anterior los que protagonizarían un reportaje con sabor a *western*, además de otro más actual con las calles de Colorado Springs como telón de fondo.

---

5. Los campeones no se hacen solamente en la pista.

El resto de nosotros también tuvimos una mañana ocupada: después de hacer un poco de ejercicio y de pasar por las torturadoras manos de los fisioterapeutas, nos reunimos con nuestros entrenadores de cara a la primera simulación de competición que tendríamos en la jornada siguiente.

Durante el almuerzo volvimos a reunirnos con los demás, aunque esa vez comimos fuera, repartidos en grupos de cuatro alrededor de las pequeñas mesas de piedra que se extendían por toda la acera de la cafetería. Misha y yo nos sentamos junto a los gemelos M&M, que no paraban de contar anécdotas sobre su amigo.

—Jamás olvidaré aquella vez en la que la mujer de uno de sus *sponsors* le tiró los tejos en una fiesta. Ojalá lo hubieras visto —dijo Mitch señalándolo con el tenedor—. Tenía toda la cara de estar rogando que se abrieran los cielos y lo partiera un rayo, pero no dejaba de sonreír y asentir y eso parecía alentar todavía más a la señora —rio.

—Intentaba ser educado —refunfuñó el aludido.

—Y te sirvió para que te metieran mano. —La carcajada de Max sobresaltó a los de la mesa de al lado—. La tipa, que no estaba nada mal para rondar los cincuenta, le cogió el paquete.

Me atraganté y a punto estuve de escupirle a Mitch un trozo de patata asada a la cara.

—¿¡Qué!?

—Como lo oyes. La susodicha estaba de espaldas a la sala, así que su movimiento pasó desapercibido para todos menos para nosotros, que estábamos atentos a lo que hacía. Alargó la manita y le deslizó la palma por la delantera. —En ese punto del relato Max ya estaba tirado sobre la mesa, muerto de risa—. Dio tal respingo que estoy seguro de que se le metió tan para adentro que a día de hoy todavía no le han bajado los huevos.

Me tapé la boca para ahogar una risotada. De verdad que intenté no desternillarme en su cara, pero no pude evitarlo, menos aún cuando la hilaridad de los gemelos era contagiosa.

—¿Qué edad tenías? —resollé con lágrimas en los ojos.

—Dieciocho. —Procuró sonar distante, como si la cosa no fuera con él. Sin embargo, sus mejillas estaban ligeramente coloreadas y sus ojos rebosaban diversión—. Y eso solo demuestra que siempre he sido irresistible.

—No me cabe duda.

Un fogonazo de calor me nació en la cara para luego desplazarse hacia mi estómago y de ahí al sur, a un palmo de la parte más carnosa de mi muslo, donde Misha había puesto su mano.

—Oh, seguro que no —murmuró, y fue su turno para dejar escapar una risa baja y satisfecha que se convirtió en carcajada cuando le di un pisotón.

Pero su mano siguió en el mismo sitio. Ni yo intenté que la quitara pese a estar convirtiéndome en una supernova, ni él hizo amago de apartarla pese a que el color en sus mejillas empezaba a ser evidente.

—Sí, ya era un jovencito encantador y maduro para su edad cuando lo conocimos. —Max había recuperado lo suficiente la compostura como para poder hablar. Se acodó en la mesa y empezó a mordisquear el mango del tenedor de plástico—. Y aun así acabamos apodándolo Mikhail Escarcha.

—Porque eras, y eres, extrovertido y cercano de una forma calculada. —Tomó el relevo Mitch. A veces resultaba desconcertante cómo se pisaban uno a otro las frases. Entonces desvió la vista de Mikhail y la dirigió hacia mí—. Si intentas tocar ciertos temas, te fulmina con su mirada heladora.

Sabía a qué se refería, la había visto antes: la noche en la que lo llamó su madre, y las dos veces en las que quise saber más sobre su familia pese a su advertencia. En cada una de esas ocasiones me observó de una forma tan fría y distante que fue como tener delante a un desconocido. No obstante, lo que hizo que no volviera a tocar el tema fue el dolor que logré entrever en sus ojos antes de que el hielo los cubriera.

—Es por mi religión, me exige ser un tío sexy con un toque de misterio —bromeó Misha.

Estaba segura de que ni él fue consciente de que ya no me acariciaba, sino que me apretaba el muslo con fuerza. Lo dicho por Mitch le había afectado, pero lo disimulaba bien, demasiado bien. Y para ser capaz de levantar una fachada tan perfecta debía llevar años haciéndolo. Ser consciente de ello me provocó una punzada en el pecho.

No se relajó hasta que estuvimos grabando las primeras escenas para el vídeo de los hermanos Shibutani. La canción *Call me maybe* de Carly Rae Jepsen resonaba por el pasillo junto a las risas de los chicos. Alex llevaba quince minutos intentando sacar una buena toma de su idea en principio sencilla: que Mikhail se dejara caer de espaldas en el instante en el que Max y Camden abrían la puerta del dormitorio de los gemelos. Primero Misha lo entendió mal y lo que hizo fue llamar. Luego, se echó hacia atrás demasiado pronto, le dio un cabezazo a la puerta y acabó en el suelo...

—Quizá tú lo consigas.

—¿Hacerlo mejor que él? —me burlé.

Mitch y yo estábamos apoyados en la pared de enfrente, disfrutando del espectáculo hasta que nos tocara grabar a nosotros.

—No, lograr que Mikhail se abra a alguien.

Lo miré con el ceño fruncido. El repentino tema de conversación me había descolocado.

—¿Cómo sabes que no lo ha hecho ya con otra persona de su entorno?

Hizo un gesto de negación, clavó la vista en aquel de quien estaba hablando y esbozó una sonrisa triste.

—Los entrenadores rusos son los más afamados. —Sí, lo eran, pero no entendía qué tenía que ver eso con lo que estábamos hablando—. Mi hermano y yo queríamos avanzar y nos empecinamos en que necesitábamos de la guía de uno para poder llegar más lejos. Avgust Nikitin era de los mejores en aquel momento y, como es lógico, tenía varios atletas bajo su tutela, lo que le impedía trasladarse a Estados Unidos. Mis padres no podían dejarlo todo para mudarse a Rusia y nosotros, con catorce años, éramos demasiado jóvenes para vivir solos. Empezamos a darlo por perdido cuando la hermana mayor de mi madre se ofreció a acompañarnos.

»Una de las primeras personas que conocimos al llegar a San Petersburgo fue Misha. —Su sonrisa se suavizó y se volvió nostálgica. Seguía sin comprender a dónde quería llegar con su historia, pero me veía incapaz de interrumpirlo y más ahora que acababa de nombrar a mi compañero—. Los tres entrenábamos en la misma pista, solo que él lo hacía bajo la atenta mirada del reputado Ivan Makoveev.

»Mikhail era de los pocos que hablaban lo suficientemente bien inglés como para mantener una conversación. Quizá por eso congeniamos desde el momento en que nos presentaron. No lo sé. —Se encogió de hombros—. El caso es que se ofreció a ayudarnos con nuestro ruso. Pese a que habíamos dado algunas clases antes de dejar Estados Unidos, ni por asomo era suficiente.

»Nos hicimos amigos. De vez en cuando venía a nuestra casa a pasar el rato, veíamos películas o jugábamos a videojuegos. A veces salíamos por ahí, bien los tres solos o junto a otros compañeros de patinaje o del instituto. El poco tiempo libre que teníamos lo pasábamos como adolescentes normales. —Se giró entonces hacia mí con expresión seria—. Todo era normal excepto por el hecho de que en los seis años que vivimos en Rusia no pisamos ni una sola vez su casa. Siempre tenía una excusa. Sabíamos que su hermano estaba enfermo, pasaba la mayor parte del tiempo entrando y saliendo del hospital, pero no tenía nada contagioso o que impidiera que tuviera a los demás cerca. Cualquier otro habría aprovechado que se quedaba solo en casa para montar algo con los amigos. Él jamás lo hizo. Y no porque no tuviera a nadie a quien invitar...

—¡Eh, vosotros dos, dejad de flirtear! —La voz de Max resonó por todo el pasillo. Misha, que estaba recogiendo el trípode de la cámara, volvió la cabeza hacia nosotros y entrecerró los ojos.

Al parecer, por fin habían acabado la escena, que daría más juego para el vídeo de tomas falsas que para el montaje final.

—Me preguntaste que cómo sé que nunca se ha abierto a nadie —se apresuró a decir Mitch cogiéndome del brazo—. Lo sé porque lo conocemos desde hace ocho años, pero sobre todo por lo que pasó tras la muerte de su hermano. —Acortó tanto la distancia entre ambos que tuve que echar la cabeza hacia atrás para mirarlo—. Nos enteramos del fallecimiento de Ben por nuestro entrenador. Supusimos que Misha estaba tan mal que ni siquiera se había acordado de avisarnos. Yo en su lugar tampoco habría tenido la mente para nada, así que no le dimos mayor importancia...

—Vamos a la sala de recreo —canturreó Alex al pasar a nuestro lado camino del ascensor.

Maia y Camden lo siguieron, mientras que Max y Misha se pararon junto a nosotros. El primero nos miró divertido y le dedicó un guiño a su hermano, en tanto mi compañero me rodeó los hombros con el brazo y me pegó a su costado. Sus ojos fueron de Mitch a la mano de este, que todavía rodeaba mi muñeca.

—Vaya, esa mirada heladora es nueva. Y acojona más que la otra —rio el aludido soltándome.

Misha no respondió, se limitó a inclinarse hacia mí hasta que sus labios rozaron mi sien.

—Vamos —pronunció esa única palabra con un acento tan marcado que por un instante pensé que había hablado en ruso.

Me quedé tan desconcertada con su comportamiento y por su tono más de orden que de petición, que para cuando quise darme cuenta estábamos frente a las puertas del ascensor. Solo entonces me soltó, y a una parte de mí le habría gustado que no lo hubiera hecho.

Pasamos el resto de la tarde entre grabaciones, charlas y risas que ayudaron a distender los ánimos de cara a lo que nos deparaba la mañana siguiente. Aunque intenté contagiarme de ese buen rollo, me fue imposible. No paraba de darle vueltas a lo que me había contado Mitch y a qué sería lo que no tuvo tiempo de decirme. Él parecía tan interesado en terminar su relato como yo de escucharlo. Sin embargo, no tuvimos oportunidad de escabullirnos para poder hablar en privado. Misha no nos quitaba ojo y casi no me dejaba sola, parecía un águila orbitando alrededor de su presa y no cabía duda de que eso divertía sobremanera a los gemelos.

Tras cenar volvimos a enfundarnos las camisetas del Champs Camp para asistir al discurso de apertura. Cada año lo llevaba a cabo una celebridad diferente del mundo del patinaje, cuya identidad no se revelaba hasta el momento de su aparición. La expectación que vibraba en la pequeña sala de conferencias rompió en una enérgica ronda de aplausos y vítores tan pronto la invitada subió a la tarima. Michelle Kwan, dos veces medallista olímpica, cinco veces campeona del mundo y nueve campeona de Estados Unidos, se situó tras el atril que habían colocado en la esquina izquierda y nos saludó con una enorme sonrisa. Fue muy interesante escuchar a la voz de la experiencia y poder hacerle preguntas. No obstante, mi mente estaba dispersa y debía admitir que no presté toda la atención que se merecía.

Tan pronto finalizó el acto regresamos a nuestras residencias, pues las rondas de calentamiento antes del simulacro de campeonato darían comienzo a las 7 a.m. Acababa de ponerme el pijama cuando percibí el repiqueteo de unos nudillos en mi puerta.

—¿Hannah? —llamó Mitch con tono quedo.

Me apresuré a abrir porque intuía a qué venía y ansiaba saber lo que todavía tenía que decirme.

—¿Te he despertado? —preguntó nada más cruzar el umbral.

—No, tranquilo, me he entretenido mirando Internet y actualizando mis redes sociales. —Cerré despacio y le indiqué que pasara.

Recorrió la habitación con la mirada antes de sentarse en una de las dos butacas rojas que había frente a la cama. Yo me acomodé en la otra y me removí algo incómoda cuando su curioso escrutinio se centró en mí. En un primer momento pensé que la sonrisilla que le curvaba los labios se debía a mi pijama gris y blanco de Bambi y Tambor, luego caí en la cuenta de que no llevaba sujetador. Y no hacía falta tener los pechos grandes para que los pezones se te marcaran con claridad cuando solo estaban cubiertos por una tela fina. Me crucé de brazos de inmediato al tiempo que notaba que la cara se me ponía al rojo. Por suerte, Mitch se apiadó de mí y desvió la vista sin hacer ningún comentario.

—Esto de mantener una conversación por partes, y medio clandestina, es nuevo para mí —comentó despreocupado, supuse que en un intento de suavizar mi momento de «tierra, trágame»—. Lo habría dejado pasar si no fuera porque siento que es necesario que termines de escuchar la historia, sobre todo para poder ayudar a Misha. —Suspiró y se llevó la mano a la nuca—. Me mata que sea tan hermético. Puede que no lo parezca, pero lleva mucho tiempo jodido y por eso, aunque él no quiera darse cuenta, necesita dejar entrar a alguien. —Sus ojos se encontraron con los míos, penetrantes, carentes del brillo travieso que los había iluminado hacía unos segundos—. Como te dije, Avgust nos comunicó la muerte de Ben, así que Max y yo no dudamos en ir al entierro para estar junto a Mikhail. Había un puñado de gente, por la edad dedujimos que debía tratarse de familiares, amigos y conocidos de los padres. Misha estaba apartado de todos ellos, solo. —Se pasó la mano por el pelo—. Y así se habría quedado de no haber aparecido nosotros. Y eso no fue lo peor... —Se echó hacia atrás y apoyó la cabeza en la pared sin dejar de mirarme—. Ese mismo día, tras sufrir el asalto que le lesionó la rodilla... —Apretó los puños con fuerza sobre los reposabrazos de la butaca—. Llegó al hospital y le operaron de urgencia. Esa primera noche tras la intervención la pasó sin compañía, sin nadie que velara su sueño.

Parpadeé, perpleja, ¿cómo era posible?

—¿Y su madre?

Mitch dejó escapar una risa medio gruñida.

—No apareció hasta cuatro días después. Y luego ya no volvió más.

—¿Qué? —La incredulidad se solapó a una repentina oleada de indignación y rabia que me recorrió de pies a cabeza. ¿Qué clase de mujer abandonaba a su hijo en una situación así?— ¿Por qué tardó tanto y cómo pudo dejarlo?

¿Existía siquiera una justificación aceptable para ello?

Pensé en mi madre, en las horas, en los días, que pasó sentada junto a mi cama tras el accidente, una presencia constante que bastaba para transmitirme calidez, amor y apoyo en el momento en el que más lo necesitaba. En cambio, Ekaterina se desentendió de su hijo mayor. El único hijo que le quedaba.

—Ni idea, y cuando le preguntamos al respecto se volvió más hermético y distante que nunca. —Se puso en pie y empezó a pasearse—. La poca información que logramos sacarle fue que no tenía ningún otro familiar cercano que pudiera preocuparse por él. Sus abuelos paternos llevaban años viviendo en Inglaterra y no había tenido contacto con sus tíos desde que su padre murió. En cuanto a su madre, era hija única y hacía tiempo que sus padres habían fallecido. —Se acercó al escritorio—. ¿Puedo? —preguntó señalando los dos botellines de agua que había encima.

—Claro, ¿y podrías darme el otro? —Sentía la garganta oprimida, casi tanto como el pecho, donde parecía tener un puño que se cerraba cada vez más conforme Mitch avanzaba en su relato—. ¿No dijo nada de su padrastro?

Negó con la cabeza, me tendió la botella y volvió a sentarse a mi lado.

—Estábamos seguros de que tenían una buena relación. —Dio un largo trago y se secó la boca con el dorso de la mano—. Claro que lo que se ve desde fuera no siempre es reflejo de lo que ocurre de puertas para adentro. Ignoro si ese era el caso o si todo fue fruto del mal momento por el que estaban pasando. Al fin y al cabo, acababan de perder al pequeño Ben. Y te puedo asegurar que Misha estaba destrozado, parecía como si... como si se sintiera culpable o algo. —Se pasó los dedos por el pelo—. No todos procesamos el dolor de la misma forma y me inclino a pensar que a ellos, en vez de unirlos, los separó.

El silencio se instaló entre nosotros durante unos segundos.

—Max y yo nos turnamos durante la primera semana para hacerle compañía. Nos habríamos quedado hasta que le dieron el alta de no ser porque todo había sucedido en la época en la que regresábamos definitivamente a Estados Unidos.

»Durante esos días muchos vinieron de visita: antiguos colegas del instituto, gente del mundo del patinaje... Pasaban un rato y se iban. Unos pocos regresaron, el resto ya había «quedado bien». —Entrecomilló la expresión con los dedos—. Fue entonces cuando comprendimos que Misha no tenía lazos profundos con nadie.

—Los tenía, y los tiene, con vosotros —señalé con suavidad.

—Sí, hasta cierto punto. Nunca ha llegado a abrirnos la puerta del todo, solo una rendija, y porque usamos nuestra famosa técnica del martillo pilón —dijo con una sonrisa—. Aun así es mucho más de lo que han conseguido otros. Algo que creo que puede cambiar. —Su mirada se clavó en la mía y el corazón se me aceleró, expectante por saber cuáles serían sus siguientes palabras—. No te haces una idea de la sorpresa que nos llevamos al enterarnos de que había formado pareja contigo. Claro que no fue nada comparado con presenciar cómo interactuáis. A lo largo de los años he visto a Misha con muchas chicas, pero jamás se comportó con ninguna de ellas como lo hace contigo. Sus ojos te siguen allá donde vas, aprovecha la más mínima excusa para tocarte, para tenerte cerca. Oh, sí, y es la primera vez que lo he visto celoso —rio—. Todo eso significa algo, Hannah. De ti depende el dejarlo pasar o aprovecharlo para derribar sus defensas y conseguir que comparta lo que lleva tanto guardándose para sí mismo.

26
Misha

A las seis y media de la mañana ya estábamos todos en el autobús que nos llevaría del Olympic Training Center al World Arena, la pista de hielo donde haríamos el simulacro de competición. Pese a que el viaje duraba apenas diez minutos, muchos aprovecharon para dormir un poco más, incluida Hannah. Cerró los ojos y dejó caer la cabeza en mi hombro. Tenía aspecto de no haber pasado buena noche. Le di un beso en la frente y busqué su mano para entrelazar nuestros dedos. No dejaba de fascinarme que un gesto tan simple como ese pudiera removerme tantas cosas por dentro.

—¿Volviste a tener una pesadilla? —Apoyé mi mejilla en su pelo y bajé los párpados sin dejar de acariciar su dedo gordo con el mío.

—No... —murmuró adormilada. ¿Debía preocuparme que su voz somnolienta me pareciera de lo más sexy?— nervios.

—¿Por volver a derretirte entre mis brazos mientras patinamos?

No me hizo falta ver su sonrisa para saber que adornaba sus labios.

—O por volver a encontrarse con otro —comentó Max. Abrí los ojos de golpe y lo vi asomado por encima del reposacabezas del asiento de delante.

—Cierra el pico, es demasiado temprano para tocar las narices incluso para ti. —Mitch le puso la mano en el hombro y empujó para que se sentara.

Su hermano cedió, no sin antes dedicarme un sugerente alzamiento de cejas al tiempo que señalaba con la barbilla primero a Hannah y luego hacia su gemelo.

¿Qué cojones...?

—Me importa bien poco lo que insinúes —mascullé—. *Kozel*[6] —añadí con un gruñido entre dientes que desmentía de manera flagrante mi anterior afirmación.

---

6. Gilipollas.

Las carcajadas de ambos resonaron en el silencioso interior del autobús. Los muy cabrones se lo estaban pasando de miedo a mi costa. Y al final, hasta yo mismo acabé por sonreír.

Bajamos entre bostezos y desperezos ante el ovalado edificio blanco. Igual que el Arctic Arena, se encontraba a las afueras de la ciudad, a un lado de la carretera, solitario, sin nada que lo rodeara más que plazas de *parking* y parterres que daban un toque de color y de vida.

Una vez dentro, los treinta y nueve nos cambiamos de ropa y empezamos a calentar. Pasaban las siete cuando el primer grupo salió a la pista, el resto nos quedamos en las galerías interiores practicando en el suelo.

A lo largo de la mañana entramos y salimos del hielo, en todo momento observados de cerca por nuestros entrenadores (que aprovechaban para darnos indicaciones de última hora) y por el grupo de especialistas que más tarde nos ofrecerían sus críticas y consejos.

Tras el almuerzo, volvimos a variar nuestro vestuario, en esa ocasión para ponernos los atuendos que luciríamos durante las competiciones. Había llegado la hora de la verdad, de que todos los presentes ejecutáramos nuestros programas cortos ante la implacable mirada de los expertos.

—Estoy tan nerviosa que creo que voy a echar lo poco que he comido —suspiró Hannah de pie a mi lado. Éramos los siguientes y ya estábamos en la zona de entrada y salida al hielo.

Inspiró hondo y dejó escapar el aire despacio. Estaba adorable con aquel moño bajo adornado con pequeñas flores y vestida con el *dirndl*, un traje muy parecido al de tirolesa. Tuve la tentación de volver a bromear acerca de su elección de colores para el corpiño, que era azul oscuro y, sobre todo, para la falda: celeste, como mis ojos. El recordar cómo se puso de roja cuando se lo comenté y el medio gruñido medio chillido que dejó escapar, me hizo sonreír y alivió un poco mis propios nervios.

Cabría esperar que, después de tantos años, tras tantos campeonatos, lo tendría dominado. En cambio, era todo lo contrario, cuanto más subías, cuanto más conseguías, mayores eran las expectativas que había sobre ti y eso creaba una presión que no siempre era fácil de sobrellevar. El miedo a fallar, a no cumplir, a defraudar, en ocasiones era aplastante. Y sabía que todos los ojos estaban puestos en mí, a la espera de comprobar si la vieja gloria seguía brillando o si los dos años lejos de la competición le habían hecho perder su lustre.

Me puse frente a Hannah y le rodeé los hombros en un abrazo que no dudó ni un instante en devolverme. Me ciñó la cintura y se pegó a mí todo lo que pudo. Le rocé la sien con los labios una, dos, tres veces, envuelto en su calor, en su olor, en la suavidad de sus curvas contra mi cuerpo. De repente, me sentía sosegado, liviano, como si no hubiera cargado con un enorme peso durante años, como si nunca me hubiera preocupado nada que no fuera tenerla entre mis brazos.

Dios, estaba pillado, jodida e irremediablemente pillado por ella.

—Vamos a hacerlo por nosotros —susurré contra su piel—. Solo somos tú y yo ahí fuera.

—Tú y yo... —Me besó en la mejilla y, cuando se apartó, me dedicó una sonrisa que provocó que mi corazón empezara a latir con fuerza.

Sí, estaba bien cogido por los huevos. Y me daba verdadero pánico por todo lo que implicaba. Sin embargo, eso no hacía que dejara de ser lo más maravilloso que había experimentado jamás.

Madison y Evan nos dirigieron guiños y sonrisas de ánimo al abandonar el hielo para que lo ocupáramos nosotros. Nos quitamos los protectores de las cuchillas y se los tendimos a Vladimir.

—Vais a hacerlo bien —afirmó.

Hannah y yo asentimos, nos cogimos de la mano y nos dispusimos a salir en el momento en el que una voz masculina anunciaba por megafonía:

—Por favor, den la bienvenida a Hannah Daniels y Mikhail Egorov.

Llegamos al centro de la pista y adoptamos nuestra posición de inicio: frente a frente, su pierna izquierda hacia delante, mi derecha hacia atrás; mi mano derecha en su omóplato, su izquierda en el mío; su mano derecha sobre mi pecho con mi izquierda cubriéndola y ambos troncos inclinados hacia atrás por la cintura. Era una postura delicada y elegante muy propia del ballet, algo lógico si se tenía en cuenta que nuestra música pertenecía a uno, el *Giselle* de Adolphe Adam. Por suerte, no me habían hecho llevar mallas, sino unos cómodos pantalones marrón oscuro, una camisa blanco roto «estilo pirata» (como a mí me gustaba llamarla) y un chaleco de ante color cámel cerrado por delante. Ni la indumentaria de Hannah ni la mía estaban escogidas al azar. Vladimir y April, junto a nuestra modista, habían realizado los diseños en base a la obra de Adam.

Pasaron cinco segundos de absoluto silencio en los que los nervios me dieron una última dentellada. Entonces sonaron los primeros acordes y nuestros cuerpos reaccionaron casi por voluntad propia.

Cada programa, ya fuera corto o libre, debía contar una historia. La nuestra mostraba los momentos iniciales del romance entre la joven y tímida campesina Giselle y el apuesto duque Albrecht de Silesia, quien se disfrazaba de aldeano para disfrutar de unos últimos sorbos de libertad antes de su matrimonio concertado con la princesa Bathilde. Así, bajo el falso nombre de Loys, visitaba uno de los pueblos de la región de Renania, al oeste de Alemania. Era allí donde conocía a Giselle, se enamoraba y la cortejaba.

La música para los programas cortos debía tener de uno a tres de los ritmos asignados por la Unión Internacional de Patinaje sobre Hielo para esa temporada: polka, marcha y/o vals. El nuestro los englobaba todos y empezaba con el *Marche des vignerons* del Acto 1 del ballet. Era una pieza animada y con mucha fuerza.

Comenzamos a recorrer el hielo impulsados por el marcado compás de la melodía, juntos, pegados el uno al otro, nuestros movimientos fluidos, parejos como si cada uno fuera el reflejo del otro. Hannah sonreía y me miraba embelesada mientras giraba entre mis brazos. Me pregunté si sería solo parte de su papel o si había tanta verdad en sus ojos y su cuerpo como en la forma en la que yo la observaba y la tocaba. No me hacía falta fingir ser Loys, ya que Giselle me tenía tan hechizado o más que a él.

Antes de completar la primera vuelta a la pista, llegó el momento de ejecutar uno de los cuatro elementos obligatorios que debían aparecer en todo programa corto: la secuencia de *twizzles* o giros multi-rotacionales sobre un solo pie mientras te desplazabas por el hielo. La dificultad residía en que teníamos que darlos en perfecta sincronía. Estaba seguro de que lo habíamos conseguido. Tras un pequeño paso de conexión realizamos la segunda parte de la serie. Giramos una, dos, tres veces, con idéntica postura y rapidez, pero al llegar la cuarta y última vuelta, me incliné demasiado, por lo que perdí momentáneamente el equilibrio y tuve que apoyar el pie en el hielo.

«¡Mierda!»

Me tensé de pies a cabeza, si bien me obligué a seguir, a no dejar de sonreír. La mano de Hannah envolvió una vez más la mía y de nuevo la tuve en mis brazos, lo que hizo que desapareciera parte de la rigidez que me había entumecido los músculos y encogido el estómago.

Empezábamos el segundo recorrido por la pista cuando la melodía cambió al *Valse*, también del Acto 1 de *Giselle*. Era alegre y dulce, como los dos amantes a los que representábamos. Realizamos varios pasos de vals en los que volví a maravillarme con la elegancia innata que poseía Hannah. La forma en la que arqueaba el cuello y la espalda y cómo colocaba los brazos.

De inmediato, pasamos a realizar otro de los elementos obligatorios: la secuencia de pasos. Cerca, a no más de dos brazos de distancia el uno del otro, como si la joven campesina danzara para Loys, quien la seguía e imitaba sus movimientos, incapaz de permanecer alejado de ella. Hasta que por fin volvió a él poco antes de que comenzara a sonar el *Galop general*, otra pieza del ballet, en esa ocasión con ritmo de polka. Era nuestra parte favorita y también la más difícil, ya que incluía los dos últimos componentes exigidos en el programa corto.

Respiré hondo para infundirme de una calma que se me había ido escurriendo por entre los dedos con cada fallo que cometía. Lo que venía era crucial. Se trataba del *pattern dance*, el segmento de treinta y seis segundos de duración en el que todas y cada una de las parejas teníamos que realizar exactamente los mismos pasos, los mismos agarres. Durante ese medio minuto destacaban más que nunca las diferencias entre unas parejas y otras. Valía un buen puñado de puntos y por tanto era donde podías superarte o cagarla.

Volamos por el hielo, agarrados, sonrientes, animados, tal y como pedía la música y los movimientos de la *yankee polka*. Completamos una vuelta y media alrededor de la pista y entonces llegó el momento de llevar a cabo el requerimiento final: una elevación corta. Alcé a Hannah sin dejar de dar vueltas sobre mí mismo. Di un total de cuatro, tras las que me la pasé por alrededor de los hombros y la bajé hasta mi pecho, donde la mantuve con las piernas abiertas sujetándola por cada muslo al tiempo que rotaba un par de veces más.

Ahora sí, la dejé con delicadeza en el hielo, cada uno giró por su parte, yo hinqué la rodilla izquierda en la fría superficie y le tendí la mano derecha en tanto ella, frente a mí, se agarraba un lado de la falda y extendía su izquierda en mi dirección. Loys le declaraba su amor a Giselle y esta lo aceptaba, feliz, ignorante aún de su verdadera identidad y del hecho de que ya estaba prometido con otra. Pero eso era otra historia. Tan pronto completamos la pose de cierre, la música cesó.

Me puse en pie y me acerqué a Hannah, que tenía la respiración tan agitada como la mía después de dos minutos cincuenta de esfuerzo físico. La sonrisa que no había abandonado sus labios desde que comenzamos el programa se tornó tierna, cálida, un segundo antes de que me rodeara el cuello con los brazos.

—Relájate —me pidió acariciándome el mentón con la nariz—. Lo hemos hecho mejor que en los entrenamientos.

Cierto, pero *mejor* distaba demasiado de *excelente*. Y eso era lo que me había exigido desde hacía tanto que ya no podía recordar un tiempo en el que no lo hubiera hecho, siempre dolorosamente consciente de que no podía permitirme menos. Apreté a Hannah contra mi pecho en un intento de aferrarme al presente, a lo que había reencontrado junto a ella: mi pasión por el patinaje. Evoqué cada momento pasado a su lado dentro y fuera del hielo para mantener a raya los recuerdos, y sobre todo para enmudecer esa voz que no quería volver a oír en mi vida.

Ya no tenía de qué preocuparme, ni por quién temer. Lo sabía. En cambio, era como si los dos años transcurridos no fueran suficientes para una parte irracional de mí, que volvía a reaccionar de forma visceral a los errores cometidos ante un público, aterrada por las consecuencias que estos traerían consigo. Respiré hondo, el corazón me latía a mil, pero nada tenía que ver con el ejercicio que acabábamos de realizar. La conocida opresión en el tórax y la garganta hizo acto de presencia poco a poco. Tenía que salir de allí.

Desligué los brazos de Hannah de alrededor de mi cuello con toda la delicadeza de la que fui capaz.

—¿Misha?

No respondí a su llamada, ni siquiera la miré. Me apresuré a abandonar el hielo, me senté en el primer banco que encontré y comencé a desatarme los cordones de los patines.

—Buen trabajo, chicos. Hay mucho que corregir, pero habéis estado mejor de lo que esperaba —dijo Vladimir, o al menos eso creía. Me costaba concentrarme en otra cosa que no fuera respirar—. Cambiaos de ropa y descansad un rato, luego os llamarán para daros las valoraciones mientras revisamos el vídeo de vuestra actuación.

Asentí con un movimiento seco, me calcé los tenis, cogí los patines a la vez que me levantaba y me fui sin prestar atención a nada ni a nadie.

No conocía bien el lugar, aunque estaba seguro de que un edificio con las dimensiones del World Arena dispondría de varios aseos. Salí al pasillo principal y comencé a recorrerlo a grandes zancadas, cada vez más rápido, hasta que a mi alrededor no hubo más sonido que el pitido constante que resonaba en el interior de mis oídos.

Me metí en el baño, dejé caer los patines al suelo y apoyé las manos en el lavabo. No debería estar pasándome, ya no. Abrí el grifo y me mojé la cara y la nuca. La opresión que me aplastaba el pecho aumentaba por momentos, conforme los recuerdos escapaban de los rincones de mi mente para llenarme de imágenes y sentimientos que no quería revivir. La angustia, la culpa y la rabia impactaron en mi sistema con tanta fuerza que fue como recibir un golpe físico. Gruñí y me pasé los dedos por el pelo. Al bajar la cabeza mi vista se centró en las afiladas cuchillas de los patines y, por un morboso instante, pensé en aliviar la agonía de la forma en la que ella me enseñó.

Me vi a mí mismo con doce años. Un temblor incontrolable me sacudía el cuerpo pese a estar ovillado en el suelo del baño entre la bañera y el lavabo. Las lágrimas brotaban sin cesar, pero lo peor era la sensación de ahogo. La mezcla de emociones era tan dolorosa que me aplastaba, me robaba hasta la última brizna de aire y me dejaba boqueando, perdido, desesperado. Asustado. Entonces se abrió la puerta y la vi entrar. Durante unos segundos se quedó allí de pie mirándome con tristeza. Esperé, medio esperanzado porque se acercara y me envolviera entre sus brazos, que me acariciara el pelo y me dijera que todo iría bien, aunque fuera mentira. La necesitaba y, sin embargo, lo que hizo fue acercarse al mueble sobre el lavabo.

—Esto te aliviará —susurró con voz queda acuclillándose a mi lado. Entre sus dedos sujetaba una cuchilla pequeña.

—¿Mamá? —gemí intentando apartarme de ella al notar que me levantaba la camiseta, y me bajaba un poco los pantalones hasta dejar a la vista la piel de mi cadera derecha.

—Shhhhhhh… No pasa nada, te aliviará —repitió—. Pero debes hacerlo donde nadie lo vea.

Y antes de que pudiera reaccionar, me hizo dos cortes. Un quejido trémulo escapó de mis labios.

—Lo siento —murmuró. No sabía si lo decía por lo que acababa de hacerme o por no ser la madre que Ben y yo necesitábamos.

Se inclinó, me dio un beso en la frente, dejó la cuchilla manchada de sangre sobre la tapa del váter y se marchó. Me dejó allí. Solo.

Sollocé, pero entonces fijé la vista en las heridas poco profundas y me di cuenta de que ahora me era más fácil respirar.

Ese fue el día en el que aprendí que el dolor físico aplacaba la ansiedad emocional. Era la válvula de escape que me descomprimía el pecho en aquellos momentos en los que mi mundo se me hacía demasiado pesado. Después de diez años, la piel que quedaba oculta bajo los calzoncillos estaba llena de cicatrices de cortes y alguna que otra quemadura.

Aparté los ojos de los patines. Caer en los viejos hábitos sería lo fácil; al fin y al cabo, era lo que cada célula de mi cuerpo clamaba que hiciera para aliviarlas de su agonía. Pero ya no era aquel muchacho, dejé de serlo al abandonar el hospital. Y me había ido de mi país para empezar de nuevo, por mí, por Ben.

El sonido de la puerta al abrirse me sobresaltó. Giré la cabeza de golpe y vi a Hannah entrar con paso dubitativo.

—Empezaba a pensar que te había tragado la tierra —comentó con voz suave y un atisbo de sonrisa que desapareció tan pronto se fijó bien en mí—. Tienes un aspecto horrible —añadió con una mueca y se acercó despacio.

Se humedeció los labios y comenzó a juguetear con una esquina del delantal en un gesto nervioso. Suponía que esperaba que dijera algo, pero no podía hacer otra cosa más que mirarla. Odiaba que me viera así y a la vez tenerla delante bastaba para que respirar volviera a ser sencillo.

—¿Quieres contarme lo que te ha pasado?

No. Iba a ser un jodido y rotundo no. Negué con la cabeza y acorté la distancia que nos separaba. No iba a hablarle de mis miserias, ni de los actos que me avergonzaban, ni de las pocas cosas que me arrepentía de no haber hecho en esta vida antes de que fuera demasiado tarde. No podía hacerlo.

Lo que sí podía y deseaba hacer era lograr que sus preciosos ojos dejaran de estar velados por la preocupación, y por algo más que no era capaz de identificar. Necesitaba que recuperaran el brillo que los iluminaba cada vez que me acercaba o la tocaba, que me devolvieran esa mirada que me intoxicaba. Centrarme en eso hacía que todo volviera a su sitio, que el pasado quedara sepultado por el presente, por Hannah, por la capacidad que tenía de volverme del revés sin siquiera darse cuenta.

—Lo que quiero... —Me incliné hasta que nuestras narices casi se rozaron—. Es cobrarme el precio acordado en nuestro trato.

La sorpresa tiñó sus facciones del mismo modo en que un ligero rubor cubrió sus mejillas.

—No concretaste ninguno... —musitó.

—Eso es justo lo que voy a hacer ahora mismo. —Dibujé una sonrisa de medio lado porque sabía el efecto que tendría.

Una ola de satisfacción barrió los restos de la opresión que me había aplastado el pecho cuando un destello nervioso y expectante se abrió paso en sus ojos.

—Puedes negarte, por supuesto. —Le acaricié la mejilla con el dorso de los dedos—. Pero no lo hagas —pedí. Apoyé mi frente en la suya y me hundí en sus dilatadas pupilas—. Aparta el miedo y deja que te bese. Permíteme que dé comienzo a algo mucho mejor de lo que ya tenemos.

Deslicé la mano hasta su nuca. Esa fue la única tregua que le concedí antes de que mis labios rozaran los suyos. Fue un primer contacto suave, tentativo, aunque bastó para que la sangre tronara en mis venas. Entonces Hannah dejó escapar un suspiro trémulo, me envolvió el cuello con los brazos y la habitación, junto al resto del mundo, dejó de existir. El poco espacio que quedaba entre nosotros desapareció en un estallido eléctrico que nos hizo gemir a ambos. Reclamé su boca, me perdí en su calor, en su sabor y en los sonidos entrecortados que brotaban del fondo de su garganta cada vez que mi lengua rozaba la suya.

Mis manos parecían no poder acercarla lo suficiente, pese a que la sensación de su cuerpo pegado al mío bastaba para que el pulso se me acelerara como si hubiera corrido varios kilómetros por arena seca. Había besado antes, pero nunca fue así. Jamás me quemó vivo.

La sujeté por las caderas y la alcé para sentarla en la encimera del lavabo. Me arrancó un gruñido al rodearme la cintura con las piernas, acercarme a ella y enredar los dedos en mi pelo para que mi boca no se separara de la suya. El aire abandonó mis pulmones y mis caderas empujaron hacia delante. Estaba duro e hinchado y el trozo de ropa que la cubría entre los muslos no era mucha barrera.

—No tienes ni idea de lo que me haces —murmuré mordisqueándole el labio inferior—. Por tu culpa voy a necesitar una ducha fría.

Hannah sonreía cuando volví a abrir mi boca contra la de ella, a deslizar mi lengua en lo más profundo de su calor. La forma en la que su pecho estaba aplastado contra el mío hacía que la cabeza me diera vueltas. Aplané una mano en su espalda, la otra en su culo y la apreté todavía más contra mí en una conjunción tan perfecta que la hizo gemir y tirarme del pelo. Me incliné hacia delante hasta que su cabeza reposó contra el espejo. Sus muslos se apretaron en torno a mi cintura y el beso se tornó más rápido, más hambriento. Una oleada de placer me recorrió la columna y me hizo temblar cuando sus caderas le dieron el encuentro a las mías. La deliciosa y torturante fricción amenazaba con volverme loco. Quería hundirme en ella, perderme en su interior hasta que no supiéramos dónde empezaba uno y terminaba el otro. Y por eso mismo debía parar.

Me aparté con un enorme esfuerzo.

Estaba seguro de que si los besos marcaran, yo ya tendría su nombre grabado a fuego en la piel.

—Guau —jadeó. Tenía las mejillas encendidas, los ojos brillantes y los labios mojados y un poco hinchados. No podía estar más preciosa.

—Sí, guau. —Esbocé lo que esperaba que fuera una sonrisa sexy y no bobalicona. Estuve tentado a mirarme en el espejo para comprobarlo.

La ayudé a bajar de la encimera, aunque no me separé de ella, todavía no. Le acaricié el cuello, el mentón, las mejillas...

Era la primera vez en mi vida que deseaba tener una relación, que desoía mis propias reglas y el sentido común por estar con alguien de una manera que exigiría que expusiera mucho más de lo que nunca había mostrado de mí, partes que no estaba seguro de ser capaz de sacar a la luz.

No quería pensar en ello, solo deseaba centrarme en el presente, en cómo tener a Hannah entre mis brazos, alterada aún por nuestro primer beso, hacía que casi valiera la pena cada onza de dolor que había tenido que soportar en el pasado y cuyo eco continuaba en el presente.

Nuestro primer beso... eso me trajo a la memoria la promesa que le hice.

—Pajarillo. —Frunció el ceño y parpadeó, desconcertada. Fue un gesto tan adorable que tuve que volver a besarla hasta que casi perdí el hilo de mis pensamientos—. Eso es lo que significa *ptichka*. —Sonreí contra su boca, que bañó la mía con su risa.

27
Hannah

No podía dormir. Llevaba veinte minutos acostada y lo único que había logrado era deshacer la cama con tanta vuelta. Cada vez que cerraba los ojos, los acontecimientos del día se repetían sin parar en mi cabeza. Hacía mucho que no me sentía tan insegura y nerviosa al salir al hielo.

Logramos hacerlo mejor de lo esperado, aunque por el comportamiento de Misha parecía que hubiera ido peor que mal. Todavía podía notar su mano aferrada a la mía cuando los especialistas nos dieron sus valoraciones y consejos. Mantenía la mandíbula tan apretada que tenía que dolerle y realizaba inspiraciones profundas como si intentara mantener la calma. Su tensión fue en aumento conforme paraban la grabación para señalar un nuevo error o detalle que pulir. Hacia el final se colocó detrás de mí, me rodeó con los brazos y apoyó la mejilla en mi pelo después de besarme la sien. Solo entonces se relajó un poco.

Sabía que su reacción no tenía nada que ver con la soberbia de quien era incapaz de encajar las críticas. De haber sido así no habría visto en sus ojos algo demasiado cercano al miedo, el dolor y... ¿la culpa? Por más que lo intentaba no lograba entenderlo. Y cuando procuré que hablara conmigo, como hice al encontrarlo en el baño, alzó el muro impenetrable que decía sin palabras que no quería que nadie viera lo que había al otro lado.

Por si la preocupación que sentía por él y las preguntas sin respuesta que no dejaban de girar en mi cabeza fueran poco, estaba lo que había pasado entre nosotros. No necesitaba cerrar los ojos para volver a revivir cada sensación que había despertado con su boca, su lengua, sus manos y su cuerpo porque las notaba como un susurro constante dentro y fuera de mi piel. Era increíble y aterrador a un tiempo.

Una pequeña parte de mí, la Hannah de catorce años que le había dado besos furtivos al póster de su ídolo del patinaje, estaba eufórica. Quería ponerse de pie en la cama y saltar al grito de «¡me he morreado con Mikhail Egorov! ¡CON MIKHAIL EGOROV!» Mi yo de diecinueve también estaba emocionada, pero conocía los riesgos de iniciar una relación de pareja con él y eso hacía imposible que lo redujera a algo tan simple. Sin embargo, había dado el paso y no iba a echarme atrás. Yo no era impulsiva como Abby, al contrario, quizá le daba demasiadas vueltas a las cosas, y eso hacía que una vez que tomaba una decisión lo hiciera hasta sus últimas consecuencias.

Me coloqué de lado con un suspiro. ¿Hasta qué punto era preocupante que lo echara de menos si hacía apenas dos horas que habíamos estado juntos? Mucho, para qué engañarme, claro que no tuvimos un minuto a solas desde que dejamos el baño. Decidimos que lo mejor, por el momento, era fingir que seguíamos siendo solo amigos y compañeros. Ni siquiera habíamos hecho aún nuestro debut oficial en ninguna competición, y cuando lo hiciéramos queríamos que tanto los medios como los fans se centraran en nuestro trabajo en el hielo, no en lo que ocurriera fuera de este.

Pese a todo, los M&M lo notaron (suponía que conocían demasiado bien a Misha como para no darse cuenta) y decidieron torturar a su amigo persiguiéndolo a todos lados como si se hubieran convertido en nuevos y molestos apéndices de su cuerpo. Al principio tuvo su gracia, sobre todo por los intentos de Mikhail por librarse de ellos sin cometer un doble homicidio. Era hilarante presenciar sus batallas verbales aderezadas por lo que parecían unas incendiarias sartas de insultos en ruso. O lo fue hasta que al final del día lo cogieron cada uno por un brazo y lo arrastraron con ellos al ascensor para subir al piso donde estaban sus habitaciones. Entonces me tocó a mí el querer arrancarles la piel a tiras.

Fui tras ellos y me los encontré a todos en el dormitorio de Misha. Él estaba sentado en una de las butacas y los otros dos tumbados cómodamente en su cama, sin intención aparente de moverse en un futuro próximo. Si hubiera sido Abby le habría dado a Misha las buenas noches tal y como deseaba sin importarme una mierda tener audiencia. De hecho, me habría asegurado de dar un señor espectáculo que luego les obligara a recurrir a un apasionado cinco contra uno. Pero no era el caso y, al contrario que mi mejor amiga, la sola idea de dejarme llevar delante de otros bastaba para que la cara se me pusiera roja y sintiera el impulso de fundirme con la pared.

Habríamos barajado la posibilidad de huir y dejarlos allí de no haber estado seguros de que no dudarían en dar el espectáculo. De modo que terminamos por claudicar y despedirnos con una serie de besos suaves que tuvieron como telón de fondo la risilla maligna de los M&M.

Volví a suspirar y mis ojos se posaron en la esquina de la mesilla de noche, donde había dejado mi móvil. Antes de darme cuenta, lo tenía en la mano y con el programa de mensajería instantánea en pantalla. Me mordí el interior del cachete, pensativa. Era tarde y lo más seguro era que estuviera durmiendo, pero...

Mis dedos teclearon una sola palabra:

—Descansa.

Tras un par de minutos de espera sin respuesta me dispuse a volver a dejar el teléfono en su sitio. Entonces, tan pronto tocó la superficie de madera, vibró y se iluminó con un mensaje entrante. El corazón se me desbocó.

«Lo tuyo es muy grave, deberías hacértelo mirar», me dije antes de leerlo. Y aun así no pude evitar sonreír.

—Sabiendo.

—Dónde —contesté siguiendo el que se había convertido en nuestro juego.

—Desearía.

—Ahora.

—Rampar —escribió tras una breve pausa.

Fruncí el ceño y luego enarqué una ceja, «¿ram... qué?». No había visto esa palabra en mi vida. Y estaba segurísima de que Misha, por mucho que dominara el idioma, tampoco. Entré en el diccionario *online* y la busqué:

Rampar.
(De rampante)
1. intr. Adoptar la postura del león rampante.
2. intr. Trepar, alzarse, encaramarse.
3. intr. Reptar, deslizarse como los reptiles.

Releí la segunda y de inmediato me vino una imagen muy gráfica y sugerente de Mikhail trepando por mi cuerpo, sin camiseta y con esos pantalones de chándal que proporcionaban una increíble panorámica de su uve orgásmica. Oh, mente sucia, siempre era un placer que volviéramos a encontrarnos.

—Ardiente —escribí antes de arrepentirme.

Su réplica fue inmediata:

—¿A mi cama?

La carcajada brotó de mis labios acompañada por un intenso cosquilleo en el estómago.

—En tus sueños —tecleé sonriendo y sonrojándome como una boba.

—Ahí estás siempre, *ptichka*.

Una sensación muy cálida me llenó el pecho e hizo que la sonrisa que ya me curvaba la boca adquiriera proporciones épicas. De haber sido físicamente posible, me habría derretido hasta convertirme en un enorme charco de babas.

—Por cierto, has perdido, me debes un desayuno completo. O mejor, que sean dos. Consultar el diccionario es una infracción grave de las normas. —Me inventé sobre la marcha.

—¿Había normas?

—Siempre las hay, si no ¿dónde estaría la diversión?

—Cierto, pero romperlas es lo que lo hace verdaderamente interesante.

—Sobre todo para mí.

—Ya caerás. —Casi podía ver sus ojos celestes iluminados por un brillo juguetón, y sus mejillas marcadas por los hoyuelos que le daban ese aire tan sexy y travieso.

—Lo dudo. —Añadí un *smiley* que sacaba la lengua para enfatizar mi respuesta.

—Y entonces tendrás que darme los buenos días con un *besayuno*.

Visualicé un bote de nata, su boca, su pecho desnudo... ¿De repente hacía más calor en la habitación?

—Quizá debería ser yo la que te exigiera uno... —Pulsé enviar de inmediato para no darme tiempo a pensarlo.

—Vivo para complacerte, de manera que si eso es lo que quieres, te lo serviré mañana a primerísima hora.

El calor se extendió por mi cuerpo en una oleada de anticipación que hizo aún más difícil que lograra conciliar el sueño.

Ni siquiera había amanecido cuando me levanté. Cogí mis enseres de aseo y me arrastré hasta el baño comunitario sintiéndome como un extra de *The Walking Dead*. Necesitaba mi dosis de café para volver a ser persona, pero antes tocaba darse una ducha.

Una vez estuviéramos listos volveríamos al World Arena para la segunda parte del simulacro de competición, donde mostraríamos nuestros programas libres. Pensar en ello provocaba que los conocidos nervios hicieran acto de presencia. Decidí poner en práctica los ejercicios respiratorios para la relajación que nos enseñó la doctora Allen hacía años. Procuré dejar la mente en blanco y que el agua caliente que me caía sobre los hombros se llevara la tensión mientras los realizaba.

No tenía por qué preocuparme, nos fue razonablemente bien con el programa corto. Debería esperar lo mismo del libre. Al fin y al cabo, le habíamos dedicado tanto o más tiempo y esfuerzo. Sin embargo, siempre existía la posibilidad de tener un mal día y, de ser así, después de su reacción tras *Giselle*, me inquietaba cómo se lo tomaría Misha. No quería volver a ver esa angustia en sus ojos, ni sentir esa tirantez en su cuerpo. Quería las sonrisas, la complicidad y el destello alegre en su mirada cuando entrenábamos en casa o en el Arctic Arena. ¿Pero cómo podía hacer algo al respecto sin saber lo que ocultaban sus silencios?

Me puse el albornoz, me lavé los dientes, me sequé el pelo y saludé a mis compañeras de planta al cruzármelas de vuelta al dormitorio. Acababa de atarme los cordones de los tenis cuando llamaron a la puerta. El pulso se me disparó, cualquier pensamiento al que estuviera dándole vueltas quedó aparcado por el momento y fue sustituido por el recuerdo del último mensaje que Misha me envió la noche anterior. Agradecí que nadie pudiera verme, porque casi corrí hasta la puerta y la abrí con más ímpetu del que pretendía.

Allí estaba, con las manos en los bolsillos de sus pantalones cargo negros, irresistible con esa camiseta gris de manga corta que se ajustaba a su torso lo suficiente como para intuir lo que ocultaba debajo.

—Buenos días —saludó con una sonrisa sesgada—. Servicio a domicilio —continuó mientras entraba y cerraba la puerta tras él—. ¿Había encargado usted un *besayuno*? —Su tono se convirtió en un murmullo ronco conforme hablaba y me envolvía la cara con las manos.

—Eso creo... —farfullé. «Muy bien, Hannah, sorprendente despliegue de elocuencia», me recriminé.

Su sonrisa se amplió.

—¿Crees?

Me acarició los pómulos con los pulgares. Sin saber cómo había retrocedido hasta quedar acorralada entre él y la pared.

—Ajá... —Empezaba a pensar que el calor que me provocaba su cercanía me había licuado el cerebro.

—Tendrás que ser más exacta. —Sus labios rozaron la comisura izquierda de los míos en una pasada lenta y meticulosa—. ¿Sí o no, cuál de las dos? —Repitió lo mismo con la derecha y mi respiración empezó a agitarse—. Dímelo, *milaya*.

¿Cómo hacía para que una sola palabra fuera como una caricia?, ¿para que sonara de tal manera que provocaba un intenso cosquilleo entre mis muslos y me erizaba hasta el último vello del cuerpo?

—Sí.

—Menos mal. —Ladeó la cabeza y su boca tanteó la mía durante apenas un instante—. Porque si no habría resultado muy triste admitir que he pasado buena parte de la noche pensando en las múltiples formas en las que podría demostrarte por qué el *besayuno* es la comida más importante del día.

Se me escapó una risa suave que murió entre sus labios cuando por fin se fundieron con los míos. El beso pasó de inocente y dulce a sexy y ardiente en cuestión de segundos. Nadie me había besado antes de la forma en la que lo hacía Misha, con necesidad pura, sin adulterar. Era como si llevara días perdido en el desierto y yo fuera el manantial de agua clara que saciaría su sed y lo salvaría de una muerte segura.

Sus manos se deslizaron hasta mis caderas y luego a mi cintura, mientras las mías se enredaron en su pelo. Debía haberse duchado antes de venir porque en algunas partes estaba todavía mojado.

Metió los dedos bajo mi camiseta y extendió las palmas para acariciarme los costados y la espalda. El roce de su piel contra la mía me hizo estremecer. Me tocaba y me apretaba contra él al mismo tiempo. Podía sentir cada centímetro de su cuerpo, cada vibración en su pecho cuando dejaba escapar ese erótico sonido que nacía desde el fondo de su garganta. La evidencia de su excitación presionaba mi bajo vientre y provocaba que la humedad se acumulara entre mis piernas.

Hice un ruidito muy cercano a un gemido, Misha soltó una risilla y redujo la intensidad de nuestros besos para que fueran más suaves. Eso me permitió recuperar un poco el aliento, aunque respirar no importaba demasiado en ese momento, era algo secundario. Me interesaba más seguir entre sus brazos, perdida en las arrolladoras sensaciones que despertaba en mí.

Se apartó pocos minutos después, despacio. Abrí los ojos y me encontré con su mirada, tan intensa que casi podía notarla a nivel físico.

—Eres preciosa, tanto por fuera como en todas las cosas que de verdad importan —murmuró con una sonrisa.

El hecho de que lo dijera mientras deslizaba el dorso de los dedos por la cicatriz que el accidente había dejado en mi mejilla izquierda, hizo que fuera como si me acariciara el corazón.

—Tú tampoco estás nada mal pese a tener las orejas pequeñas y la derecha un poco de soplillo.

Su carcajada reverberó en la habitación. Acto seguido, volvió a capturar mi boca en un beso corto pero profundo.

—Sigue diciéndome cosas así y no saldremos de aquí —aseveró contra mis labios.

Durante unos instantes no encontré motivos de peso por los que tuviéramos que irnos.

—Suena tentador —admití con un suspiro entrecortado.

—Demasiado. —Apoyó su frente en la mía—. Créeme, nada me gustaría más que pasar horas besándote hasta tener grabada la forma de tus labios, hasta descubrir cuántos sonidos distintos puedo arrancarte con el roce de mi lengua y de mis manos, para luego memorizar cada uno de ellos y convertirlos en mi melodía favorita.

Cerré los ojos respirando con dificultad.

—Eso... no ayuda.

Misha rio por lo bajo.

—No. —Me besó la punta de la nariz—. Así que mejor será que bajemos ya a la cafetería o no respondo de mis actos.

Retrocedió, no sin antes probar mis labios con rapidez una vez más. Abrió la puerta y se hizo a un lado para dejarme pasar. Cuando estaba a punto de cruzarla se inclinó para susurrarme al oído:

—Espero que hayas comprendido por qué deberíamos tomar un buen *besayuno* cada mañana. —Enfatizó las dos últimas palabras.

Al mirarnos y comprobar que se nos habían coloreado las mejillas ante la idea nos echamos a reír. Misha cerró la puerta tras nosotros y mientras recorríamos el pasillo me envolvió los hombros con el brazo, me atrajo hacia él y besó mi sien sin perder la sonrisa.

El día transcurrió de forma semejante al anterior. Dejamos el Olympic Training Center para ir al World Arena poco después de que saliera el sol. Dedicamos la mañana a entrenar y la tarde a representar los programas libres. Nuestro mix de *Hip-Hip Chin-Chin*, *Temptation* y *Mujer latina* tuvo buena acogida entre los especialistas, quienes alabaron la palpable química entre ambos, la velocidad con la que nos deslizábamos por el hielo manteniendo un control absoluto sobre cada parte del cuerpo, y nuestra técnica. Sin embargo, volvieron a destacar los mismos errores que ya cometimos en el programa corto: elevaciones no del todo fluidas, asincronía en algunos giros y movimientos, posturas que debían mejorarse, y otros detalles que cuidar de forma individual.

Misha no volvió a abandonar la pista para refugiarse en el baño, aunque podía notar que le costaba no hacerlo. Por suerte, los gemelos se sentaron junto a nosotros mientras esperábamos turno para la evaluación. Su compañía pareció distraerlo lo suficiente como para que dejara de removerse inquieto, respirar hondo y pasarse la mano por el pelo sin parar. Al menos hasta que llegó el momento de ver nuestro vídeo y recibir las críticas pertinentes. Entonces se colocó a mi espalda, me rodeó la cintura con los brazos y apoyó la barbilla en mi cabeza. Para los presentes pasaría por una postura distendida y un gesto cariñoso entre amigos y compañeros. En cambio, yo podía notar el sutil temblor que lo estremecía a intervalos, su respiración agitada, el desbocado latido de su corazón y la tensión en los brazos que me apretaban cada vez con más fuerza. Me pegaba a él como si tenerme cerca lo ayudara a mantener el control y lo aliviara. Fue fácil de intuir, porque cuando empecé a acariciarle los antebrazos y las manos suspiró, y la forma en la que me sostenía dejó de ser tan tensa para, poco a poco, rozar la ternura.

Me alegraba poder hacer algo para aligerar su malestar pese a no saber qué lo producía. No obstante, no podía dejar de pensar y sentir que, si era así como iba a reaccionar en cada competición real, llegaría un momento en el que necesitaría que me diera respuestas. Por él, por nosotros.

Los programas libres duraban cuatro minutos, casi el doble que los cortos, por lo que salimos del World Arena más tarde y cansados que la jornada anterior. Tras asearnos, cenamos en la cafetería entre conversaciones cruzadas y risas. A los M&M nos les hizo falta aguarnos la fiesta a la hora de despedirnos. Misha y yo habíamos decidido darnos las buenas noches en versión rápida y pública, conscientes de que si nos quedábamos a solas acabaríamos por no dormir demasiado.

Durante la mañana del cuarto día en el Champs Camp asistimos a unos cursos sobre nutrición, medicina deportiva y trato con los medios. Los dos primeros fueron bastante educativos e interesantes, mientras que el último me produjo sentimientos encontrados. Por un lado, entendía su fin y su utilidad, pero nunca me acostumbraría a la farsa. Delante de las cámaras, ya fueran de fotos o de televisión, en las entrevistas, los encuentros con los fans, las cenas de clausura... siempre debías sonreír. Si te preguntaban por otro patinador buscarías algún punto fuerte a destacar sobre él o ella, aunque te cayera como una patada en el estómago. No criticarías la decisión de los jueces, ni mostrarías descontento con el puesto alcanzado... Se trataba, en resumidas cuentas, de ser todo lo agradable y diplomático posible con indiferencia de lo que en realidad te pasara por la cabeza. Me pregunté en qué momento el mundo de la danza sobre hielo se había entremezclado con el *show business*.

Por la tarde nos reunimos en el gimnasio para llevar a cabo otra de las actividades que se repetían cada año. Se trataba del típico ejercicio para fomentar el trabajo en equipo. Nos dividieron a los treinta y nueve en cuatro grupos, nos asignaron un área del gimnasio y nos pidieron que eligiéramos una pieza de música sin decirnos qué íbamos a hacer. Una vez estuvimos listos desvelaron cuál era la prueba. Debíamos crear una rutina de noventa segundos usando uno de los cuatros objetos típicos de la gimnasia rítmica: la pelota, la cuerda, el aro o las cintas.

A Misha le tocó en el equipo de pelota y a mí en el de cuerda. Lo pasamos genial tanto con la elaboración de la coreografía como con las puestas en escena, en especial con la exhibición del equipo de Mikhail. Ver a los chicos menear las caderas al ritmo del *Hips don't lie* de Shakira, sumado a la desincronización entre los miembros del grupo, hizo que se me saltaran las lágrimas de la risa.

Los miembros de la Federación Americana de Patinaje sobre Hielo que estuvieron presentes grabaron todas las actuaciones y luego las subieron a su cuenta oficial en YouTube. Por eso agradecí que la elegante puesta en escena que hice junto a mi equipo del tema principal de *Carros de fuego* fuera la ganadora.

El ejercicio para fomentar el trabajo en equipo fue la última actividad del día, así que decidimos aprovechar el tiempo libre que nos quedaba hasta la cena para seguir grabando el videoclip de los hermanos Shibutani.

Todos los participantes estuvimos de acuerdo con Alex y Maia en que sería divertido imitar esa parte del vídeo original donde Carly Rae Jepsen limpiaba el capó del coche, se resbalaba, caía al suelo y, en el rato que estaba inconsciente, soñaba que el chico y ella protagonizaban la portada de un libro romántico histórico.

Tan pronto estuvo decidido, los M&M empezaron a jalear que fuera Misha quien hiciera del apuesto galán. El aludido los fulminó con su mirada de Mikhail Escarcha y masculló algo en ruso. De poco le sirvió resistirse, en menos de un minuto todos coreaban su nombre, yo incluida. Una traición que se volvió en mi contra, ya que me miró con los ojos entrecerrados, dibujó una sonrisa ladina y aceptó hacerlo siempre y cuando yo fuera su dama desvalida.

Ambos fuimos a la residencia para cambiar nuestras camisetas por las camisas que usábamos en el vestuario de *Giselle*. En mi caso, añadí también el corpiño. Terminé de abrochármelo, me apliqué un poco de maquillaje y me hice un semirrecogido. Regresé a la sala de recreo y me detuve en seco al cruzar la puerta. Parpadeé. Volví a parpadear. Y me llevé una mano a la boca para ahogar una carcajada.

—¿De dónde habéis sacado eso? —Reí sin poder contenerme por más tiempo.

En circunstancias normales, ver a Misha con la camisa medio abierta me habría hecho la boca agua, pero no cuando me era imposible centrarme en otra cosa que no fuera la peluca cutre que le habían puesto. Era de un negro brillante, medio ondulada y le llegaba hasta los hombros.

—Alex la trajo por si acaso —respondió Max sin ocultar su diversión.

Mikhail se cruzó de brazos y nos miró con los párpados entornados en lo que pretendía ser una advertencia. Habría colado de no ser porque se echó el pelo hacia atrás con un exagerado golpe de cabeza. Notaba que se sentía ridículo, aunque no lo suficiente como para no seguirnos el juego.

Ponerme seria era imposible por mucho que lo intentara. Debía mirar primero a la cámara mientras cantaba en *playback* y luego a Misha, embelesada. O eso se suponía, ya que en cuanto le ponía los ojos encima, tan pegada a él como estaba, con las palmas en su torso y sus manos en mi cintura, me entraba de nuevo la risa.

—Estás hiriendo mi frágil ego masculino.

—Ah, ¿pero tú tienes de eso?

Los hoyuelos se marcaron en sus mejillas.

—Creo que tanto en el último par de días, como en el *besayuno* de esta mañana, has podido comprobar lo abultado que lo tengo —susurró tan bajo que solo yo pude oírlo.

El calor prendió en mi estómago y se extendió por todo mi cuerpo al recordar cada uno de esos momentos.

—Pse —bufé, desdeñosa—. Nada reseñable.

Su sonrisa se amplió. Cuando inclinó la cabeza su peluca formó una cortina que ocultó nuestros rostros a ojos de los demás.

—Estás preciosa cuando mientes.

Frotó su nariz contra la mía y luego me rozó los labios. La ternura de ambos gestos me provocó un estallido de emociones. Me perdí en sus ojos y esa vez no me reí.

El corazón era caprichoso. No entendía de cuándo, de quién, ni de dónde. Hacía cuatro meses que nos habíamos conocido en el Arctic Arena, y desde ese día habíamos vivido y compartido muchas cosas. Sin embargo, de entre todos los momentos y lugares, fue grabando un vídeo para el que le habían puesto un pelucón que con la más mínima chispa saldría ardiendo, cuando noté ese cálido sentimiento llenándome el pecho. Salió al fin a la superficie después de haber crecido tímidamente durante semanas y me dejó claro con cada latido hasta qué punto estaba enamorada de Mikhail Egorov.

28
Hannah

El sábado fue nuestro último día en el seminario, una nueva jornada entre charlas y clases cuyo culmen llegó por la noche con la pequeña fiesta de despedida que organizamos en la sala de recreo. Fue sencilla y duró apenas un par de horas, ya que la mayoría teníamos que madrugar al día siguiente para emprender el viaje de vuelta a casa. No obstante, supimos sacarle provecho. Bailamos, reímos, jugamos y algunos, como los M&M y yo (por culpa de ellos), incluso acabamos en la piscina completamente vestidos.

El domingo comenzó dolorosamente temprano para el «equipo Michigan». A las cinco de la mañana ya íbamos de camino al aeropuerto.

Eran las seis y media de la tarde cuando crucé la puerta de mi habitación con un suspiro cansado. Si las camas pudieran gritar, la mía ya me habría dejado sorda. Me tentaba mucho, pero sabía que si me tumbaba ya no me levantaría hasta el lunes. De manera que abrí la maleta en el suelo y empecé a vaciarla. Una vez terminé, cogí mi bolso y, del bolsillo interior, saqué un puñado de papeles bien doblados para añadirlos a mi «tarro de las cosas buenas».

Sumaban doce. Una docena de momentos que me habían traído felicidad. Todavía me costaba creer que el total de ellos ya cubriera más de la mitad del bote. Sobre todo si echaba la vista atrás, a la tarde en que la doctora Allen me recomendó que empezara con su pequeño proyecto. Quería que lo iniciara ese mismo día y que lo llevara a cabo durante todo un año. Me reí sin humor en su cara, segura de que doce meses después, con suerte, habría cubierto el culo del frasco. Ella se limitó a dedicarme su sonrisa afable y repetirme que no perdía nada por intentarlo.

Me alegraba haberle hecho caso. Mis pesadillas seguían ahí y no estaba segura de si con el tiempo llegarían a desaparecer del todo. Pero ya no me acosaban cada noche, ni me hacían ahogarme en un terrible sentimiento de culpa. Después de despertar sobresaltada, era capaz de respirar hondo y sonreír. Podía dejar atrás los malos recuerdos y centrarme en el presente, en el camino que tanto Nick como yo habíamos empezado a recorrer en pos de vencer a nuestros fantasmas y recuperar las riendas de nuestras vidas.

Durante los últimos meses había aprendido que la felicidad radicaba en uno mismo, en la forma en la que te enfrentabas al mundo. Las circunstancias influían, en especial si eran adversas y dolorosas, pero en tu mano estaba dejarte cegar por lo malo o abrir los ojos y buscar lo bueno. Creía que esa era la intención de la doctora Allen cuando me pidió que comenzara con el «tarro de las cosas buenas». Quería que aprendiera a detenerme y observar cada detalle a mi alrededor. Que entendiera que, pese a todo, si estabas atento, podías encontrar esa gota de felicidad escondida en las pequeñas cosas. Y que si las atesorabas una a una quizá, solo quizás, acabarían por formar un océano.

Cerré el bote y volví a dejarlo sobre la mesilla de noche. Me gustaba tenerlo ahí, a la vista desde cualquier ángulo de la habitación y donde podía mirarlo cada noche antes de dormir.

Me di una larga ducha, me puse el pijama y bajé a la planta principal. Misha estaba en el salón viendo la tele con *Atila* acurrucado en su regazo. Él también se había puesto cómodo, lo que incluía cambiar las lentillas por sus gafas negras de pasta. El *look nerd* nunca me había parecido tan sexy.

—¿Has mirado si hay algo para cenar? —Apoyé las manos en el respaldo del sofá y Misha echó la cabeza hacia atrás para mirarme.

—No, pero he encargado comida china. Debe estar al llegar. —Sonrió, alzó los brazos para enredar los dedos en las puntas de mi pelo y tiró con suavidad hacia abajo.

Un cosquilleo muy agradable se extendió desde mi estómago a cada una de mis extremidades al adivinar sus intenciones.

—Un beso Spiderman —murmuré contra su boca.

Mi comentario le hizo reír.

—Friki.

Acalló mi respuesta al capturar de nuevo mis labios. Besar bien al revés, aunque tenía su encanto, era un poco complicado. Tal vez por eso acabamos los dos riendo.

En efecto, el repartidor llegó apenas cinco minutos después. Decidimos quedarnos en el salón. Pusimos los recipientes encima de la mesa baja del centro y nos sentamos en el suelo. No era la primera vez que cenábamos así mientras veíamos la tele, intentábamos que *Atila* no se subiera a la mesa y arrasara con todo, charlábamos o nos enzarzábamos en una cruenta guerra de palillos para evitar que nos robáramos mutuamente comida del plato. Misha jugó sucio al inclinarse sobre la mesa para limpiarme con la lengua el resto de salsa que manchaba la comisura de mis labios. Eso, como era lógico, logró despistarme e hizo que perdiera lo que quedaba de mi riquísima ternera al estilo Szechuan. ¡Maldito fuera!

Tras recoger y comprobar que no había nada más en la programación que nos interesara ver, decidimos echar unas partidas al Super Street Fighter IV. Lo que me servía en bandeja la oportunidad de tomarme la revancha por mis últimos trozos de ternera robados a traición. Oh, mi venganza iba a ser cruel. Solo de pensarlo estuve a punto de soltar una risotada al más puro estilo Maléfica.

Nos quedamos en el suelo, acomodados sobre unos cuantos cojines, Misha con la espalda apoyada en el lateral del sofá y yo sentada entre sus piernas, con su pecho como respaldo. Me rodeó con los brazos para sujetar el mando por delante de mí y, mientras pasaba de una pantalla a otra hasta llegar al menú, fue depositando pequeños besos en el lateral de mi cabeza y en la sien. Desde que nos conocimos y empezamos a vivir y entrenar juntos, me había dedicado ese mismo gesto cariñoso en multitud de ocasiones, cada vez con mayor frecuencia. Y me encantaba, había llegado a adorar la forma en la que sus labios le hablaban a mi piel más alto que cualquier palabra.

—Elige personaje.

Tras meditarlo un instante escogí a Ryu.

—Creí que preferías a los rubios. —Había un deje divertido en su voz.

—Es posible que haya empezado a ver el encanto de los morenos. —Me encogí de hombros como si tal cosa. Y entonces su boca rozó mi oreja.

—¿Los?

Apreté los labios para contener un sonrisa tonta y le di un pequeño codazo en las costillas que le hizo reír por lo bajo.

Recorrió el panel un par de veces y al final se decantó por el demonio Akuma. Uf, si sabía manejarlo bien podía darme una buena paliza.

—¿Preparado para morder el polvo?

Soltó una carcajada.

—Acabas de recordarme a Benedikt.

El corazón me dio un vuelco. Ben, su hermano. Había hablado de él en algunas ocasiones, era la única parte de su vida personal que podías tocar sin que se cerrara en banda de inmediato. Y aun así siempre daba la sensación de que escogía con mucho cuidado lo que compartía.

—¿Él también te daba una buena paliza al Street Fighter? —pregunté en lo que esperaba que fuera un tono desenfadado.

El árbitro anunció el comienzo de la batalla y nuestros dedos volaron sobre los botones. Si bien mi atención estaba puesta más en su respuesta que en el juego.

—A veces. Era bueno y se ponía hecho una fiera si notaba que intentabas dejarle ganar. Por eso se inventó el «tú pierdes, yo cocino». Te aseguro que desde que me hizo comerme un bollo relleno de chocolate con kétchup, se me quitaron las ganas de volver a darle ventaja. —Sus palabras destilaban tanto amor y añoranza que dolía—. Aunque no sé si fue peor la Oreo rellena de pasta de dientes.

Arrugué la nariz. ¡ARG!

—¿Y él no probó ninguna delicatessen?

—Oh, sí —rio. Y justo en ese momento su personaje se proclamó vencedor del primer round—. ¿Te acuerdas del pastel de carne que hizo Rachel de *Friends*?

—¡No! —Manoteé su mando hasta darle al pause y me volví para mirarlo.

Misha asintió, todo hoyuelos.

—Le preparé un manjar de bizcocho, ternera, guisantes, mermelada de fresa y nata.

—Qué ascooo... —medio reí medio gemí dejando caer la frente en el hueco de su cuello con el hombro.

—En mi defensa diré que no dejé que sufriera solo, yo también comí un poco.

Se me curvaron los labios ante la evidente debilidad que Misha había sentido por Ben. Estaba claro que cualesquiera que fueran los problemas que le habían hecho tan reservado, no influyeron en el vínculo entre hermanos. Al contrario, parecía que lo reforzó hasta hacerlo profundo e inquebrantable, por eso no podía evitar pensar en lo durísimo que tuvo que ser para él perder al pequeño. Y ese pensamiento, de alguna manera, me llevó a un instante de la noche en la que nos habíamos escapado del concierto al que nos arrastró Abby. A un detalle al que no presté atención porque estaba demasiado cegada por mi propia autocompasión.

—Durante la cena en el Fleetwood Diner, después de huir de la actuación de los Harry and the Potters, me preguntaste: «¿Qué le dirías a alguien y no te atreves?» —Rememoré sin alzar la cabeza y con el corazón a mil. Disfrutaba de las anécdotas, pero lo que de verdad quería era que fuera más allá, conseguir lo que Mitch afirmaba que yo podía lograr: derribar sus defensas. Dudaba de si estaba en lo cierto. Lo que sí sabía era que si no me respondía ni siquiera a esto nunca llegaría a abrirse a mí—. Te contesté que diría «lo siento». Mencionaste que tú querrías hacer lo mismo; aunque, a diferencia de mí, la persona a la que te gustaría decírselo ya nunca podría escuchar tus disculpas. Te referías a Benedikt, ¿verdad?

Misha se tensó y el silencio se extendió entre nosotros durante tanto tiempo que empecé a pensar que esa era su respuesta. Comenzaba a apartarme del cobijo de su cuello cuando oí su voz, tensa y ronca.

—Sí.

Dejé escapar el aliento que había contenido y alcé la vista para encontrarme con sus ojos.

—¿Por qué?

Dudó. Por un instante no supo si ocultarse tras su continuo hermetismo o dejarme ver un resquicio de lo que había al otro lado.

—Porque llegué tarde y dejé que muriera solo —dijo al final entre dientes.

Se me encogió el estómago.

—¿Tu madre o su padre no estaban con él?

Misha torció la boca con un resoplido despectivo.

—Ekaterina era y es poco más que una muñeca bonita, demasiado frágil para luchar por alguien que no sea ella misma. Y hasta donde recuerdo ni siquiera eso. En cuanto a su padre... —Un músculo palpitó en su mandíbula antes de que dejara escapar una risotada parecida a un ladrido—. Sí, estaban con él. Pero Ben no los necesitaba a ellos, me necesitaba a mí, que cogiera su mano y le hablara hasta que desapareciera el miedo, tal y como había hecho siempre. —Cerró los ojos e inspiró con fuerza. La mueca de sufrimiento que le contorsionó el rostro hizo que una oleada de emoción me apretara la garganta—. Solo nos teníamos el uno al otro. Y ese día, que resultó ser el último, buscó mi mano y no la encontró. Cuando llegué al hospital ya había muerto.

Estaba en mitad de una de las muchas entrevistas que se habían sucedido desde que pisó suelo ruso tras su victoria en los Juegos Olímpicos de Vancouver, cuando su segundo entrenador se acercó para comunicarle que Benedikt acababa de ser ingresado de urgencia. Misha se puso en pie y salió corriendo de la sala. Al menos eso era lo que decía el párrafo adicional a la entrevista hecha por el periodista que estaba con él.

No tenía palabras, así que le besé. Le hablé con mi boca, con mis manos al enmarcar su rostro para luego enredarlas en su pelo, y con el sabor de las lágrimas furtivas que rodaron por mis mejillas hasta nuestros labios.

Él me respondió sin dudarlo envolviéndome entre sus brazos y buscando mi lengua con hambre y desesperación. La manera en la que me apretaba contra su cuerpo era desgarradora.

Dolía. Me dolía pensar que eso no era más que un atisbo de lo que llevaba años guardándose para sí mismo.

—Gracias —susurró, y apoyó su frente en la mía mientras me secaba los pómulos con los dedos gordos en lentas pasadas.

—¿Por qué?

—Por darme lo que necesitaba.

Capturó de nuevo mi boca, pero en esa ocasión el beso fue tan pausado y dulce que acabó por arrancarme un profundo suspiro.

—La hostia puta, os pierdo de vista cinco días y mira lo que pasa. —La voz de Abby nos sobresaltó a ambos. Estaba de pie a pocos pasos de nosotros, con *Atila* en sus brazos. Había olvidado que tenía que estar al llegar de cenar en casa de sus padres—. Solo diré una cosa: ¡ya era hora! —Nos dedicó un guiño y se dio la vuelta para entrar en su habitación.

—Creí que ya se lo habrías contado.

—No todas las mujeres corremos a por el móvil para hablar con nuestras mejores amigas tan pronto ocurre algo. Las hay que preferimos compartir ciertas cosas en persona, aunque tengamos que esperar para hacerlo.

Abby lo sabía y, de hecho, era de los pocos rasgos que compartíamos, lo que hacía que nunca nos tomáramos a mal la demora con respecto a ciertas noticias.

Nos levantamos, apagamos la videoconsola y la tele, y volvimos a poner todos los cojines en el sitio exacto que siempre ocupaban en el sofá

(Dobbyrov y su obsesión con el orden) antes de que yo siguiera a Abby a su dormitorio, y Misha bajara al sótano a recoger la ropa que había metido en la lavadora tan pronto deshizo la maleta.

—¿Cuándo, dónde y cómo? —preguntó nada más crucé la puerta.

Estaba terminando de ponerse el pijama, así que me senté en su cama junto a *Atila*, al que empecé a acariciar. Me encantaba cómo entrecerraba los ojillos, abría y cerraba el pico y movía la cola cuando le dabas mimos.

—Ocurrió el miércoles pasado después de representar nuestro programa corto, en uno de los cuartos de baño masculinos del World Arena.

—No jodas, ¿en un wáter de tíos? —rio sacando el brazo izquierdo por la manga—. ¿Y qué hacías tú ahí?

—Buscarlo para hablar con él.

—¿Tan urgente era? —Soltó una carcajada al tiempo que se tumbaba a mi lado en la cama.

—Supongo que no, pero estaba preocupada. Tan pronto abandonamos el hielo se quitó de en medio, sin mirar ni dirigirle la palabra a nadie. Era como si necesitara huir de todo y de todos. Y no entendía por qué.

—¿Te lo contó?

Negué con la cabeza.

—Cambió de tema. Me dijo que en vez de hablar lo que quería era que apartara mi miedo y dejara que me besara, que le permitiera comenzar algo mucho mejor de lo que ya teníamos.

—Y las bragas se te cayeron con tanta fuerza que llegaron al campo de arroz de un pobre labriego chino.

—Más o menos —admití y mi risa se unió a la suya.

Abby alargó la mano y jugueteó con mi pelo.

—Todos tenemos cosas de las que no nos gusta hablar, Han.

—Lo sé.

Yo misma evitaba tocar el tema de mi padre. No me apetecía recordar cómo fue encontrarlo desnudo entre las piernas de una mujer que no era mi madre. De igual modo, intentaba eludir dentro de lo posible lo ocurrido con Cooper, lo doloroso y humillante que fue enterarme de una manera tan pública que tenía unos cuernos del tamaño de Michigan.

Cuando te dedicabas a algo que te convertía en una figura pública tu vida dejaba de ser del todo tuya. De repente, había gente que seguía lo que hacías, que te admiraba (o que te odiaba sin motivo aparente). Creaban blogs, foros, páginas web, te mandaban regalos, hacían cola en los eventos para conseguir un autógrafo y una foto...

Resultaba abrumador, aunque no dejaba de ser grato, al menos mientras toda esa atención recaía sobre el fruto de tu trabajo, sobre ti como profesional. Sin embargo, el interés de la gente nunca se quedaba ahí, iba mucho más allá.

Antes de lo de Cooper ya sabía lo que era que hablaran de ti en la red. Había perdido la cuenta de las veces en las que los rumores afirmaban que Nick y yo nos acostábamos o que nos habíamos peleado con tal o cual compañero, que planeábamos cambiar de entrenador, e incluso que me iba a retirar porque me había quedado embarazada. No obstante, nada me preparó para afrontar que pudieran comentar algo tan real como las fotos que habían adornado mi taquilla. O las instantáneas con las que algunos compañeros tuvieron el detalle de inmortalizarme en el momento que las encontré.

Sí, sabía bien lo que era no querer hablar de ciertas cosas. ¿No me convertía eso en una hipócrita? Quizá. Pero a diferencia de Mikhail no transformé aquellos sucesos en secretos que me carcomían por dentro. Conocía el alivio que proporcionaba el compartir el peso con aquellos que me importaban y se preocupaban por mí. Y eso era lo que quería para él.

A Abby se le antojó una taza de chocolate, así que decidimos continuar la charla en la cocina. *Atila* salió disparado y nos tomó la delantera, una bola de plumas negras que se cruzó entre las piernas de Misha y lo hizo trastabillar al intentar no pisarlo.

—Creo que el bicho intenta liquidarte, ojazos —se burló Abby tendiéndole primero las dos camisetas y luego el par de calcetines que se habían caído de la colada que llevaba apilada en un canasto.

Al coger la última pieza de ropa un brillo travieso le iluminó los ojos. Dejó la cesta en el suelo, se incorporó, alzó ambos brazos por encima de la cabeza y gritó:

—¡Dobbyrov es libre! ¡Su ama le ha dado un calcetín!

Abby parpadeó despacio, seguramente tan alucinada como yo porque Mikhail supiera que la forma en la que se liberaba a un elfo doméstico en Harry Potter era regalándole una prenda.

Una sonrisa diabólica curvó los labios de mi mejor amiga cuando se volvió para mirarme.

—Han, tíratelo ya, porque si no lo haces tú, lo haré yo.

Por ridículo que fuera, tanto Misha como yo nos sonrojamos.

Retomamos el entrenamiento centrándonos en las directrices marcadas por los expertos presentes en el Champs Camp. Revisionamos los vídeos junto a April, notas en mano. Luego salimos al hielo. Y a partir de ahí fue un agotador repetir, repetir y repetir. Si querías ganar puntos debías rozar la perfección y eso solo se conseguía con trabajo.

—Misha, en este punto debes cuidar la altura a la que levantas la pierna —dijo señalando la pequeña pantalla.

April nos grababa en cada ocasión para que luego pudiéramos comprobar los errores con nuestros propios ojos, igual que habían hecho durante el seminario. Era práctico, aunque podía llegar a ser desmoralizador si tras varios intentos lo seguías viendo igual de mal o peor.

—Tiene que estar exactamente al mismo nivel que la de Hannah —continuó—. Y en esta elevación. —Volvió a pausar el vídeo—. Procura mantener su cuerpo más abajo y sus piernas un poco más paralelas al hielo.

No solo se trataba de corregir los fallos, sino también de cambiar aquello que no terminaba de funcionar por otros pasos más efectivos.

—No... no, no, no —protestó Vladimir casi al final del entrenamiento del miércoles.

—Da[7]. —Que Misha utilizara el ruso era muestra de lo cansado que estaba—. Ella tenía que estar frente a mí.

—Net[8] —replicó también en el idioma natal de ambos—. Dará un mejor resultado si está a tu lado. Repetidlo. Vamos, ta-taraum-taraum —canturreó—. ¡Net!, net, net, lo habéis hecho igual que antes, esperad un momento. —Se acercó a nosotros con el ceño fruncido y Mikhail se pasó las manos por el pelo—. Quiero que os olvidéis de cómo lo planteamos al principio de montar la coreografía. —Nos volvió a explicar lo que quería—. Venga, otra vez.

Por si Vladimir y April fueran poco, a finales de semana se unieron los entrenadores especializados. Eran cinco, cada uno experto en una materia:

---

7. Sí.

8. No.

expresión, trabajo de pies, elevaciones, yankee polka y transiciones. Había muchos otros, se podría decir que uno por cada elemento que constituía el patinaje y la danza, pero el quinteto era lo máximo que nos permitía nuestra economía.

Fue con el entrenador de transiciones con quien pasamos el viernes.

—Un poco más rápido. —Nos dio su enésima indicación—. Un poquito más rápido. —Repetimos el movimiento, pero nos interrumpió antes de completarlo con un—: ¡No, demasiado rápido!

Contuve un gemido de desesperación y dejé caer la frente en el hombro de Misha con un suspiro cansado, del que él se hizo eco al acariciarme la espalda y besarme la coronilla.

El patinaje podía ser uno de los deportes más duros. Un patinador artístico y de danza necesitaba la rapidez de un patinador de velocidad, la fuerza de un jugador de hockey, la flexibilidad y el equilibrio de un gimnasta, la elegancia de un bailarín, la resistencia de un corredor de fondo...

De alguna manera, lográbamos reunirlo todo en el hielo. Aunque había días que costaba más que otros.

Por suerte, solo teníamos que aguantar unas horas más y podríamos disfrutar de un fin de semana largo, ya que el lunes era festivo por tratarse del día del trabajo.

Tres de septiembre, día del trabajo y punto y final de las vacaciones de verano, que despedimos en el campus central, donde se encontraba uno de nuestros lugares favoritos de Ann Arbor: el Nichols Arboretum, más conocido como el Arb. Era un precioso jardín botánico, un oasis en medio de la locura estudiantil de la Universidad de Michigan, donde podías ver a gente relajarse corriendo, paseando al perro, jugando al frisbee, leyendo, charlando con los amigos alrededor de un banco o disfrutando de un pícnic tirados en la hierba, que era lo que íbamos a hacer nosotros.

Elegimos un punto cercano al río Huron, a la sombra de un grupo de árboles. Comimos, reímos, nos picamos al Monopoly y al Scrabble que había traído Candace, escuchamos a Tris y Nick tocar la guitarra (habían aprendido hacía años, cuando descubrieron que resultaba atractivo para las chicas), y Abby y yo le contamos a Misha algunas anécdotas pasadas en el Arb, como aquella en la que, tras una de las primeras nevadas, robamos bandejas de la cafetería para usarlas como trineos y, en uno de los descensos, Tris acabó estampado contra un árbol. Poder rememorar ese momento vivido una semana antes del accidente sin que Nick perdiera la sonrisa, me hinchó el corazón e hizo que sacara mi taco de pósits del bolso. En realidad, todo el día se merecía ir al «tarro de las cosas buenas».

Lo primero que hice el viernes al abrir los ojos fue gimotear por tener que abandonar la cama a las cuatro de la mañana. El martes habían comenzado las clases y todavía quedaban un par de trámites pendientes de mi traslado de estudiante presencial a estudiante a distancia, así que me tocaba acercarme a la universidad para intentar finalizarlos de una vez por todas. Y eso significaba que, si no queríamos perder una sesión de entrenamiento, teníamos que saltar a la pista a las cinco y media. Un horario que no nos era desconocido, ya que la mayoría de patinadores que decidían tomarse en serio la competición acababan practicando dos o tres horas antes de acudir al colegio o al instituto, y tras este volvían para invertir un tiempo extra al que se le sumaban, repartidas a lo largo de la semana, el resto de actividades necesarias para complementar su formación.

Conforme crecíamos, ambos ámbitos se volvían cada vez más exigentes y eso hacía que compaginarlos resultara muy difícil. Nick y yo lo habíamos notado sobre todo durante nuestro último año de instituto y en los pocos meses que compartimos en la universidad. Y si esa rutina fue dura junto a un compañero con el que llevaba años trabajando, iba a ser mucho peor junto a alguien nuevo. Por eso, poco después de aceptar la propuesta de Misha, hice lo más sensato: dejar las clases y empezar a estudiar en casa.

Entre el madrugón y que los entrenamientos habían aumentado en intensidad debido a que nuestra primera competición tendría lugar en nueve días, a la hora del almuerzo me sentía como si me hubieran dado una paliza. Dejé la bandeja en la mesa y me desplomé en la silla a la derecha de Abby. Durante unos segundos tanto ella como Tris y Nick se debatieron entre reírse o mostrarse compasivos. Al final optaron por lo primero.

—Sois una panda de cabrones sin corazón. —Protestar mientras intentaba no sonreír resultaba poco convincente.

—¿Y ahora te das cuenta? —pinchó Abs empujándome con el hombro.

—No, por eso a veces me pregunto por qué sigo juntándome con vosotros.

—Porque nos adoras, sobre todo a mí —respondió Nick guiñándome un ojo—. Y si tu semana ha sido horrible, la mía tampoco se ha quedado corta. Seguro que tú no has tenido que dormir con pestazo a vómito durante toda la noche, porque tu nuevo compañero de habitación llegó tan borracho que cuando intentó acostarse se cayó de la silla de ruedas, y como ni él podía moverse, ni tú cargar con su peso muerto, tuviste que dejarlo en el suelo bañado en su propia porquería.

—Joder tío —masculló Tristan dejando caer el tenedor en el plato—, ¿por qué no me llamaste?

—¿A las tres de la mañana?

—A la hora que fuera.

Nick negó con la cabeza y sus amplios rizos se balancearon con el movimiento.

—No eres mi niñera, ni mi enfermera. No puedo estar siempre dependiendo de ti. Y bueno, con un poco de suerte a ese gilipollas se le habrán quitado las ganas de repetir la experiencia después de tener que arrancarse los tropezones del pelo.

¡Aj! Abby y yo arrugamos la nariz.

—Me la suda lo que digas. Si hay una próxima vez, espero que me llames.

—¿Y si te pillo follando?

—Le harías un favor a la chica —intervino Abby con tonillo perverso.

—El mismo que le haré yo al próximo desgraciado con el que vayas a tener una cita al quitarle las ganas de salir contigo.

—¿Sí? Pues ya puedes empezar, porque lo tienes justo al lado —dijo tan tranquila señalando a Nick.

Este se quedó con el tenedor a medio camino entre el plato y la boca mientras Tris y yo alternábamos la mirada de Abby a él.

—¿Qué? —balbucieron Nick y Tris a la vez. Estaba claro que, igual que yo, era la primera noticia que tenían.

Abs miró el reloj, cogió su bandeja con una mano y se puso de pie como si nada.

—Que mañana sábado pasaré a recogerte a las diez de la mañana. No hace falta que te pongas guapo.

Nick pareció recuperar la compostura tras la sorpresa inicial. Se recostó en la silla y esbozo esa sonrisa irresistible marca de la casa.

—Soy guapo, rubia; mucho, de hecho. Pero haré lo que pueda. —¿No era genial que su verdadero carácter resurgiera cada vez más de sus cenizas?

Eso la hizo reír.

—Ah, y por si a alguno no le ha quedado claro: no hablo de una salida de colegas. —Apoyó la palma de la mano libre en la mesa y se inclinó hacia delante sin apartar la vista de Nick—. De esas ya hemos tenido para aburrir. Será una tía que quiere pasar el día con el tío que le interesa.

¡Ahí lo llevas! ¡Bien por ti, Abs! Joder, estaba orgullosa de ella.

Sin añadir nada más agitó los dedos a modo de despedida, se colgó la cartera al hombro y se marchó con un contoneo de caderas.

Increíble, Abby acababa de ¿pedirle?... una cita a Nick. Por fin.

29
Nick

Roncaba. Encima el muy hijo de puta resollaba como un oso pardo asmático, qué pena que no se hubiera ahogado en su propio vómito.

Dios, echaba de menos a Tris. Sí, con él me había tocado dormir en el pasillo o en el coche más de una vez en los tres meses que asistí a la universidad antes del accidente. Sábado que no competía y salíamos, sábado que ligábamos. Y a no ser que estuviéramos en la fiesta de alguna fraternidad, el primero que llegaba a nuestro dormitorio en la residencia era el que follaba durante toda la noche en la comodidad de una cama, por lo que al otro le tocaba buscarse la vida.

Fueron buenos tiempos que no volverían a repetirse, no solo porque ya no estábamos en el mismo cuarto, sino porque me resultaba difícil imaginar al tipo de chicas con las que me enrollaba acostándose con alguien al que no se le levantaba. Y yo tampoco me habría sentido cómodo exponiéndome de esa manera. Para mí el sexo había tomado un cariz por completo distinto, aún me costaba asimilar los cambios y mucho más atreverme a explorarlos con otra persona. Aunque si de algo estaba seguro era de que jamás podría ser con cualquiera.

Faltaban un par de horas para que viniera Abby, pero decidí levantarme antes de que mi adorado compañero me absorbiera la vida con uno de sus ronquidos. Salí de la cama y me metí en el baño para darme una ducha. Todavía no terminaba de creerme que estuviera de vuelta en el campus. Había sido una primera semana extraña y algo dura, las miradas compasivas de aquellos que me conocían o que habían oído hablar de lo ocurrido se me seguían atragantando. Soportarlas día tras día no fue fácil, más bien supusieron todo un reto para mi control de la ira. La doctora Allen debería darme una medallita o, como mínimo, un caramelo. Después de todo, había sido un niño muy bueno al lograr dominarme para no arrancarle la cabeza a nadie.

Suspiré bajo el cálido torrente de agua y empecé a lavarme el pelo.

Además de lidiar con la gente, por primera vez tuve que enfrentarme de verdad a un mundo hecho para personas «normales». Debía admitir que la Universidad de Michigan se esforzaba en adaptar sus instalaciones para toda clase de discapacitados, prueba de ello eran mi baño y mi habitación, ambos perfectamente acondicionados a las necesidades de un parapléjico. Sin embargo, el entorno nunca terminaba de cambiar, solo se limitaba a ceder migajas a aquellos que no dejaban de ser una minoría; un hecho del que no eras realmente consciente hasta que formabas parte de esta. Podía vivir con ello, pero a veces me resultaba enervante.

A pesar de todo eso, estaba contento. En los momentos en los que la oscuridad que me había engullido durante tanto tiempo amenazaba con asomar, era capaz de contenerla, de centrarme en cuánto había avanzado en los últimos meses; pequeños pasos que para mí significaban mucho porque me daban fuerza, algo a lo que aferrarme.

Faltaban quince minutos para las diez y yo ya estaba esperándola en la puerta de mi residencia. Que mi cita me recogiera era nuevo para mí. Claro que hablábamos de Abby y ella raras veces seguía los convencionalismos. Otra de las muchas cosas que me encantaban de su forma de ser.

Una oleada de nervios me recorrió el estómago cuando vi su Ford Thunderbird del 66 doblar la esquina.

Nervios.

Yo.

Por una chica.

Joder, ¿cuánto hacía de eso? Tanto que me creía inmunizado. No obstante, podía recordar otra ocasión con total claridad. Y también fue ella la causante. Teníamos trece años, estábamos en un baile del colegio y, pese a la seguridad en mí mismo y el descaro que me habían caracterizado siempre, me costó lo indecible decidirme a pedirle un baile. Me reí al darme cuenta de que me sudaban las manos casi tanto como entonces.

Aparcó pegándose al bordillo, bajó del coche sin apagarlo y empezó a caminar hacia mí con una sonrisa. Llevaba el pelo recogido en un descuidado moño alto del que escapaban varios mechones, unos vaqueros pitillo con botas bajas moteras y una camiseta negra de Guns and Roses que le dejaba el hombro derecho al aire.

—¿Qué? ¿Preparado para tener la mejor primera cita de tu vida? —Se plantó delante de mí con los pulgares en los bolsillos y un brillo perverso en los ojos.

—Nací preparado. —Una sonrisa lenta me curvó los labios—. Pero me siento en la obligación de advertirte de que a lo largo de los años he dejado el listón bastante alto en ese campo.

—Suerte que me van los retos. —Por un instante, la forma en la que me recorrió con la mirada me hizo sentir que se refería a algo más.

Entramos en el coche y abandonamos el campus. Una hora más tarde estábamos en Detroit frente al último lugar que podría haberme imaginado.

—¿El club de tiro? —La diversión me burbujeaba en el pecho.

—Has tenido una semana de mierda. Pensé que disparar un rato te ayudaría a relajarte.

—Se me ocurren otros métodos. —Insinué llevado por la fuerza de la costumbre. Era nuestra dinámica y no quería perderla.

Su expresión adoptó una preciosa mezcla de satisfacción y picardía.

—El día es largo, Benson. ¿Quién sabe qué puede pasar si juegas bien tus cartas? —Apoyó las manos en las ruedas de la silla y se inclinó hacia mí—. Y esta vez soy yo la que se siente en la obligación de advertirte que estoy tan jodidamente sexy con un arma en la mano y cuando disparo, que el tiempo que pasemos ahí dentro podría considerarse como juegos preliminares.

No pude contener una carcajada. La rubia tenía toda la intención de torturarme más de lo habitual. Por masoquista que fuera, no sería yo el que se quejara.

Steven, el padre de Abby, era un poco Charlton Heston en cuanto al tema de las armas, por eso no era de extrañar que fuera socio del club. La membresía se extendía a nivel familiar, de manera que tanto su mujer como sus hijos menores de veinte años podían disfrutar de las instalaciones, solos o con algún invitado. De no haber sido así Abby no podría haberme traído.

El recinto contaba con una enorme explanada al aire libre cubierta por un césped bien cuidado y rodeada de frondosos árboles. Un camino de gravilla rodeaba el perímetro y llevaba a las múltiples áreas dedicadas a tres de los cinco tipos existentes de tiro al plato (según me explicó mi preciosa anfitriona).

—Lo primero es lo primero —aseveró tendiéndome las gafas de seguridad transparentes y los cascos.

Estábamos en lo que ella había llamado foso olímpico, que constaba de cinco carriles separados unos pocos pasos unos de otros. La idea era disparar a un platillo de 10 cm que salía del foso ubicado a 15 m de los tiradores, que pedían plato y disparaban por turnos.

—Y ahora relájate y disfruta. —Me guiñó un ojo, se puso sus gafas y empuñó la escopeta del calibre doce.

No había mentido, verla así era extrañamente erótico. Parecía una versión rubia y con más ropa de Lara Croft.

—¡Plato! —gritó y la máquina expulsó el disco.

Estaba claro, la puntería no era lo mío. De los veinticinco que tocaban por cabeza acerté solo a ocho, pero no importaba. Conforme más fallaba, más nos reíamos. Y fue entonces, al liberarla entre tiros y carcajadas, cuando me di cuenta de hasta qué punto había tenido tensión acumulada.

Me detuve camino a la siguiente área y la cogí de la mano. Abby se volvió y me miró interrogativa.

—Gracias, rubia. Necesitaba algo así.

—Lo sé. —Me apretó los dedos con una sonrisa—. ¿Has pensado en comprarte una de esas peras de boxeo que tienen un pie regulable? Darle de hostias podría dejarte como nuevo.

—Lo pensé —reí—, aunque al final me decanté por reservar esa energía para algo mejor. —Eso despertó su curiosidad. Aún no se lo había contado a nadie, ni siquiera a Hannah—. Jugaré en el partido de inicio de temporada de los Sled Dogs. El entrenador me ha dicho que, si continúo así durante los entrenamientos, me sacará al menos quince minutos.

Abrió mucho los ojos y la sonrisa que le curvaba los labios se volvió quilométrica, brillante.

—Eso es... ¡la puta caña, Nick!

Me quitó del regazo las escopetas descargadas de ambos, las dejó en el suelo, se sentó sobre mis piernas y me envolvió el cuello con los brazos. Me soltó tras unos segundos para poder mirarme a los ojos.

—Vuelves al hielo de forma oficial —dijo apartándome el pelo de la frente.

El gesto, la caricia de sus dedos, la ilusión que bañaba sus palabras y la felicidad que irradiaban sus pupilas, hicieron que algo cálido se removiera en mi pecho.

—Y hay más —confesé—. A finales de mes comenzaré las clases para aprender a utilizar un vehículo adaptado. —Esa vez fui yo quien le apartó un mechón de pelo. Lo sujeté tras la oreja y dejé mi mano allí, cubriéndole la mejilla—. Quiero volver a conducir, Abs.

Lo necesitaba. Me había dado cuenta de que cuanto más lograba hacer por mí mismo, menor era la frustración y la rabia y mayor la sensación de libertad, de plenitud, de volver a ser yo.

—Lo harás. —No había el menor atisbo de duda en su afirmación—. ¿Comprarás un coche nuevo o modificarás el tuyo?

—Mi padre ya ha localizado uno modificado de segunda mano. —Ni mi madre ni él pudieron ocultar su emoción cuando les dije que quería volver a conducir.

Durante meses habían sufrido al verme perdido en mi propio infierno de resentimiento y desesperación sin poder hacer nada para evitarlo, más que permanecer a mi lado. Y lo estuvieron en todo momento, pero era yo quien tenía que querer salir de esa espiral. Verme desearlo e ir poniendo poco a poco los medios para conseguirlo les había devuelto la sonrisa y eso hacía que valiera todavía más la pena.

—Va a intentar que el vendedor le rebaje el precio para que llegue con mis pocos ahorros y lo que saquemos vendiendo mi Ford Mustang.

—Hum... coche «nuevo». —Entrecomilló con los dedos—. Sabes que la costumbre dicta que hay que bautizarlo a lo grande. —Fue un ronroneo medio provocador, medio divertido.

Mi sonrisa patentada hizo acto de presencia.

—¿Alguna idea?

Se acercó hasta que sus labios rozaron mi oreja.

—Unas cuantas. —Sus dientes capturaron el lóbulo y cuando su lengua lo rozó se me erizó el vello de la nuca.

Abby dejó escapar una risa baja y, acto seguido, se puso de pie, recogió las escopetas del suelo y echó a andar.

La siguiente zona de tiro era la de skeet. En esa modalidad el tirador debía completar un recorrido de ocho puestos dispuestos en semicírculo, donde los platos se lanzaban desde dos torres (una situada en cada extremo) en series de veinticinco tanto individualmente como en doblete.

—Ven, deja que te enseñe un par de trucos.

Abs se colocó detrás de mí y se inclinó sobre mi espalda hasta presionar los pechos contra esta. Sus dedos se deslizaron por mis brazos.

—Si sujetas la escopeta así... —Sus labios rozaban el contorno de mi oreja al moverse—. Te será más fácil y rápido levantar el cañón y orientarlo hacia el objetivo.

Me guió para simular el movimiento. Habría estado más atento a lo que me indicaba si no fuera porque cada vez que lo repetía sus tetas me masajeaban la parte posterior de los hombros. Sonreí. Conocía su juego. ¿Qué tío no había usado la excusa del «deja que te enseñe» durante una partida de billar, a los dardos o a los bolos para acercarse a su objetivo? Claro que Abby no lo hacía para tener la oportunidad de arrimarse con disimulo, sino para provocarme descaradamente.

—¿Puedes repetirlo? No acabo de pillarlo. —Procuré mantener un tono serio.

—Buen intento. —Rozó la comisura de mi boca con la lengua antes de incorporarse.

Eché el brazo hacia atrás para sujetarla por la nuca, no sabía exactamente con qué intención, quizá morderle el cuello o incluso besarla, pero se escurrió con habilidad felina antes de que pudiera agarrarla.

No me había equivocado, estaba decidida a torturarme. Y ambos lo estábamos disfrutando. Siempre nos habíamos divertido tensando los límites entre la simple amistad y algo más. Sin embargo, mientras la veía ponerse las gafas de protección y los cascos con una expresión maliciosa y juguetona, me pregunté por qué había sido tan gilipollas de desperdiciar el tiempo con rollos pasajeros en vez de invertirlo en luchar por estar de verdad con ella.

Sin duda, lo mejor de la mañana fue verla participar en la última zona de disparo, de la que me escaqueé porque excedía de lejos mi pobre puntería. No sabía si era la forma en la que sujetaba la escopeta, segura y relajada, con la cadera un poco inclinada hacia la izquierda; o cómo se humedecía los labios antes de abrir fuego para luego curvarlos en una sonrisa satisfecha con cada blanco que acertaba; pero podría pasarme todo el día observándola.

Almorzamos en el restaurante del club y luego matamos un par de horas en un salón recreativo (donde tenían todavía algunas máquinas Arcade legendarias como el Fatal Fury o las Tortugas Ninja) antes de ir a nuestro siguiente destino.

—Rubia, ¿me has traído hasta aquí para ir al supermercado? —La diversión tironeaba de mis labios.

Estábamos estacionando en el aparcamiento del Holiday Market, en Royal Oak, una pequeña ciudad a veinte minutos de Detroit.

—No, te he traído porque tenemos cita ahí.

Seguí la dirección que señalaba su dedo, parpadeé por si no lo había visto bien...

Y me eché a reír.

De acuerdo, lo del club de tiro se quedaba en bragas al lado de eso.

—¿«Escuela de cocina Mirepoix»?

—Exacto. Nos enseñarán a preparar un pequeño menú que luego será nuestra cena. Así que más te vale desplegar tus mejores dotes culinarias.

—Y yo que pensaba que intentarías conquistarme llevándome a un buen restaurante de esos con velas y muchos cubiertos.

—¿Conquistarte? —Me encantaba cuando aquel brillo perverso iluminaba su mirada—. En un sitio así estaría más entretenida decidiendo con qué tenedor suicidarme que en camelarte.

Mi carcajada resonó con fuerza en el interior del coche.

El local era muy amplio, lo suficiente como para albergar cuatro mesas para seis personas en el centro, una larga barra con sillas altas al fondo y, repartidas a izquierda y derecha de esta, cinco cocinas con fogones, horno, fregadero y muebles laterales superiores e inferiores. Una serie de focos industriales bañaban de luz el lugar, que estaba tan limpio que podías comer en el suelo de linóleo marrón.

Había tres parejas más con nosotros, dos que debían rondar la mitad de la treintena y otra que me recordaba a mis abuelos. Nos tocó con ellos cuando nos dividieron en dos equipos. No sabía si se debía a estar con los más experimentados, pero mientras los otros hacían palitos de queso, bullabesa y pechuga de pollo a la provenzal, nosotros nos enfrentábamos al desafío de preparar una pechuga de pato braseada con ensalada de verduras, nueces especiadas y vinagreta de vainilla; filete de ternera angus a la parrilla sobre una baguette con queso boursin, manzana frita con miel y jengibre y tartaleta de cebolla caramelizada.

Iba a ser interesante, porque mi mayor logro culinario era cocer pasta, echarle tomate y carne picada.

—¿No deberías cortar la cebolla un poco más fina? —preguntó Abby sentándose a mi lado en una de las mesas del centro.

—Lo haría si viera algo. —Me limpié los mocos con el dorso de la muñeca, lo que me hizo perder un buen puñado de puntos de carisma. Menos mal que tenía de sobra—. ¿Cómo va el pato?

—No lo sé, ni siquiera me he acercado porque cada vez que le pongo los ojos encima me acuerdo de *Atila*. Creo que me he vuelto apatoriana.

No pude reprimir la risotada. Podía acostumbrarme, deseaba hacerlo, a esa sensación cálida y burbujeante que se estaba convirtiendo en una constante con cada hora que pasaba con ella. Había vuelto a reír con mi familia y amigos, pero de alguna forma con Abby era distinto. Más intenso, más adictivo.

—Así que he metido la baguette con el queso boursin en el horno. —Sentí sus manos en mis mejillas limpiándome las lágrimas.

Cerré los ojos y me recreé en su tacto.

—Hacéis una pareja encantadora —comentó la anciana, Kat, acomodándose frente a nosotros con los materiales necesarios para hacer la ensalada—. ¿Cuánto lleváis juntos?

—Hoy es nuestra primera cita —respondió Abby sin titubear.

La miré sorprendido; y sí, con el corazón a mil. Yo, que lo más parecido que había logrado provocarme una chica era el subidón del triunfo al conseguir cerrar una conquista. Nunca esa amalgama de nervios, incertidumbre, esperanza... ese sudor frío en las manos y calor abrasador en las venas; ese nudo en la garganta y cosquilleo en el pecho que me incitaba a sonreír como un completo idiota.

Me había convencido de que lo que dijo en la cafetería no fue más que otra forma de molestar a Tris, no una verdadera declaración de intenciones. No tenía sentido que lo fuera. No cuando en el pasado ya intenté abrir esa puerta y ella me la cerró en las narices. Me dejó claro que estaba dispuesta a jugar muy cerca de la línea, pero no a cruzarla. De manera que, ¿por qué iba a querer hacerlo ahora?

«Por pena», me susurró la voz insidiosa que había nacido al fondo de mi mente tras el accidente. Sentí una punzada que casi me hizo dibujar una mueca de dolor. Maldita fuera. Sin embargo, no dejé que me arrastrara, que me contaminara, porque conocía demasiado bien a Abby como para caer en esa trampa.

Y aun así la pregunta seguía ahí: ¿por qué ahora?

¿De verdad había una posibilidad?

—Pero nos conocemos desde que teníamos once años —añadió mientras me enredaba los dedos en los rizos del cuello.

—Oh, a mi Frank también le costó lo suyo conquistarme. —Rio por lo bajo guiñándome un ojo—. Tranquilo —alargó el brazo y me palmeó la mano—, el porte y el encanto ya lo tienes. Aprende a cocinar y ya no te dejará escapar.

Si fuera tan fácil me quedaría allí hasta ser el jodido MasterChef.

Entre las instrucciones de los profesores y los trucos fruto de la experiencia de Kat y Frank, aprendimos más de lo que esperaba en las horas que pasamos entre fogones. Nunca pensé que pudiera disfrutar tanto de una experiencia así durante una cita. Y quizá fue porque lo habíamos hecho nosotros, pero la cena me supo a manjar de dioses.

Nos despedimos de todos después de intercambiar direcciones de *e-mail* y solicitudes de amistad en Facebook, y cogimos el coche de vuelta a Ann Arbor.

—Todavía queda una parada más —anunció justo antes de tomar un desvío ya en las inmediaciones de la ciudad.

Abby parecía dispuesta a no dejar de sorprenderme hasta el final, porque dudaba que sus motivos para traerme de noche al cobijo del enorme parque (aunque yo lo llamaría más bien bosque) Bird Hills, fueran los evidentes para una mente sucia.

—No te muevas —dijo tras aparcar en un pequeño claro.

Bueno, sin mis ruedas no iba a ir muy lejos, pensé con una mueca irónica.

Salió del coche, se dirigió a la parte trasera y empezó a trastear en el maletero. Un par de minutos después abrió mi puerta y empujó la silla con una mano hasta colocarla a mi lado, en la otra sujetaba una caja de cartón grande y rectangular y de su antebrazo colgaban dos mantas.

Vale, acababa de dejarme totalmente descolocado.

—¿Preparado para una sesión de cine?

—¿Cine? —repetí. Joder, empezaba a sentirme como el Joker con tanta sonrisa curvándome de continuo los labios.

—¿Qué esperabas? —Ahí estaba, ese destello pícaro que tanto me gustaba.

Avanzó hasta situarse en un punto en el que la luz de los faros del coche iluminaba de forma indirecta. Extendió una de las mantas en el suelo, me indicó que me recostara en ella y luego se sentó a mi lado sin dejar el más mínimo espacio. Nos cubrió con la segunda colcha, cogió su móvil y lo encajó en un pequeño hueco perforado en la caja de cartón. Se tumbó, colocó el invento sobre nuestras cabezas y metió la mano por la amplia abertura para nuestros cuellos hasta llegar a la pantalla.

—¿*Los Vengadores*, *Paranormal activity*, *El castillo ambulante* o *La princesa prometida*? ¿Cuál prefieres?

—Como pongas *Paranormal activity* aquí, al descubierto en mitad de la nada, con esta cosa que no nos deja ver lo que tenemos alrededor, y me toque la más mínima brisa, me cago encima —admití sin el menor reparo y sin importar que, en realidad, no tenía control sobre mis esfínteres. Ya había dicho que tenía puntos de carisma de sobra como para permitirme perder unos cuantos de vez en cuando.

Abby dejó escapar una carcajada.

—Seguro que nunca has terminado así una cita.

—Joder, no —reí—. Eso sería nuevo. Y prefiero que siga siéndolo. No quiero que el día de hoy termine con un mal recuerdo.

Giró la cabeza para mirarme.

—¿Y cómo quieres que termine?

—Con un imposible.

Su expresión se volvió seria, intensa.

—Pocas cosas son realmente imposibles. La mayoría de las veces esa no es más que la excusa perfecta tras la que escudarnos. La forma en la que justificamos ante nosotros mismos, y ante los demás, el no habernos atrevido a perseguir nuestros sueños.

En ese momento se apagó la luz de la pantalla del móvil y nos envolvió una oscuridad cargada con el eco de sus últimas palabras. El silencio se extendió entre nosotros, segundo a segundo, latido a latido.

Tenía razón, nadie mejor que yo sabía lo sencillo que era dejarse vencer y lo duro que resultaba plantar cara, marcarse un objetivo y no parar hasta conseguirlo pese a los obstáculos que te ponía el mundo, y aquellos que nacían dentro de ti mismo. Lo había vivido con el patinaje y más que nunca con la pérdida de la movilidad de mis piernas. Y con ambos había logrado no tirar la toalla, ¿iba a dejar que con Abby fuera diferente?

—¿Por qué ahora, Abs? —no pude evitar preguntar.

Cuando la oí suspirar supe que no necesitaba explicar a qué me refería.

—No añadas nada más, porque como me preguntes si es por pena, te juro que te reviento los piños.

Se incorporó llevándose la caja consigo. La dejó a un lado y se giró para fulminarme con la mirada.

—No iba a hacerlo, sé que no es por eso. —Yo también me senté—. Es porque me cerraste más de una vez la puerta.

—Lo hice porque no era el momento.

—¿Y ahora sí?

—Sí. —Había seguridad y determinación en su voz—. Es el momento porque el tipo de tías con las que te enrollabas antes son tan sumamente gilipollas que lo primero, y puede que lo único, que verán ahora de ti será tu silla. Y eso te empujará hacia aquellas que merecen de verdad la pena, las que antes ni siquiera entraban en tu radar, porque eran de las que no se conformaban solo con pasearse y tirarse a un cuerpo de infarto y una cara bonita. Ellas te verán a ti, a Nick, y por primera vez tú las verás a ellas. Y no pienso quedarme sentada de brazos cruzados esperando a que eso ocurra.

»Yo valgo mucho la pena, Benson. Y te veo, te he visto siempre.

Y yo a ella, pero había preferido pasar de una conquista a otra, sin ataduras, sin tener que ser fiel más que a mí mismo. Era lo que quería entonces, Abby lo sabía y había hecho algo tan impropio de su carácter como esperar.

Creí que el accidente me había robado mi vida, y sí, se llevó una parte de ella, una parte de mí. No obstante, quería creer que lo que había quedado se estaba haciendo cada vez más fuerte. Me había costado meses verlo, pero tenía un futuro por delante si decidía luchar por él. Existían cosas que no podría volver a hacer, si bien aún quedaban muchas otras que sí. Y no sería mi inmovilidad, ni mi rabia, ni la oscuridad que todavía anidaba en mí y que dudaba que algún día desapareciera del todo, las que me impidieran ir a por ello.

Había aprendido que la felicidad debía aprovecharse en el momento en el que se presentaba. Y ninguna otra me había hecho jamás más feliz que Abby.

—Tengo algo cursi que decirte, así que prepárate.

Enarcó una ceja y luego entornó los párpados.

—De acuerdo... —aceptó con desconfianza.

Tracé la línea de su mandíbula con los dedos. No me podía creer lo que estaba a punto de soltarle, pero quería desarmarla, derretirla. Y si eso no lo conseguía, nada lo haría.

Inspiré hondo y la miré directamente a los ojos.

—No entiendo cómo no te llegó la carta de Hogwarts, porque no me cabe la más mínima duda de que eres una maga y yo el afortunado muggle al que has hechizado.

Durante unos segundos se quedó completamente quieta, ni siquiera parpadeó. Acto seguido, inspiró hondo y apartó la vista.

—Joder —murmuró.

Esa reacción...

Verla así era algo insólito, había ocurrido tan pocas veces que podía contarlas con los dedos de una mano: se había sonrojado. Me recorrió una increíble oleada de satisfacción.

—Como te rías te arranco las pelotas, Benson —masculló.

¿Reírme?, estaba demasiado preciosa para eso.

Le puse una mano en el hombro y la empujé para que se tumbara quizá con un poco más de ímpetu del que debería. Pero necesitaba besarla. Ya.

Su espalda alcanzó el suelo al mismo tiempo que mis labios encontraron los suyos. No hubo dudas. Tan pronto nuestras bocas se tocaron fue como si estallaran los muros de contención de una presa. La pasión tanto tiempo contenida se desbordó, hambrienta, codiciosa. No nos besábamos, nos devorábamos, su lengua se enredaba con la mía mientras nuestras manos recorrían cada centímetro que alcanzaban de nuestros cuerpos. Era como si no fuera suficiente, como si quisiéramos recuperar todo el tiempo perdido hasta hacer que nuestros cuerpos y nuestros corazones ardieran.

La doctora Allen había insistido en multitud de ocasiones en que tener cerebro y piel era suficiente para poder disfrutar del sexo, que este no se reducía a la penetración. Que las miradas, las caricias, los besos, las fantasías, todo eso también era sexualidad. La creía en parte, porque me costaba imaginar el llegar a sentir un placer pleno sin una erección con la que alcanzar el orgasmo.

Estaba equivocado.

Con Abby entre mis brazos, empezaba a entenderlo. La sensación era distinta a como solía ser, pero me gustaba. Y estaba dispuesto a explorarla, a encontrar esos puntos erógenos a los que no había prestado apenas atención en el pasado. A dar placer y a recibirlo de todas las formas posibles. Y el camino que tenía que recorrer hasta conseguirlo sería con ella, solo con ella.

—Te dije que iba a ser la mejor primera cita de tu vida —fanfarroneó contra mis labios cuando me aparté lo justo para recuperar un poco el aliento.

—Todavía no ha acabado.

—Cierto. —Su sonrisa se volvió traviesa.

—Pero sí, ya puedo decir que ha sido la mejor primera cita de mi vida. —Mis dedos serpentearon bajo su camiseta—. Voy a tener que currármelo para la segunda.

—Podrías llevarme al Wizarding World[9].

Eso me hizo reír por millonésima vez en lo que llevaba de día.

—Está en Florida.

—Solo era una sugerencia.

Le mordisqueé la mandíbula hasta llegar a la oreja.

—La tendré en cuenta. —Atrapé el lóbulo y ella se removió con un gemido que amenazó con volverme loco—. Lo cierto es que me interesa mucho el *quidditch.*

—Humm. ¿Quiere eso decir que te vas a atrever a coger mi snitch dorada?

—¿Dudas del coraje de un buen Gryffindor?

Su mirada se volvió intensa, cargada de significado.

—No lo he dudado nunca.

---

9. Es el parque temático de Harry Potter.

30
Hannah

—Ni se te ocurra —me advirtió señalándome con el índice sin poder reprimir una sonrisilla nerviosa.

—Nick se dejaba —protesté más por fastidiarlo que porque me importara de verdad que se negara.

—Me parece estupendo, pero a mí no vas a acercarme esa cosa. Estoy bien como estoy, gracias.

Y volvió a hacer la cobra cuando intenté arrimarle la brocha a la cara.

—Ni siquiera es maquillaje, son solo polvos traslúcidos para eliminar los brillos. Y no será nuevo para ti que te pongan alguna de las dos cosas, seguro que en tus antiguas sesiones de fotos te hacían pasar por chapa y pintura.

—No me lo recuerdes. —Compuso una mueca y sus ojos se movieron hacia un punto por encima de mi hombro. Yo aproveché la pequeña distracción para darle un brochazo en la mejilla izquierda.

—¡Touché! —canturreé.

Y entonces descubrí qué era lo que había llamado su atención: una cámara de televisión se encontraba a pocos pasos de nosotros. Y nos estaba enfocando.

Sonreí al objetivo. Siempre había que sonreír. De todas formas, tenía muchas ganas de hacerlo porque ahora Misha no tenía escapatoria. Volví de nuevo mi atención a él, impregné la brocha de polvos y la pasé por todo su rostro, que había adquirido ese leve tono sonrojado en las mejillas que mostraba lo incómodo que se sentía.

—Me vengaré —murmuró solo para mí.

—Quejica.

—Cabezota. —Dio un paso hacia mí y yo retrocedí porque el destello en su mirada no auguraba nada bueno.

—¿Talentoso? —Probé.

—Buen intento.

Di un respingo cuando me arrebató la brocha de la mano, y se me escapó un pequeño chillido en el momento en el que intentó estamparla contra mi nariz. No debí moverme, ni reírme, porque en vez de ahí acabó en mi boca.

Mira qué bien, acababa de descubrir cómo sabía el pelo de marta.

—Lo siento, *ptichka* —logró decir entre carcajadas mientras me enmarcaba la mejilla con la mano libre y apoyaba su frente en la mía.

—Me sabe la boca rara.

—Ojalá pudiera hacer algo al respecto. —De verdad, algún día descubriría cómo lograba acariciar con las palabras.

—Ojalá.

Pero no podía, no si queríamos seguir pasando por simples compañeros, ya que no solo estábamos rodeados de gente, sino que el dichoso cámara parecía muy interesado en nosotros. No obstante, todo eso me daba igual, ya que la cercanía de Misha y las risas y pullas de los últimos minutos habían servido para templar mis nervios.

La fecha de nuestra primera competición había llegado casi sin que nos diéramos cuenta. Así que allí estábamos, en el Complejo Deportivo de Salt Lake City, a punto de salir al hielo para realizar nuestro programa libre. El día anterior habíamos llevado a cabo el programa corto, con el que nos situamos cuartos en la clasificación provisional.

Era mucho más de lo que habíamos esperado y nos sirvió como un buen chute de energía e ilusión después de cinco duros meses de trabajo. Sin embargo, no nos entusiasmábamos demasiado ya que éramos muy conscientes de que, en gran parte, el haber logrado ese puesto se debía a la ausencia de los grandes. Todos ellos daban el pistoletazo de salida a sus temporadas con el Grand Prix, de manera que los que sí participábamos en el U.S. Classic teníamos la oportunidad de saborear puestos que, seguramente, no podríamos haber alcanzado de estar ellos presentes.

Misha me cogió de la mano y me llevó hasta un par de sillas plegables situadas frente a las cortinas negras que separaban el backstage de la pista. Entrelacé mis dedos con los suyos, cerré los ojos e intenté dejar la mente en blanco, alejar el pulular de la prensa junto al murmullo constante y frenético del ir y venir de los demás patinadores mientras calentaban, repasaban pasos o hablaban con sus parejas o sus entrenadores. Procuré no escuchar el sonido de la música que llegaba desde el otro lado de la tela, ni pensar en que, con cada acorde que la desgranaba, estábamos más cerca de nuestro turno.

Lo logré durante unos pocos minutos. Solo estaba yo, mi respiración lenta y profunda, el acompasado latido de mi corazón y la calidez y seguridad que me proporcionaba el sentir la mano de Misha en la mía.

—Vamos, id saliendo. —La voz de April me sacó de mi trance.

Nos pusimos en pie, le dimos la cajita de los polvos traslúcidos y la brocha junto a nuestras chaquetas de deporte y la seguimos fuera.

Los flashes procedentes del público sentado más cerca de nosotros se sucedieron tan pronto salimos. Varios de ellos incluso llevaban pancartas, la mayoría dedicadas a Mikhail, por lo que no pude evitar dirigirle una mirada elocuente a la que él respondió encogiéndose de hombros. Su intento de parecer indiferente habría colado de no ser por ese deje petulante que curvó sus labios. Puse los ojos en blanco y me dispuse a hacer unos últimos estiramientos. Él rio por lo bajo y empezó a hacer lo mismo.

Conseguí mantenerme en mi burbuja de calma, al menos hasta que la pareja que estaba en el hielo finalizó su programa. Entonces nada pudo evitar que notara ese fuerte mordisco nervioso que te producía unas ganas absurdas de echarte a reír y a llorar a la vez. Respiré hondo y, en ese momento, Misha me envolvió entre sus brazos. Me apretó contra él y me besó la sien.

—Vamos a hacerlo por nosotros —susurró contra mi piel—. Solo somos tú y yo ahí fuera —repitió las palabras y el gesto que, desde el Champs Camp, se habían convertido en nuestro pequeño ritual.

—Tú y yo —respondí rodeándole la cintura, envuelta por su olor, maravillada una vez más por cómo un simple abrazo suyo podía hacer que mi corazón suspirara de contento.

Salimos al hielo y esperamos a que nos anunciaran, segundos que aproveché para colocar los protectores de las cuchillas sobre la baranda separadora, perfectamente paralelos el uno del otro, así como de la botella de agua a la que acababa de darle un pequeño sorbo. Luego acaricié la fina pulsera de plata que llevaba en la muñeca derecha, regalo de mi abuela cuando Nick y yo ganamos nuestra primera competición. Siempre me la ponía cuando participaba en una. Era consciente de que todos esos tics formaban parte de una tonta manía supersticiosa, pero reconocerlo no evitaba que me sintiera incómoda si no las llevaba a cabo. Menuda futura psicóloga.

Nuestros nombres resonaron en el pabellón y ambos nos dispusimos a tomar posiciones. Mientras recorríamos la pista cogidos de la mano volví a fijarme en lo impresionante que estaba Misha vestido de negro, en cómo la camiseta de cuello de pico se adhería sutilmente a sus brazos y torso, y en cómo sus ojos celestes parecían brillar con luz propia en contraste con la oscuridad de su atuendo.

Yo misma contrastaba con él con mi vestido dorado. Era corto, no llegaba a rozarme la mitad del muslo, de tirantes finos y con un escote discreto que compensaba que la espalda estuviera al descubierto. Pero lo que lo hacía de verdad llamativo era el brocado en bronce que cubría todo mi pecho izquierdo, y los pequeños flecos dorados que colgaban del resto de la prenda como en un antiguo traje de charlestón. En el pelo no llevaba nada, me lo había alisado y recogido en una pulcra cola alta. En cuanto al maquillaje, lo había centrado en mis ojos con un intenso *smokey eyes* acentuado con largas pestañas postizas.

Una vez en el centro, nos colocamos uno al lado del otro, su mano derecha sobre mi hombro derecho y mi mano izquierda enlazada a la suya por delante de su torso, ambos con la vista clavada al frente. Una última y rápida oleada de nervios me recorrió de pies a cabeza y entonces el *Hip Hip Chin Chin* de Club das Belugas comenzó a sonar. Uno, dos, tres segundos... y nuestros cuerpos estallaron en movimiento llevados por el marcado e irresistible ritmo de la samba. Ya no había espacio para la inquietud, solo para la música, el crujir del hielo y la eléctrica y maravillosa sensación que se adueñaba de ti cuando estabas haciendo aquello que amabas.

La pieza era en su mayoría instrumental, pero al comienzo de la misma una voz masculina narraba de forma pausada lo que nosotros habíamos convertido en el tema de nuestro programa:

«*The subject of tonight's lecture is rhythm. The beat. The driving force that holds our lives together. Without rhythm your heart wouldn't beat...*»[10]

Acompañados por esas palabras Misha y yo nos separamos y realizamos dos de los siete elementos que representaban la mayor parte de la

---

10. El tema de esta noche es el ritmo. El latido. La fuerza motriz que nos mantiene unidos. Vuestros corazones no latirían sin ritmo.

puntuación técnica: un par de juegos de *twizzles*. Una vez completados, volvía a sus brazos, si bien solo por unos segundos, ya que en el momento en el que el «narrador» hablaba de «sacudidas» yo le daba un pequeño empujón que él enfatizaba al saltar hacia atrás. Entonces me colocaba a su lado y movíamos las caderas, así como nuestras cabezas, a izquierda y derecha a la vez que eran nombradas.

A partir de ahí el tema rompía de verdad. A los tambores y el ganzá se les unían timbales y trompetas que nos impulsaban a volar por el hielo.

Completamos una de las dos secuencias de pasos que debía incluir el programa y, acto seguido, llegó la primera de las tres elevaciones. El murmullo extasiado del público se oyó por encima de la música tan pronto me sujeté a su cuello con los muslos, y él dio rápidas vueltas sobre sí mismo para mantener mi cuerpo paralelo a la pista. Me bajó con una delicadeza y fluidez que me hacían parecer ingrávida. Nos había costado meses lograrlo y lo cierto era que todavía teníamos que pulirlo más para estar del todo satisfechos con el resultado. Aunque ya nos preocuparíamos de eso, por el momento solo debíamos concentrarnos en lo que estábamos haciendo.

Éramos fuerza, miradas incendiarias y caricias que quedarían grabadas en la piel durante horas. Una pequeña agonía que provocaba que un hormigueo incandescente me naciera en la parte baja del estómago y se extendiera por todas mis extremidades. Lo que, en realidad, no venía mal ya que, tan pronto pisaba el hielo tras una nueva elevación, comenzaba la otra pieza de nuestro programa: *Temptation*, de Diana Krall. Dejábamos el ritmo frenético de la samba para dar paso a la sutileza del jazz, porque la sensualidad y la pasión también hacían que nuestros corazones latieran, que nuestros cuerpos vibraran.

Mis movimientos se tornaron más voluptuosos, en tanto sus manos se volvían más exigentes. Me acariciaba los costados, la cintura, las caderas y sus labios rozaban mi hombro, mi mejilla apenas me dejaba escapar de sus brazos conforme nos deslizábamos acompañados por la delicada voz de Diana.

Entonces llegó mi parte favorita, aquella en la que Misha colocaba el tronco y la pierna derecha paralelos al hielo. Por unos instantes yo adoptaba la misma posición, pegada a su costado derecho y con su brazo rodeándome la cintura, hasta que con un saltito (y su ayuda) me subía a su espalda y rodaba despacio por esta mientras él se deslizada hacia atrás manteniendo el equilibrio sobre la pierna izquierda. Bajaba por el otro lado asistida por él con esa engañosa facilidad que hacía parecer que cualquiera podría hacerlo. Ahí estaba una de las dificultades que tanto contaban a la hora de puntuar, el lograr que lo complicado aparentara ser sencillo.

Ejecutamos la segunda secuencia de pasos requerida de manera que con cada cambio de agarre, con cada vuelta, con cada toque y mirada reflejábamos la seducción y el erotismo de la letra de la canción.

En ese punto variaba de nuevo la música y volvíamos a un compás desenfrenado con *Mujer latina* de Thalia. Tras un par de piruetas combinadas venía lo que yo llamaba «la traca final»: corta, llamativa e intensa. Recorríamos la mitad del hielo con mucha rapidez y movimientos muy marcados antes de llevar a cabo la última elevación. Misha me alzaba tumbada en sus brazos hasta pegar mi espalda a su pecho, y yo me doblaba para sujetar la cuchilla del patín izquierdo con la mano del mismo lado por detrás de sus hombros. Daba siete vueltas sobre sí mismo conmigo «de bufanda», como solíamos bromear, y me bajaba para dar unos cuantos pasos más por media pista antes de cerrar el programa. Me agarraba la muñeca derecha con la mano izquierda, colocaba su brazo derecho en la parte baja de mi espalda y, con ambos apoyos, yo daba una voltereta hacia atrás.

Los aplausos y ovaciones del público nos envolvieron. Durante unos segundos nos perdimos en un fuerte abrazo. Pese a los fallos, podía asegurar que era la vez que mejor lo habíamos hecho. Para mí, quedáramos en el puesto que quedáramos, nuestro debut había sido un éxito. La intensa emoción que despertó ese pensamiento hizo que las lágrimas se me acumularan tras los ojos. Hacía cinco meses creía que jamás volvería a experimentar momentos así. Entonces apareció Misha. Enterré la cara en su cuello y casi se me escapó un «te quiero».

Enlazó sus dedos con los míos y juntos saludamos a los presentes bajo una lluvia de peluches que las pequeñas asistentes se encargaban de recoger. Vladimir me abrazó en cuanto puse un pie fuera de la pista.

—Buen trabajo —dijo dándome un beso en la coronilla.

Acto seguido, se acercó a Misha. Este lo miró con un recelo que para mí no tenía sentido, y comenzó a adoptar esa expresión distante y fría que ya le había visto durante el Champs Camp, como si necesitara esconder lo que estaba sintiendo tras una máscara de impasibilidad. Hasta que nuestro entrenador ensanchó aún más su sonrisa y habló.

—Muy buen trabajo. Estoy orgulloso de cuánto te estás esforzando, ahora estoy completamente seguro de que podéis llegar lejos —afirmó palmeándole el hombro con efusividad.

La expresión de Mikhail reflejó una mezcla de sorpresa e incredulidad. Daba la impresión de que esas fueran las últimas palabras que habría esperado oír.

—Gracias —respondió con un cabeceo tímido.

Al apartar la mirada se encontró con la mía. Sus rasgos se dulcificaron al instante y una preciosa sonrisa le curvó los labios.

Nos sentamos en las butacas del panel habilitado para esperar las puntuaciones flanqueados por Vladimir y April, y todavía faltos de aire por el esfuerzo físico que suponían los cuatro minutos que duraban los programas libres. Di un par de sorbos al botellín de agua que me había dado nuestra segunda entrenadora tras achucharnos, saludé a la cámara fija que había frente a nosotros y levanté la vista hacia la pantalla donde aparecerían las notas. Misha me acarició la rodilla y Vladimir dijo algo a lo que no presté demasiada atención. Esos cortos minutos de espera siempre los pasaba en una nube de nervios y adrenalina residual que hacían que apenas pudiera estarme quieta en la silla.

Y ahí estaban nuestras valoraciones de elementos técnicos y artísticos junto al total de ambas.

Madre mía.

—¿Habéis visto eso? —rio Vladimir—. Muy bien chicos, muy bien. Venid aquí. —Nos atrajo para darnos un abrazo en el que nos fundimos los cuatro—. Queda mucho por hacer para que brilléis como sé que podéis, pero este es un buen comienzo.

Dicho eso, me dio un beso en la mejilla, se puso en pie y se marchó junto a April.

Habíamos estado tan distraídos que no nos dimos cuenta de que la información mostrada había cambiado.

—Joder, *ptichka*, mira. —Me frotó la espalda, apremiante, y señaló con la barbilla hacia la pantalla.

Miré y no pude más que soltar una risilla de puro contento. En esta se mostraba la puntuación que obtuvimos con el programa corto, la que acabábamos de conseguir con el programa libre, el total de ambas y el lugar en el que eso nos dejaba. El primero, ¡estábamos los primeros! No era definitivo ya que quedaban aún otras tres parejas por salir, las que ocuparon las posiciones más altas el día anterior, pero eso solo significaba que, como mínimo, nos haríamos con un digno cuarto puesto. No podía creerlo.

Dejamos el panel andando como idiotas y aun así no podía dejar de sonreír. Misha me había rodeado los hombros desde atrás y se negaba a soltarme. Avanzar con su pecho fusionado a mi espalda, y su boca depositando pequeños besos en mi sien cada vez que dábamos un paso con los patines todavía puestos, no era fácil.

—Me alegra verte tan contento —confesé una vez llegamos a unas sillas plegables donde poder descalzarnos.

—¿Por qué no iba a estarlo?

—Porque por un momento tuviste el mismo aspecto que en el Champs Camp.

Estaba tan pegado a mí que pude sentir cómo se tensaba. No obstante, no se apartó, sino que respiró hondo, apoyó la mejilla en mi cabeza y me apretó con más fuerza mientras exhalaba despacio.

—Intento no reaccionar así, créeme, pero me cuesta.

—Quizá te sería más sencillo lograrlo si compartieras el peso con alguien.

Conmigo.

Lo noté negar con la cabeza.

—Eso solo haría que pesara aún más.

—¿Cómo puedes saberlo si nunca te has abierto a nadie?

La tensión regresó y el silencio se estiró tanto que empecé a pensar que marcaba el fin de la conversación.

—Hablaste de mí con Mitch. —No era una pregunta.

—Estaba preocupado por ti.

—Siempre lo ha estado. —Fue más un pensamiento en voz alta que una respuesta dirigida a mí.

—Porque es un amigo de verdad y te quiere. —Como yo a Nick, a Abby y a Tris. Lo que me unía a ellos era más que amistad, era hermandad. Y me habían bastado pocos días para saber que los gemelos y Misha compartían ese mismo vínculo—. Pensó que yo podría ayudarte. Es evidente que se equivocaba.

Me sobresaltó al agarrarme por los hombros y darme la vuelta con brusquedad. Me enmarcó la cara con las manos y clavó sus ojos en los míos.

—Eres tú quien se equivoca. —Estaba tan cerca que su nariz casi rozaba la mía—. Hannah, claro que me has ayudado. Lo hiciste cuando aceptaste mi oferta y lo haces cada día que pasa al redescubrirme el deporte que tanto amaba, al enseñarme a vivirlo como no lo había hecho antes. —Me acarició los pómulos con los pulgares—. Al hacerme reír como no recordaba que podía hacerlo, al provocar que diga y haga cosas poco propias de mí con tal de hacerte reír o protestar. —Sus labios dibujaron una sonrisa torcida—. Creo que en los últimos meses me he sonrojado más que en toda mi vida. —Yo podría decir lo mismo—. Me ayudas al volverme loco a mí y a mi corazón, porque eso me hace sentir más vivo de lo que me he sentido jamás. ¿No te basta con eso?, porque a mí sí.

»Quiero dejar mi pasado atrás, ¿no puedes hacer tú lo mismo?

Podía, porque sabía que aferrarse a este nunca traía nada bueno. Había que aprender de él, asimilar tanto lo bueno como lo malo porque, al fin y al cabo, cada una de nuestras vivencias nos enseñaba, nos moldeaba. Pero luego teníamos que dejarlo ir para poder disfrutar del presente, para poder mirar al futuro. Me bastaba con el Misha que tenía delante, no necesitaba saber qué lo había hecho como era. Tal y como me dijo Abby, todos teníamos cosas de las que no nos gustaba hablar. Lo entendía y respetaba. Sin embargo, no podía quitarme de encima la desagradable sensación de que aquello contra lo que luchaba Mikhail no era sencillo de olvidar y podía acabar por hacernos daño a ambos.

—Sí —concedí al fin—. Siempre que ese pasado no amenace con destruir lo que estamos construyendo dentro y fuera del hielo.

31
Hannah

Quedar cuartos en el Skate America después de haber alcanzado el podio con el bronce en el U.S. Classic apenas un mes antes fue un buen baño de realidad. La presencia de los pesos pesados hacía del Grand Prix un campeonato de alto nivel para el que todavía no éramos unos rivales fuertes. No obstante, nos sentíamos satisfechos, ya que estar entre los seis primeros nos permitía continuar en la competición. Si lográbamos obtener una buena puntuación final en el Trophée Eric Bompard, al que asistiríamos dentro de veinticinco días en París, quizá nos clasificaríamos para participar en el Grand Prix Final. Y eso, por sí solo, sería mucho más de lo que habría esperado conseguir en nuestra primera temporada como pareja.

Intentaba no darle muchas vueltas a esa posibilidad ya que era como vender la piel del oso antes de cazarlo, y si algo había aprendido era a centrarme en el presente.

Una vez concluida la competición, la tensión se había esfumado y el ambiente en el Showare Center de Kent, donde tenía lugar el Skate America, se había vuelto relajado y animado. Era hora de disfrutar de la gala de exhibición bautizada como Skating Spectacular. Tanto las patinadoras como las parejas de danza estábamos allí desde por la mañana, cuando habían tenido lugar los programas libres y la entrega de medallas de ambas categorías. Los chicos y las parejas de artístico se nos habían unido para el espectáculo, que daría comienzo a las seis de la tarde.

—La leche, Han, estás para comerte —dijo a mi espalda una voz que reconocí enseguida.

—Difícil lo veo si te quedas sin dientes —repuso Misha alzando una ceja y cruzándose de brazos.

Le pegué un cachete en el brazo y me di la vuelta para saludar a los M&M. Tan pronto los vi me eché a reír. Max parecía salido de un vídeo de aeróbic de los ochenta y Mitch, con ese pantalón negro y la chupa roja, del videoclip *Beat it* de Michael Jackson, solo que en vez de una camiseta llevaba un chaleco dorado que se ajustaba como una segunda piel a un torso de foam que le hacía parecer hipermusculado.

—Si te ríes ahora espera a ver nuestras actuaciones —aseguró Max guiñándome un ojo.

—Miedo me da.

Los gemelos sonrieron con malicia y se acercaron a mí para besarme cada uno en una mejilla.

—Estás preciosa, dan ganas de meterte en una cajita de música. —Mitch me cogió de la mano y me hizo girar sobre mí misma.

Lo hice de puntillas como una buena bailarina. Llevaba un maillot negro con un tutú del mismo color y el pelo recogido en un moño alto. Mikhail, en cambio, no iba a conjunto conmigo. Él vestía unos vaqueros claros y la camiseta blanca de los antiguos Mighty Ducks (en la actualidad Anaheim Ducks), un equipo profesional de hockey sobre hielo originariamente creado por la compañía Disney. De ahí su logo, que tanto me gustaba: el dibujo de una careta de hockey que parecía hecha para el pato *Donald* sobre dos sticks cruzados.

—Juraría que lo que yo tenía eran dos amigos, no dos buitres. —Misha le dio un puñetazo en el hombro a Mitch, que se echó a reír.

—Cierra el pico y deja de protestar, capullo con suerte.

Se dieron un abrazo al que Max se unió saltando sin delicadeza alguna sobre la espalda de su amigo.

—Joder tío, qué bien hueles, ¿te has echado colonia o es que has estado restregándote a escondidas con Hannah antes de que todos llegáramos?

Misha y yo nos miramos y nuestras caras se pusieron de un delatador rosado, una reacción que los M&M no pasaron por alto. Prorrumpieron en carcajadas y comenzaron a lanzarle pullas sin piedad. Solo la aparición de uno de los muchos periodistas que rondaban por el recinto logró aplacarlos.

—Le veo bien —me dijo Mitch en un aparte mientras Misha, Max y otro par de chicos contestaban unas cuantas preguntas y posaban para unas fotos.

Asentí con una sonrisa.

Desde nuestra charla en el backstage del U.S. Classic había notado cómo procuraba no dejarse llevar por esa reacción intensa que despertaban en él ciertos temas. Uno de ellos era su madre, cuyas llamadas fueron aumentado a lo largo de los meses hasta que, en los últimos días, habían sido casi constantes.

—¿Ha llegado a contarte algo?

—Me habló del día que murió Ben, pero aparte de eso solo se ha limitado a compartir pequeñas anécdotas. —Mitch dejó escapar un suspiro resignado—. Tampoco he insistido —admití—. Ni voy a hacerlo.

—¿Por qué?

—Porque él me lo ha pedido. Y porque cuando lo hizo vi en sus ojos el dolor y el miedo a que no aceptara. —Me senté en una de las sillas de plástico que había tras nosotros y él me imitó—. No quiere que hurguemos en su pasado y no puedo obligarle a destaparlo por mí. No cuando sé cuánto está luchando por superarlo.

Mitch asintió despacio, como sopesando mi respuesta.

—Supongo que lo que le hacía falta era un buen motivo para hacerlo —afirmó con un guiño cómplice que despertó un revuelo de mariposas en mi estómago.

«Oh, por favor», me puse los ojos en blanco a mí misma.

—Solo espero que ese cambio sea una mejora real y no la engañosa calma que precede a la tormenta —musitó con la vista clavada en su hermano y Misha, que ya venían hacia nosotros.

Volví a notar un revuelo en el estómago, pero esta vez no fue una sensación agradable.

Diversión. Las galas de exhibición se podrían resumir con esa única palabra. Libres de los nervios y el estrés de la competición, los patinadores salíamos al hielo a disfrutar al máximo. Unos optaban por programas más serios y elegantes, en tanto otros se decantaban por algo más informal y desenfadado. No había reglas ni restricciones.

Mitch, Misha y yo estábamos en el *backstage* de pie frente a una de las pantallas de televisión que mostraban lo que estaba ocurriendo en la pista, donde Max tenía al público en el bolsillo. Había salido con un gran estéreo negro sobre el hombro izquierdo y una bolsa de deporte colgando del derecho al son del *Oh Yeah* de Yello, mientras su propia voz en *off* lo presentaba.

—¡Hola a todo el mundo! —Saludó efusivamente agitando el brazo—. Mi nombre es Maximilian, pero podéis llamarme Max. Y tú... —señaló hacia el público con una sonrisa de granuja— puedes llamarme luego. —Se llevó la mano a la oreja con el pulgar y el meñique extendidos como si fueran el auricular de un teléfono. Dejó los bártulos en el hielo y comenzó a recorrerlo—. Hoy voy a daros una clase de aeróbic, aunque antes de sudar necesitamos calentar. Respirad hondo...

En ese momento la canción cambió y dio paso a otros dos fragmentos de temas míticos: *What a feeling* de Irene Cara (y tema principal de *Flashdance*), seguido por *Fisical* de Olivia Newton John. Su voz continuaba dando unas instrucciones que él seguía con exagerados, y a veces cómicos, movimientos de aeróbic entre los que intercalaba piruetas y saltos propios del patinaje artístico masculino.

—No os olvidéis de hidrataros —comentó su voz en *off* mientras él paraba junto a la bolsa de deporte, la abría y sacaba un botellín del que dio un trago—. Wooo wooo wooo. Me siento un poco mareado. —Se puso en pie con una toalla en la mano y se la pasó por la cara—. Creo que necesito un segundo.

Hubo un breve silencio y entonces...

Misha y yo dejamos escapar una carcajada casi al unísono y el público estalló en risas y aplausos. Max se había quitado la sudadera y arrancado el pantalón de chándal con la habilidad de un *stripper*, al tiempo que empezaban a sonar los primeros acordes del *I need a hero* de Bonnie Tyler. Era difícil mirarlo y no desternillarse a causa de su nueva indumentaria: unas mallas azules que le llegaban a la rodilla, pantaloncitos rojos sobre estas y camiseta elástica de tirantes anchos también azul con el logo de Superman en el centro del pecho, solo que en vez de una S había una M. Se había convertido en SuperMax, capa roja de raso incluida. Volaba por la pista, postureando e intentando con poco éxito que con los saltos y giros no se le pegara el trozo de tela a la cara.

Para cuando terminó su actuación me dolía la boca de tanto reírme. Algo que estaba segura de que no iba a cambiar en los próximos minutos ya que le tocaba salir a la otra mitad de los M&M.

—Damas y caballeros, con todos ustedes: Mitchell Towner —anunció el presentador por megafonía.

Mitch avanzó por el hielo pegado al muro bajo que rodeaba la pista. Se detuvo más o menos en el centro, donde apoyó el culo y las manos. Tras unos instantes la voz de Tom Jones inundó el pabellón con su famoso *Sex Bomb*. Tan pronto comenzó la canción, Mitch se giró para mirar al público que tenía a la espalda y, con las palmas todavía sobre el muro, rotó unas cuantas veces las caderas en una cadencia lenta y sexy que arrancó aplausos y risotadas a los presentes. Acto seguido, se sacó una flor del interior de la chaqueta y se la entregó a la mujer que estaba sentada frente a él.

Terminada su introducción, comenzó a patinar, a combinar baile provocativo y guasón con increíbles triples y cuádruples. Entre unos y otros se había deshecho de la chaqueta y, poco después, del chaleco. Su intención de no lucir solo su exageradamente musculado torso de foam quedó clara en cuanto se llevó las manos a la cinturilla del pantalón. Quitó algo de un lado, luego tiró de un cordoncillo que salía del otro y fue como si la prenda se deshiciera. Cayó arremolinada a sus pies y lo dejó casi desnudo, solo cubierto por un diminuto calzoncillo dorado.

La gente se volvió loca y yo creí que íbamos a ahogarnos de la risa. Madre mía, parecía Arnold Schwarzenegger cuando ganó el título de Míster Olympia. No quería mirar, de verdad que no, intenté centrarme en otra parte, pero...

—¿El paquete es suyo o también se ha puesto relleno? —resollé.

Misha despegó la vista de la pantalla para clavarla en mí sin perder la sonrisa.

—¿Se supone que debería saber de qué tamaño la tiene Mitch? —El brillo divertido en sus ojos se tornó travieso—. No he tenido el placer de medírsela, pero parece que tú estás muy concentrada haciendo tus propios cálculos.

Envolvió mi cintura con el brazo izquierdo, me tapó los ojos con la mano derecha y me acercó a él hasta pegar mi espalda a su pecho. Se me escapó una risotada.

—Cualquiera diría que estás celoso, Egorov.

Logré apartar sus dedos el tiempo suficiente para ver cómo Mitch saltaba el muro que cercaba la pista, empezaba a subir las escaleras situadas entre los asientos del público, se acercaba a una señora y la abrazaba.

—Un poco... —lo dijo tan bajo que, de no haber tenido sus labios pegados a mi oreja, no le habría oído—. Aunque sé que es ridículo, no puedo evitarlo. Para mí todo esto es nuevo, incluidos los celos.

Fruncí el ceño y ladeé la cabeza para mirarlo.

—¿Todo esto?

—Una relación —aclaró—. Nunca antes me había permitido tener una. Y tampoco había sentido la necesidad, hasta que te conocí.

Mi corazón latió con fuerza.

Despacio, giré entre sus brazos para quedar de cara a él.

—Cuando vine aquí a proponerte que fueras mi compañera lo máximo que estaba dispuesto a tener contigo era una amistad. Pero pronto me di cuenta de que no podía, ni quería, aceptar solo eso. —Me acarició el cuello y el mentón con los nudillos en una pasada lenta y tierna.

—No es justo que me digas algo así cuando no puedo besarte. —Me moría por hacerlo, por volcar en mi boca el nudo cálido que se había formado en mi pecho. Dejarlo explotar en mi lengua para que él pudiera saborear tanto como yo cada uno de los sentimientos deliciosos y arrolladores que lo formaban.

—Lo sé —reconoció con una sonrisa y un deje perverso.

—Serás... —protesté con un chiñido e intenté morderle la mano que había deslizado hasta la mejilla donde tenía la cicatriz.

Soltó una carcajada y me abrazó. Fingí estar indignada, pero me dejé hacer. Sin embargo, eso no significaba que no me tomara la revancha. Ladeé la cabeza sobre su pecho para poder mirar la tele. Mitch había finalizado su espectáculo y estaba saludando al público.

—Además de un paquetón tiene un pedazo de culo. De esos que dan ganas de coger a manos llenas y a los que puedes agarrarte cuando...

Me tapó de nuevo los ojos y se movió de manera que, si me zafaba, su cuerpo me bloquearía la vista. Me dio la risa mientras forcejeábamos y él no tardó en unirse a mí.

Entonces, el retumbar de su pecho en mi oído cesó de golpe y sentí cómo su cuerpo se tensaba, tanto que casi temblaba.

—¿Misha?

Dejó que apartara sus dedos de mis ojos. Estaba muy quieto, tenía la mandíbula apretada y la mirada dura, glacial, clavada en algún punto a mi espalda. Murmuró algo, o más bien lo masculló. Lo hizo en ruso, de manera que no lo entendí.

—Misha, ¿qué pasa?

Alcé la mano y le acaricié el mentón. El roce pareció sacarlo del trance. Parpadeó varias veces y bajó la vista hacia mí con una inspiración profunda.

—¿Ocurre algo? —insistí.

—No, nada, solo se me ha ido un momento la cabeza —aseveró con un amago de sonrisa.

—¿Estás seguro?

—Sí, tranquila. —Me dio un beso en la frente. Notaba que intentaba mostrar calma, pero su cuerpo seguía rígido. Y eso empezaba a preocuparme—. Necesito ir al baño. ¿Te importa si te abandono unos minutos?

—No, claro que no. —Pese a intentarlo, no soné convencida. El cambio en su actitud había sido demasiado brusco como para no deberse a nada.

Las palabras de Mitch se repitieron en mi cabeza conforme lo veía alejarse en dirección a los servicios y una sensación desagradable se asentó en mi estómago.

No llevaba reloj, si bien el haber visto cuatro actuaciones desde que me había quedado sola me decía que habían pasado al menos veinticinco minutos.

—Y aquí está SuuuuuperMax —vociferó el susodicho apareciendo a mi lado—. ¿Qué te ha parecido mi *show*?

—Inolvidable. —No pude evitar curvar los labios. No cuando seguía vestido con las mallas, el pantaloncito y la camiseta de licra.

—Tanto como yo —bromeó dándome un empujoncito con el hombro—. Y ahora que me fijo, ¿dónde está Misha?

—Ha ido al baño.

Max frunció el ceño.

—Acabo de salir de allí y no le he visto.

El corazón me dio un vuelco y la mala sensación en mi estómago se recrudeció.

—¿Estás seguro?

—Hombre, no me dio por mirar en los cubículos. Puede que estuviera en uno, ya sabes, descargando...

Max tenía razón. Eso, o quizás había salido y se había parado a hablar con alguien. Existían multitud de posibilidades lógicas. En cambio, no lograba deshacerme del mal presentimiento que me carcomía por dentro. Había visto el cambio en su expresión, en sus ojos.

—¿Te importaría ir a comprobarlo?

Pareció extrañado por mi petición, pero aceptó. Le seguí hasta allí y esperé en la puerta mirando a mi alrededor, con el pulso cada vez más desbocado, con la garganta cada vez más apretada.

—No hay nadie dentro.

—Tampoco le veo por aquí —le dije con un hilo de voz.

—¿Has mirado en el vestuario?

Negué con la cabeza. Me cogió de la mano y casi me arrastró hacia allí.

Tampoco estaba. Comprobé sus cosas, su maleta seguía donde la habíamos dejado por la mañana, llena con su ropa de calle, el móvil, toallas y los patines.

—Joder —maldijo Max al mirar por encima de mi hombro.

—Sus zapatillas de deporte y su cartera no están. —Apenas pude hacer pasar las palabras por el apretado nudo que tenía en la garganta.

—Voy a buscar a Mitch para recorrer el recinto y los alrededores.

Asentí pese a saber que no serviría de nada.

Misha se había ido.

32
Hannah

Me despertaron los gritos procedentes de la habitación contigua. Abrí los ojos despacio, aturdida, con la cabeza embotada y a punto de regalarme una buena jaqueca. Cogí el móvil para mirar la hora y suspiré al comprobar que había dormido poco más de dos horas. Di un respingo cuando la voz volvió a retumbar al otro lado de la pared, grave, imperativa. Me senté de golpe al reconocerla, era la de Vladimir. Y que estuviera vociferando en ruso dentro del dormitorio de Misha solo podía significar que este había regresado.

No habíamos vuelto a tener noticias de él desde que se marchó del Showare Center el día anterior. Tras descubrir su desaparición, Mitch y Max cubrieron hasta el último rincón del recinto y sus alrededores y yo llamé al hotel. Nos negábamos a creer que hubiera hecho algo así. Pero lo hizo, me dejó vendida, sin compañero poco antes de tener que salir al hielo. Y lo peor no fue tener que contarle lo sucedido a nuestros entrenadores, que me asediaron a preguntas para las que no tenía respuestas, ni verme obligada a aguantar el tipo pese a que la punzada que me atravesaba el pecho en una mezcla de preocupación, dolor, rabia, decepción, incredulidad e impotencia me llenaba los ojos de lágrimas que quemaban por ser derramadas.

No, lo peor no fue todo eso, sino no lograr entender el porqué había sucedido.

Vladimir comunicó a tiempo nuestra baja a la organización del evento. Alegó que Misha había tenido que regresar a nuestro alojamiento porque se encontraba mal. No sabía si llegó a especificar qué tipo de indisposición sufría, era un detalle que no me importaba lo más mínimo.

Salí de la cama y me dirigí a la puerta. Max y Mitch habían estado conmigo toda la noche en espera de que Misha apareciera, y también porque no querían dejarme sola con la miríada de sentimientos y pensamientos que ni siquiera sabía cómo empezar a procesar. Estaba dividida y solo su compañía logró mantenerme entera durante todas esas interminables horas. Se marcharon a regañadientes poco antes del amanecer, su vuelo salía temprano y aún no habían hecho las maletas.

Abrí, me asomé al pasillo y vi a April apoyada en el marco de la puerta cerrada de la habitación de Misha. Tanto ella como Vladimir habían hecho guardia dentro, pero al parecer nuestro entrenador prefería estar a solas con él.

—Será mejor que no entres —me dijo acercándose a mí nada más verme. Por su aspecto era evidente que había descansado tan poco o menos que yo—. Creo que nunca he visto a Vladimir tan enfadado. Y lo peor es que tiene razones para estarlo —afirmó con un suspiro resignado—. Déjalo estar hasta que lleguéis a casa. Allí podrás hablar con él con tranquilidad. —Me dedicó una pequeña sonrisa—. No te preocupes, Mikhail está bien. —Me colocó un mechón de pelo tras la oreja con gesto maternal—. Ve a vestirte y a recoger tus cosas, yo bajaré al restaurante a por algo para que desayunéis de camino al aeropuerto.

Asentí en silencio y le dediqué una última mirada a la puerta. Deseaba irrumpir allí dentro, lanzarme a sus brazos y besarlo hasta que los dos nos quedáramos sin aliento, o abofetearlo hasta que no me sintiera la mano, o gritarle hasta perder la voz y sacar el enorme peso que me había aplastado cada vez más y más el pecho desde que me di cuenta de que me había dejado sola tras mentirme sin el menor titubeo. En cambio, no hice nada de eso, sino que me di la vuelta y regresé a mi habitación. Una vez dentro, cogí el móvil y les envié un mensaje a los M&M para hacerles saber que su amigo había decidido honrarnos de nuevo con su presencia.

Me metí en la ducha con la esperanza de que pasar un rato bajo el chorro de agua caliente me ayudaría a relajarme. Estaba tan exhausta física y anímicamente que todo mi ser lo pedía a gritos. Pronto me di cuenta de que sería inútil, al menos hasta que lograra parar de darle vueltas a la cabeza. Cerré los ojos e intenté dejar la mente en blanco. Estuve a punto de conseguir bloquear todo excepto el sonido del agua y la calidez de esta sobre mi piel, pero el mismo pensamiento me asaltaba a traición una y otra vez. Y en cada ocasión que me golpeaba mandaba un aguijonazo de dolor justo al centro de mi pecho. Los secretos... en ocasiones eran necesarios, mientras que otras veces mataban las cosas antes de que tuvieran la oportunidad de crecer.

Acababa de cerrar la cremallera de la maleta cuando April vino a buscarme.

—Misha y Vladimir ya están abajo pidiendo un par de taxis, pensé que estarías más cómoda si íbamos las dos solas. —Asentí, agradecida por el gesto. Pese a que ya sobrellevaba bastante bien mi miedo, estaba demasiado agotada y lo último que quería era añadir la tensión extra que supondría el realizar el trayecto junto a Mikhail—. No sé si te has fijado en la hora, pero vamos muy justos de tiempo. —Me advirtió indicándome el ascensor con un movimiento de cabeza—. Te he traído un sándwich de pavo, zumo de naranja y una macedonia para desayunar. —Agitó la bolsa de papel que llevaba en la mano derecha y pulsó el botón de la planta baja con la otra.

—Genial, aunque ahora mismo mataría por algo con chocolate.

—Pues menos mal que he añadido un donut relleno. No se lo digas a Claire —pidió con un guiño.

—¿En serio? —Le arrebaté el paquete y al abrirlo me llegó el irresistible olor de la bollería recién hecha—. Eres la mejor.

—No —rio—. Dejémoslo en que te conozco bien.

Se me curvaron los labios. Claro que me conocía. Muchos entrenadores eran simplemente eso y no se involucraban más allá de lo estrictamente profesional. Al fin y al cabo, no dejaba de ser un trabajo y, como en cualquier otro, no tenía por qué existir una amistad con los compañeros o los jefes para poder realizarlo. Sin embargo, otros sí ofrecían su cariño, se abrían a sus patinadores y los arropaban bajo su ala. Ese era el caso de April y, sobre todo, el de Vladimir. Él y su esposa no llegaron a tener hijos por problemas de fertilidad y porque los posteriores intentos de adopción nunca llegaron a buen puerto. No resultaba difícil imaginar que esa carencia era la que hacía que viera y tratara a sus patinadores como a «sus niños».

Sabía, sin necesidad de haber estado presente, que el fuerte estallido con Misha tenía mucho más que ver con el hecho de que se pasara horas sin dar señales de vida, y sin llevar encima un móvil con el que localizarlo, que con su comportamiento nada profesional al abandonar el evento sin previo aviso ni motivo aparente. No había sido la reprimenda de un entrenador, sino la bronca que casi cualquier padre le habría echado a su hijo. Esperaba que Misha supiera valorarlo.

Tan pronto salimos del hotel nos dirigimos con paso rápido hacia el taxi estacionado detrás del que ya salía con Vladimir y Mikhail. Casi lanzamos el equipaje dentro del maletero y a nosotras mismas al interior del coche. Por suerte, hubo tráfico fluido y no nos retrasamos más.

Allí estaban cuando llegamos, de pie junto a la entrada de la terminal. Mi mirada se cruzó de inmediato con la de Misha y el corazón me dio un vuelco. Por un momento creí ver algo en sus ojos, quizás un reflejo de la mezcla emocional que yo sentía. Claro que también pudo ser una impresión fruto del agotamiento y la falta de sueño, porque en un parpadeo había desaparecido.

—Hola. —Su voz sonó suave, tan tentativa como su sonrisa.

Seguía queriendo besarle, o abofetearle, o gritarle, o mejor aún, hacer una liberadora mezcla de todo. En cambio, me limité a formular un:

—Hola, tienes un aspecto horrible.

Estaba pálido, ojeroso y de alguna forma parecía consumido, como si menos de un día hubiera bastado para que perdiera varios kilos.

—No te preocupes, estoy bien.

Y esa afirmación fue el detonante. El torbellino de sentimientos que había barrido mi interior sin descanso desde que él desapareció estalló. Y dejó por fin una única emoción: rabia.

—¿Tan bien como cuando te largaste del Showare Center? —Misha dio un respingo como si le hubiera propinado un guantazo. Y se lo había dado con ganas, pero sin mano.

Estaba cabreada y dolida. ¿Cómo tenía los santos cojones de volver a mentirme diciéndome que estaba bien cuando era más que evidente que no era así?

—Ahora no es el momento ni el lugar para discusiones —intervino Vladimir colocándose entre ambos y dedicándonos una mirada severa—. Tenemos que darnos prisa o nos cerrarán el mostrador de facturación.

Asentí mientras respiraba hondo para calmarme, aferré con fuerza el asa de la maleta y eché a andar junto a April.

—Lo siento.

Me detuve y me giré despacio. Esas dos palabras fueron como un puñetazo porque ¿qué era exactamente lo que sentía?

Negué con la cabeza.

—Yo también.

El vuelo y el trayecto desde el aeropuerto a Ann Arbor pasaron como una mancha difusa. Antes de darme cuenta estaba abriendo la puerta de mi habitación. Tras casi diez horas de viaje por culpa de que se había retrasado un poco el vuelo, lo que todo mi ser clamaba era que cenara algo y me metiera en la cama. No quería pensar más, ni sentir más, solo perderme en el cansancio y dormir hasta bien entrada la mañana siguiente.

—Hannah. —Tumbé el *trolley* sobre la cama y abrí la cremallera sin molestarme en alzar la vista—. Hannah. —Oí el sonido de sus pasos acercándose. Se me escapó un suspiro entrecortado cuando me agarró del antebrazo con suavidad—. Hablemos.

—¿De qué? —Me atreví a mirarlo, dudosa de si tendría la energía necesaria para afrontar el tema que habíamos dejado pendiente.—. ¿De lo que pasó ayer? ¿Vas a decirme por qué te fuiste?

Sus labios se apretaron hasta formar una fina línea. Esperé, pero no se separaron, no se movieron, porque el silencio era su respuesta. Mi pecho empezó a doler. ¿No se daba cuenta de lo que sentía por él? Aunque, ¿importaba eso si no había confianza? La contestación a esa pregunta hizo que tragara con fuerza para contener las lágrimas.

—Entonces no tenemos nada de qué hablar. —Logré que mi voz sonara calmada y uniforme—. Porque lo único que voy a sacar en claro es lo que ya sé: que me mentiste a la cara, que me abandonaste, que me fallaste. Y que, al parecer, ni siquiera merezco una explicación.

Moví el brazo para que me soltara con más ímpetu del que había pretendido. El daño que asomó a sus ojos a causa de mi gesto me hizo apartar la mirada.

—Necesitaba irme. —Dio un paso hacia mí y apoyó la frente en mi cabeza. Estaba tan cerca que podía sentir su calor y el roce de su pecho en mi hombro con cada inspiración. Cerré los puños y los ojos y los apreté con fuerza para luchar contra el llanto, para vencer la necesidad de perderme entre sus brazos—. Siento haberlo hecho de la manera en la que lo hice.

—Estábamos a punto de salir al hielo.

—Era solo un espectáculo, jamás te habría dejado sola durante una competición.

Di un pasó atrás y lo encaré.

—¿No? ¿Qué garantía tengo de que eso sea cierto? ¿Cómo puedo estar segura de que no volverá a pasar lo mismo?, ¿cómo, cuando no sé qué es lo que provoca ese comportamiento?

»No soy estúpida, ¿sabes?, ni estoy ciega. Recuerdo cómo reaccionaste la noche del concierto cuando recibiste la llamada de tu madre, y las que han seguido a esa durante todos estos meses. He visto cómo borrabas sus *e-mails* y mensajes sin siquiera abrirlos. Y por supuesto que recuerdo cómo te pusiste tras presentar nuestro programa corto en el Champs Camp y las demás veces que hemos tenido que someternos al criterio de un jurado. ¿Me vas a decir que, de algún modo, todo eso no tiene que ver con tu huida? —Me aparté el pelo de la cara con ambas manos y lo sujeté tras la nuca mientras tomaba una honda inspiración y luego expulsaba el aire despacio—. Te prometí que dejaría tu pasado atrás siempre que no amenazara con destruir lo que estamos construyendo. —Mis brazos cayeron a ambos lados de mi cuerpo con ademán derrotado—. Pues bien, lo estás haciendo y, si confiaras en mí, si te importara de verdad lo que tenemos, me dirías qué cojones te pasa.

—Confío en ti. —Me enmarcó la cara con las manos—. Confío en ti como no he confiado nunca en nadie.

Creí que diría algo más, cualquier cosa que probara sus palabras. No fue así y yo casi pude oír cómo una parte de mí se rompía.

—Si eso es cierto, cuéntamelo. Déjame ayudarte. —Se me quebró la voz. El corazón me latía de tal manera que empezaba a sentirme enferma—. Por favor.

Me sujetó el rostro con más firmeza, con la misma desesperación y sufrimiento que colmaban su mirada.

—No puedo.

Una fuerte punzada me atravesó el pecho como si se hubiera abierto en dos. Entendí, con abrumadora y devastadora claridad, que habíamos llegado a un callejón sin salida. Él no estaba dispuesto a derribar sus muros. Y yo no podía vivir con el miedo y la incertidumbre de que en cualquier momento desapareciera de nuevo.

—Me apartas, me dejas fuera, lo has hecho desde el principio y ya no sé qué hacer ni qué decirte. —Notaba la garganta y los ojos colmados de lágrimas a punto de ser derramadas—. Ignoro cómo funcionan muchas cosas en este mundo, pero sí sé que las relaciones no funcionan así.

—Hannah...

—¿Crees que te veré de forma diferente una vez sepa lo que quiera que te pasó? ¿Es eso? —Algo en su expresión me dijo que no me equivocaba—. ¿De verdad piensas que puede haber un futuro para nosotros si eres incapaz de ser sincero conmigo, si no puedes fiarte de mí? —Envolví sus dedos con los míos y los aparté de mi cara con suavidad—. Estas son las cosas que terminan con las parejas. No lo que ocurrió en el pasado, Misha, sino lo que permites que pase en el presente.

—¿Qué quieres decir?

Las siguientes palabras me desgarraron por dentro incluso antes de pronunciarlas.

—Que se acabó.

Nada, ni siquiera el amor, podía funcionar sin confianza mutua.

Solté sus manos con un gemido y salí de la habitación a toda prisa. El llanto se abría paso, inexorable. Intenté controlarlo porque no podía derrumbarme, todavía no.

—¡Hannah, espera! —El temblor y la súplica en su voz me hicieron apretar el paso escaleras abajo.

Me dirigí al dormitorio de Abby, sabía que estaba en casa, porque había visto su coche aparcado fuera y sus llaves en el platillo de la entrada. No la encontré en su habitación, sino en la cocina preparando la cena con Nick. Durante unos instantes no se dieron cuenta de mi presencia, tan perdidos en su mundo como estaban. Se besaban, provocaban y reían al tiempo que cocinaban. Cuando por fin me vieron perdieron la sonrisa.

—Joder, Lin, ¿estás bien? —Nick rodeó la barra para acercarse a mí.

—No —admití con una risa rota—. Siento cortaros el rollo, pero... —Apreté los labios para reprimir un sollozo, aunque no pude evitar que escaparan las primeras lágrimas—. ¿Os importaría llevarme a casa de mi madre?

—Claro que no —respondió Abby de inmediato. Apagó el fuego, retiró la sartén, la cubrió con una tapadera y dejó todo lo demás como estaba—. ¿Qué cojones ha pasado? —Quiso saber una vez a mi lado.

—Os lo contaré en el coche.

Intercambió una mirada con Nick y ambos asintieron. Me di la vuelta para cruzar el salón en dirección a la puerta principal. No llegué a dar ni siquiera un paso. De repente, me encontré envuelta por los brazos de Misha, que me pegó a su pecho y atrapó mi boca con la suya antes de darme tiempo a reaccionar.

Sus labios eran calor, ternura, hambre, anhelo. Eran un ruego convertido en beso. Me aferré a su camiseta con los puños y me acerqué todo lo que pude a él. Estaba rota y su abrazo era lo único que me mantenía unida.

—No lo hagas —pidió sin separarse de mi boca—. No permitas que esto acabe.

—No lo entiendes. —Aplané las manos sobre su torso—. Eres tú el que lo está permitiendo.

Empujé para apartarme desoyendo las súplicas de mi cuerpo y de mi corazón. Durante unos instantes se resistió a soltarme, pero finalmente cedió y yo noté con cada fibra de mi ser cómo empezaba a desquebrajarme, a hacerme añicos, trozos tan pequeños que no estaba segura de si podría volver a recuperarlos y reconstruirlos por completo.

Dejé la casa con la vista nublada por las lágrimas. Abby y Nick me siguieron. Ella se puso al volante, él se sentó atrás y me atrajo a su costado, donde por fin me permití derrumbarme.

La última vez que me quedé dormida mientras lloraba fue el día en el que supe que el accidente había dejado a mi mejor amigo en una silla de ruedas, por eso resultaba paradójico que hubiera vuelto a rendirme al llanto precisamente en sus brazos.

Hacía quince minutos que Abby había aparcado frente a la casa que me vio crecer, y se había pasado a la parte de atrás para ayudar a Nick a despertarme con cuidado. Una vez lograron que mantuviera los ojos abiertos, se quedaron en silencio, esperando a que terminara de espabilarme y reuniera la entereza suficiente para contarles lo ocurrido. Debíamos ofrecer una estampa bastante siniestra los tres allí sentados, apenas iluminados por una farola cercana, quietos y con sus dedos enlazados con los míos.

—¿Vas a decirnos qué es lo que ha pasado? —se impacientó Nick.

La pregunta era sencilla, la respuesta no tanto. No sabía siquiera por dónde empezar. Apoyé la cabeza en el respaldo con un suspiro. Solo pensar en él hacía que volviera la sensación de que algo me aplastaba el pecho.

—¿Hannah?

—Misha no confía en mí.

Hubo una pausa expectante en la que no añadí nada más.

—Vale, eso lo explica todo —resopló Abby, mordaz.

Le di un apretón en la mano y ella me lo devolvió junto a un codazo.

—Él no quiere hablarme de una parte de su pasado que sé que es importante y que le afecta a un nivel muy profundo.

Cerré los ojos y les conté tanto lo ocurrido el día anterior en el Showare Center como todo lo demás.

—Joder. —Nick se pasó la mano libre por el pelo—. Hay mierda de la que es muy difícil hablar, Lin.

—¿Crees que no lo sé?, por eso hice todo lo posible por obviarlo, por darle espacio. —Aunque en el fondo siempre esperé que diera el paso y se abriera a mí. ¿No me convertía eso en una grandísima hipócrita?— Y parecía que funcionaba, que lo estaba afrontando a su manera. Es evidente que me equivocaba. —Tragué con fuerza—. No puedo volver a ver esa expresión de tormento y desolación en su cara. No cuando no sé qué hacer para evitarlo o para aliviarlo, porque desconozco qué lo provoca. —Subí los pies al asiento, me rodeé las piernas con los brazos y apoyé la frente en las rodillas—. Y eso no va a cambiar nunca hasta que sea sincero conmigo.

—Estoy de acuerdo. —Nick dejó escapar un suspiro pesado—. ¿Entonces qué, os habéis peleado?

—¿Peleado? —dije con una risa seca—. Le he dejado.

—La hostia puta —maldijo Abby.

Volví la cabeza para mirarla.

—Le rogué que me lo contara y no lo hizo, me dijo que no podía.

—¿Y le dejaste?

Se me constriñó la garganta y las lágrimas acudieron de golpe.

—Sé cómo suena y me siento fatal sin necesidad de que me lo digas.

Abby alzó las cejas.

—Yo habría hecho lo mismo, así que ¿por qué iba a echártelo en cara? Solo me preocupa saber si estás segura. Sé que le quieres.

—Sí, le quiero, pero...

—Lo pillo. —Me abrazó y apoyó la barbilla en mi hombro—. Ojalá supiera qué aconsejarte para evitar que todo se fuera a la mierda.

Asentí sin decir nada e incliné la cabeza para acariciar su mejilla con la mía.

—¿Y qué hay del hielo? —preguntó Nick con delicadeza—. ¿Podrás seguir siendo su compañera?

Sus palabras fueron como una corriente helada que me hizo estremecer.

—En otras circunstancias. —Me humedecí los labios y me sequé las lágrimas con el dorso de la mano, si bien estas no dejaban de aparecer—. En otras circunstancias quizás habría sido capaz. Sin embargo, no puedo estar constantemente temiendo que estalle y desaparezca. Esta vez fue durante una exhibición, la próxima podría ser antes de una competición, ¿y entonces qué?, ¿para qué habría servido tanto esfuerzo y horas y horas de entrenamiento?

La comprensión y la pena llenaron su mirada. Sabía que estaba recordando todas la veces en las que habíamos tenido una discusión fuerte, la mayoría de ellas durante nuestra adolescencia. Otros chicos habrían disfrutado de un tiempo de separación hasta que se calmaran los ánimos. En cambio, nosotros debíamos acudir a diario a los entrenamientos, por lo que no podíamos permitirnos ese lujo. Durante aquellas sesiones estábamos tensos, desconcentrados, y eso nos hacía cometer multitud de errores. Era duro y desesperante. No obstante, incluso durante esos días en los que nos costaba mirarnos a la cara sin gritarnos, ni por un segundo temí que Nick pudiera dejarme en la estacada. Jamás dudé de él pasara lo que pasara.

—Se ha acabado —dije con apenas un hilo de voz—, el sueño se ha acabado.

Sus labios dibujaron una sonrisa ladeada tan dulce como la forma en la que recogió tras mi oreja uno de los mechones que se habían soltado de mi coleta.

—Pues vuelve a cerrar los ojos y sueña otro.

Me sorprendí devolviéndole la sonrisa. Lo que acababa de decir era para mí, pero también hablaba de él, de su propia experiencia. Y pensar en cómo Nick estaba reencontrando su camino después de haber perdido tanto, en cómo había regresado a la pista para jugar al hockey con los Sled Dogs, o cómo había vuelto a sentarse tras un volante, o retomado sus estudios con un futuro en mente, uno que incluía a una chica que lo amaba con locura... Pensar en todo ello hizo que, pese al dolor que se negaba a abandonarme en esos momentos, una parte de mí se sintiera feliz.

El semblante de mi madre mudó de la sorpresa y la alegría a la preocupación cuando me vio. No me había mirado en un espejo en las últimas horas, pero después de tanto llanto debía tener un aspecto deplorable.

—¿Estás bien, cariño?

—No. —Y me lancé a sus brazos como la niña que buscaba que su calor hiciera desaparecer las pesadillas.

Me sostuvo unos minutos mientras me acariciaba el pelo y la espalda. Luego quiso saber si habíamos cenado y, ante nuestra negativa, nos pidió que la acompañáramos a la cocina. No me preguntó nada, no había prisa, sabía que cuando sintiera la necesidad de hablar, lo haría. Y tanto ella como nana siempre estarían ahí para escucharme, fuera el momento o la hora que fuera.

Al final pedimos unas pizzas y las devoramos sentados alrededor de la mesa de la cocina. ¿Cuántas veces había vivido esa escena a lo largo de los años? Los cinco charlando y bromeando, con *Zazú* parloteando de fondo desde su percha junto a la puerta trasera, *Gandalf* tumbado a mis pies, Atreyu enroscado en mi regazo, *Fuyur* en el de Nick y *Frodo, Sam, Pippin* y *Merry* correteando alrededor de Abby, porque esta les daba trocitos de salchicha de su pizza. Muchas, la había vivido tantas veces que me llenaba de una increíble sensación de calidez, de hogar. Me aferré a ella, al alivio que me proporcionaba, al menos en parte, ya que me faltaba algo en esa imagen tan familiar.

Me faltaba Misha.

Abby y Nick se marcharon poco después. Una vez solas, mamá preparó tres tazas de chocolate con nubes y se reunió con la abuela y conmigo en el salón. Acurrucada en el sofá, con la taza humeante entre las manos y mirando sin ver la película de acción que había elegido nana, empecé a contarles todo lo que había pasado. Volver a hablar de ello era como no parar de rascarte una herida reciente. No obstante, también era curativo. Me escucharon en silencio y una vez terminé me arroparon con su cariño. Era lo único que necesitaba, ya que había poco que pudieran decir para que dejara de notar un enorme vacío.

Tras otro rato con ellas subí a mi habitación. Me sentía más allá del cansancio física y emocionalmente. Quizá por eso no lo recordé hasta que lo vi al encender la luz. El impacto fue como estar de pie en la orilla de la playa en el momento en el que es alcanzada por un devastador tsunami. De hecho, sus ojos eran del color del agua cristalina y me miraban desde el póster tamaño natural colgado al lado de mi cama.

Creía que no me quedaban más lágrimas, me equivocaba. Se me empañaron los ojos, de tristeza y de rabia al fijarme en la firma que me había dejado el día que acepté ser su compañera.

«Lucha. Lucha por lo que quieres, en cada cosa que haces y hasta el límite de tus fuerzas, para que cuando todo se desvanezca solo queden sonrisas de satisfacción y no remordimientos.
Misha.»

¿Que luchara? Se me escapó una risotada. Era él quien no lo había hecho, quien se había rendido.

Y entonces lo comprendí.

Supe que aquellas palabras iban dirigidas más a él mismo que a mí.

Abrí un ojo y lo volví a cerrar con un quejido, porque tan pronto tuve contacto con la realidad esta se tornó densa, sofocante, y me cubrió como una manta demasiado pesada.

Enterré la cabeza en la almohada, lo único que quería era quedarme en la cama. Solo tenía ánimos para dormir, ya que solo la inconsciencia hacía que desapareciera esa tristeza que era como un corte profundo que se negaba a cerrarse. Por desgracia, quedarme regodeándome en mi autocompasión no serviría de nada. Por más que me escondiera entre las sábanas, por más que llorara, no cambiaría lo ocurrido.

Debía ir al Arctic Arena para ver a Vladimir y April, hablar con ellos cara a cara era lo menos que podía hacer. Por otro lado, faltaba un día para el cumpleaños de Nick, el primero desde el accidente. Abby y yo llevábamos dos semanas planeando una fiesta sorpresa y ni siquiera mi corazón roto haría que la suspendiéramos. Él no se merecía eso.

El problema era que si apenas tenía fuerzas para levantarme, no sabía de dónde iba a sacar las suficientes para enfrentarme a todo aquello.

El golpeteo de unos nudillos precedió a la voz queda de mi madre.

—Cielo, ¿estás despierta? —Preguntó abriendo la puerta lo justo para asomar la cabeza.

—Sí. —Me giré para quedar de cara a ella—. ¿Ya te vas a trabajar?

—En cuanto me tome un café. —Sonreí, porque sabía que si yo necesitaba mi chute de cafeína para volver a ser persona por las mañanas era por su culpa—. Pero antes quería ver cómo estabas. —Hizo una breve pausa—. Y saber si aceptabas verle o no.

Abrió del todo, el corazón se me subió a la garganta y me incorporé de golpe. Detrás de ella, despeinado, ojeroso y con las manos en los bolsillos, estaba Misha.

Mi madre entró en la habitación, cerró la puerta y se sentó a mi lado en la cama.

—Cuando salí a recoger el periódico me lo encontré sentado en los escalones del porche. Por la escarcha en su pelo debía llevar varias horas allí sentado. Pensé que, aunque fuera solo por eso, merecía que lo dejara entrar en casa. —Tomó una de mis manos entre las suyas—. Me dijo que necesitaba hablar contigo. ¿Quieres que le diga que pase o que se vaya?

—Yo...

Mi corazón, mis sentimientos, eran una masa caótica que hacía que el pulso me retumbara en los oídos.

—Mi amor, la respuesta está aquí. —Me puso el índice en el pecho—. No aquí. —Lo posó entonces en mi sien.

Cerré los ojos y respiré hondo.

—Dile que pase.

Mi madre me dio un beso en la frente y se levantó. Se detuvo junto a la puerta, me miró y yo asentí.

—Estaré abajo con nana. Grita si nos necesitas y mandaré a *Gandalf* como avanzadilla —dijo nada más abrir, lo que me arrancó una pequeña sonrisa—. Adelante —le indicó a Mikhail, quien murmuró un «gracias» al pasar a su lado.

Mamá le palmeó la mejilla y se marchó cerrando tras ella.

Se quedó allí de pie, con las manos en los bolsillos. Al verlo de cerca me di cuenta de que tenía los ojos inyectados en sangre como si llevara demasiadas horas sin dormir. Una oleada de preocupación por él eclipsó todo lo demás.

—¿Estás bien?

—No, lo cierto es que no. —Se pasó los dedos por el pelo y dio un paso tentativo en mi dirección—. Solo necesito hablar contigo. Sé que después de lo de anoche no querrás oír lo que tengo que decirte, pero te robaré nada más que unos minutos, así que, por favor...

—¿Quieres hablar conmigo? Aquí estoy. Y te escucho.

Le sostuve la mirada hasta que tragó saliva con fuerza y empezó a hablar, a hablar de verdad.

—El motivo por el que me marché de aquella manera fue porque vi a alguien que no esperaba encontrarme todavía. Se suponía que no iba a estar allí, lo había comprobado y no debíamos coincidir hasta el Grand Prix Final. Si es que lográbamos clasificarnos, claro. Así que su presencia me pilló con la guardia baja y no pude controlar lo que me hizo sentir. Tuve que largarme o no sé lo que habría hecho.

Desvió la vista hacia sus manos, que no paraban de abrirse y cerrarse cada pocos segundos.

—¿A quién viste, Misha?

Apretó la mandíbula, inspiró con fuerza y dejó salir el aire despacio.

—A Ivan Makoveev. —Sus ojos volvieron a clavarse en los míos, llenos de rencor e ira—. Mi antiguo entrenador y mi padrastro.

33
Misha

La sorpresa y el desconcierto se dibujaron en su expresivo y hermoso rostro. No me extrañaba, jamás existieron siquiera rumores de una mala relación entre Ivan y yo. Se decía que me exigía más que al resto por ser su «hijo», que lo hacía porque quería sacar todo el potencial que sabía que había en mí, para hacerme brillar. A ojos de los demás éramos un tándem perfecto. Patinador y entrenador, padre e hijo.

Ya. Solo de pensarlo me daban ganas de vomitar y regresaba la cólera abrasiva que se apoderó de mí al verlo durante la exhibición.

Mientras Hannah me sostenía la mirada, todo mi ser se debatió entre luchar o huir. La reacción que a lo largo de los años se había convertido en instinto me instaba a largarme, a no lidiar con eso, a aferrarme a lo único que había conocido siempre: el silencio. Mantener la boca cerrada, aparentar que no ocurría nada, que todo iba bien. Sin embargo, ella seguía con la vista fija en mí y la esperanza de que por fin fuera sincero, de que peleara por lo que teníamos, brillaba de tal manera en sus ojos que algo en mi interior se desbloqueó.

Desde la muerte de Ben nada me había despedazado por dentro como oírla decir que se acabó, como dejarla escapar de entre mis brazos y verla marcharse. Y no podía culpar a nada ni a nadie más que a mí mismo, porque Hannah estaba en lo cierto. No era mi pasado lo que se interponía entre nosotros, sino lo que yo estaba dejando que ocurriera en el presente.

Me creía fuerte, un superviviente, cuando lo cierto era que desde hacía demasiado tiempo no había sido más que una víctima a la fuga.

Eso se acabó. No iba a dejar que él siguiera teniendo ningún tipo de control sobre mí. Aún menos si eso significaba perder lo mejor que me había sucedido en la vida, a la persona junto a la que había encontrado mi felicidad y que deseaba con todo mi ser que fuera parte de mi futuro.

Decirle la verdad era un riesgo, pero necesitaba hacerlo.

Joder, estaba muerto de miedo.

Cerré los ojos, respiré hondo y empecé a contarle lo que nunca le había relatado a nadie.

—Tenía seis años cuando mi madre e Ivan se casaron. —Me froté la mano contra la mandíbula en un gesto nervioso—. Me caía bien, era simpático, carismático. Recuerdo que me hacía ilusión que se convirtiera en mi padre. —Se me escapó una risa seca, carente de humor—. Todo era estupendo hasta que le puso el anillo y se mudó a nuestra casa. Fue entonces cuando se quitó la máscara que siempre exhibe ante los demás y mostró su verdadero rostro. Poco a poco empezaron los desprecios, los silencios, las miradas cargadas de desdén, los suspiros irritados, las críticas, los insultos, los sarcasmos. Un único comentario despectivo no es un problema, uno cada día es como un cáncer en tu mente, que la va corroyendo lentamente sin que apenas te des cuenta. —Hice una pausa—. Así es como funciona el maltrato psicológico. Y ese bastardo es todo un experto en la materia. Para cuando cumplieron su primer aniversario, mi madre ya no era más que la sombra de lo que un día fue. —Empecé a caminar por la habitación, incapaz de quedarme quieto—. Yo era demasiado pequeño, pero entendía que tenía que ser obediente, sacar buenas notas, jugar sin hacer ruido, no hablar a no ser que se me preguntara algo porque quizás así un día me sonreiría, me dedicaría una palabra amable. Claro que daba igual cuánto nos esforzáramos, nunca era suficiente, siempre había algo que estaba mal, porque éramos unos inútiles. —Cerré los puños con impotencia—. Por eso amaba patinar, en el hielo me sentía libre.

»Anastasia Petrova había sido mi entrenadora desde que con cuatro años me puse por primera vez unos patines y ya no quise volver a quitármelos. —Sonreí ante el recuerdo de aquella mujer dulce, paciente, divertida e imaginativa—. Ella hacía que me sintiera valorado, alentaba mi afán de superación y, no sin esfuerzo, logró convencerme de que era verdaderamente bueno en algo. Fue mi único rayo de luz hasta que llegó Ben. —Se me volvieron a curvar los labios, esa vez con nostalgia. Dios, le echaba tanto de menos—. Era la cosa más bonita y risueña que hubiera visto nunca. Se convirtió en mi mundo y eso hizo que aquel hijo de puta no dudara en utilizarlo para castigarme y doblegarme.

Hannah inspiró con brusquedad y yo sacudí la cabeza.

—Por una vez Ivan encontró algo bueno en mí. Puede que sea un cabronazo, pero es brillante en su trabajo. Tiene ojo. Así que, incluso a mis nueve años, comprendía lo que significaba que quisiera entrenarme, sobre todo porque jamás había aceptado trabajar con niños. Ni te imaginas cómo me sentí —admití con una risotada vacía—. Como un auténtico ingenuo creí que aquello cambiaría algo.

»Y así fue, pero no de la forma que yo esperaba.

Me senté a los pies de la cama y apoyé las manos en las rodillas. Hannah se deslizó por el colchón hasta llegar a mi lado, me rodeó la cintura con los brazos y dejó caer la cabeza en mi hombro. Tragué saliva con fuerza y cerré los ojos un segundo, embriagado por la maravillosa sensación que me producía tenerla cerca, esperanzado por que ese simple gesto significara que existía la posibilidad de arreglar las cosas, y a la vez asustado por si al narrarle mi historia terminaría de alejarla.

—Recuerdo perfectamente el día que empezó a utilizar a Ben para escarmentarme. Unos periodistas habían venido a hacer un reportaje sobre uno de los chicos que preparaba Ivan. Cuando terminaron quisieron conocer y ver patinar a su hijastro, ese muchachito cuyo talento había logrado despertar el interés del mismísimo Makoveev. Salí al hielo para ellos y di lo mejor de mí. Pero cometí errores. Maldita sea, tenía diez años y acababa de empezar a practicar los triples, solo eso era ya un mérito. Claro que Ivan no lo vio así, me acusó de haberle humillado. No paró de insultarme y repetirme lo inepto que era durante todo el trayecto de vuelta a casa. Y una vez allí... —Me humedecí los labios y apreté los dedos en torno a mis rodillas— Sacó a Ben a rastras de su dormitorio, lo llevó hasta el pequeño armario que había en el pasillo, lo lanzó dentro, echó la llave y se la guardó. Luego se volvió hacia mí y me dijo con un desprecio y amenaza con los que nunca me había hablado antes: «Por tu culpa se pasará ahí toda la noche. Así aprenderás a no volver a dejarme en ridículo».

Mi cabeza cayó hacia delante. Podía sentir el miedo, la rabia y la impotencia como si fuera ayer.

—Ben empezó a llorar y a gritar, aterrorizado. Tenía dos años y lo habían dejado a oscuras en un lugar del que no podía salir. —Sus sollozos desgarrados resonaron en mis oídos y me dolieron tanto como entonces—. Le rogué a mi madre que hiciera algo, pero no sirvió de nada. Se limitó a apretar los labios, darse la vuelta y meterse en su habitación. —Aquel día empecé a darme cuenta de que nunca podría contar con ella. Y comencé a odiarla por eso—. Me senté en el suelo tragándome las lágrimas a duras penas y le hablé a mi hermano en un intento de calmarlo. Lo logré mucho después, cuando me fijé en que mis dedos cabían por el pequeño espacio que quedaba entre el suelo y la puerta. Él los buscó y los envolvió con fuerza con su manita. —Desde entonces agarrarse a mi mano siempre le proporcionó consuelo—. Pasé allí toda la noche, la primera de muchas.

Hannah apretó los brazos en torno a mí y yo dejé escapar un suspiro. Necesitaba tenerla más cerca. Le besé el pelo y me moví para sentarla en mi regazo. Ella se dejó hacer, se acurrucó sobre mis piernas, colocó una mano en mi pecho y me besó el cuello antes de apoyar la cabeza en mi hombro. Con otro suspiro la rodeé con los brazos y la pegué a mí tanto como pude.

—Ese malnacido utilizó lo único que me hacía sentir libre para volverlo en mi contra. Consiguió que me diera verdadero pánico cometer errores, sobre todo una vez empecé a competir, porque sabía las consecuencias que estos tendrían. —Bajé la vista y me encontré con los ojos de Hannah, dos profundidades verdes llenas de entendimiento.

—Por eso reaccionaste así en el Champs Camp y todas las otras veces —murmuró acariciándome la mejilla.

—Sí. —Le rocé la palma con los labios y agaché la cabeza para apoyar mi frente en la suya—. Pensé que sin Ben el miedo habría desaparecido. Al parecer, estaba más arraigado de lo que creía. —Ansiaba besarla, perderme en las sensaciones que solo ella era capaz de despertar en mí, como si su boca, su lengua, su calor, contuvieran todos los secretos del mundo, la clave para acariciar mi alma, para abrazar mi corazón e insuflarme vida. Pero debía continuar. Se lo debía—. Dejé de buscar su aprobación y su amor y sustituí esa necesidad por un odio enconado. Ya no me importaba una mierda cómo me tratara a mí, pero sí lo que hacía con Benedikt. Apenas le miraba o le hablaba y cuando lo hacía habría sido mejor que no lo hubiera hecho. Lo despreciaba, y si aparecía por el hospital las veces que lo ingresaban no era más que para mantener intacta su perfecta fachada. —Escupí las últimas palabras—. Con el tiempo entendí que lo repudiaba por estar enfermo. En su retorcida mente tener un hijo así era un fracaso, una humillación para él, porque para que una persona padezca de fibrosis quística debe heredar dos genes defectuosos para esa enfermedad: uno de cada padre.

»Así que me prometí cuidarlo y amarlo como su hermano que era y como los padres que en realidad no tenía. Y para protegerlo me dejé la piel en el hielo. No me importaba, porque mientras alcanzara el podio sabía que lo dejaría en paz, que no lo encerraría. Las vejaciones verbales eran otra cosa, esas nunca cesaban. —Y la tristeza que inundaba los ojos de Ben en cada ocasión me rompía el alma y hacía que detestara cada vez más a mi padrastro—. Desde los dieciséis años no paré de acumular medallas y eso significaba patrocinadores y dinero. Ivan manejaba mis cuentas, de manera que casi no vi nada de lo que ganaba hasta que cumplí la mayoría de edad y, no sin dificultad, tomé el control de la mayor parte de mis ingresos. Mi plan era aceptar cada anuncio, reportaje o imagen de marca para la que quisieran contratarme, así como participar en todos los espectáculos que pudiera. Si eran en Japón, mucho mejor, porque eran los mejor pagados. —No importaba cuánto miedo me diera o cuánto odiara la idea de dejar a Ben solo con ellos. Simplemente tenía que hacerlo si quería conseguir mi objetivo.

»Ahorraría durante un par de años y luego me marcharía de aquella casa. Y, costase lo que costase, me llevaría a mi hermano conmigo para darle la vida que se merecía. Sin embargo, dos años después llegaron las olimpiadas y todo se desmoronó.

La punzada que me atravesó el pecho fue tan fuerte que me hizo apretar la mandíbula.

—Ivan me dejó claro que no se conformaría con menos que el oro. Cuando me llevé la plata me invadió el pánico como no lo había hecho en muchos años. Resultaba absurdo, ya era un hombre, no un niño indefenso, pero lo conocía demasiado bien como para no saber que encontraría la manera de hacérmelo pagar. Y para ello utilizaría a Ben.

»El tiempo restante que pasamos en Vancouver hasta que finalizaron los juegos fue una agonía solo superada por la vuelta a Rusia. No quería atender a los periodistas, ni posar para las fotos, firmar autógrafos, hablar con los patrocinadores o sonreírles a los fans. Lo que ansiaba era volver a casa, coger a mi hermano en brazos y sacarlo de allí. Joder, tendría que haberlo hecho —dije entre dientes apretando los párpados—. Creía que Ivan seguía por los alrededores en su papel de orgulloso padre y entrenador. No sabía que había dejado a cargo a su segundo y se había marchado.

—Fue a tu casa —musitó y yo asentí.

Durante unos segundos fui incapaz de seguir hablando. El eco de la angustia que me ahogó entonces era un nudo de acero en mi garganta.

—El muy cabrón lo metió... —se me quebró la voz—. Lo metió en el arcón que tenían bajo la cama de matrimonio.

Lo sabía porque al volver del entierro seguía abierto, con parte de las cosas que habían estado guardadas en su interior desperdigadas por el suelo, como si las hubieran sacado sin miramiento para hacer hueco. Un pequeño espacio donde todavía estaba el mando de la PlayStation que siempre usaba Ben. Y eso fue parte de lo que me hizo estallar.

El horror se reflejó en cada uno de los rasgos de Hannah y le humedeció los ojos.

—Ben le tenía pavor a la oscuridad y a los sitios cerrados a causa de todas las veces en las que ese malnacido lo encerró desde que era apenas un bebé. El miedo que debió sentir... —Apreté los labios y tragué de forma compulsiva. Mierda, hablar de eso era como si me estuvieran abriendo en canal—. Estoy seguro de que le provocó un ataque de pánico y tenía los pulmones muy mal, estaba en lista de espera para un trasplante.

—¿Y tu madre no intentó hacer algo? —Su pregunta estaba llena de incredulidad.

Un sonido áspero llenó la habitación y me di cuenta de que era mi risa.

—Ni lo sé ni me importa, porque está claro que, si hizo algo, no fue suficiente. Mi hermano murió al poco de llegar al hospital.

Hannah me enmarcó la cara con las manos. Solo cuando noté sus dedos limpiándome las mejillas supe que estaba llorando.

—No fue culpa tuya. Nada de lo que vivisteis lo fue.

—Lo sé. Siempre deseé haber podido evitar que ocurrieran muchas cosas, pero nunca me he culpado por lo que él nos hacía, ni Ben tampoco, sabía que le quería más que a nada y que hacía todo lo que podía por protegerlo, por que fuera lo más feliz posible a pesar de su enfermedad y nuestra mierda de familia. —Puse una mano sobre la suya y la apreté contra mi mejilla—. De lo que sí me culpo es de haber esperado tanto para llevármelo. Si lo hubiera sacado de allí un año antes, quizá le habría regalado mucho más tiempo; o al menos se habría ido de otra forma, conmigo a su lado dándole la mano, no solo y asustado. —A duras penas me tragué un gemido—. No estuve con él en sus últimos momentos y eso jamás me lo perdonaré. Y a ellos tampoco.

Hannah sacudió la cabeza con los ojos llenos de lágrimas, me envolvió el cuello con los brazos y me abrazó con fuerza y desesperación, como si anhelara meterse dentro de mí y arropar mi corazón para protegerlo de tanto dolor. Una oleada de emoción me subió a la garganta y durante un rato me dejó sin palabras.

—No volví a casa hasta después del funeral —continué porque todavía quedaba una parte que debía saber—. Ya había recogido mis cosas cuando llegaron mi madre e Ivan. Los ignoré, tenía que hacerlo, así que me metí en el dormitorio de Ben para llevarme aquello que no pensaba dejar atrás. Ese hijo de perra apareció en el umbral de la puerta, me observó unos instantes y luego ¿sabes lo que me dijo?

Hannah se apartó para mirarme.

—¿Qué? —susurró.

—Entró, se acercó a mí y me preguntó: «¿Estás contento con lo que has conseguido?» Perdí el control. Encolerizado ni siquiera es el adjetivo adecuado para describirlo. Después de lo que había hecho tenía los cojones de insinuar que yo lo había provocado, que era el causante de que Ben estuviera muerto. Algo estalló dentro de mí. Le pegué y no paré. No dejé de darle un puñetazo tras otro: en la cara, en los costados, en el estómago. Ivan es un hombre grande y corpulento, pero yo estaba ciego de ira. —Me pasé ambas manos por el pelo—. Quería matarlo, Hannah. Ansiaba arrancarle la vida con mis propias manos igual que él se la había quitado a mi hermano pequeño. No habría parado hasta convertirle la cabeza en un amasijo de carne. —Bajé la barbilla y aparté la mirada—. Pero mi madre se interpuso, me rogó que no le hiciera más daño. —Solté una risotada que rezumaba asco—. Me sujetó por detrás y me apartó como pudo. Él aprovechó para enderezarse y tirarme al suelo. Tan pronto caí de espaldas me pisó la rodilla en un mal ángulo. —En algunas de mis pesadillas aún podía oír el crujido del hueso, el sonido de mis alaridos y ver su expresión satisfecha—. Me dejaron allí tirado.

»No recuerdo cómo logré salir de la casa y bajar a la calle por mi propio pie con las pocas pertenencias que había podido reunir antes de la pelea, pero lo hice. Llamé a un taxi y pedí que me llevara al hospital, donde conté que después del funeral había deambulado por la ciudad con mi equipaje hasta que, sin darme cuenta, acabé en un mal barrio. Un grupito intentó atracarme y al resistirme me dieron una paliza y se llevaron casi todo lo que tenía.

»Esa se convirtió en la versión oficial. Ivan no apareció para desmentirla. De hecho, no volví a verlo. Suponía que no quería que su ilustre fachada se viera oscurecida por la noticia de que le había dado una tunda a su hijastro, y lo que era aún peor para él y su maldito ego: que este también le dio lo suyo con creces. Según los M&M había comunicado a sus patinadores que se ausentaría unas semanas. Dada la reciente muerte de su hijo nadie se cuestionó el motivo.

—¿Por qué no contaste la verdad?

—Porque no podía demostrar nada de lo que nos hizo pasar durante años. La forma en la que nos maltrataba solo dejaba una huella imborrable dentro de nosotros. —Sonreí con ironía—. Además, mi hermano se había ido y mi madre nunca admitiría nada. Y tampoco es que me fuera posible decir que me había dado una paliza porque puede que yo tuviera magulladas las costillas, el labio partido y la rodilla destrozada, pero estaba seguro de haberle roto la nariz, algún diente, provocado un derrame en un ojo y como mínimo fisurado el pómulo. —Tuvieron que curarme las manos porque tenía los nudillos abiertos—. La pelea habría sido carnaza para la prensa y lo único que yo quería era que todos me dejaran en paz.

Hannah bajó la vista con el ceño fruncido. Estaba pálida y cuanto más tiempo continuaba callada, más enfermo me sentía.

¿Qué es lo que había...?

—No es justo —afirmó con rabia contenida.

La miré fijamente, no muy seguro de si la había oído bien.

—¿Qué?

—Que no es justo que siguiera con su vida como si nada, que no haya pagado por todo el daño que os hizo a Ben y a ti. La violencia nunca debería ser la repuesta, aunque existen personas en este mundo que no se merecen seguir respirando. Es triste y cruel, pero es la verdad. Y con esto no estoy diciendo que tendrías que haberle matado, sino que entiendo que desearas hacerlo.

—No lo deseé, Hannah, lo intenté. Y no habría parado hasta conseguirlo si mi madre no hubiera intervenido —dije con voz ronca.

—Muchos habrían hecho lo mismo en tu lugar. Y una sola acción durante una situación límite no nos define.

—Puede, pero el resto de elecciones que hacemos a lo largo de nuestra vida, sí. —Y yo no estaba orgulloso de la mayoría de ellas—. No soy el Mikhail Egorov que creías que era, el que tanto admirabas.

Ese no era más que una perfecta y estudiada mentira.

—¿Crees que no lo sé? —Alzó un delgado hombro—. El Mikhail Egorov con el que soñaba en mi adolescencia nunca me habría perseguido por todo el campus durante tres semanas con una camiseta estampada con mi cara, ni se habría picado conmigo al Street Fighter para determinar el turno de limpieza de los baños, ni habría cantado canciones Disney a todo pulmón, o se habría unido a Abby y a mí en nuestras locas imitaciones de las coreografías de nuestros musicales favoritos, o habría adoptado un pato como mascota y, por supuesto, no tendría obsesión con el orden. —Sus labios se curvaron ligeramente—. El Mikhail que conocía a través de las entrevistas y los reportajes de televisión no esbozaba una sonrisa tímida pero juguetona; ni se sonrojaba, ni era tan dulce, atento, divertido, cariñoso. A él jamás lo imaginé gritando maldiciones en ruso cuando fallaba el agua caliente o al pisar descalzo una caca de pato por ir a oscuras al baño, y mucho menos fantaseé con que nos dejaría bolas de pelo en la cama cuando se nos olvidara quitarlas del desagüe. —Se movió hasta quedar sentada a horcajadas sobre mis piernas y clavó sus ojos en los míos mientras me acariciaba la mandíbula con el dorso de los dedos—. Ese Mikhail nunca habría logrado volverme tan loca como tú, porque no era tan perfectamente imperfecto.

Me quedé mirándola, estupefacto. El corazón me iba a mil y estaba seguro de que, de haber estado de pie, habría caído de rodillas ante ella. Dios, no tenía palabras, solo podía pensar en que era perfecta, perfecta en todos los sentidos que de verdad importaban.

—Pensé que me verías de forma diferente una vez lo supieras. —Yo mismo seguía dudando a veces si no sería todo aquello que Ivan se encargó de repetirme sin cesar durante catorce años.

Hannah meneó la cabeza.

—No, sigo viéndote cañón.

La risa brotó de mi pecho como una explosión cálida, liberadora.

—Creí que tenía las orejas pequeñas y una de soplillo.

—Ajá, pero lo compensas de cuello para abajo.

La abracé entre carcajadas y caí de espaldas sobre el colchón. Su pelo formó una cortina oscura que nos aisló del mundo. Le besé la punta de la nariz, la mejilla derecha, la izquierda y las comisuras de los labios. El alivio que sentía era asombroso, casi irreal. No me había preparado para que Hannah fuera tan comprensiva, para que aceptara mi secreto de forma tan natural, sin juzgarme de la misma forma en la que yo lo hacía.

—Siento no habértelo contado antes. Fui un cobarde y casi te pierdo por ello.

Volvió a negar con la cabeza y los largos mechones me hicieron cosquillas en la cara.

—No has sido un cobarde. Tu historia debe ser algo muy difícil de compartir, y más cuando te has visto obligado a guardártelo para ti con tanto celo desde que eras un niño. Ahora lo entiendo y por eso siento tanto haberte presionado. —Rozó su boca con la mía en un beso susurrado que hizo que mi pecho se contrajera como solo lo hacía con ella—. Pero me alegro de que hayas confiado en mí. Y ojalá pudiera hacer algo para que ese malnacido pagara.

Le aparté el pelo con ambas manos y se lo sujeté en la nuca.

—La vida no es una película o un libro. A veces, en la realidad, la mejor manera de derrotar al malo no es matándolo o encerrándolo, sino siguiendo adelante, viviendo y consiguiendo ser feliz. A veces, la mejor manera de vencer es condenar a esa persona al olvido; porque si deja de importarte, ya no tiene poder alguno sobre ti. —Cerré los ojos un instante con un suspiro—. Tras la muerte de Ben y la noticia de que la lesión de mi rodilla no me permitiría regresar al patinaje artístico, al menos a nivel competitivo, toqué fondo y no sabía si volvería a tener la fuerza, o el ánimo, para salir de nuevo a la superficie. No tenía nada que me impulsara, o eso creía hasta que recordé la expresión complacida de Ivan cuando me tuvo retorciéndome de dolor en el suelo. La idea de darle la satisfacción de verme desmoronado bastaba para que me hirviera la sangre. No iba a permitirlo, así que decidí dejar de lamentarme en aquella cama de hospital y luchar. —Porque por fin era algo que no había sido desde que tenía seis años: libre—. Me volqué en la rehabilitación y en mis estudios para poder terminar la carrera. Luego comencé a trabajar de nuevo en el hielo como instructor especialista en saltos. Y se me daba jodidamente bien; tanto, que gané la confianza suficiente como para dar algunos consejos en relación a otros temas, como las coreografías. Sé que algunos patinadores y entrenadores con los que trabajaba empezaron a comentar que algún día, cuando ganara experiencia, llegaría a ser mejor entrenador y coreógrafo que Ivan. El alumno alcanzaba e iba camino de superar al maestro, decían. Era música para mis oídos, en especial porque sabía que mi éxito debía ser mortificante para él; una suerte de castigo. Y mi victoria. —Le solté el pelo para acariciarle el cuello con la yema de los dedos—. Creía que había conseguido salir a flote, pero entonces vine aquí y me di cuenta de hasta qué punto estaba equivocado, solo me había mantenido cerca de la superficie. Y lo supe porque conocerte fue como emerger del agua y tomar esa ansiada bocanada de aire fresco, después de haber aguantado la respiración hasta que te ardían los pulmones y estabas seguro de que ibas a morir ahogado. —Hannah parpadeó, su boca formó un adorable «oh» y un intenso rubor le cubrió las mejillas—. Y si decidí buscarte y luchar por que aceptaras ser mi compañera fue gracias a Ben. —Reí por lo bajo al ver su expresión entre sorprendida y desconcertada—. Mi hermano era fan vuestro. De hecho, estaba loquito por ti, tenía una carpeta en el ordenador llena de fotos tuyas sola y junto a Nick. —Esbocé una sonrisa nostálgica—. Cuando me enteré del accidente no pude evitar pensar en él, en lo triste que se habría sentido. Eso me trajo un montón de recuerdos y, para cuando quise darme cuenta, estaba abriendo por primera vez la caja que contenía las pocas cosas que había podido rescatar de su cuarto antes de marcharme de aquella casa. En esta había diarios llenos con sus pensamientos, sus miedos, ilusiones rotas y sueños que ya no podría ayudarle a cumplir. —Un nudo me apretó la garganta y me hizo tragar con fuerza—. Excepto uno, aún había algo que sí podía regalarle. Ben creía que si os conocía y nos hacíamos amigos, sonreiría de nuevo y disfrutaría tanto en la pista como hacíais vosotros. Y, además, si alguna vez íbamos a Rusia para algún certamen, os lo presentaría y él podría pediros un autógrafo. —Parpadeé rápido en un intento de contener las lágrimas. Dios, cómo añoraba a ese pequeño granuja.

—Sin duda cumpliste su deseo. —Sus ojos estaban tan húmedos como los míos—. Y yo también lo haré. Tú y yo firmaremos un montón de fotos nuestras, y Nick hará lo mismo con las que le hagamos junto a los Sled Dogs, porque los tres volvemos a ser felices en el hielo. —Me enmarcó la cara con las manos—. Y un día iremos a San Petersburgo y se las llevaremos a Ben.

Una oleada de calidez me recorrió de pies a cabeza y me hizo sonreír como si acabara de ganar un millón de dólares. Miré fijamente esos preciosos ojos verdes y vi mi futuro en ellos, nuestro futuro. Jamás en la vida había querido ver eso en nadie; sin embargo, con Hannah Daniels no podía conformarme con menos que un infinito. Dejarla alejarse de mí era algo que nunca volvería a pasar.

Capturé cualquier otra palabra con mis labios y mi lengua. Estaba hambriento y sediento de ella. Me sacié con besos pausados y sensuales que poco a poco fueron ganando en intensidad. Había algo en cada uno de ellos que sabía a cambio, como si cada beso simbolizara de algún modo que por fin estaba dejando ir mi pasado.

Mis manos encontraron su piel bajo la camiseta del pijama. Le acaricié la cintura y comencé a subir por su espalda. Hannah gimió y se incorporó para sacarse la prenda por la cabeza y lanzarla al otro lado de la cama.

Joder.

El aire se me atascó en los pulmones.

Mi entrepierna palpitó y se puso aún más dura de lo que ya estaba.

La contemplé unos segundos allí sentada a horcajadas sobre mis caderas, con el pelo suelto cayéndole sobre los hombros, las mejillas encendidas y el torso desnudo. Estaba soberbia. La devoré con los ojos y sus pezones rosados se endurecieron de inmediato. Quería, no, necesitaba tocarla, sentirla encima, debajo y alrededor de mí.

Ni siquiera fui consciente de haberme movido, pero al instante siguiente me encontré con Hannah de espaldas encima del colchón y mi sudadera reuniéndose con la parte superior de su pijama. Su boca se entreabrió conforme recorría con la mirada mi pecho, mi tatuaje y el bulto de mi más que evidente erección. Un sonido grave se formó en el fondo de mi garganta al tiempo que plantaba una mano a cada lado de su cintura y me inclinaba para besarle el estómago. Paladeé cada milímetro de piel con los labios, la lengua y los dientes, perdido en su sabor, en su olor.

Hannah dejó escapar un gimoteo ahogado cuando atrapé su pezón izquierdo y lo succioné con fuerza. Lo solté y lo lamí en lentos círculos que la hicieron arquear la espalda. El corazón me golpeó las costillas cuando sus dedos se hundieron en mi pelo para mantenerme pegado a ella mientras trasladaba mi atención al otro pecho. Atrapé el pezón entre los dientes, tiré con delicadeza y fui recompensado con otro gemido que le prendió fuego a mi sangre. Adoraba ese sonido entrecortado, podría escucharlo durante horas, quizá lo hiciera algún día, pero ahora sentía la urgencia de ver más de ella.

Mis manos encontraron la cinturilla de sus pantalones, me erguí hasta quedar de rodillas y busqué sus ojos. Su silenciosa respuesta fue alzar las caderas. Comencé a deslizarlos y una risa gutural, constreñida por el deseo, se me escapó cuando vi sus braguitas tipo bóxer.

—Nunca imaginé que el Monstruo de las Galletas me parecería erótico. —Sacó una pierna, luego la otra—. Mucho me temo que a partir de hoy comer *cookies* ya no volverá a ser lo mismo. —Lo cierto era que la que sostenía el famoso monstruo azul estaba en un lugar bastante interesante.

Esa vez fue ella quien rio. La contemplé, porque estaba preciosa y porque era la primera vez que la tenía delante casi desnuda. En los dos meses que llevábamos juntos me había visto obligado a echar el freno en muchas ocasiones, sobre todo durante las últimas semanas. Cada vez había resultado más difícil, tanto como si hacerlo fuera contra natura, pero no tenía más remedio, al menos si quería seguir ocultando las cicatrices de años de automutilación que llevarían a preguntas que entonces no deseaba responder. Algo que había dejado de importar. Ya no existía un secreto tras estas, ni entre nosotros, y eso me producía una sensación de ligereza como no había conocido jamás.

Nos encontramos a medio camino en un choque de bocas y dientes. Caímos sobre el colchón riendo sin separar nuestros labios, sin dejar de besarnos y acariciar cada rincón que alcanzaban nuestras ansiosas manos. El roce de sus pechos contra mi torso provocaba pinchazos de placer que iban directos a mi entrepierna. Apreté la mandíbula cuando se movió debajo de mí y abrió las piernas para que me colocara entre sus muslos.

Mis pantalones también habían acabado en el suelo en algún momento que no lograba recordar porque su tacto, su calor, sus suspiros de placer y cada reacción de su cuerpo, hacían que la mente se me quedara en blanco. La fricción a través del fino tejido de licra de nuestros respectivos bóxers me hizo estremecer. Una parte primitiva de mí ansiaba hundirse en su interior, perderse por completo en ella. Mis caderas empujaron hacia delante en un acto reflejo. Hannah arqueó la espalda y clavó los dedos en mis costados urgiéndome a volver a repetirlo. Nos mecimos el uno contra el otro y un doloroso latigazo de intensa lujuria me recorrió la columna y murió en la punta de mi erección.

—*Ya shozu po tebe s uma*[11] —gruñí presionándome aún más contra ella.

Hannah atrapó el lóbulo de mi oreja derecha con los dientes y lo chupó entre jadeos, que hicieron que llegara a un punto en el que temí avergonzarme a mí mismo corriéndome en los calzoncillos. Aun sabiéndolo no podía dejar de tocarla, de sentirla. Enterré los dedos en su nuca y reclamé su boca en un beso abrasador mientras que con la otra mano le acariciaba el pecho, las costillas, el estómago, hasta deslizarla bajo la cinturilla de la única prenda que la cubría. Sus muslos se tensaron cuando le froté el clítoris con la yema de mi índice y su cabeza cayó hacia atrás tan pronto capturé uno de sus duros pezones en mi boca.

Alcé la vista y mi mirada se encontró con la suya en el momento en el que hundía un dedo en su interior. Dios, estaba caliente, estrecha y muy mojada.

—Misha... —resolló.

—¿Quieres que pare? —apoyé mi frente en la de ella.

—Ni se te ocurra —amenazó mordiéndome el labio inferior.

Una sonrisa tironeó de mi boca.

—Me alegra oírlo.

Su cuerpo entero reaccionó cuando uní un segundo dedo al primero. Mi respiración se volvió irregular, el deseo rugió en mis venas y me impelió a aumentar el ritmo, a bombear dentro y fuera de su humedad a la vez que le rozaba el clítoris con la palma de la mano. Tocar y proporcionar satisfacción a otra persona jamás me había causado tanto placer.

No pasó mucho tiempo hasta que gimió contra mis labios y sentí sus músculos internos contrayéndose alrededor de mis dedos a causa del orgasmo. Joder, casi me uní a ella. Tuve que cerrar los ojos con fuerza y hundir la cara en el hueco de su cuello para calmarme lo suficiente como para mantener el control.

—¿Este ha sido el *besayuno* de hoy? —preguntó todavía sin aliento.

—Uno un poco más suculento para compensar el que nos saltamos ayer.

—¿Hum?... Pues podría acostumbrarme —murmuró.

Reí contra su piel y levanté la cabeza para mirarla. El comentario que estaba a punto de hacer fue sustituido por un respingo al notar su mano dibujando mis abdominales en dirección sur. Un pellizco de aprensión se

---

11. Me vuelves loco.

abrió paso entre el deseo. En cuanto me tocara descubriría las cicatrices que surcaban mis caderas, la prueba física de mi debilidad, el recordatorio imborrable de todas esas veces en las que no había sido lo suficientemente fuerte como para soportar el dolor.

Tragué saliva.

Ya no había motivo para ocultarlas. Sin embargo, eso no hacía más fácil el mostrarle la parte de mí que más me avergonzaba.

Estuve a punto de pedirle que me diera unos minutos, pero cualquier pensamiento lógico murió en cuanto me acarició por encima de los calzoncillos y me rozó el glande con la yema. Cada músculo de mi cuerpo se tensó y un sonido ronco retumbó en mi pecho conforme una intensa punzada de placer se extendía hasta la base.

Iba a besarla y ella a tomarme en su mano cuando llamaron a la puerta. Ambos dimos un brinco como dos gatos a los que les han tirado un cubo de agua.

—¡*Gavno!*[12] —mascullé palmeando a mi alrededor hasta encontrar mi sudadera, que estaba junto a la parte de arriba del pijama de Hannah.

Se la tendí y ella me pasó mis pantalones. Se me había olvidado por completo que no estábamos solos en la casa. Claro que llegó un punto en el que la sangre que bañaba mi cerebro era el suministro mínimo.

—Cielo, ¿va todo bien o tengo que darle trabajo a *Gandalf*?

—No, nana, no hace falta. Hemos hablado y lo hemos arreglado.

«Que no entre, que no entre, que no entre», repitió por lo bajo mientras pataleaba boca arriba en la cama para terminar de subirse el pantalón.

—Me alegra mucho oírlo, ratoncito.

Entonces caí. Angela ni siquiera había hecho amago de abrir después de llamar, sino que se había quedado hablando desde el otro lado. Solté una carcajada y sentí cómo me sonrojaba. La buena señora sabía perfectamente, o se hacía una idea muy aproximada, de lo que estábamos haciendo.

—No te rías y vístete —siseó Hannah, pero en sus labios jugueteaba una sonrisa. Estaba despeinada, tenía los ojos muy abiertos y la cara roja hasta el nacimiento del pelo.

No podía estar más bonita.

---

12. ¡Mierda!

Acababa de ponerme los tenis y ella de peinarse cuando Angela asomó por fin la cabeza.

—Bien, veo que ya estáis presentables. —Entró en la habitación con un brillo pícaro en los ojos que confirmaba mis sospechas.

La expresión de su nieta osciló entre la incredulidad y las ganas de que la tragara la tierra.

—¿Cómo...? —balbució y yo tuve que apretar los labios para no soltar otra risotada.

—Mi niña, ahí donde me ves también fui joven y recuerdo perfectamente cómo acababan las reconciliaciones cuando me enfadaba con tu abuelo.

Pensaba que Hannah no podía ponerse más colorada. Me equivocaba. Fui incapaz de reprimir una sonrisilla y ella me dio un codazo muy poco disimulado.

—Me alegro de que lo hayáis resuelto —continuó Angela clavando los ojos en mí y señalándome con el índice—. Pero escúchame bien, jovencito. —Me habló con el tono y el rostro más serios que le hubiera visto u oído desde que la conocía—. Si vuelvo a verla como ayer, no habrá más oportunidades. Ya pasó bastante con lo de su padre y con ese mequetrefe de novio que tuvo. Se merece a alguien que la haga feliz, que le regale sonrisas, no lágrimas, y que se sienta afortunado por tenerla a su lado. Si no crees que puedas ser esa persona, ya sabes dónde está la puerta, ¿me oyes?

Asentí y contesté sin apartar la vista de su nieta.

—Ya he estado a punto de perderla una vez, no volveré a cometer el mismo error. Ella me hace ser mejor, sentirme mejor, me completa. Sería un auténtico idiota si no hiciera todo lo que esté en mi mano para conservarla a mi lado.

Con las últimas palabras me notaba la cara ardiendo y mucho me temía que debía tenerla del color de Elmo. Hannah no estaba mucho mejor, y eso me dio ganas de besarla. Aunque casi todo me incitaba a hacerlo. Lo mío ya no tenía remedio.

Ante el silencio que inundó la habitación miré a Angela. Su atención estaba puesta en mí mientras esbozaba una sonrisa complacida.

—Bien —dijo al fin—, una vez aclaradas las cosas importantes, es hora de ponerse en marcha. Haced la cama y bajad a desayunar, os he preparado huevos con tostadas, también hay cereales, café y zumo de naranja. —Nos guiñó un ojo y salió de la habitación—. ¡No tardéis, que hoy tengáis descanso del entrenamiento no quiere decir que holgazaneéis todo el día! —gritó desde el pasillo.

Hannah la observó hasta que se perdió escaleras abajo y luego se volvió hacia mí.

—Siento el «ataque». —Entrecomilló la expresión con los dedos.

—No tienes por qué sentirlo, sino alegrarte por tener una familia que se preocupa y lucha por ti. —Ese no era un tesoro tan común como la gente pensaba.

—Lo hago. —Desvió la vista a un punto por encima de mi hombro, al corcho lleno de fotos que colgaba sobre su escritorio.

—Además, tenía razón en todo lo que dijo.

Sus ojos verdes regresaron a mí.

—Ven. —Me cogió de la mano, me llevó hasta su mesa, abrió el pequeño bolso que había dejado encima y sacó seis papelitos—. Una vez me preguntaste por ellos. Te dije que era una recomendación de la doctora Allen; lo que no te conté fue de qué se trataba. ¿Recuerdas el bote de cristal que tengo en mi mesilla de noche?

—Sí.

—Es el «tarro de las cosas buenas». —Empezó a desdoblar los pequeños pliegos y a alisarlos con cuidado—. El ejercicio consiste en escribir en un trocito de papel todo aquello que me haga feliz aunque sea por un instante.

Colocó el último en la mesa y me hizo un gesto para que los leyera.

Todos y cada uno de ellos tenían que ver conmigo.

—Cuando nos conocimos, el frasco estaba casi vacío pese a llevar varios meses con él. Ahora está casi lleno y la gran mayoría de pósits que hay dentro son como esos. —Me rodeó el cuello con los brazos y se pegó a mí—. Mi «tarro de las cosas buenas» está lleno de momentos felices. —Me rozó los labios con los suyos sin dejar de mirarme—. Mi «tarro de las cosas buenas» está repleto de ti.

34
Nick

Maldita Lin y su manía de no hablar de ciertos temas si no era en persona. Tras lo sucedido me había ido a la cama muy preocupado por ella, así que en cuanto me desperté al día siguiente le envié un mensaje. ¿Y cuál fue su respuesta?: «Nos vemos mañana a las 15:30 en mi casa». Genial, desde luego eso lo aclaraba todo y me dejaba mucho más tranquilo. Lo intenté entonces con Misha y casi lancé el móvil por la ventana al oír el «está apagado o fuera de cobertura». Según Abby se había marchado mucho antes del amanecer, quería pensar que para buscar a Hannah, pero también cabía la posibilidad de que hubiera ido a ahogar sus penas en alcohol y estuviera por ahí tirado en alguna calle o local de Ann Harbor. Habría ido a confirmarlo de no ser porque la rubia insistió en que les diera tiempo y espacio tanto a él como a Hannah, al menos hasta que ella volviera esa noche del trabajo y comprobara si alguno, o los dos, había regresado.

Se me cayó el alma al suelo cuando recibí su llamada poco antes de acostarme. No esperaba su tono sombrío y mucho menos que me informara de que, tal y como me había dicho Lin, nos veríamos a las 15:30... para ayudar a nuestra amiga con la mudanza.

Así que ahí estaba, rodeando la casa para entrar por el jardín trasero sin dejar de darle vueltas a lo injusto que era que Hannah perdiera su segunda oportunidad, o que ella y Misha se perdieran el uno al otro. Y no sabía si había algo que yo pudiera hacer para ayudarlos a evitarlo. Estaba tan perdido en esos pensamientos que al doblar el recodo casi me caí de la silla del susto.

—¡SORPRESA! —Estalló una cacofonía de voces y cañones de confeti que debió oírse en medio vecindario.

Allí estaban todos: Hannah, Misha, Tris, Abby y Candace. Además de un buen puñado de miembros de los Sled Dogs, algunos amigos de la universidad e incluso ex compañeros de patinaje.

Seguía con cara de gilipollas, y al borde de un infarto, cuando mi mejor amiga se aproximó a mí con una enorme sonrisa y me abrazó.

—Feliz cumpleaños —susurró junto a mi oído y me dio un beso en la mejilla.

—Entonces, lo de la mudanza...

—Fue una pequeña mentira para hacerte venir sin que sospecharas nada —confesó con una expresión de disculpa y yo entrecerré los ojos.

—¿Y la pelea con Misha? Eso no fue fingido —aseveré.

—No —respondió este, que se había acercado junto a Tris, Abby y Candy—, pero por la mañana fui a verla a casa de su madre, hablamos y lo solucionamos.

La rubia acortó el par de pasos que nos separaban, me asió la barbilla con el índice y el pulgar y se inclinó hacia mí.

—Luego decidimos jugar un poquito contigo. —Un brillo travieso iluminó sus ojos justo antes de que sus labios tocaran los míos—. Feliz cumpleaños —murmuró contra estos, volvió a rozarlos, se incorporó y me soltó.

—Gracias, aunque de todas formas tanto tú como los demás seguís siendo una panda de cabrones. —Intenté sonar al menos ofendido. Sin embargo, me reí. Estaba tan aliviado, sorprendido y contento...

Las horas pasaron entre regalos, charlas, música y comida. Para cuando quise darme cuenta ya eran las ocho y media y solo quedábamos mis mejores amigos, mi hermana y yo.

—Bueno, creo que ha llegado el momento de darte esto —anunció Hannah apareciendo en el salón con un par de paquetes.

—Menos mal, pensé que te habías olvidado de comprarme aunque fuera un detalle. —Me llevé la mano al pecho con ademán compungido y ella puso los ojos en blanco.

—Toma, abre primero este. —Me lo tendió y se sentó a mi lado en el sofá.

Rasgué el papel hasta dejar al descubierto una caja pequeña de madera, en cuyo interior había una pulsera de plata de eslabones anchos con una placa rectangular en medio. En la cara externa tenía grabado el símbolo del infinito y en la interior una frase que me removió tantas cosas por dentro que tuve que cerrar los ojos un instante y respirar hondo: «PASE LO QUE PASE».

Le rodeé los hombros con el brazo y la atraje hacia mi pecho. Hannah me ciñó la cintura y pegó su cara a mi cuello.

—Eso ya me lo has demostrado con creces —dije contra su pelo y ella me apretó con un suspiro.

—Tío, a mí nunca me ha abrazado así —protestó Tris desde el sofá de enfrente—. Menos mal que después de tantos años estoy acostumbrado a su claro favoritismo por ti, si no me sentiría muy dolido.

—Eh, Lin no tiene la culpa de que mi encanto y mi magnetismo sean muy superiores a los tuyos. Y me parece triste que a estas alturas aún no lo hayas asumido.

—Vaya, no dijiste lo mismo la última vez que me chupaste la...

—Oh, por el amor de Dios —lo interrumpió Hannah con un gruñido. Se puso de pie, se acercó a él y lo abrazó con tanta fuerza que temí que le hubiera roto una costilla—. ¿Contento? —preguntó separándose lo justo para mirarlo.

—Mucho. —Rio por lo bajo y le dio un beso en la mejilla antes de que se incorporara y volviera a mi lado.

—Desde luego, sois como un par de niños —se quejó.

—Sí, y por eso nos peleamos por monopolizar uno de nuestros juguetes favoritos. —Le dediqué una sonrisa desvergonzada con la que me gané un codazo en el costado.

—Debería castigarte sin tu otro regalo.

—No serías capaz.

—Lo cierto es que no. —Me lo tendió y, en cuanto arranqué el papel, mis carcajadas llenaron la casa. Tenía en la mano un libro erótico de dinosaurios titulado *Prisionera del velociraptor*.

—¿Para leerlo en el club?

—Ni de coña. —Esa vez fue ella quien dejó escapar una risotada.

—¿Ni de coña el qué? —Se interesó Abby al entrar en el salón con un par de cuencos a rebosar de palomitas para la peli que íbamos a ver. Candy y Misha iban tras ella, la primera con otros dos boles y el segundo con una pila de vasos y una enorme jarra de zumo. Lo dejaron todo en la mesa baja que había entre los sofás y entonces Abby se volvió hacia mí, clavó la vista en la novela y enarcó las cejas—. ¿Voy a tener que ponerme un disfraz de T-Rex para seducirte?

—Si quieres... pero puedes conseguirlo te pongas lo que te pongas.

—Lo sé. —Me dedicó un guiño cómplice, se sentó a mi otro lado y entrelazó sus dedos con los míos. Claro que lo sabía, en el mes y medio que llevábamos saliendo me había ayudado a explorar poco a poco mi «nueva sexualidad», a descubrir el poder de las caricias y los besos y cómo estos eran capaces de despertar zonas erógenas que ni sabía que tenía. No me había permitido hundirme en los momentos en los que me había sentido frustrado e inútil por no tener una erección, demostrándome que podía colmarla de placer sin necesidad de esta, y que yo mismo era capaz de gozar aun sin ese punto culminante tan explosivo como era un orgasmo. Y lo cierto era que con cada encuentro disfrutaba más y más—. Por cierto, ¿les has dicho a Hannah y a Misha que los viste en el Skate América?

Ambos aludidos se volvieron hacia mí.

—¿En serio? —La expresión de Lin se había iluminado como la de un niño pequeño al ver a Papá Noel.

—Sí, seguí los dos días de competición. —Fue la doctora Allen la que me alentó a hacerlo. Hablar sobre patinaje me había resultado cada vez más fácil desde que empecé a entrenar con los Sled Dogs. Sin embargo, verlo seguía siendo otra historia, por eso no fue sencillo sentarme delante de la tele y poner el canal de deportes. Y lo fue aún menos el ver por primera vez a Hannah y a Misha en el hielo. De hecho, durante unos segundos no pude acallar la voz insidiosa que repetía sin parar: «Ese deberías ser tú»—. No estuvisteis del todo mal si tenemos en cuenta que lleváis poco tiempo juntos —comenté con tono distendido, porque pese a mi momento de flaqueza había logrado reponerme y superar ese reto—. Aun así, y nunca creí que le diría esto a Mikhail Egorov... tío, podría enseñarte un par de cosas.

—¿Es una propuesta? —se inclinó hacia delante, ya que Hannah estaba sentada entre ambos—, porque si es así me encantaría aceptarla. —Estiró el brazo hacia mí como si quisiera sellar el trato con un apretón de manos.

Estuve a punto de echarme a reír y preguntarle que cómo se le había ocurrido pensar que se trataba de una proposición. En cambio, me quedé callado y pensé irritado conmigo mismo: «¿por qué no?». ¿Por qué acobardarme y tacharlo de locura después de haber progresado tanto? Sí, solo de pensar en llevarlo a cabo se me hacía un nudo en el estómago, pero eso no significaba que no fuera capaz de hacerlo.

«Podía. Podía. Podía.» Igual que lo había logrado con tantas otras cosas. Envolví sus dedos con los míos y apreté con fuerza.

—Trato hecho.

A la semana siguiente crucé las puertas del Arctic Arena esperando y temiendo sentirme como si tuviera un bloque de hormigón sobre el torso, que las manos empezaran a temblarme y que un sudor frío me cayera por la espalda tal y como ocurrió la última vez. Por eso me sorprendí tantísimo cuando lo único que me invadió fue una profunda nostalgia. Aquel lugar había sido nuestra segunda casa, un hogar que se había llenado con nuestras risas y bromas, nuestras lágrimas, nuestro sudor, frustración, pasión, esfuerzo, dedicación y sueños. Y por fin podía adentrarme en él como merecía: con una sonrisa, acompañada de una pequeña punzada de dolor, sí, pero qué importaba. Bien poco, la verdad, si los que imperaban eran los buenos recuerdos y no la rabia, la desesperación o el sufrimiento.

Rodeé la pista hasta llegar a donde se encontraban Vladimir y April, quienes me recibieron entre besos y abrazos, y eso que ambos, junto a sus parejas, habían almorzado en casa el domingo pasado, una costumbre que nació hacía mucho y que poco a poco estábamos retomando. El resto de presentes detuvieron un momento sus actividades para saludarme, incluidos Francine y Camden, que se alegraron mucho de volver a tenerme por allí, «sobre todo ahora que no era su rival», dijeron. Desde luego, era alentador comprobar que seguían tan agradables como siempre, pensé, y me reí por lo bajo sacudiendo la cabeza.

Hannah y Misha fueron los últimos en salir del hielo y acercarse. Fue entonces cuando me invadió una mezcla de nervios, euforia e incredulidad, porque había venido nada menos que para ayudar a mi sustituto, para enseñarle esos trucos que me costó tanto descubrir y que a mí ya no me servían para nada. Pero había aprendido a asumirlo, a dejar de mirar al pasado y clavar la vista en el presente y en las cosas que sí estaban en mi mano. Así que lo di todo, volqué cada conocimiento en él y cuando al final del día salí del Arctic Arena junto a ellos, sentí más que nunca que volvía a ser yo.

Solo que algo diferente.

O quizá mejor.

35

Hannah

París, una de las ciudades más románticas del mundo, y nosotros estábamos a los pies de la Torre Eiffel haciéndonos fotos chorras.

—No puedo. —Intenté aguantar, de verdad que sí, pero al final me doblé de risa en el último momento.

Misha miró la imagen que apareció en la pantalla de su móvil, poco más que un colorido borrón donde casi ni se nos distinguía. Sacudió la cabeza con los labios apretados para contener una sonrisa, mientras borraba el resultado de nuestro tercer intento de tomar la misma instantánea.

—Estás saboteando mi creatividad, que lo sepas —me riñó mordiéndome la punta de la nariz con un brillo travieso en sus ojos.

No era nuevo que me mirara así. Sin embargo, semanas atrás empecé a distinguir un matiz distinto.

Había pasado casi un mes desde que Misha apareció en mi habitación y me confió su cruda y desgarradora historia. Un pasado que se había guardado para sí durante años y que se resistió tanto a revelarme en parte por el temor a que conocerlo cambiara lo que sentía por él. Lo cierto era que así había sido. Conforme hablaba y desgranaba cada doloroso recuerdo, terminó de hacer suyo mi corazón. Ya amaba al Mikhail que era, pero en aquel momento también me enamoré del chico que fue. Y, en cierto modo, desde aquel día se convirtieron en uno, como si él hubiera dejado de luchar contra esa parte de sí mismo y por fin la estuviera aceptando, conciliándola poco a poco con su presente y con quien quería ser en el futuro.

—Va, una vez más, pero como vuelvas a reírte me como los *macarons* que quedan —me amenazó sacudiendo la bolsa que colgaba de su antebrazo.

Esa mañana habíamos ido bien temprano a los Campos Elíseos para apostarnos en la puerta de una de las pastelerías con más encanto y calidad del mundo: Ladurée. Su sede principal estaba en París y era conocida por ser la inventora del *macaron* doble. No solo me chiflaban hasta lo indecible sus dulces (que eran orgásmicos tanto para el paladar como para la vista), sino también su presentación, tan llamativa como la decoración de sus tiendas. Era como entrar en la película *María Antonieta* de Sofía Coppola, con esos colores pastel y ese aire rococó.

—No te atreverás —le advertí a mi vez señalándole con el índice.

—Pruébame —me retó. Sin embargo, fue él quien lo hizo.

Me probó.

Con una sonrisa lobuna capturó mi dedo entre sus dientes y acarició la yema con la punta de la lengua. Una oleada de calor me recorrió el brazo y se extendió por todo mi cuerpo hasta concentrarse en la parte baja de mi estómago.

Aunque pareciera mentira, desde nuestro fogoso mano a mano en mi antiguo dormitorio, no habíamos compartido más que *besayunos* incendiarios. Y no por falta de ganas de llegar hasta el final. De hecho, la forma de afrontar nuestros acercamientos era otro de los cambios que había notado en Misha. Ya no parecía contenerse, medir su pasión como si no quisiera, o no pudiera, dejarse llevar. Daba la impresión de que, junto a las barreras que habían ocultado su secreto, también había desaparecido lo que fuera que lo frenaba. En cambio, la vorágine implacable que era nuestro día a día nos había dejado en un punto muerto. Los entrenamientos intensivos con Vladimir y April, sumados a nuestras sesiones con Claire y al resto de actividades, ya hacían que pasáramos muchas horas fuera de casa; pero además, yo aprovechaba cada oportunidad que me ofrecía nuestro horario para estudiar. Era agotador. No obstante, quería terminar la carrera antes de los treinta.

Al cansancio que hacía que me quedara dormida sentada, e incluso de pie, se sumaba la falta de intimidad que parecía reinar en casa desde que Nick, Tris y Candy empezaron a pasar tiempo allí, tanto que los sofás ya tenían la forma de sus culos.

Necesitábamos un respiro y espacio para nosotros (urgentemente) de manera que decidimos adelantar dos días las vacaciones de Acción de Gracias. Las empezaríamos disfrutando de París tras nuestra participación en el Trophée Eric Bompard y luego volveríamos a casa.

Y ese era el motivo por el que estábamos a los pies de la Torre Eiffel con mi dedo en su boca.

—Tramposo —le reproché tragando saliva y sus hoyuelos hicieron acto de presencia.

—¿Sobreexcitada? —preguntó sin soltarme, de forma que su lengua volvió a acariciar la yema de mi índice.

Oh sí, lo estaba, eso o no me había enterado de que existía una terminación nerviosa que conectaba directamente ese punto con aquel entre mis piernas.

—*Da* —reconocí en mi más que dudoso ruso.

Su sonrisa se amplió antes de liberar mi dedo e inclinarse hacia mí.

—Dame un beso entonces —murmuró con esa mezcla tan suya de descaro y timidez que le coloreaba ligeramente las mejillas.

Adoraba esa expresión y ese fue el empujón que me lanzó a cumplir su demanda. Alcé el rostro, le rodeé el cuello con los brazos y capturé sus labios. Un rumor ronco escapó del fondo de su garganta al tiempo que me ceñía la cintura y me pegaba a él. Nuestros cuerpos se amoldaron, nuestras bocas se fundieron y el mundo se desdibujó. Me encontré sorda, ciega y muda a todo lo que no fuera Misha. La magia que impregnaba la ciudad estaba en sus manos, en la forma en la que estas acariciaban mis mejillas y hacían que vibrara hasta la última célula de mi ser.

—Será mejor que paremos o acabaremos detenidos por escándalo público —gruñó tras finalizar el beso mordisqueándome el labio inferior. Su mirada quemaba.

—Tienes razón —admití con una risita resignada, tras la que me llené los pulmones con el fresco aire nocturno del otoño parisino en un intento de deshacerme del calentón. No sirvió de mucho—. ¿Cuánto falta para la reserva que hiciste?

Misha miró su reloj.

—Cuarenta y cinco minutos; ¿por qué, prefieres que nos olvidemos del restaurante y vayamos directamente al hotel? —Su voz dejó traslucir un poco de ese acento arrastrado que tan bien ocultaba.

—No sabes tú cuánto. —Aún más cuando sus palabras se habían derramado en mi interior como el vodka: ardientes en un principio, agradables una vez llegaron al estómago y se extendieron por mi cuerpo como una caricia cálida y sugerente. Su sonrisa me dijo que sabía cuánto me habían afectado. Maldito fuera. Lo miré con los párpados entornados antes de añadir—: Pero me has intrigado y pinchado durante casi un mes con el sitio al que me llevarías a cenar cuando estuviéramos en París. Así que ahora vamos a ir como que me llamo Hannah.

Me crucé de brazos para subrayar mi determinación. Misha dejó escapar una carcajada y se pasó la mano por el pelo.

—Mierda, yo mismo he cavado mi propia tumba.

—Tú lo has dicho.

Iba a echar a andar, pero me detuvo rodeándome los hombros con el brazo.

—No tan deprisa, *ptichka.* —Me pegó a su costado—. Todavía me debes una foto.

Esa vez fui yo la que se echó a reír.

Poco después se podía ver una nueva imagen de perfil en el Facebook de ambos: los dos muy pegados, con las cabezas echadas ligeramente hacia atrás y poniendo unos exagerados morritos para poder sujetar los largos mostachos que nos habíamos hecho con mi pelo.

Tanto Misha como yo habíamos estado antes en París. Sin embargo, era la primera vez que paseábamos por la Rue Quincampoix, una calleja llena de encanto en pleno barrio Les Halles. La cercanía del Centro Pompidou se notaba en las pequeñas galerías de arte, las acogedoras cafeterías y los innovadores restaurantes, como aquel frente al que nos detuvimos. Su fachada era gris y tenía todas las ventanas tintadas. Alcé la vista hacia el toldo blanco y negro que cubría el puñado de mesitas que se extendían por la acera, donde aparecía el nombre del local en grandes letras mayúsculas: «DANS LE NOIR?».

—¿Qué significa?

Mis nociones de francés se reducían a unos mal pronunciados *oui, merci beaucoup, s'il vous plaît, je t'aime* y la frase *voulez vous coucher avec moi ce soir?* que había aprendido gracias al tema principal de la película *Moulin Rouge.*

Una sonrisa ladeada se dibujó en sus labios.

—¿En la oscuridad?

Eso tendría que habérmelo dicho todo. En cambio, no fui verdaderamente consciente del significado literal del nombre del restaurante hasta que las dos simpáticas camareras que nos recibieron empezaron a explicarnos el funcionamiento del lugar. Nuestra cena iba a ser más que eso, la idea era que se convirtiera en una vivencia sensorial y social, ya que estaríamos sentados con otras personas. Sin la vista, decían, algo tan sencillo como comer se transformaba en toda una experiencia, donde los otros sentidos se agudizaban y nos ofrecían nuevas percepciones y emociones. Por otro lado, cuando no veían, todas las personas eran iguales, no existían diferencias ni prejuicios, por lo que iniciar una conversación, incluso con una persona desconocida, pasaba a ser algo de lo más natural.

—¿De verdad vamos a cenar completamente a oscuras? —pregunté cerrando la taquilla donde habíamos guardado todas nuestras cosas.

En el interior no se permitían móviles, ni ningún otro dispositivo que proporcionara luz, y por seguridad era mejor entrar sin nada que pudiera caérsenos y provocar un accidente.

Misha se inclinó hacia mí.

—Ese es el plan, sí. —Su aliento acarició mi boca, pero fue su nariz la que rozó la mía.

Los rescoldos del beso a los pies de la Torre Eiffel se reavivaron en una fracción de segundo a causa de su cercanía.

—¿Cómo se te ocurrió que viniéramos aquí?

Un brillo juguetón iluminó su mirada.

—Me tragué cuatro películas románticas para coger ideas. Habría visto más, pero me bajó la regla.

Mi carcajada se unió a la risa de la pareja que en esos momentos estaba dejando sus pertenencias en una de las taquillas a la espalda de Misha. Este se giró y los dos chicos lo saludaron con expresión divertida antes de echar la llave y marcharse. Cuando se volvió de nuevo hacia mí tenía las mejillas encendidas. Le rodeé la cintura con los brazos y me pegué a él.

—Entonces... —Intenté adoptar un gesto inocente—. ¿Debería empezar a llamarte Michaela?

Una sonrisa maliciosa curvó sus labios. Agachó la cabeza y susurró muy cerca de mi oído:

—Dímelo tú mañana por la mañana.

Para acceder al comedor nos pusimos en fila india y colocamos una mano en el hombro de la persona que teníamos delante. A continuación, cruzamos un pasillo, que ya estaba a oscuras para facilitar la transición, y fuimos guiados por uno de los camareros de sala hasta nuestra mesa.

El encontrarte rodeado por la oscuridad más absoluta provocaba una sensación extraña, hasta cierto punto sobrecogedora. No obstante, dadas las circunstancias, también resultaba divertido. La hilaridad se extendió por nuestro grupo de ocho conforme nos sentábamos a tientas y nuestro camarero, Hector, invidente como el resto del personal que atendía aquella zona del restaurante, nos ayudaba uno por uno a encontrar la ubicación de los cubiertos y los vasos.

A mí me habían acomodado en una esquina, con Misha a mi derecha. Frente a nosotros descubrimos que estaban los dos chicos con los que habíamos coincidido en las taquillas. Se llamaban Deniel y Sébastien, ambos eran parisienses, pero se defendían bastante bien con el inglés a diferencia de las dos parejas de mediana edad que nos acompañaban.

—¿También habéis venido de celebración? —se interesó Deniel. Según nos acababan de contar, ellos estaban festejando su segundo aniversario.

—Sí —respondí con una sonrisa radiante que no podían ver, si bien se notaba en mi voz.

Todavía podía evocar la euforia que sentí hacía dos días al terminar el programa libre, con el que cerrábamos nuestra participación en el Trophée Eric Bompard. Saludamos al público y abandonamos el hielo aún sin aliento. Besé a Vladimir y April y entonces me abracé a Misha, porque sabía que lo necesitaba. Me acogió entre sus brazos de inmediato y hundió la cara en mi cuello. Estaba tan tenso que temblaba ligeramente. Le acaricié la espalda y la nuca y apoyé mi mejilla en la suya.

—No tienes nada de qué preocuparte, ya no. Estás aquí conmigo y solo patinas por ti, por nosotros.

—Lo sé *milaya*, lo sé —musitó pegándome aún más a su cuerpo, un gesto que siempre parecía aliviarlo, como si mi presencia fuera el ancla que lo aferrara al presente.

Al conocer por fin la verdad era capaz de verlo, y estaba más que dispuesta a dárselo hasta el día en el que pudiera dejar la pista con una sonrisa. E incluso entonces. Y por siempre.

Los resultados confirmaron lo que yo ya sabía, que habíamos estado increíbles y que el incansable trabajo de las últimas tres semanas había me-

recido la pena. De hecho, las notas fueron mucho mejores de lo que esperaba. Quedamos segundos, ¡segundos!, dos puestos por encima del que obtuvimos en el Skate America. Por tanto, habíamos ascendido en la tabla de
posiciones. Y eso había que celebrarlo, con indiferencia de que nuestro paso
a la final estuviera todavía en el aire, a espera de que el último grupo parti-
cipara en el Trofeo NHK de Sendai, Japón. Las notas que nuestros compañeros obtuvieran allí (junto a la posibilidad siempre presente de alguna lesión
que los obligara a retirarse del campeonato) marcarían nuestra entrada o no
en el Grand Prix Final.

Iba a intentar explicárselo a Deniel y Sébastien de una manera mucho
más sencilla y resumida, pero Misha habló antes de que pudiera añadir
nada.

—Celebramos que mañana hace siete meses que nos conocimos.

Di un pequeño respingo a causa de la sorpresa y me giré hacia él con los
ojos muy abiertos pese a la oscuridad que nos envolvía.

Noté que se movía. Instantes después encontró mi mano sobre la mesa.
Acarició mis dedos y mi brazo en un camino ascendente que terminó en mi
barbilla. La sujetó con delicadeza y me guió hasta sus labios.

—¿Crees que no se me habría quedado grabado el día en el que conocí a
la persona que hizo que mi corazón volviera a latir, y que es lo mejor que me
ha pasado en la vida? —preguntó en un tono bajo que fue solo para mí.

La vehemencia de sus palabras quemó mi piel, su significado hinchó mi
pecho. Juraría que Sébastien y Deniel hicieron algún comentario, pero quedó perdido entre la algarabía tanto de nuestro grupo como del resto de co-
mensales que ocupaban el restaurante. Tampoco me esforcé demasiado en
escucharlos, prefería poner toda mi atención en Misha, en su boca, que no
dejaba de rozar y tentar a la mía en pasadas tan lentas y besos tan dulces
que me erizaban la piel. Con el último de ellos apretó los dedos en torno a
los míos, hundió la mano libre en mi pelo y me aferró con fuerza por la
nuca.

—*Ya tebya lyublyu* —dijo contra mis labios con tanta pasión que, aun
sin entenderlo, me hizo estremecer.

—¿Qué significa?

Lo sentí sonreír antes de dejarme sin aliento con un beso corto pero
muy intenso.

—Quiere decir...

La mano que había estado en mi pelo envolvió mi muñeca izquierda y tiró con suavidad para indicarme que desenlazara mis dedos de los suyos. En cuanto lo hice llevó mi palma de nuevo a estos, que se habían cerrado en un puño, todos excepto el índice.

—¿Uno? —inquirí desconcertada.

Su risa baja caldeó mi mejilla.

—Prueba con una letra —instó junto a mi oído.

—¿I?

El pulgar se unió de inmediato al que ya estaba levantado.

—L.

Tanteé una vez más y mi corazón empezó a latir como un loco al identificar la nueva letra.

—O.

Ni me enteré de que nos servían el entrante junto a la copa de champán que incluía nuestro menú de degustación, ya que estaba demasiado distraída por los pterodáctilos que habían montado un Parque Jurásico en mi estómago con cada cambio en los dedos de Misha.

—V.

—Creo que eso es suficiente para que lo entiendas, ¿verdad, *ptichka*? —La punta de su nariz rozó mi mejilla derecha y mi sien—. *Ya tebya lyublyu* —repitió. Y esa vez fui muy consciente de lo que estaba diciendo.

Te quiero.

Una oleada de esa intensa emoción que te hacía querer reír y llorar al mismo tiempo me llenó el pecho, me curvó los labios y me humedeció los ojos.

—¿Cómo sería la respuesta en ruso? —pregunté con una sonrisa tonta sintiéndome a punto de convertirme en un enorme charco de babas.

—*Ya tozhe tebya lyublyu.*

Asentí intentado retener la frase lo suficiente como para poder repetirla. Busqué su rostro, lo envolví con mis manos y dejé traslucir con cada palabra todo lo que él despertaba en mi corazón.

—*Ya tozhe tebya lyublyu.*

Yo también te quiero.

36
Hannah

Ni la sonrisa boba, ni la sensación burbujeante y cálida me abandonaron durante el resto de la velada. Pero a estas se unieron conversaciones distendidas con nuestros compañeros de mesa, risas y multitud de besos y caricias con Misha al amparo de la oscuridad que nos envolvía.

—Es definitivo, tengo el paladar muerto, al menos para el vino —suspiré dejando la copa en la mesa despacio y con mucho cuidado.

Aparte del champán, servían tres copas de vino sorpresa con el menú. Según nos indicó nuestro camarero, el 90% de la gente se equivocaba al distinguir entre tinto, blanco y rosado sin la ayuda de la vista. Por eso habían planteado su cata como una suerte de juego. Durante la cena traerían los tres sin decirnos cuáles eran, debíamos probarlos e intentar deducirlo. Y lo mismo ocurría con la comida. Luego, a la salida, nos reuniríamos todos en el salón y comentaríamos lo que creíamos haber comido y bebido.

Los chicos se echaron a reír, igual que hicieron Hector y los demás compañeros de mesa cuando, una vez en la tertulia, comenté que o yo no tenía gusto para el vino, o se habían quedado conmigo sirviéndome lo mismo durante toda la velada.

—Tranquila, en tu país no podéis beber hasta los veintiuno. Es normal que aún estés verde —me consoló Sébastien.

Bueno, no tener la edad legal para consumir alcohol no significaba que no lo hubiera probado. Claro que las veces que Nick, Abby, Tris y yo nos habíamos saltado la ley había sido para dar buena cuenta de alguna que otra cerveza, de unos cuantos margaritas, chupitos de tequila o cosas por el estilo.

Los ojos de Misha recorrieron mi rostro en una pasada lenta, mientras que sus labios se curvaron en una sonrisa perezosa.

—Si quieres, cuando volvamos a casa, puedo hacerte una cata.

Su tono podría haber prendido en llamas la ropa interior de todos los presentes, o también era posible que mi mente sucia le hubiera dado un matiz mucho más pervertido del que en realidad tenía. La expresión complacida de Mikhail me confirmó que se trataba de lo segundo, y que además era justo lo que él había esperado conseguir con el comentario.

Empecé a fulminarlo con la mirada, pero otra parte de lo que había dicho se coló en mis pensamientos e hizo que parara: «Cuando volvamos a casa». A nuestro hogar. Todavía había veces en las que me daba un poco de vértigo recapacitar sobre ello. Por norma general, las parejas se conocían, salían durante un tiempo y si la relación funcionaba decidían empezar una vida en común yéndose a vivir juntos. Nosotros habíamos comenzado por el último paso y en ocasiones me preocupaba si eso nos afectaría a largo plazo. Al fin y al cabo, solo teníamos diecinueve y veintidós años. Quizás era demasiado pronto para compartir el mismo techo (aunque Abby estuviera con nosotros) y pasar prácticamente todo el día juntos. Sin embargo, desde que Misha se abrió a mí, los pequeños miedos palidecían ante la certeza de que junto a nosotros había encontrado un lugar al que pertenecer y, sobre todo, conocido el verdadero calor de una familia.

Sí, volveríamos a casa y celebraríamos el Día de Acción de Gracias más especial y significativo de mi vida. No podía ser de otra forma. No cuando pocos días después se cumpliría el primer aniversario del accidente. Un año en el que creí haber perdido una parte vital de mí misma, para luego recuperarla de manos de un ruso al que había admirado desde la adolescencia. Y al que jamás imaginé persiguiéndome allá donde fuera con camisetas estampadas con mi cara. El mismo que lograba sonrojarme como nada ni nadie, derretirme con el roce de sus labios en mi sien, prenderme en llamas con sus *besayunos*, enternecerme con pequeños gestos, o enamorarme un poco más cada día simplemente siendo él. El mejor regalo que había recibido nunca y que pensaba atesorar con todo mi ser. Doce meses en los que el dolor y la culpa se diluyeron lo suficiente como para dejarme ver y sentir momentos con los que llenar mi «tarro de las cosas buenas». Un tiempo en el que había visto a mi mejor amigo plantar cara a sus demonios, dejar de mirar al pasado, afrontar el presente y luchar por un futuro.

Apoyé la mano en el muslo de Misha con la palma hacia arriba. Él la cubrió con la suya de inmediato, entrelazó sus dedos con los míos y me regaló una sonrisa colmada de ternura.

—Gracias —vocalicé dejándome llevar por todos esos pensamientos.

Misha pareció desconcertado por un instante, luego dejó escapar una risa baja y sus ojos brillaron con picardía.

—No me las des todavía. Espera al menos a que lleguemos al hotel.

Los nervios cosquillearon en mi estómago tan pronto se cerraron las puertas del ascensor y nos quedamos los dos solos en el cubículo forrado de espejos. Con cada nuevo dígito que nos acercaba a nuestra planta notaba cómo nos iba envolviendo una corriente cargada de expectación, excitación y deseo. El silencio en el que permanecíamos hacía que la sensación se hiciera aún más intensa, casi tangible. Un escalofrío me recorrió la columna cuando, un par de pisos antes de llegar a nuestro destino, Mikhail pegó su pecho a mi espalda, me recorrió la cintura con las manos mientras depositaba pequeños besos en mi cuello. Ladeé la cabeza para darle mejor acceso. Una oleada de calor se derramó por mi cuerpo hasta concentrarse entre mis piernas en el momento en el que sus dientes atraparon el lóbulo de mi oreja, y sus dedos encontraron mi piel bajo el jersey.

Segundos antes de que las puertas se abrieran me di la vuelta entre sus brazos, le rodeé el cuello con los míos sin soltar el bolso ni las bolsas de Ladurée que colgaban de mis muñecas, y asalté su boca. El beso no tardó en volverse febril, mis labios se abrieron a los suyos y, en el instante en el que nuestras lenguas se tocaron, sus manos aferraron mis caderas. Me apretó a él y solo al notar su erección en la parte más sensible y húmeda de mi anatomía, me di cuenta de que le había envuelto la cintura con las piernas.

Estábamos en el pasillo, había salido conmigo enganchada como un koala y no me importaba. Debería, pero era difícil pensar, y mucho menos sentir ningún tipo de pudor ante la posibilidad de cruzarnos con alguien, cuando sus caderas se mecían contra las mías a cada paso que daba.

—¿Tienes la tarjeta? —preguntó dibujando mi mandíbula con la boca.

—¿Qué tarjeta?

Misha rio entre dientes y el sonido danzó por mi piel.

—La que abre la puerta.

—Oh. —Mi respiración se había vuelto pesada. Y, al parecer, el riego ya no me llegaba al cerebro.

Rebusqué a tientas en el bolso en busca de la llave al tiempo que él avanzaba a grandes zancadas por el suelo enmoquetado en dirección al dormitorio. Pocos minutos después la puerta se cerraba tras nosotros con un suave clic que aceleró mi corazón. Por fin estábamos solos y no existía la posibilidad de que nadie nos interrumpiera. Me chupé el labio inferior conforme un zumbido anhelante recorría mis venas. Él siguió el movimiento y dejó escapar ese sonido ronco al fondo de su garganta que provocó un estremecimiento hasta mi centro.

Se internó en la estancia por el corto pasillo, me tumbó con cuidado en la amplia cama que ocupaba el centro de la habitación y descendió sobre mí. Un suave gemido se abrió paso desde mi pecho cuando atrapó de nuevo mi boca en un beso diferente, más profundo, más demoledor, que alargó hasta que me tuvo jadeando en busca de aire.

—¿Ya sin aliento? —Lo noté sonreír contra mi garganta, por donde estaba descendiendo en una ardiente combinación de lengua y dientes que culminó en mi clavícula.

Mi respuesta fue hundir los dedos en su pelo, ladear la cabeza y atrapar el lóbulo de su oreja. Lo lamí y lo mordí hasta arrancarle un gruñido y una fuerte embestida de sus caderas, alojadas entre mis piernas. Habría sido mi turno para reír de no ser porque el fuego prendió mi sangre.

De repente, había demasiada ropa entre nosotros. Quería sentir su piel, envolverme en su calor y hacerlo uno con el mío. Entendió lo que buscaba en cuanto empecé a forcejear con su chaqueta de cuero. Se puso de pie y, sin apartar sus ojos de los míos, se quitó la cazadora y el jersey negro de cuello vuelto. A estos les siguieron las deportivas, los calcetines y los vaqueros.

Era impresionante, cada centímetro de él. Desde su pelo castaño oscuro desordenado por mis dedos, pasando por su nariz recta y sus labios llenos, bajando por sus pectorales y abdominales cincelados hasta llegar a esa uve orgásmica, que desembocaba en una más que evidente erección todavía cubierta por sus bóxers negros. El increíble tatuaje que cubría su tronco desde debajo del pecho al estómago llamó mi atención por un momento. Hacía no mucho me había explicado lo que significaba aquel cuervo, magnífico en pleno vuelo pese a que tanto su ala derecha como la cola se estaban disolviendo en volutas que rodeaban el torso de Misha y terminaban en la parte baja de su espalda.

El ave era él luchando por no perder de vista aquello plasmado en su pectoral izquierdo, y que el pájaro señalaba con el pico entreabierto como a punto de atraparlo: «mantén siempre la esperanza». Un pensamiento, una creencia, a la que había intentado aferrarse siempre, incluso cuando sentía que se estaba perdiendo a sí mismo, diluyéndose con el dolor, el miedo, el odio, la rabia, la impotencia...

—Ven aquí —ordenó con una sonrisa provocadora.

Me senté en el borde de la cama con el corazón latiendo con fuerza. Misha se acuclilló entre mis piernas, deslizó mi chaqueta de lana por mis hombros y la dejó caer al suelo. Acto seguido, metió los dedos bajo mi jersey y lo fue subiendo centímetro a centímetro conforme acariciaba mi piel. Se detuvo al llegar a mis pechos, los cubrió con sus manos y rozó los pezones con los pulgares. Mi espalda se arqueó y mi boca se abrió en un suave gemido. Él inspiró con fuerza y me sacó el suéter por la cabeza en un único movimiento. El sujetador, las botas, los calcetines y los pantalones fueron los siguientes.

La calefacción estaba encendida, pero habría bastado con su mirada para mantener alejado el frío, en especial con aquella que me dedicó segundos antes de que sus labios atraparan uno de mis pezones y su lengua empezara a hacer maravillas con él. Un ramalazo de placer me atravesó de pies a cabeza y confluyó en mi centro en una fuerte pulsación. Caí sobre el colchón y Misha vino conmigo sin dejar lo que estaba haciendo. Apoyó su peso en un brazo y con la mano libre paseó por mi torso en una caricia descendente que detuvo al llegar a mi ombligo. Aplanó los dedos sobre mi vientre, los deslizó bajo la cinturilla de mis bragas al tiempo que chupaba con fuerza, y yo creí estallar en una miríada de sensaciones.

Mordió con cuidado el pezón, entonces se sentó y se deshizo de la única prenda que aún me cubría.

La intensidad con la que sus ojos recorrieron mi cuerpo desnudo hizo que sintiera el rubor extenderse más allá de mis mejillas.

—Eres preciosa —aseveró con la voz enronquecida mientras me rozaba el pómulo y la cicatriz con los nudillos—. Absolutamente preciosa, *ptichka*, en todos los sentidos.

Luego se inclinó hacia mí y besó la punta de mi nariz y la comisura de mis labios. Los abrí para él y nuestras lenguas se encontraron en el mismo momento en el que lo hicieron nuestros pechos. Me aferré a su espalda, encantada con la forma en la que sus músculos se contraían y expandían allí por donde pasaban mis yemas.

Se me escapó un involuntario ruido de protesta cuando abandonó mi boca para seguir deslizando la suya por mi mentón, mi cuello, mis senos... besando y lamiendo como si estuviera tratando de saborear cada cima y depresión de mi anatomía. Se tomó su tiempo y yo estaba segura de que antes de que acabara me habría desintegrado por combustión espontánea. Supe que no me equivocaba en el instante en el que alcanzó el área entre mis piernas.

Primero me tocó, un suave barrido de su índice que provocó que mis caderas se sacudieran. Luego su dedo se movió de nuevo en una pasada circular y se introdujo en mi interior. Gemí a la vez que así con fuerza la fina colcha que cubría la cama. Mi respiración se fue acelerando conforme su índice entraba y salía con enloquecedora lentitud, en tanto su boca saboreaba la piel del interior de mi muslo.

Un sonido estrangulado surgió de mi garganta y mis caderas abandonaron una vez más el colchón tan pronto su lengua sustituyó a su dedo. Una vez me dijo que nada le gustaría más que descubrir cuántos sonidos distintos podría arrancarme con el roce de su lengua. Y eso era lo que se disponía a hacer. Me arrancó cada jadeo, cada gemido gutural, cada suspiro, hasta que fui incapaz de poco más que respirar.

Pareció sentir que estaba cerca porque apoyó un brazo sobre mis caderas para mantenerlas en el sitio, y aumentó el ritmo de sus húmedas embestidas. La tensión y el calor se acumularon en mi centro para luego explotar en un fogonazo, una ardiente oleada de placer que frio cada una de mis terminaciones nerviosas.

Réplicas del orgasmo me hicieron temblar conforme ralentizó sus pasadas para luego alzar la cabeza y besarme el ombligo. Empezó a incorporarse, pero se detuvo al notar que lo agarraba de la cinturilla de sus bóxers. Inspiró con fuerza por la nariz cuando mi palma rozó su dureza a través de la prenda.

—Hannah...

Ya habíamos estado así antes (o casi). La diferencia estaba en que no había peligro de que nos interrumpiera mi abuela, de modo que tiré con la intención de deshacerme por fin de sus calzoncillos.

—Hannah, espera. —Me detuvo agarrándome de la muñeca.

Alcé la vista y lo que encontré en su mirada me desconcertó. Estaba nublada por el deseo, sí. Sin embargo, había algo más que no terminaba de entender: indecisión y vergüenza.

—¿Qué pasa? ¿Quieres que paremos?

—No, joder, por supuesto que no. Es solo que... —Se pasó una mano por el pelo con un suspiro trémulo—. No he sido un santo. —Dibujó una fugaz sonrisa de medio lado—. Pero jamás he llegado tan lejos con nadie, Hannah. Nunca he podido, ni querido, permitirme esa clase de intimidad con otra persona. —Me enmarcó el rostro con las manos y apoyó su frente en la mía—. Excepto contigo. Tú haces que lo anhele, no, que lo necesite, aunque eso signifique mostrarle por primera vez a alguien la peor parte de mí.

—¿A qué te refieres? —pregunté en apenas un susurro.

Misha se limitó a esbozar una mueca triste que me sacudió el corazón. Se tumbó de espaldas sobre la cama y, tras cerrar un instante los ojos, se quitó los bóxers.

No fui consciente de haber dejado escapar un quejido ahogado hasta que llegó a mis oídos. Me llevé una mano a la boca demasiado tarde para frenar la evidencia del dolor que me produjo ver sus caderas donde, desde el nacimiento del vello púbico hasta la mitad de las nalgas, no había ni un resquicio de piel tersa, solo un entramado de cicatrices producidas por una miríada de cortes y quemaduras que se superponían unas a otras.

—¿Quién...?

—Yo. Me he autolesionado desde que tenía doce años. Desde que aprendí que el daño físico aliviaba la asfixiante angustia emocional. —Confesó con la voz cargada de vergüenza y rabia.

Una fuerte opresión me aplastó el pecho y las lágrimas se me agolparon en los ojos. ¿Cuánto debía pesar la realidad de una persona para que lastimarse a sí misma fuera lo único que pudiera aligerar su sufrimiento? ¿Cuánto para que se cobrara la luz de un niño?

—Cuando era un crío no tenía otra forma de enfrentarme a lo que ese malnacido nos hacía pasar. Me aferré a la idea de que crecería y me haría más fuerte, pero crecí y seguí siendo débil y patético como un puto adicto incapaz de resistirse a un último chute, porque renunciar a este significaría abandonar lo único que, aunque fuera por un corto espacio de tiempo, me hacía escapar y sentirme libre.

Lo humillante que resultaba para él ese hecho estaba impreso en cada palabra. Y eso me desgarró el alma.

—Te equivocas —afirmé con fervor—. Siempre has rebosado fortaleza.

—Una risotada seca retumbó en su pecho, pero cesó tan pronto posé mis dedos en sus caderas y empecé a delinear con las yemas las marcas que las cubrían—. Nunca te rendiste, seguiste adelante luchando no por ti, sino por Ben. Y el que necesitaras una vía de escape para sobrellevarlo no te convertía en un pusilánime. —Me incliné y besé su piel maltratada.

No me detuve, continué recorriendo con los labios cada milímetro de aquella orografía nacida del dolor. No podía borrarla, pero sí mezclarla con nuevos recuerdos y sensaciones. Intentar que lo primero que evocara su mente al ver esa parte de su cuerpo fuera mi boca, mi lengua y mis manos sobre ella.

Lo miré a través de mis pestañas y me encontré con dos inmensidades celestes que seguían con creciente deseo cada uno de mis movimientos. Un gruñido acompañó al espasmo de sus caderas cuando envolví su erección con mis dedos, los deslicé hasta la base y volví a subir con lentitud. Repetí el gesto una y otra vez sin dejar de besar sus cicatrices y, conforme me acercaba a su miembro, fui aumentando el ritmo. Entonces paré un segundo, acaricié la punta con el dedo gordo y lo tomé en mi boca.

—Joder, Hannah... —Sus palabras murieron en un profundo gemido y su mano aferró mi nuca.

Lo acogí tan profundamente como pude sintiendo su calor y su pulso en mis labios. Chupé y lamí con fruición hasta que sus caderas empezaron a oscilar en pequeños y apenas controlados envites. Sus dedos se apretaron en torno a mi cuello y su respiración se volvió irregular.

De repente, me agarró por los hombros, me separó de él y me tumbó en el colchón.

—Lo siento, pero la primera vez quiero que sea dentro de ti. —Jadeó abrasándome con su mirada.

Sus mejillas estaban encendidas, no sabía si a causa de la excitación o de lo que acababa de decir. Puede que por ambas.

Me besó y me mordisqueó el mentón y la garganta. Luego se levantó, buscó su chaqueta y de un bolsillo sacó una ristra de preservativos. Enarqué una ceja.

—Veo que te lo tomas con optimismo.

Él esbozó una sonrisa que marcó su hoyuelo izquierdo.

—No deberías subestimar la resistencia física de un atleta.

—Jamás se me ocurriría.

Rio por lo bajo mientras rasgaba el envoltorio. Una vez estuvo listo volvió a la cama, apoyó una rodilla entre mis piernas, se inclinó y colocó una mano a cada lado de mi cabeza.

—Embustera.

Mi intención era mirarlo a los ojos y regalarle una buena réplica. Sin embargo, mi atención recayó sobre otra parte también muy vistosa de su anatomía y, en una flagrante demostración de diarrea verbal, solté en voz alta lo primero que me pasó por la mente.

—Rabudo.

Misha parpadeó un par de veces con el ceño fruncido. Acto seguido, sus carcajadas resonaron en la habitación y yo sentí que me ponía tan roja que, si me hacía una bola, podría pasar por una granada superdesarrollada.

—Dolorosamente, sí. —Su expresión se volvió de lo más traviesa—. Dolorosamente grande, quiero decir.

Vale, a partir de ese mismo instante podían empezar a llamarme *Granawoman*.

—Teatrero —mascullé sin mucho ímpetu.

Su sonrisa se amplió, pero no hubo respuesta, al menos no una verbal, ya que su boca capturó la mía. Me besó despacio, profundamente, y con tanta ternura que sentí que iba a salirme de mi propia piel. Conocía esa forma de besarme, era la misma que en tantas ocasiones me había robado el aliento y hecho que mi corazón aumentara diez veces su tamaño. Solo que entonces no me atrevía a leer demasiado en lo que parecía transmitir. Eso había cambiado. Ya podía embeberme del amor que rebosaba de cada caricia de su lengua, de cada roce de sus labios.

El calor que invadía mi cuerpo se concentró en una bola de lava en mi bajo vientre tan pronto Misha dejó de sostenerse y se tumbó sobre mí. Mi torso se arqueó contra el suyo, lo que produjo una exquisita fricción entre mis pezones y sus duros pectorales. Mis piernas se abrieron como por voluntad propia y una dentellada de deseo, violenta y poderosa, se extendió a través de mí al notar su erección alojarse en medio de estas.

Alzó la cabeza lo justo para poder mirarme a los ojos. Ambos temblábamos.

—*Ya tebya lyublyu* —dijo en voz baja acariciándome la mejilla con el dorso de los dedos—. Más de lo que puedas imaginar.

Le enmarqué la cara con las manos, lo acerqué y, un segundo antes de que su boca tocara de nuevo la mía, susurré:

—Te quiero. —Dos palabras envueltas en esa multitud de sentimientos que le pertenecían, porque solo él hacía que hincharan mi pecho.

Nuestros alientos volvieron a fundirse, Misha dejó caer una mano en mi cadera, yo extendí una de las mías entre nosotros y lo guie a donde más lo necesitaba. El uno se tragó el gemido del otro cuando se deslizó en mi interior. La sensación de plenitud era una gloriosa molestia que sabía que pronto se convertiría en un punzante placer. Durante un momento permaneció quieto, como si intentara aferrarse a los últimos vestigios de autocontrol, pero eso no era lo que yo ansiaba, así que alcé las caderas.

—Han... —gruñó.

Lo hice otra vez, me contoneé contra él.

—*Ptichka*... Si quieres que esto dure lo suficiente para los dos, será mejor que dejes de hacer eso porque me estás matando.

Mi respuesta fue rodearle la cintura con las piernas. Misha dejó escapar una risa gutural y me mordió el labio inferior. Entonces empezó a moverse, se retiró hasta la mitad para luego volver a entrar. Lo repitió en una cadencia lenta y constante, al menos al principio, ya que en cuanto comencé a mecerme en tándem con él la intensidad aumentó hasta convertirse en un ritmo febril. Sus besos se tornaron salvajes, con su lengua empujando en sintonía con sus caderas.

Las respiraciones agitadas de ambos resonaban en la habitación. Nuestros envites se volvieron frenéticos e hicieron que la fricción fuera intensa, enloquecedora. Clavé los dedos en sus hombros, estaba cerca, muy cerca. La tensión creció en mi centro hasta un punto casi doloroso e instantes después explotó. Eché la cabeza hacia atrás estremeciéndome a su alrededor, asolada por una contundente avalancha de placer.

Misha hundió la cara en el hueco de mi cuello con un murmullo ronco. Empujó profundamente un par de veces más, y se quedó inmóvil un momento antes de que sus caderas se sacudieran al encontrar su propia liberación.

Nos quedamos abrazados, exhaustos, durante varios minutos, o quizá fueron horas. Empezaba a quedarme adormilada cuando salió de mí despacio, con cuidado, y me dio el beso más dulce que hubiera recibido nunca.

—Vuelvo enseguida.

Dejó la cama y se metió en el cuarto de baño. Regresó poco después, se deslizó bajo las sábanas en las que ya me había acurrucado y me atrajo hacia él. Uno de sus brazos se convirtió en mi almohada, el otro me rodeó la cintura. Un silencio tan cómodo y cálido como la manta que nos cubría se extendió entre nosotros. En realidad no hacían falta palabras, bastaba con su mirada brillante o con esa especie de sonrisa petulante que le curvaba los labios y que provocaba que la risa burbujeara en mi pecho.

Misha empezó a jugar con mi pelo entrelazando sus dedos en los mechones más cercanos a la nuca y yo acaricié su costado.

—Gracias —dijo de repente.

—¿Qué? —Parpadeé desconcertada.

—Gracias por haber aceptado ser mi compañera, por dejarme entrar y quedarme en tu vida. —Su boca rozó mi frente—. Gracias por meterte bajo mi piel y aferrarte a mi corazón antes de que pudiera hacer nada para evitarlo. Jamás creí ser capaz de abrirme a nadie, de enamorarme. Solo contigo, solo de ti. —Sus ojos se encontraron con los míos—. Gracias por recordarme lo que es ser feliz.

37
Misha

Apoyé las manos en la pared, cerré los ojos, alcé el rostro hacia la alcachofa de la ducha y dejé que el agua caliente se derramara por mi cuerpo. Estaba tan nervioso que sentía como si tuviera un puñado de pirañas asesinas dándose un festín en mi estómago. Resultaba ridículo ya que aún faltaba un día para que diera comienzo la primera etapa del Grand Prix Final (lo habíamos conseguido. ¡LO HABÍAMOS CONSEGUIDO!), pero así era y, por mucho que me resistiera a admitirlo, sabía que la inquietud que me carcomía por dentro no solo se debía a eso.

Me volví al percibir el deslizamiento de la puerta de la ducha y me encontré a Hannah apoyada en el marco, sin rastro del pijama que llevaba cuando la dejé en la cama terminando de desayunar.

—¿Hay sitio para uno más?

No dejaba de parecerme gracioso, además de adorable, que dos semanas después de nuestra noche en París siguiera ruborizándose ante determinadas situaciones. Aunque si era sincero, esperaba que eso nunca cambiara porque me encantaba.

—Ven aquí.

La arropé entre mis brazos en cuanto cerró la hoja de cristal y di un paso atrás para que el chorro cayera sobre ambos. Su cuerpo se amoldó al mío, cálido y resbaladizo, y de inmediato una parte de mí empezó a mostrar su contento. Le aparté el pelo que se le había pegado a la cara y le besé la frente, la sien y el pómulo.

Esa clase de intimidad era nueva para mí y no solo a nivel físico. Desde aquella noche estábamos mucho más cerca que antes. Y no era el sexo lo que nos había unido, sino el completo acto de confianza que había supuesto este. Le había mostrado el último resquicio de mi cuerpo y, ante todo, de mi alma. Lo había hecho con el corazón atascado en la garganta, con la vergüenza recorriéndome el sistema como una sustancia corrosiva y los recuerdos tanteando mi mente con sus dedos fríos. Sin embargo, ella había arrasado con todo al demostrarme una vez más con su mirada, sus palabras y su tacto que me amaba sin importar lo que ocurrió en el pasado, o qué decisiones estúpidas y equivocadas creyera haber tomado.

No fui el único que se desnudó por entero, ella también lo hizo. Me habló de lo ocurrido con su padre y con Cooper. Una historia, esta última, que ya conocía por Ben, quien apareció un día en mi dormitorio llorando de indignación por la noticia que circulaba por la red. En cambio, nunca antes la había escuchado de boca de la propia Hannah. Y me bastaba con evocarlo para volver a sentir lo mismo que en aquel momento: la absoluta necesidad de hacerle el amor.

Busqué sus labios y su lengua con codicia, la misma que evidenciaban mis manos al abarcar sus pechos.

—El entrenamiento... —Apenas susurró al buscar aire.

—Tranquila, tenemos tiempo de sobra. —Le acaricié los pezones con los pulgares y se endurecieron tanto como mi entrepierna.

—¿Hum...?

Sonreí ante su falta de elocuencia.

Con un movimiento rápido pegué su espalda a la pared. Ella me rodeó el cuello con los brazos y mis dedos cayeron hasta sus caderas. Al instante siguiente me envolvía la cintura con las piernas, una postura que hizo que mi miembro quedara alojado entre mi vientre y su centro. Nuestros gemidos se entretejieron y se perdieron con el rumor del agua que continuaba cayendo sobre mis hombros.

Una ráfaga de placer me atravesó al primer contacto con su humedad. Cada parte de mí se sentía dura, pesada e hinchada por un deseo intenso y crudo que me instaba a hundirme en su interior. Existía un punto en el que ya no podías parar y yo lo había alcanzado, pero pese a que ambos temblábamos de necesidad, me quedaba la lucidez suficiente como para recordar que no llevaba protección. A esas alturas apartarme de ella para ir a buscar los preservativos no era una alternativa, y jugárnosla a la ruleta rusa del embarazo, tampoco. De manera que me quedé donde estaba, volví a besarla con todo lo que tenía y la pegué aún más a la pared. Sus dedos se enredaron en mi pelo al tiempo que sus caderas se agitaron para frotarse contra mi longitud. La fricción y la desesperación con la que se aferraba a mí me arrancaron un gruñido.

Empecé a empujar, a deslizarme sobre su clítoris cada vez con mayor rapidez. Dios, nada era comparable a su tacto, a cómo este invadía cada rincón de mi ser. No había yo, no había ella. Conforme crecía la intensidad de nuestras acometidas, con los labios hinchados por el frenesí de nuestros besos y las manos casi agarrotadas por la fuerza con la que nos asíamos el uno al otro, solo había un nosotros.

La forma en la que se estremeció y se ciñó en torno a mí al alcanzar el orgasmo estuvo a punto de hacer que la siguiera. Apreté los dientes, cerré los ojos, y escondí la cara en el hueco de su cuello respirando hondo por la nariz con la esperanza de calmarme lo suficiente como para retrasar el momento.

Hannah me acarició la nuca y los hombros antes de sujetarse a estos para ponerse de pie. Alcé la cabeza al notar que me hacía dar un paso atrás, lo justo para poder tomar mi erección con comodidad. Nuestras miradas se encontraron y permanecieron unidas mientras sus dedos subían y bajaban. De no haber estado ya tan cerca del borde, la presión que ejercía habría bastado para volverme loco. Extendí los brazos y coloqué las palmas en los azulejos a su espalda en busca de apoyo. Embestí contra su puño con ímpetu primitivo una y otra vez.

Segundos después alcanzaba mi propio clímax.

Durante un rato el único sonido que se oyó fue el del agua y el de nuestras respiraciones entrecortadas. Estábamos laxos el uno en los brazos del otro, su mejilla apoyada en mi hombro y la mía en su pelo.

—¿Preparado?

—¿Para otro asalto?

—No —rio dándome un cachete en el culo.

—Hum... vuelve a hacer eso. —Le mordisqué el cuello.

—Para —ordenó sin perder la sonrisa y se revolvió cuando mis manos se tornaron más audaces.

Intenté acercarla de nuevo, pero se escurrió de entre mis dedos. No importaba, dentro de la ducha no podía huir. Avancé en su dirección y Hannah retrocedió con los labios apretados para contener la risa, en tanto los míos se curvaron al ver el brillo travieso que apareció en sus ojos. Di otro paso...

Y ella se giró, abrió la hoja de cristal y salió corriendo. Mi cuerpo reaccionó antes que mi mente. Abandoné el baño con un patinazo que casi me hizo besar el suelo, pero logré agarrarme al marco de la puerta y continuar. La alcancé en el dormitorio con un placaje que nos hizo caer en la cama. Nuestras carcajadas resonaron con tanta fuerza que estaba seguro de que habíamos despertado a más de un huésped de las habitaciones contiguas.

—Tienes ganas de juego, ¿eh, *ptichka*? —Le sujeté las manos por encima de la cabeza.

—¿Yo? Te recuerdo que empezaste tú. —Entornó los párpados, acusadora, y yo volví a reír—. Mi única intención era saber si estabas preparado para afrontar la mañana. Sé que estás nervioso.

—Lo estoy, ambas cosas, pero lo superé ayer y volveré a conseguirlo hoy.

Su expresión se llenó de ternura.

—Lo sé.

No había el más mínimo rastro de duda ni en sus palabras ni en sus ojos. Esa confianza plena que tenía en mí y en que no volvería a desaparecer como hice en el Showare Center, bastaba para darme fuerzas.

Dimos un respingo al oír el par de manotazos en la puerta que precedieron a la voz grave de Vladimir.

—Si ya estáis tan espabilados y enérgicos como para despertar a media planta con vuestras carcajadas, quizá podríamos adelantar el entrenamiento. Os quiero en la cafetería en quince minutos. —Sonó tan terminante e imperativo que creí que no tenía más que añadir y se había ido. Tras un breve silencio continuó—: Y ya hablaremos de por qué Hannah está tan temprano en tu habitación, jovencito. Creí haber dejado claro que nada de visitas nocturnas durante los campeonatos.

—Llámame loco, pero algo me dice que está un pelín cabreado —murmuré.

—Lo que significa que hoy nos va a hacer sudar de lo lindo —suspiró Hannah.

—Entonces quizá deba aprovechar ahora que estoy en plena forma.

—¿Para qué?

Una sonrisa taimada tironeó de mis labios.

—Para demostrarte hasta qué punto podemos sacar partido de cinco minutos.

El Iceberg Skating Palace de Sochi, en mi Rusia natal, era simplemente impresionante. Se trataba de una enorme edificación de cristal y acero en distintos tonos de azul con capacidad para acoger a doce mil espectadores. Estaba situada en el parque olímpico donde se celebrarían los juegos de invierno de 2014 y, aunque faltaban dos años para eso, había sido inaugurada hacía un mes con intención de someterla a testeo durante el Grand Prix Final y, posteriormente, en el campeonato del mundo de patinaje de velocidad en pista corta.

Nos arrebujamos en los chaquetones mientras caminábamos hacia una de las múltiples puertas de acceso. No entendía muy bien por qué, pero la forma curvada hacia dentro que le habían dado a sus cuatro laterales hacía que, visto de canto, me recordara a una gigantesca ballena azul.

Tal y como previó Hannah, el entrenador nos hizo trabajar durante toda la mañana hasta tenernos casi suplicando clemencia. De hecho, para cuando nos dejó marchar, la mayor parte de nuestros compañeros ya habían regresado al hotel. Incluso varios de los grupitos de fans que aprovecharon que la jornada era de puertas abiertas para vernos practicar, e intentar conseguir autógrafos y fotos, habían desistido en su intento cansados de esperar.

—¿Se puede saber qué le habéis hecho a Vlad para que intente acabar con vosotros? —preguntó Max al vernos entrar en el vestuario.

No me extrañó que los M&M siguieran en el recinto, repanchingados y con un pequeño portátil en el regazo. Solían grabarse el uno al otro durante el entrenamiento previo al primer día de competición para luego intercambiar críticas y consejos entre ellos. Sabía por experiencia que no se marcharían hasta haber completado el ritual. Sí, manías absurdas que solíamos tener los deportistas.

—No es conveniente que os machaquéis así justo antes de la final —continuó.

—¿Crees que no lo sé? —Me desplomé en la silla frente a él y empecé a desatarme los cordones de los patines—. Y el entrenador también, pero ha sido su manera de darnos una lección por saltarnos su norma.

—¿Qué norma? —La curiosidad llenó sus ojos.

—Nada de pasar la noche juntos durante los campeonatos.

—Bueno. —Tanto él como Mitch sonrieron con picardía y pasaron la mirada de mí a Hannah, quien parecía muy concentrada en cambiarse de sudadera—. Técnicamente todavía no estamos compitiendo.

—Eso díselo a él —reí. Terminé de limpiar las cuchillas, lo metí todo en la bolsa de deporte y cerré la cremallera—. Dios, tengo tanta hambre que no me extrañaría que en breve mi estómago empezara a comerse a sí mismo. —Busqué mi cartera y me puse de pie—. ¿Sabéis si hay alguna máquina expendedora por aquí?

—Creo que vi una al entrar —dijo Mitch—, al lado de lo que será la tienda de *souvenirs*.

—Me acercaré a probar suerte. Si está donde dices y funciona, ¿queréis que os traiga algo?

—Cualquier cosa con chocolate nos vale.

—O patatas fritas —añadió su gemelo.

—¿Y tú, *ptichka*?

—Yo voy contigo. —Se levantó y al llegar a mi lado entrelazó sus dedos con los míos.

Estábamos ya en el pasillo cuando nos llegó la voz de Max.

—¡Portaos bien no sea que os castiguen otra vez!

Solté una carcajada y Hannah negó con la cabeza poniendo los ojos en blanco.

Caminamos enfrascados en una conversación acerca de nuestros planes para Navidad. Tras el Grand Prix no volveríamos a luchar por el podio hasta el Four Continents, que tendría lugar en Osaka a principios de febrero. Dos meses de margen que nos daban la oportunidad de poder permitirnos unas semanas de merecidas vacaciones.

La idea era pasar la Nochebuena con su familia materna, lo que quería decir que conocería a sus tíos, tías y primos. Claro que eso no me intimidaba tanto como la perspectiva de encontrarme por primera vez con su padre cuando comiéramos con él y su pareja el día veinticinco. Si sobrevivía a ambas experiencias, podría disfrutar del resto del plan: pasar el fin de año en Nueva York junto a mi chica, Abby, Nick, Tristan, Candace y los M&M.

Un viaje que ya significaba un mundo. Y que, de ir bien, sería el mejor regalo de Navidad que nos podrían hacer a todos.

No pude evitarlo, me detuve en seco y le envolví la cara con las manos. Me miró extrañada, pero sonrió.

—¿Qué pasa?

Le acaricié los pómulos con los pulgares.

—Que eres increíble y estoy muy orgulloso de ti.

Durante meses había presenciado cómo intentaba con todas sus fuerzas superar la ansiedad que le provocaba estar en un coche en marcha. Le llevó tiempo estar en uno sin tener que recurrir a algo que distrajera su mente, que alejara los recuerdos horribles que traía consigo el pequeño habitáculo. Y lo consiguió, poco a poco logró alcanzar su objetivo, y estaba decidida a dar el paso definitivo conduciendo ella misma el Ford Thunderbird de Abby hasta «La Gran Manzana». Un trayecto y un reto que no haría sola, ya que el segundo vehículo que necesitábamos lo llevaría Nick.

—Gracias... aunque no entiendo a qué ha venido eso.

—Era solo una excusa para besarte.

—Como si necesitaras una.

—Cierto —confirmé ya pegado a sus labios.

Estaba a punto de tomarlos cuando se abrió una de las puertas que daban a la pista de hielo. Levanté la vista porque era posible que se tratara de Vladimir.

Ojalá lo hubiera sido.

Me puse rígido. En más de dos años nunca había estado a menos de tres metros de él y esa cercanía despertaba demasiado en mí. Me quemaba, dolía y asfixiaba. Y eso me volvía loco y hacía que deseara gritar hasta perder la voz. No podía soportar, aunque fuera por una fracción de segundo, la misma opresión en el pecho que cuando era un niño, la misma necesidad de bajar la mirada para no enfrentarme a esos fríos ojos azules que se clavaban en ti de tal manera que te hacían sentir que valías menos que nada.

Unos dedos envolvieron los míos. Hannah... Mi firmeza, mi cimiento, mi corazón.

Me erguí y apreté la mandíbula decido a no romper el contacto visual. A no dejarme vencer por la presencia de aquel bastardo.

—Hola, Mikhail. —La boca de Ivan Makoveev dibujó esa mueca que para otros podría pasar por una sonrisa, pero no para mí. La había visto demasiadas veces a lo largo de mi vida como para no reconocer el desprecio y el sadismo que se ocultaban tras esta—. ¿Vas a dignarte a saludar por fin a tu padre o pretendes seguir comportándote como un cobarde? —Sabía que había elegido hablar en inglés para que Hannah no perdiera detalle de lo que decía—. No voy a permitir que continúes avergonzándome ante los demás con tu indiferencia. Me debes un mínimo de respeto.

El sabor amargo de la bilis me saturó el paladar.

—Tú no eres mi padre y yo no te debo absolutamente nada.

Su sonrisa se amplió. Metió las manos en los bolsillos de su traje de chaqueta gris y dio un paso hacia nosotros.

—No, no llevas mi sangre, de ser así nunca habrías resultado ser una decepción tan grande. Sin embargo, durante años te he alimentado, te he dado un techo y te he pulido en el hielo hasta sacar algo mínimamente decente de la poca cosa que eres. —Su atención pasó a mi rodilla—. Ya ni siquiera podría conseguir eso.

—¿Y de quién crees que es la culpa?

—Tuya, por supuesto.

El pulso me latió con violencia en el cuello.

—Da gracias porque Benedikt no esté aquí para ver el chiste en el que te has convertido. Aunque, en realidad, siempre lo has sido.

Un fuerte pitido resonó en mis oídos, el corazón se me desbocó y la ira más descarnada me hirvió en las venas.

—¡No te atrevas a nombrarlo!

Me habría abalanzado sobre él de no ser porque Hannah me sujetó del brazo. Era posible que me hubiera dicho algo, pero no la oía, no la veía.

—¿O qué? ¿Me darás una paliza? —preguntó con sorna—. Ambos sabemos cómo acabó todo la última vez que lo intentaste —continuó, esa vez en ruso—. Además, se ve que tu zorrita americana te ata bien corto. Ni siquiera puedes llamarte hombre.

—Vuelve a dirigirte así a ella y te juro que terminaré lo que empecé aquel día —escupí entre dientes.

—Inténtalo, pedazo de mierda.

Puede que Hannah no hubiera entendido lo que había dicho, porque seguía hablando en nuestro idioma natal, pero debió hacerse una idea por su tono ya que afianzó su agarre. Una parte de mí, la racional, la que no estaba cegada por el odio y la ira, reconocía lo que pretendía Ivan. Buscaba provocarme, llevarme al límite hasta que estallara, porque sabía que si llegaba a ponerle las manos encima el resultado sería solo una sombra de lo que le hice tras el entierro de Ben. Y entonces estaría acabado. Un acto de tal violencia hacia un entrenador significaría una dura sanción por parte del comité de la Unión Internacional de Patinaje sobre Hielo, y también de la que era mi nueva federación.

—Eres patético —instigó de nuevo. No obstante, sus palabras se perdieron en el restallar de la bofetada que le cruzó la cara.

El tiempo pareció detenerse. Ninguno nos movimos. Durante unos instantes apenas si respiramos.

—Basta —balbució la figura alta y delicada que se había interpuesto entre Ivan y yo—. Deja de hacerle daño a mi niño.

La sorpresa dio paso a la incredulidad mientras observaba a mi madre. Una Ekaterina distinta a aquella que recordaba de la última vez que la vi. Seguía siendo delgada y de aspecto frágil, pero de una forma más saludable. Bajo sus ojos celestes ya no se marcaban unas profundas ojeras, sus hombros no estaban hundidos, ni su mirada era tan huidiza. Su cabello castaño oscuro volvía a estar largo y brillante como antes de casarse con Ivan, e incluso su piel había recuperado el aspecto aterciopelado que tenía en la época en la que todavía me abrazaba y me acariciaba el rostro antes de dormir.

—¿Cómo te atreves a ponerme la mano encima pedazo de...? —ladró mi padrastro dando un paso al frente. Ella retrocedió con un leve temblor.

—Cuidado con lo que dices o haces, Makoveev —retumbó la voz grave de Vladimir.

Hannah y yo giramos la cabeza y descubrimos que tanto él como April se encontraban a pocos pasos de nosotros. Me había quedado tan absorto por la inesperada aparición de mi madre que ni siquiera me había dado cuenta de que venía acompañada.

—Nunca me caíste bien, Ivan. Y mi concepto de ti ha caído aún más después de enterarme de ciertas historias. —Le dedicó una ojeada significativa a Ekaterina que no le pasó desapercibida a ninguno de los presentes—. Así que cuidado, porque me encantará ponerte en tu sitio.

El aludido dejó escapar una carcajada que sacudió su amplio torso.

—¿Me estás amenazando, entrenadorucho de segunda?

—Él no —intervino mi madre con tanta suavidad que fue difícil oírla. Apretó los labios, respiró hondo y con manos temblorosas estampó un sobre marrón en el pecho de su marido—. Pero yo sí.

Jamás la había visto plantarle cara. Con él siempre fue una preciosa muñeca sin voz, sin voluntad, sin espíritu. La mujer que tenía delante no era la Ekaterina de Ivan, era el vago recuerdo de la madre que un día tuve y que Ben nunca llegó a conocer. Y eso me removió algo por dentro.

Makoveev cogió el sobre con una mueca despectiva y lo abrió. Tan pronto sus ojos recorrieron la fotografía que había dentro apretó la mandíbula.

—Esa es solo una de las muchas más pruebas de tus escarceos amorosos con patinadoras que todavía tenían diecisiete cuando empezaron a tener relaciones contigo. Además de otros asuntos que no te gustaría que vieran la luz —dijo de corrido, como si temiera perder el valor a mitad de una frase.

Las fosas nasales de aquel hijo de perra se dilataron y su rostro empezó a teñirse de escarlata.

—Eres demasiado cobarde para utilizar nada de eso en mi contra.

—Sí, es cierto —reconoció. Y en esa ocasión su voz sonó firme—. Pero mi hijo no lo es. Él tiene coraje de sobra y lo ha demostrado durante años no dejándose quebrar por ti. —Un sollozo interrumpió sus palabras—. Así que te juro por lo más sagrado que, si vuelves a acercarte a él, a hablarle o incluso a mirarlo, le daré todo lo necesario para hundirte. Y sé que te odia lo suficiente como para no dudar en utilizarlo.

Una risotada carente de humor abandonó los labios de Ivan.

—Tú caerías conmigo.

—Lo sé. No me importa. —Desvió la mirada hacia mí—. Después de todo, soy tan culpable de su sufrimiento como tú. —Las lágrimas surcaban ya sus mejillas en un llanto silencioso. Su rostro reflejaba tanto dolor, tanto sufrimiento, que se me encogió el corazón—. Vete —prosiguió dirigiéndose de nuevo a él—. Desaparece por fin de nuestras vidas.

Makoveev nos observó uno por uno, envarado. Estaba rodeado por cinco personas en las que no encontraría ningún tipo de apoyo, sino todo lo contrario. Se le crispó la mano con la que sujetaba la fotografía y una vena palpitó en su sien.

—No merecéis la pena —masculló.

Y se marchó como lo que de verdad era: un cobarde que solo se crecía con aquellos que no podían plantarle cara. Prisioneros de su voluntad como lo fueron mi madre y mi hermano.

Como lo fui yo.

No le perdimos de vista hasta que dobló un recodo. Entonces me centré en Ekaterina.

—Tú también deberías irte —dije con más suavidad de la que había utilizado con ella en años.

Asintió. Sin embargo, no se movió.

—Antes necesito que me escuches, por favor. Es lo único que te pido.

Pese a que mi primer impulso fue negarme, me descubrí aceptando con un «de acuerdo». Por su expresión supe que tampoco era lo que ella había esperado oír.

—Gracias. —Dibujó una sonrisa trémula.

—No me las des y di lo que tengas que decir.

El gesto se borró de su boca de un plumazo y yo sentí un pinchazo en el pecho que me obligué a aplastar de inmediato.

—Yo... —Se humedeció los labios y remetió el pelo tras ambas orejas con ademán nervioso—. A veces necesitamos recibir un duro golpe para despertar. El perder a mi pequeño y, aunque de forma distinta, también a ti, fue el mío. La bofetada cruel que me abrió los ojos a una realidad que llevaba años sin querer ver. Tenía tanto miedo y había vivido tanto tiempo anulada que no era capaz de encontrarme, de recordar quién era antes de Ivan. Ni siquiera sabía si esa parte de mí seguía aún viva. Y si lo estaba tampoco tenía claro qué hacer con ella. —Una mueca triste afeó sus rasgos—. A raíz de las repetidas visitas y estancias en el hospital por la enfermedad de Benedikt, entablé amistad con una de las enfermeras. Tras lo sucedido fue un gran apoyo para mí y estuvo en todo momento a mi lado, incluido el día en el que me derrumbé. Se lo conté todo. Una verdad sobre nuestra familia que ella ya sospechaba desde hacía mucho. Me escuchó y me consoló, luego habló con uno de los psicólogos con los que trabajaba para que me aceptara como paciente, y me acompañó a un grupo de apoyo para mujeres que habían pasado por situaciones parecidas o peores que la mía.

»Tras muchos meses de terapia comencé a notarme distinta, a mejorar, a respirar. Las ausencias de Ivan ayudaban a mi mejoría y a ocultar mi evolución. Al menos hasta que pudiera reunir el valor necesario para dejarlo.

Di un respingo como si hubiera recibido una bofetada. En cierto modo, así había sido. ¿Abandonarle? Una ola de fuego me sacudió por dentro y tuve que cerrar los ojos un segundo e inspirar hondo para calmarme. Eso era algo que tendría que haber hecho hacía mucho, joder, no cuando Ben ya estaba muerto.

—Incluso con todo lo que había avanzado y con el amparo de las personas maravillosas que había conocido, me seguía asustando demasiado dar el paso —continuó tan centrada en su relato que no se dio cuenta de la tensión que emanaba de mí. Hannah, en cambio, sí lo percibió y empezó a acariciarme la espalda—. Entonces me enteré de tu vuelta al hielo y supe que había llegado el momento. Debía hacer lo que nunca me atreví: enfrentarme a él para proteger a mi niño. Porque no me cabía la menor duda de que, en cuanto se cruzara contigo y tuviera la oportunidad, intentaría hacerte daño. —No se había equivocado—. Sabía cómo lograr que te dejara en paz, solo necesitaba reunir lo necesario. Me llevaría tiempo, por eso intenté ponerme en contacto contigo, para explicártelo todo, así cuando te lo encontraras cara a cara no tendrías nada que temer. —Ahí se equivocaba. Yo jamás le había temido a él, sino a cómo lo que yo hiciera afectaría a mi hermano—. Pero no respondiste al teléfono, ni a los mensajes, ni a los *e-mails*. De manera que, hace unas semanas, llamé a Vladimir. —Intercambió una mirada con él—. Le conté tu historia y le pedí que cuidara de ti hasta que pudiera encararme a Ivan. Me respondió que no me preocupara, que ya estabas en buenas manos. —Su atención recayó en Hannah y le dedicó una cálida sonrisa. Ella se la devolvió, tentativa, incluso sin entender a qué venía. Una extraña sensación de orgullo me hinchó el pecho. Impulsado por esta me incliné y la besé en la sien, lo que terminó de dejarla descolocada—. Me marché de casa el mes pasado aprovechando su asistencia al Rostelecom. Hacerlo así fue por cobardía y porque no le debía nada, ni siquiera una explicación. Aunque después de lo de hoy ha tenido que quedarle todo claro. —Tragó con fuerza—. Vine aquí para zanjar las cosas con él y advertirle de lo que ocurriría si no te dejaba en paz, pero también porque necesitaba verte y hablar contigo. —Las lágrimas regresaron a sus ojos—. No puedo pedirte que me perdones ya que no sé si yo misma lograré hacerlo algún día, lo que sí te ruego es que aceptes mis disculpas. —Un sollozo quebró su voz—. Lo siento, Mikhail, siento muchísimo no haber despertado antes para ser la madre que tú y Benedikt necesitabais. Lo siento tantísimo.

¿Por qué? ¿Por qué tenía que afectarme? No se merecía mi compasión, ni una brizna de mi amor. Su debilidad, junto a la crueldad de Ivan, había sido nuestra condena y su arrepentimiento no lo cambiaría. No obstante, el tiempo y la madurez me habían hecho comprender algo que siempre terminaba sepultado por la respuesta visceral que traían consigo los recuerdos: ella también había sido una víctima.

Lo sabía, y quizá fue eso lo que me hizo dar un paso y abrazarla por primera vez en al menos ocho años.

Durante unos instantes se quedó rígida. Luego dejó escapar un quejido desgarrado y me rodeó el torso con los brazos. Me apretó contra su cuerpo con desesperación, temblando de pies a cabeza mientras repetía «lo siento» y «te quiero» junto a mi oído. Escondí la cara en el hueco de su cuello, abrumado. Me dolía el pecho y se me cerraba la garganta con cada palabra, con su olor, con la forma en la que se aferraba a mí con los puños, con el calor que creía olvidado, el de una madre. El de mi madre.

No quería, si bien en lo más profundo de mi ser necesitaba decirlo.

Solo una vez.

—Te quiero, mamá —susurré notando en la lengua el sabor salado de mis propias lágrimas.

38
Misha

No fue fácil aparentar normalidad frente a Max y Mitch durante nuestro paseo turístico por Sochi aquella tarde. Ekaterina se había marchado de regreso a San Petersburgo poco después de que ambos nos sobrepusiéramos al llanto, y a la avalancha de emociones traídas por un momento que, tanto ella como yo, sabíamos que era muy posible que no se volviera a repetir.

No se despidió, simplemente se fue. Puede que por miedo a que si nos decíamos adiós en esa ocasión sería el definitivo.

—¿Serás capaz de perdonarla algún día? —preguntó Hannah apoyando la barbilla en mi pecho.

Después de cenar Vladimir nos había sorprendido diciéndonos que, pese a su norma, esa era una noche que debíamos pasar juntos.

No se equivocaba. Llevaba horas anhelando sentir la piel de Hannah contra la mía y perderme en su interior. Pero antes deseaba contarle todo lo que había pasado ya que, al no entender el idioma en el que hablábamos, ella solo había podido deducirlo por nuestro comportamiento. Por eso estábamos tumbados en la cama todavía vestidos.

—Yo... Lo cierto es que no lo sé. —Puse la mano encima de la que ella tenía a la altura de mi corazón y le acaricié los dedos—. Una parte de mí se alegra de que por fin haya sido capaz de salir de esa especie de letargo en el que estaba sumida. Sin embargo, el rencor sigue estando ahí y no sé si algún día desaparecerá lo suficiente como para que me permita dejar de culpabilizarla.

Y los dos habíamos sufrido demasiado como para querer aferrarnos a una relación que solo nos haría más daño. Yo había encontrado mi lugar y estaba seguro de que, con el tiempo, mi madre también lo haría. Aunque nuestros caminos no volvieran a cruzarse, saber que el otro estaba bien, feliz, bastaría. Porque a veces querer a alguien era dejarlo ir.

—Lo entiendo. No es ni de lejos lo mismo, pero después de lo que ocurrió con mi padre... digamos que entre él y yo ya nunca volvió a ser lo que era. —Ladeó la cabeza y dejó caer la mejilla en mi pecho—. Una cosa es perdonar y otra muy distinta olvidar. —Suspiró—. ¿Crees de verdad que Ivan os dejará en paz? —Levantó el bajo de mi jersey hasta que dejó a la vista mi estómago. Con la yema del dedo índice comenzó a trazar círculos alrededor de mi ombligo.

—En circunstancias normales no dejaría pasar la humillación por la que le hicimos pasar esta mañana, pero valora demasiado su estatus como para arriesgarlo. Si las fotos con patinadoras menores de edad salieran a la luz, no solo su reputación se vería gravemente afectada y él lo sabe.

—Entre otras cosas no creo que ningún padre volviera a confiar en dejar que su niñita entrenara en la misma pista donde trabaja él.

—Exacto.

Perdí el hilo de cualquier pensamiento en cuanto su mano bajó por mi vientre y jugueteó con el botón de los vaqueros. Lo soltó, bajó la cremallera y ya no hubo espacio para la conversación. Giré y la atrapé bajo mi cuerpo. Su risa murió en mi boca y pronto fue sustituida por gemidos suaves.

Nuestra ropa desapareció entre besos profundos y caricias pausadas. Recorrí cada rincón de su anatomía deteniéndome en mis lugares favoritos, aquellos que le erizaban la piel, que la hacían agitarse, asir las sábanas o mi pelo con los puños y pronunciar mi nombre entre jadeos. Me recreé en cada uno de ellos, mi placer enardecido por el suyo.

Me coloqué entre sus piernas y me introduje en su interior con una lentitud enloquecedora. Su espalda se arqueó y sus muslos apretaron mis caderas. Me incliné hacia delante hasta que mi torso tocó el suyo, le rodeé la cintura con un brazo y me sostuve con el otro para no dejar caer sobre ella todo mi peso. Su mirada se clavó en la mía y sus manos me enmarcaron las mejillas.

—Más vale que ese gilipollas no vuelva a acercase a ti, porque la próxima vez que se atreva siquiera a mirarte le sacaré los ojos o le patearé las pelotas de tal manera que se olvidará de lo que era andar derecho.

La vehemencia de su amenaza y el intenso instinto protector que la impregnaba se derramó como la caricia más cálida en mi interior. Quién me iba a decir que mi pequeña y dulce *ptichka* se convertiría en una leona que sacaría las garras para protegerme.

—Me encantaría ver eso —respondí con una risa baja antes de besarla.

Y entonces comencé a moverme.

Quedar en el quinto puesto en la final del Grand Prix nos supo a mucho y a muy poco a la vez. Éramos conscientes de que haber llegado hasta ahí siendo una pareja que no llevaba ni un año patinando junta era todo un logro del que debíamos sentirnos orgullosos. Sin embargo, nuestro espíritu competitivo, perfeccionismo y afán de superación nos exigía más.

La competición duraba cuatro días, aunque el último estaba reservado a la gala de exhibición, donde Hannah y yo llevamos a cabo el programa que no pudimos realizar en el Skate America por culpa de mi repentina desaparición. El público disfrutó muchísimo con nuestra interpretación de un rudo jugador de hockey sobre hielo que intenta suavizar sus formas para conquistar a una elegante bailarina. Esta, en vista de la poca gracia del joven con el ballet, trataba de enseñarle. Tras varias figuras que incluían una elevación sencilla, me daba por vencido. Negaba mirando al público. Entonces se detenía la música clásica perteneciente a *El Cascanueces* de Tchaikovsky. Me sacaba un gorro negro de lana del bolsillo de los vaqueros y me lo ponía justo cuando empezaba a sonar el temazo de los noventa *Everybody dance now* de C&C Music Factory. Había llegado mi turno de mostrarle lo que era bailar. Me movía a su alrededor mientras que ella se llevaba las manos a la cabeza, en teoría espantada, pero su sonrisa decía lo contrario. Al final terminaba aceptando mi mano y dejándose llevar por mi estilo.

Nos encantaba esa rutina que habíamos creado nosotros mismos para disfrute personal, de los asistentes a los eventos y de los espectadores que nos veían desde sus casas. Claro que yo sentía especial predilección por el programa debido a que Hannah estaba muy graciosa vestida con maillot y tutú. Verla me producía impulsos encontrados: por un lado me daban ganas de achucharla y por otro de llevármela a la cama.

Esa misma noche fue el banquete de clausura. Los patinadores, junto a nuestros primeros y segundos entrenadores, nos engalanamos para compartir la velada con distintas personalidades del mundo del patinaje, entre ellos un buen puñado de potenciales patrocinadores. En nuestra posición actual habría sido pronto para que nos quisieran como imagen de su marca. En cambio, tanto Hannah como yo habíamos trabajado con algunos de ellos en el pasado, lo que hacía que supieran cómo funcionábamos de cara a las ventas.

Para cuando finalizó la velada ya teníamos apalabrados dos pequeños contratos que, sumados al premio económico que recibían aquellos que quedaban en los cinco primeros puestos de las competiciones organizadas por la Unión Internacional de Patinaje sobre Hielo, eran otro paso más hacia nuestro futuro juntos.

39
Misha

A pesar de que podíamos haber realizado el trayecto a Nueva York en solo un día, decidimos dividirlo en dos jornadas para no pasar tantas horas metidos en un coche. El nerviosismo de Hannah resultaba obvio por lo rígidos que tenía los hombros y por cómo sus manos aferraban el volante. Por suerte, entre Tris y yo logramos que se relajara y comenzara a disfrutar del viaje. Al menos hasta que, una hora antes de llegar al motel donde descansaríamos, un enorme camión nos adelantó y la fuerza de succión que provocó hizo que diéramos un pequeño bandazo. El color abandonó de inmediato su cara y empezó a tomar profundas bocanadas de aire.

—Tranquila, *milaya*, no ha pasado nada. —Le hablé acariciándole el pelo y luego la mejilla. Ella asintió inclinando la cabeza hacia mis dedos con un «estoy bien, puedo hacerlo» dirigido tanto a mí como a sí misma—. No te dejes llevar por los recuerdos, quédate aquí con este idiota y conmigo.

—Seré un idiota, pero la tengo como el mango del martillo de Thor y solo las dignas son capaces de hacer que se me levante. —Lo peor era que lo dijo totalmente serio.

Hannah parpadeó un par de veces. Frunció el ceño y con ese ruidito medio gruñido medio chillido que tanto me gustaba soltó un «¡demasiada información, demasiada información!». Esa imagen mental de uno de sus mejores amigos la perturbó lo suficiente como para que dejara de pensar en nada más.

A excepción de ese pequeño incidente, llegamos a nuestro destino sin contratiempos. Ella y Nick lo habían conseguido.

Mitch y Max vivían en la ciudad, de manera que se reunieron con nosotros en el apartamento que habíamos alquilado en Harlem en cuanto les avisamos de que estábamos instalados. Desde ese momento nos comimos La Gran Manzana. Recorrimos sus barrios más emblemáticos, fuimos a un par de musicales de Broadway, visitamos el Museo de Historia Natural, dimos un paseo nocturno en barco alrededor de Manhattan e incluso patinamos en Central Park.

Para cuando quisimos darnos cuenta estábamos en Times Square, rodeados de pantallas, luces y gente que, como nosotros, esperaba la llegada del 2013 mientras disfrutaba del ambiente y de las actuaciones en directo de cantantes y grupos de renombre.

Me coloqué tras Hannah, le rodeé la cintura con los brazos y pegué su espalda a mi pecho. Quedaban dos minutos para que la bola de cristal bajara y marcara el comienzo de la cuenta atrás que despediría el año en el que había empezado de verdad mi vida. En el que había logrado cumplir uno de los deseos de Ben y, gracias a eso, encontrado a una persona que era distinta a cualquier otra, alguien con quien podía hablar sin parar durante horas, durante días, que me entendía como nadie lo había hecho jamás, que me había devuelto mi pasión por el hielo, mi risa y mi sonrisa. Que había hecho latir de nuevo mi corazón.

Agaché la cabeza y pegué los labios a su oreja para que pudiera oírme por encima del bullicio que nos rodeaba.

—Te quiero, Hannah. Lo que tenemos va más allá de la amistad, más allá de amantes. Es para siempre.

Se volvió entre mis brazos con una sonrisa que me habría robado el corazón de no haber sido ya suyo. Me rodeó la nuca con las dos manos y me llevó a sus labios.

—Tú y yo, siempre. —Nadie me había mirado nunca con tanta ilusión, con tanto amor.

La besé con todo lo que era, con todo lo que fui y con todo lo que sería.

Ambos sabíamos cómo las cosas podían cambiar en un instante. Por eso nuestra promesa no hablaba del mañana, sino del día a día. Porque *siempre* estaba hecho de incontables *ahora*.

Y tan solo un segundo podía contener un infinito.

Agradecimientos

«To the stars who listen and the dreams that are answered»

Mis agradecimientos podrían resumirse en esa frase de *Una Corte de Niebla y Furia*, de Sarah J. Maas, porque que tengáis esta novela en vuestras manos y hayáis podido leerla es, ni más ni menos, que un sueño cumplido. Y detrás de este hay una pequeña constelación que lo ha hecho posible. Un puñado de estrellas hacia las que alzar la vista y susurrar de corazón un «gracias».

Gracias a Esther, mi editora, por apostar por mí y mi novela, por cuidarnos y por ayudarme a mejorarla. Puedo ser una autora novel, pero reconozco la profesionalidad, la pasión y el trabajo bien hecho, por eso sé que no podíamos haber estado en mejores manos.

A la gran familia que es Ediciones Urano, en especial a Laia y a Sole, por su paciencia, su amabilidad y por estar ahí siempre que se las necesite.

A Leara, por enamorarse de mis chicos y su historia, por esa tarde que se hizo noche hablando por videollamada y por todo lo que vino después.

A Berta, mi correctora, por todos esos apuntes que no solo han hecho que la novela gane brillo, sino que yo aprenda y mejore un poco más.

A Laura y Yuna, mi *Inner Circle*, mi *carranam* y mi *hembra*. ¿Qué puedo deciros? Pues que si plasmo la amistad como lo hago en cada una de mis novelas es gracias a vosotras, que me siento muy afortunada por teneros a mi lado, que valoro muchísimo vuestra opinión y la sinceridad que me brindáis cada vez que leéis alguno de mis escritos (aunque eso signifique que me deis con el látigo, en especial cierta *critique partner*... Y no dejes de hacerlo porque es lo que me ayuda a mejorar). Os adoro.

A Sandra, sin ti seguiría siendo un monstruo «comeverbos» y una esclava del gerundio. Gracias por tu paciencia y tus lecciones. Pero, sobre todo, gracias por tu amistad. Te quiero.

A Iraya, por despedir el año 2014 y darle la bienvenida al 2015 nada menos que con mis chicos. Gracias por sumergirte en su historia no una, sino dos veces, por tus consejos y por esa preciosa frase.

A Isaac, mi agente Coulson particular, por aceptar la misión de leer una novela de un género que nunca antes había caído en tus manos, pero justo por eso pudiste darme una visión diferente. Gracias por tu tiempo, por tu ojo clínico y tu increíble talento para el dibujo (no te haces una idea de lo feliz que me hace que le hayas dado vida a mis personajes más allá de las páginas del libro). Y, sobre todo, gracias por llegar a nuestras vidas y regalarnos tu amistad.

A María y Alice, por vuestro apoyo, por ser las mejores compañeras que una podría desear, por enseñarme la parte más bonita de este mundo literario y por ser un referente para mí.

A mis padres, por fomentar mi amor por la lectura, por regalarme esos cursos de escritura que fueron el empujón que necesitaba para terminar de arrancar, y por apoyarme siempre, decida lo que decida.

A Tatjana Sidorova, por su inestimable ayuda con las traducciones al ruso. Gracias a ti Misha no parece salido de los barrios bajos de Rusia *(to Tatjana Sidorova, for her invaluable help in translating into Russian. Thanks to you Misha doesn't seem to have left Russia's slums).*

A ti, lector, gracias por haberle dado una oportunidad a Mikhail, Hannah, Nick y a todos los demás. Espero que hayan sido una buena compañía.

Y por último, el más importante: mi marido, el que no lee, pero que devora todo lo que escribo capítulo a capítulo y no me pide, sino que me exige más. Gracias por tu apoyo constante y por ser mi mejor amigo, mi amante, mi compañero.

ECOSISTEMA DIGITAL

NUESTRO PUNTO DE ENCUENTRO

www.edicionesurano.com

2 AMABOOK
Disfruta de tu rincón de lectura
y accede a todas nuestras **novedades**
en modo compra.
www.amabook.com

3 SUSCRIBOOKS
El límite lo pones tú,
lectura sin freno,
en modo suscripción.
www.suscribooks.com

DISFRUTA DE 1 MES
DE LECTURA GRATIS

1 REDES SOCIALES:
Amplio abanico
de redes para que
participes activamente.

4 APPS Y DESCARGAS
Apps que te
permitirán leer e
interactuar con
otros lectores.